ଅବୋଲକରା କାହାଣୀ

ଅବୋଲକରା କାହାଣୀ

ଅଭୟ ଚରଣ ମହାନ୍ତି

(କଥାଚିତ୍ରକର)

BLACK EAGLE BOOKS

2020

BLACK EAGLE BOOKS

USA address:
7464 Wisdom Lane
Dublin, OH 43016

India address:
E/312, Trident Galaxy, Kalinga Nagar,
Bhubaneswar-751003, Odisha, India

E-mail: info@blackeaglebooks.org
Website: www.blackeaglebooks.org

First International Edition Published by
BLACK EAGLE BOOKS, 2020

ABOLAKARA KAHANI
by **Abhaya Charan Mohanty (Kathachitrakar)**

Copyright © **Black Eagle Books**

Cover: Hiralal Bariha
Interior Design: Ezy's Publication

ISBN- 978-1-64560-077-0 (Paperback)

Printed in United States of America

ସୂଚୀପତ୍ର

ସୁବର୍ଣ୍ଣ ମନ୍ଦିର କଥା

ପୂର୍ବ କାଳରେ ଉତ୍ତର କଳିଙ୍ଗ ଦେଶର ଶେଷ ଦିଗକୁ ତାରପୁର ନାମରେ ଗୋଟିଏ ନଗର ଥିଲା। ସେଠାରେ ଉପାନନ୍ଦ ଗୋସ୍ୱାମୀ ନାମରେ ଜଣେ ପଣ୍ଡିତ ଥିଲେ। ସର୍ବଶାସ୍ତ୍ରରେ ପରାଗ ଗୋସ୍ୱାମୀ ବୁଢ଼ା ବୟସରେ ତୀର୍ଥକରି ଯିବାକୁ ମନ କଲେ। ହେଲେ, ସାଙ୍ଗ କାହାକୁ ପାଇଲେ ନାହିଁ। ଖୋଜି ନ ପାଇ ସେ ଗାଁରେ ଥିବା ଅବୋଲକରା ବାରିକ ଟୋକାକୁ କହିଲେ, ହଇରେ ଅବୋଲକରା! ମୋ ସାଙ୍ଗରେ ତୀର୍ଥ ଦର୍ଶନ କରି ଯିବୁ? ସେ'ଟା ତ ବାରିକ ଟୋକା ପୁଣି ଅମାନିଆ ସ୍ୱଭାବ ଲାଗି ମା ବାପା ତା ନାଁ ରଖିଛନ୍ତି ଅବୋଲକରା। କଥାରେ ଅଛି- "ନରାଣାଂ ନାପିତଂ ଧୂର୍ତ୍ତ।" ଟୋକାଟା ଯେମିତି ଚତୁର, ସେମିତି ଅମାନିଆ, ସାହସୀ। ତୀର୍ଥ ଦେଖିବା କଥା ଶୁଣି କହିଲା, ହଁ ଯିବି ଗୋସାଇଁ। ହେଲେ ସର୍ତ୍ତ ଯଦି ମୋର ମିଳିବ ତା'ହେଲେ ତମ ସାଙ୍ଗରେ ଯିବି। ବୋଲହାକ କରିବି, ଦରକାର ହେଲେ ଗୋଡ଼ ଘଷିଦେବି। ଗୋସେଇଁ ଖୁସିହୋଇ କହିଲେ, କେଉଁ ସର୍ତ୍ତ କହିଲୁ ଶୁଣେ। ଅବୋଲକରା କହିଲା, ବାଟରେ ଯଦି କିଛି ବିଚିତ୍ର ଘଟଣା ମୁଁ ଦେଖେ, ତମକୁ ପଚାରିବି, ତମେ ତା'ର କାରଣ ମୋତେ ବତେଇବ। ଏତିକିରେ ରାଜି ହେଲେ ମୁଁ ଅଇଛିକା ବାହାରିବି। ଗୋସେଇଁ ଚିନ୍ତାକରି କହିଲେ, ଆଚ୍ଛା ହେଉ

ଚାଲେ, ଦେଖାଯିବ କ'ଣ ହଉଚି। ଅବୋଲକରା କହିଲା, ଆଜ୍ଞା ନାଇଁ ଗୋସେଇଁ, ଯେଉଁଠି ନ କହିବ ମୁଁ ସେଇଠାରୁ ଲେଉଟିବି। କିନ୍ତୁ ଗୋସେଇଁ କହିଲେ, ହଉଚାଲ ଶୁଣିବୁ। ସେଇଠୁ ଅବୋଲକରା ଗୋସେଇଁ ଗଣ୍ଠିଲି ବିଛଣା ଧରି ଚାଲିଲା। ଗୋସେଇଁ ମଙ୍ଗଳାଷ୍ଟକ ପଢ଼ି ଆଗେଇଲେ।

ଅବୋଲକରା କହିଲା, ଶୁଣ ଗୋସେଇଁ! କଥାରେ ଅଛି 'ଯୋ ଯାଏଗା ବଦ୍ରି, କଭି ନଆଏଗା ଉଧ୍ରୀ' 'ଯୋ ଗୟାଗୟା, ସୋ ଗୟା ଘୁମ୍ ନଅୟା' ମୁଁ ତୁମ କଥାମାନି ଆସିଲି। ଆଉଯେ ବାହୁଡ଼ି ଯିବି, ସେ ଆଶା ନାହିଁ। ତେଣୁ ମୋତେ ଠକେଇବ ନାହିଁଟି। ଗୋସେଇଁ କହିଲେ, ଆରେ ଧର୍ମପଥରେ ଆସି କ'ଣ ଠକାନ୍ତି ? ପାଗଳଟା, ଚାଲିଲୁ, ଗୋଡ଼ଖର କରି। ଏମିତି କଥାବାର୍ତ୍ତା ହେଉହେଉ ଯାଇ ଗୋଟିଏ ଦେଶରେ ପହଁଚିଲେ। ସେଠି ଦେଖିଲେ ଗୋଟିଏ ଛୋଟ ସହର ପାଖରେ ପୋଖରୀଟିଏ ଅଛି। ପାଖରେ ଗୋଟିଏ ବରଗଛ। କେତେ ଜାତିଅଜାତିର ଗଛଲତାରେ ଫୁଲ ଫୁଟି ଜାଗା ସୁନ୍ଦର ଦିଶୁଛି। ପୋଖରୀ ଜଳ ବି ନିର୍ମଳ। ଗୋସେଇଁ କହିଲେ, ଆରେ ଅବୋଲକରା! ଏଇଠି ବିଛଣା ଗଣ୍ଠିଲି ରଖରେ। ଏଇ ବରଗଛ ମୂଳରେ ଗଣ୍ଡାଏ ରୋଷେଇ କରି ଖାଇ ଆଗେଇବା। ଏହା କହି ସେ ଟଙ୍କାଟିଏ ଅବୋଲକରାକୁ ଦେଇ କହିଲେ, ପାଖ ବଜାରରୁ ରୋଷେଇ ସଉଦା କିଣି ଆଣିବାକୁ ଯା। ସେ କାଳରେ ତ ଅବିକାପରି ରେଳ, ବସ୍ ନଥିଲା। ତୀର୍ଥଯାତ୍ରୀଏ ଚାଲି ଚାଲି ହାଲିଆ ହୋଇ ଯାଉଥିଲେ। ଅବୋଲକରାକୁ ବି କଷ୍ଟ ହେଉଥାଏ। ସେ ଗଣ୍ଠିଲି ଥୋଇ ସଉଦା ପାଇଁ ବଜାରକୁ ଗଲା। ସେଠୁ ଲେଉଟିଲାବେଳକୁ ତା ସରସ ମୁହଁଟି ବିରସିଆ ଦିଶୁଛି। ତାକୁ ଦେଖି ଗୋସେଇଁ ପଚାରିଲେ କ'ଣହେଲା କିରେ? ଅବୋଲକରା କହିଲା, ଗୋସେଇଁ! ବଜାରକୁ ଯାଇ ଦେଖିଲି ଗୋଟିଏ ସୁବର୍ଣ୍ଣ ମନ୍ଦିର ଅଛି, ସେଥିରେ ଦିଅଁ ନାହାନ୍ତି। ପାଖକୁ ଆଉ ଗୋଟିଏ ସୁନାର ଦେଉଳ ଅଧା ହୋଇଛି, ସେଥିରେ ଦିଅଁ ଅଛନ୍ତି। ଯାର କାରଣ କ'ଣ ବୁଝେଇ ଦିଅ। ନୋହିଲେ ତମ ବିଛଣା ଗଣ୍ଠୁଲି ରହିଲା, ମୁଁ ଯାଉଛି।

ଗୋସେଇଁ କହିଲେ; ନାଇଁ ଯିବୁ କାହିଁକି ? ମୁଁ ରୋଷେଇ ବସେଇଦିଏଁ କହିବି, ରୋଷେଇ ସରିବ, କଥା ପୂରିବ। ସେଇଠୁ ଅବୋଲକରା ରୋଷେଇର ଯୋଗାଡ଼ କରିଦେବାରୁ ଗୋସେଇଁ ଚୁଲି ଲଗେଇ କହିଲେ, 'ପକା ଆସନ ପୋତ ଛତା, ଅବୋଲକରା ଶୁଣ ସେ କଥା'। ଅବୋଲକରା ବୋଲ ମାନି ବସିବାରୁ ଗୋସେଇଁ କହିଲେ- କର୍ଣ୍ଣାଟ ଦେଶରେ ସୋମବନ୍ତ ବୋଲି ଜଣେ ରାଜା ଥିଲେ। ଅନେକ ଦିନଯାଏ ତାଙ୍କର ପୁଅ ଝିଅ ନ ହେବାରୁ ରାଣୀ ରଜାଙ୍କୁ ବାହା କରେଇଲେ। ରାଜା ମନା କରୁଥିଲେ। ରାଣୀ କହିଲେ ନାଇଁ ବାହା ହବାକୁ ପଡ଼ିବ। ମୋର ତ

ପିଲାପିଲି ହେଲେ ନାହିଁ, କୁଳ ମୂଳ ବୁଡ଼ି ଯିବ ନା ? ରାଜା କହିଲେ, କଥାରେ ଅଛି- ଭାଗୀ ଦୋକାନ, ଯୋଡ଼ା ମାଇପ, ଦୋଘରା ଘର, କଳି ଖୋଜିଲେ ଯାକୁଇ କରି ଜିଅନ୍ତା ଲର' ଜାଣୁ ଜାଣୁ ଗୋଟାଏ ଯୋଡ଼ା ମାଇପ କରି କଳି ତୋଳିଆଣି ଘରେ ଭରିବି ? ରାଣୀ କହିଲେ, କଳି କେବେ ହେବନାହିଁ। ରାଜାକୁଳ ରଖିବାକୁ ବାହାହୁଅ। ସେଇଥିପାଇଁ ରାଜା ବାହା ହେଲେ। ବଡ଼ରାଣୀ ନାଁ ହାରାବତୀ, ସାନରାଣୀ ନାଁ ମାଳାବତୀ। ରାଜା ବାହାହେବା ପରେ ପରେ ବଡ଼ରାଣୀ ପାଇଁ ନୂଆ ଉଆସଟିଏ କରି ସେଇଠି ତାଙ୍କୁ ରଖେଇଲେ। ବଡ଼ରାଣୀ ସାନଟିଙ୍କୁ ଭଉଣୀ ଭଳି ସ୍ନେହ ଦୃଷ୍ଟିରେ ଦେଖନ୍ତି। ସାନ ବଡ଼ରାଣୀକି ସଉତୁଣୀ ଦୃଷ୍ଟିରେ ଦେଖେ। ରାଜାଙ୍କୁ କହେ ବଡ଼ରାଣୀଟା ଦୋଚାରୁଣୀ। ରାଜା ସେ କଥାକୁ କାନକୁ ନିଅନ୍ତି ନାହିଁ। ଭାବନ୍ତି 'ମାଇପିକଥା ଖଳବାରତା ଶୁଣି ନ ଶୁଣିବ କାନେ, ହଁ କରୁଥିବ ହାଁ କରୁଥିବ ମନ ଦେଇଥିବ ଆନେ'। ଏମିତି କରି ଦିନ ଗଡ଼ିଯାଏ, ସାନରାଣୀର ରାଗ ବଢ଼ିଯାଏ। ଯୋଗକୁ ବଡ଼ରାଣୀ ଗର୍ଭବତୀ ହେଲେ। ସେ କଥା ଶୁଣି ସାନରାଣୀର ହଲକ ଶୁଖିଗଲା। ଭାବିଲା ଯୁଗ କ'ଣ ବଦଳି ଗଲାକି ? କୋଡ଼ିଏ ବର୍ଷର ବାଞ୍ଝ ମାଇକିନିଆର ପୁଅ ହବ। ଆଉ ମୁଁ କୋଡ଼ିଏ ବର୍ଷର ଯୁବତୀ ବାଞ୍ଝ ରହିବି ? ଦଇବ ଯେବେ ହଟ କଲା ମୁଁ ଏଥକୁ ଉପାୟ କରିବି। କଥାରେ ଅଛି-

"ବଳେ ଯହିଁ କାର୍ଯ୍ୟସିଦ୍ଧି ନ ହୁଅଇ ଭଲେ
ଜାଣିଥାଅ ସିଦ୍ଧି ତହିଁ ହୁଅଇ କୌଶଳେ।
କୌଶଳ ପ୍ରୟୋଗ କରେ ଯେହୁ ଧୈର୍ଯ୍ୟଧରି,
ପରିଣାମେ ସୁଖୀ ହୁଏ କାର୍ଯ୍ୟ ସିଦ୍ଧି କରି।"

ଏଥିପାଇଁ ମୋତେ କୌଶଳ ଲଗାଇବାକୁ ହେବ। ଏହା ଭାବି ସେ ଗୋଟିଏ ଚତୁରୀ ଦାସୀକି କହିଲା, ଆଜି ଯେତେବେଳେ ରାଜା ବଡ଼ରାଣୀ ଘରକୁ ଯିବେ, ତୁ ତାଙ୍କ ହାତୀଦାନ୍ତର କଠଉ ହଳକ ଆଣି ସେଠି କାଠ କଠଉ ଯୋଡ଼େ ଥୋଇ ଆସିବୁ। ସେତକ ରଖିଦେଲେ ମୁଁ ତୋତେ ଟ୩୦ଙ୍କା ଦେବି। ଦାସୀ କହିଲା, ଏକବାର ତିରିଶଟଙ୍କା। ରାଣୀ କହିଲା, ତା ସାଙ୍ଗରେ ଆହୁରି ଭଲ ଶାଢ଼ିଖଣ୍ଡେ ଦେବି। ଦାସୀ ଆଖିତ କପାଳରେ ଖୋସିଗଲା। କହିଲା, ଟଙ୍କା ଦବ; ନୋଟ ଦେଲେ ନେବିନାଇଁ, କିନ୍ତୁ ରାଣୀ ହଁ ଭରିବାରୁ ଦାସୀ ଛକି ରହିଲା। ରାଜା ଖାଇସାରି ରାତିରେ ବଡ଼ରାଣୀ ଘରକୁ ଗଲାରୁ ଦାସୀ ହାତୀଦାନ୍ତର କଠଉ ଯୋଡ଼ାକୁ ଆଣି ସେ ଜାଗାରେ କାଠ କଠଉ ଥୋଇ ଆସିଲା।

ରାଜା ସକାଳେ ଉଠି କଠଉକୁ ନ ଚାହିଁ ଗୋଡ଼ରେ ଲଗାଇ ସାନରାଣୀ ଘର

ଆଡ଼କୁ ଆସିବାରୁ ସାନରାଣୀ ଦରଜା ପାଖରେ ବାଧା ଦେଇ କହିଲା, ଆଉ ଆସ ନାହିଁ କି ମୋତେ ଛୁଅଁନା। ଗାଧୋଇ ଆସିବ ଯାଅ। ରାଜା କିଛି ବୁଝି ନପାରି କଥା ପଚାରିବାରୁ ସାନରାଣୀ କହିଲା, ଦୋଚାରୁଣୀଟା ସାଙ୍ଗରେ ପୀରତି କରି ଆସି ପୁଣି ମୋତେ ଛୁଇଁବ ? ରାଜା କହିଲେ, ତାର ପ୍ରମାଣ ? ସାନରାଣୀ କହିଲା, ନିଜ ଗୋଡ଼କୁ ଚାହିଁଲେ ବୁଝିପାରିବ। ରାଜା ପାଦକୁ ଚାହିଁ ଦେଖିଲେ କାଠ କଠଉ। ସେଇଠୁ ଆବାକାବା ହେଲାବେଳକୁ ସାନରାଣୀ କହିଲା, ତମେ ଗଲାବେଳକୁ ହୁଏତ ବିଟପୁରୁଷ ତା' ଘରେ ଥିଲା। ତମେ ଯିବାର ଜାଣି କେଉଁଠି ଲୁଚିଥିବ ବୋଧେ। ତମେ ଘରକୁ ପଶିଯିବାରୁ ବିଟଟା ତରବରରେ ପଳାଇଲାବେଳେ ତମ କଠଉ ମାଡ଼ି ତା' କଠଉ ଛାଡ଼ିଯାଇଛି। ରାଜା ଦେଖିଲେ, କଥାଟା ତ ଅପସନ୍ଦ ନୁହେଁ। ହେଲେ ହୋଇଥିବ "ସ୍ତ୍ରୀୟାଂ ଚରିତ୍ର ପୁରୁଷସ୍ୟ ଭାଗ୍ୟଂ ଦେବା ନ ଜାଣନ୍ତି କୃତ୍ୟୋ ମନୁଷା" କଥାଟା ଶାସ୍ତ୍ରରେ ଅଛି। ନାରୀ ଚରିତ୍ର ଦେବତାଙ୍କୁ ଅଗୋଚର, ଯେଣୁ ମୁଁ ମନୁଷ୍ୟ ହୋଇ କରିବି ଅବା କ'ଣ। ସେହି ଦିନଠାରୁ ସେ ଆଉ ବଡ଼ ରାଣୀକି ଚାହିଁଲେ ନାହିଁ। ବଡ଼ରାଣୀର ପୁଅ ହେଲା, ଉଛବ ଦୂରେ ଥାଉ ଉଠିଆରିବି ହେଲା ନାହିଁ।

କିଛିଦିନ ପରେ ସାନରାଣୀ ଗର୍ଭବତୀ ହୋଇ ପୁଅଟିଏ ଜନ୍ମ କଲା। ଉଛବ ମଉଛବରେ ରାଜନବର ଉଛୁଳିଲା। ଦୁଇ ପୁଅ ବଡ଼ ହେଲେ। ରାଜା ପଣ୍ଡିତ ରଖି ସାନପୁଅକୁ ପଢ଼ାଇଲେ। କାରଣ ତାଙ୍କର ଇଛା ସାନପୁଅ ରାଜଗାଦି ପାଉ। ସେଥିପାଇଁ ଭଲ ପଣ୍ଡିତ ରଖି ତାକୁ ପାଠ ପଢ଼ାଇଲେ। ବଡ଼ରାଣୀ ପୁଅ ପାଠ ପଢ଼ିବାକୁ କହିଲାରୁ ତା ମା କହିଲେ, ତୋତେ ପଢ଼ାଇବାକୁ ପଇସା କାହୁଁ ପାଇବି। ରାଜା ତାକୁ ପଢ଼ାଇଲେ। ତୁ କେମିତି ପଢ଼ିବୁ? ସେଇଠୁ ବଡ଼ରାଣୀ ପୁଅ ମନଦୁଃଖରେ ଥାଇ ପ୍ରତିଦିନ ଯାଇ ପାଠଶାଳା ପିଣ୍ଡାରେ ବସିରହେ। ଗୁରୁ ସାନଭାଇକୁ ଯାହା ପଢ଼ାନ୍ତି ଶୁଣି ସବୁ ଘୋଷି ଘୋଷି ମନେରଖେ। ଘରକୁ ଆସି ଲେଖି ଶିଖେ। ସାନଟା ମନମୋଟିଆ। କିନ୍ତୁ ଯେତେ ପଢ଼େଇଲେ ପାଠକୁ ମନଦିଏ ନାହିଁ। ଗୁରୁବଚନ ସବୁକୁ କାନରେ ପୂରାଇ ଆର କାନରେ ବାହାର କରିଦିଏ। ଗୁରୁ ଯେତେବେଳେ ଦରମାଗଣ୍ଡାକ ପାଉଥାନ୍ତି ପିଲା ମନେ ରଖୁ ନରଖୁ ପଢ଼େଇଯାନ୍ତି। ଏମିତି କରି ତେରଟି ବର୍ଷ ଗଲା। ଅଙ୍କଠାରୁ ରାଜନୀତି, ଅର୍ଥନୀତି, ତର୍କ, ଆଇନ, ବ୍ୟାକରଣ ସବୁ ଗୁରୁ ପଢ଼ାଇଲେ। ରାଜାଙ୍କୁ ସେତେବେଳକୁ ଶମନର ଡାକରା ଆସିଲାଣି।

ଦିନେ ରାଜା ପ୍ରଜାମାନଙ୍କୁ ଡକେଇ ସଭା କଲେ ଓ ପଚାରିଲେ, ମୋ ଅନ୍ତେ କୋଉ ପୁଅ ରାଜା ହେବ। କୃଷକ ପ୍ରଜାଠାରୁ ମହାପାତ୍ର ସେନାପତିଯାଏ କହିଲେ, ବଡ଼ ପୁଅର ରାଜଗାଦି ପାଉଣା। ରାଜା କହିଲେ, ସେଇଥିପାଇଁତ ଡକେଇଲି। ନୋହିଲେ

ମୋ ଅନ୍ତେ ସେଇତ ପାଇଥାନ୍ତା ରୀତିମତ। ହେଲେ ସେ ତ ମୂର୍ଖଟାଏ, ଦକ୍ଷ ନୁହେଁ। ଅଦକ୍ଷର ଲକ୍ଷେ ଟଙ୍କା ପକ୍ଷକୁ ନିଅଣ୍ଟ। ସେ'ଟା ରାଜ୍ୟ ଚଳେଇବ କେମିତି ? କେତେକ କହିଲେ, ସେ ପଢ଼ିନେବ, କେତେକ କହିଲେ, ବେଳକାହିଁ ? ଯୋଗ୍ୟଲୋକର ଭାଗ୍ୟ ବଡ଼େ। ଏତିକିବେଳେ ରାଜା ବଡ଼ପୁଅକୁ କହିବାରୁ ସେ କହିଲା, ରାଜ୍ୟରେ ମୋର ହକ୍ ଦାବି। ଆପଣ ଆମର ପାଠ ପରୀକ୍ଷା କରନ୍ତୁ। ରାଜା ତେଣୁ ସାନ ପୁଅକୁ ଡାକି ଯେଉଁ ପ୍ରଶ୍ନ ପଚାରିଲେ, ଗୋଟାକର ଉତ୍ତର ବି ସେ ଦେଲା ନାହିଁ। ଲଫାଙ୍ଗାଟା ପଢ଼ିଛି କୋଉଠି ଯେ କହିପାରିବ ? ଖଟିଥିଲେ ସିନା ପଢ଼ିଥାନ୍ତା। "କର୍ମଣ୍ୟେ କୃଷି ଲାଭଞ୍ଚ ବିଦ୍ୟାଲାଭ ସୁଘୋଷଣ'। ବଡ଼ ଘୋଷିଥିବାରୁ ଗୋଟିଏ ପ୍ରଶ୍ନର ଦଶପ୍ରକାର ଅର୍ଥ କରି ବୁଝାଇ ଦେଲା। ରାଜା ମନ ତ ସାନଠାରେ। ତେଣୁ ସେ କହିଲେ-ଆଜି ଏ ବିଚାର ଥାଉ, କାଲିଠାରୁ ଦୁହେଁ ଲାଗି ଦୁଇଟା ସ୍ୱର୍ଣ୍ଣମନ୍ଦିର ତୋଳାଅ, ଯାଆର ମନ୍ଦିର ଆଗେ ତିଆରି ହୋଇଯିବ, ସେଇ ରାଜଗାଦି ପାଇବ। ଏକଥା ସମସ୍ତଙ୍କ ମନକୁ ପାଇବାରୁ ସଭା ଭଙ୍ଗ ହେଲା। ସାନପୁଅ ସେଇଠୁ ଆସି ବାପାଙ୍କ ଅନୁଗ୍ରହରେ ଗନ୍ତା ଘରୁ ସୁନା ନେଇ ଇଟା ତିଆରି କଲା।

ତେଣେ ବଡ଼ପୁଅ ଯାଇ ମା'ଙ୍କୁ ଘଟଣା କହିବାରୁ, ରାଣୀଙ୍କ ଆଖି ଛଳଛଳ ହେଲା। ସେ କହିଲେ ରାଜ୍ୟ ଆଶା ଛାଡ଼ ବାପ-

"ଜନ୍ମଦାତା ପିତା ଯଦି କୂଟ ଛନ୍ଦ କରେ,
ପୁତ୍ରର କି ବଳ ଅଛି ଜିଣିବ ସୋଦରେ।"

ବାପ ଯଦି ପୁଅମାନଙ୍କୁ ପାତରଅନ୍ତର କରେ, କରିବୁ କ'ଣ ? ବଡ଼ ପୁଅ ଚନ୍ଦ୍ରକେତୁ କହିଲା, ମୁଁ ଯୁଦ୍ଧକରି ରାଜ୍ୟ ଛଡ଼େଇ ନେବି। ରାଣୀ ବୋଧଦେଇ କହିଲେ-ଛି, ସେମିତି ପାଗଳାମି କରନ୍ତି ନାହିଁ। ଯୁଦ୍ଧ କରିବାକୁ ହେଲେ ବହୁ ଧନଜନ ଦରକାର। ସେ ବଳ ତୋର କାହିଁ ? ଶାସ୍ତ୍ରରେ ଅଛି ଜଣେ କରେ ଧ୍ୟାନ, ଦି'ଜଣକରେ ଅଧ୍ୟୟନ, ତିନିଜଣରେ ଧନ ଅର୍ଜନ, ଚାରିଜଣରେ ତୀର୍ଥଯାତ୍ରା, ପାଞ୍ଚଜଣରେ କୃଷିକାର୍ଯ୍ୟ ଓ ବହୁତ ଲୋକ ମିଳିଲେ ତେବେ ଯୁଦ୍ଧ ହୁଏ। ଯୁଦ୍ଧପାଇଁ ଧନଜନ ପ୍ରଚୁର ଲୋଡ଼ା। ତାହା ତୋର କାହିଁ ?

ଚନ୍ଦ୍ରକେତୁ କହିଲା, ତୁ ଯେ କହୁ ତୋର ଧର୍ମ ଥୁଆ ହୋଇଛି। ଭଗବାନ ଭରସା ତୋର। ତାକୁଇ ଦେ ମୁଁ ଲଢ଼େଇ କରିବି। ପୁଅ କଥା ଶୁଣି ରାଣୀଙ୍କର ହୋବ ହେଲା। ସେ ଟିକିଏ ଚିନ୍ତା କରି କହିଲେ-ଆଚ୍ଛା, ତୁ ମୋ ବାପା ରାଜ୍ୟକୁ ଯା। ସେଠି ମୁଁ ଥିବାବେଳେ ନିକଟରେ ଥିବା ଜଣେ ଋଷିଙ୍କ ଆଶ୍ରମକୁ ଯାଇ ନିତି ତାଙ୍କ ସେବା କରୁଥିଲି। ସେ ଯଦି ବଞ୍ଚିଥିବେ ତାଙ୍କୁ ମୋ ନାଁ କହି ଦୁଃଖ ଜଣାଇଲେ ନିଶ୍ଚୟ

ତୋତେ ସେ ବୁଦ୍ଧି ବତେଇ ଦେବେ। ହାରାବତୀଙ୍କ କଥାଶୁଣି ଚନ୍ଦ୍ରକେତୁ ମାମୁଁଘରକୁ ଗଲା। "ସୁଖବେଳେ ଭଗାରି ଡକେଇ ଖା, ଦୁଃଖବେଳେ ମାମୁଁଘରକୁ ଯା" ବୋଲି କଥାରେ ଅଛି। ସେୟାକୁ ଭାବି ଚନ୍ଦ୍ରକେତୁ ମାମୁଁଘରକୁ ଯାଇ ଋଷିଙ୍କର ସନ୍ଧାନ ନେଲା। ତା' ପରେ ପ୍ରତିଦିନ ଋଷି ରାତିରୁ ଉଠି ତର୍ପଣପାଇଁ ନଦୀକି ଗଲେ, ଚନ୍ଦ୍ରକେତୁ ଯାଇ ଋଷି ଆଶ୍ରମରେ ବାସି ପାଇଟିଠାରୁ ଫୁଲତୋଳା ଯାଏ କରି ଆସେ। ତା' କାର୍ଯ୍ୟ ଦେଖି ଋଷିଙ୍କ ମନରେ ସନ୍ଦେହ ହେବାରୁ ଦିନେ ଋଷି ତର୍ପଣକୁ ଯିବାର ଆଳ କରି ଜଗି ବସି ତାକୁ ଧଇଲେ। ସୁନ୍ଦର ପୁଅଟିକୁ ଦେଖି ଋଷିଙ୍କର ଦୟା ହେଲା। ସେ ବାଳକର ସେବା ମନୋବୃତ୍ତି ଦେଖି ପରିଚୟ ମାଗିବାରୁ ଚନ୍ଦ୍ରକେତୁ କହିଲା, ମୁଁ ରାଜକୁମାରୀ ହାରାବତୀଙ୍କ ପୁଅ। ଗାଁ ଝିଅକୁ କୋଉ ଜ୍ଞାନୀଲୋକ ଶ୍ରଦ୍ଧା ନ କରେ। ତା' ଛଡ଼ା ସେ ସେବା ଯତ୍ନ କରିଛି ଯେତେବେଳେ, ଋଷି ପିଲାର ମା ନାଁ ଶୁଣି ବଡ଼ ଆଗ୍ରହରେ ସବୁ ଘଟଣା ପଚାରି ବୁଝି କହିଲେ- 'ଧନ କାର୍ପଣ୍ୟ ସେବା ଫଳେ, କିବା ଅସାଧ ମହୀତଳେ।' ତୋ ମା' ମୋର ସେବାକରି କିଛି ନେଇନାହିଁ, ତା' ପାଉଣା ତୋପାଇଁ ଥୁଆହୋଇଛି ଏଇଥିପାଇଁ କହନ୍ତି ପରା ପିତାମାତା ସୁକୃତରୁ ପୁତ୍ର ହୁଏ ସୁଖି। ଯା, ମୋ ଠାକୁର ଖଟୋଳି ତଳେ ଅଣ୍ଡାଳିବୁ, ଯାହା ପାଇବୁ ସାଇତି ସମ୍ଭାଳି ନେଇଯିବୁ। ପଥରରେ ମନ୍ଦିରଟିଏ କରି ସେଥିରେ ୟାକୁଇ ଛୁଆଇଁ ଦେଲେ ମନ୍ଦିରଟି ସୁନାର ହୋଇଯିବ। ଏହା କହି ଋଷି ଅପେକ୍ଷା କଲେ। ଚନ୍ଦ୍ରକେତୁ ଖଟୋଳିତଳୁ ଅଣ୍ଡାଳି ଆଣି ଦେଖିଲା ସେ ପରଶ ପଥରଟିଏ। ସେ ଖଣ୍ଡକ ଆଣି ଋଷିଙ୍କ ଦେଖାଇବାରୁ ଋଷି କହିଲେ, ସେଇଟା ତୋ ମା'ର ପାଉଣା ଥିଲା ତୁ ନେଇଯା।

ପରଶ ପଥର ଘେନି ଚନ୍ଦ୍ରକେତୁ ଘୋଡ଼ାରେ ଚଢ଼ି ଆସୁ ଆସୁ ବାଟବଣା ହୋଇ ଗୋଟାଏ ବଣରେ ପଶିଗଲା। ସେଥିରେ ବାଘ ଭାଲୁ ପଣ ପଣ ବୁଲୁଛନ୍ତି। ହେଲେ ମଝିରେ ପଥରର କୋଠାଟିଏ ଅଛି। ସେ'ଟା ଡକାୟତର ଘର। ତାକୁ ଦେଖି ଚନ୍ଦ୍ରକେତୁ ଭାବିଲା, ଏଟା ଧର୍ମଶାଳା ହେବ ପରା। ଆଚ୍ଛା ପାଣି ମନ୍ଦିଏ ପିଇ ବାଟ ପଚାରି ଚାଲିଯିବା। ୟା' ଭାବି କୋଠା ଦରଜାରେ ଘୋଡ଼ାକୁ ବାନ୍ଧି ଡାକିଲା, ଘରେ କିଏ ଅଛ, ପିଇବା ପାଣି ଗିଲାସେ ଦେବ ? ଚନ୍ଦ୍ରକେତୁର ଡାକ ଶୁଣି ଭିତରୁ ଚୌଦବରଷୀ ସୁନ୍ଦରୀ ଝିଅଟିଏ ଆସି ଦେଖେ ତ ମଦନ ସୁନ୍ଦର ପରି ଯୁବକଟିଏ। ତାକୁ ତା'ର ଲୋଭ ହେଲା। ସେ ଭିତରୁ ପାଣି ଆଣିବାକୁ ଯାଇ ଡେରିକଲା। କହିଲା ଟିକିଏ ଡେରିକର ବାଟୋଇ ! ମୁଁ ଦହି ସରବତ କରି ନଉଛି। ତା' କଥା ଶୁଣି ଚନ୍ଦ୍ରକେତୁ ଏପାଖ ସେପାଖ ବୁଲାବୁଲି କରୁ କରୁ ଦେଖିଲା ଗୋଟିଏ କୂଅ ପାଖରେ ମୁଗୁନି ପଥରର ଖମ୍ବଟିଏ ଅଛି। ସେଇଟାରେ ପରଶପଥରଟିକୁ ଗୁଣାଗୁଣି କରି ତାକୁ ଯେମିତି

ଛୁଆଁଇ ଦେଇଛି ସେଇ ଖମ୍ବଟି ସୁନା ପାଲଟିଗଲା। ଚନ୍ଦ୍ରକେତୁ ପୁଣି କୂଅକୁ ଅନେଇ ଦେଖେ ତ ସେଥିରେ କେବଳ ମଣିଷ ମୁଣ୍ଡ ଓ ହାଡ଼ ଭର୍ତ୍ତି ହୋଇଛି। ସେଗୁଡ଼ାକୁ ଦେଖି ଚନ୍ଦ୍ରକେତୁର ପିଳେହୀ ପାଣି। ସରବତ୍ ପିଇବ କ'ଣ ଘୋଡ଼ା ଛୁଟାଇ ଛୁ।

ଚନ୍ଦ୍ରକେତୁ ଯିବା ପରେ ପରେ ଝିଅର ବାପା ଆସି ପହଞ୍ଚି ଦେଖେ ତ ପଥର ଖମ୍ବଟା ସୁନା ହୋଇଛି। ସେଇଠୁ ଝିଅକୁ ଘଟଣା କ'ଣ ପଚାରିବାରୁ ଝିଅ କହିଲା, ଜଣେ ତରୁଣ ବାଟୋଇ ଆସି ପାଣି ମାଗୁଥିଲା। ମୁଁ ପାଣି ନେଇ ଗଲାବେଳେ ଦେଖିଲି ଯେ ସେ ଆମର ଏଇ ଖମ୍ବରେ କ'ଣ ଗୋଟାଏ ଛୁଆଁଇ ଘୋଡ଼ା ଚଢ଼ି ପଳେଇଗଲା। ପାଣି ଟୋପାଏ ବି ପିଇ ପାରି ନାହିଁ।

ଝିଅ କଥା ଶୁଣି ରାଧୁ ଡକାୟତ କହିଲା, ହାଏ ଓଲୀ ଝିଅ; ସେ ଟୋକାକୁ ମଙ୍ଗେଇ ରଙ୍ଗେଇ ରଖିପାରିଲୁ ନାହିଁ? ଏଇଥିପାଇଁ କହନ୍ତି ପରା ବାରହାତ ଶାଢ଼ି ପିନ୍ଧିଲେ ବି ମାଇପି ଜାତି ଲଙ୍ଗଳା। ବୁଦ୍ଧି ଆସିବ କୁଆଡ଼ୁ? ହଉ ଯାହାକଲୁ କହି ନୁହେଁ। ଏକ୍ଷଣି ଶୀଘ୍ର ସଜବାଜ ହୋଇ ମୋ ସାଥିରେ ଆ। ଆଉ ବିଷଟିକିଏ ଗୋଟିଏ କ୍ଷୁର ବି ଆଣିଥିବୁ। ବାପା କଥା ଶୁଣି ଝିଅ ଶୀଘ୍ର କରି ଗହଣା ଲୁଗା ପିନ୍ଧି ବାହାରି ଆସିଲା। ତାପରେ ଡକାୟତ ଝିଅକୁ ଘୋଡ଼ାରେ ବସାଇ ଛୁଟାଇଦେଲା ଘୋଡ଼ା। ଚନ୍ଦ୍ରକେତୁ ଯାଇଥିବା ଘୋଡ଼ା ଟାପୁ ଚିହ୍ନ କଳି ସେଇ ବାଟରେ ଘୋଡ଼ା ଦୌଡ଼ାଇ ଛୁଟିଲା।

ପଛରେ ଗୋଟିଏ ଘୋଡ଼ା ଆସୁଛି ଦେଖି ଚନ୍ଦ୍ରକେତୁ ଭାବିଲା, ମୋ ପରଶ ପଥର କଥା ଜାଣି କେହି ବୋଧହୁଏ ଡକାୟତ ଆସୁଛି। ଏହା ଭାବି ସେ ମଧ୍ୟ ଘୋଡ଼ା ଦୌଡ଼ାଇଲା ଜୋରରେ। ହେଲେ ଡକାୟତର ଘୋଡ଼ା ବେଗବାନ ଥିବାରୁ ତାକୁ ଯାଇ ଧରି ପକାଇଲା। ତାକୁ ଧରିବାର ଦେଖି ଚନ୍ଦ୍ରକେତୁ ଡକାପାରିଲା। ନିକଟ ଗାଁରୁ ଲୋକେ ଦୌଡ଼ି ଆସିଲେ। କଥା କ'ଣ ପଚାରିବାରୁ ଡକାୟତ କହିଲା, ଏଇ ମୋ ଝିଅକୁ ବାହାହୋଇ ନେଉନାହିଁ, ଲୁଚି ଛପି ପଳାଉଛି। ଅବିକା ମୁଁ ବାହାହେବା ବଢ଼ିଲା ଝିଅଟାକୁ ଘରେ ରଖି କ'ଣ କରିବି? ଲୋକମାନେ ଚନ୍ଦ୍ରକେତୁକୁ ପଚାରିବାରୁ ସେ କହିଲା, ମୁଁ କାହିଁକି ତା ଝିଅକୁ ବାହାହେବି ହୋ। ସେ'ଟା ମିଛରେ ଫନ୍ଦା କରି କହୁଛି। ସେଇଠୁ ଲୋକମାନେ ଝିଅକୁ ପଚାରିଲେ, ଝିଅକୁ ତା ବାପ ଶିଖେଇ ଦେଇଛି ତୁ ବାହା ହେଇଛୁ କହିବୁ। ସାଙ୍ଗରେ ଯାଇ ଯାଇ ତାକୁ ବିଷ ଖୁଆଇ କ୍ଷୁରରେ ତା ଗଳା କାଟି ପଥର ଖଣ୍ଡକୁ ଘେନି ଆସିବୁ। ଗାଁବାଲା ଯେମିତି ପଚାରିଲେ ଚତୁରୀ ଝିଅ କହିଲା- ହଁ, ମୋତେ ବାହାହୋଇ ତିନିମାସ ହେଲା ମୋତେ ନେଇ ଘର କରିଚି। ସବୁଯୁଗରେ ତ ମାଇପିଙ୍କ କଥା ଆଗ ଶୁଣାଯାଏ, ଅବିକା ବି ସେଇଆ। ଗାଁବାଲା

କହିଲେ- ନାହିଁ, ଟୋକା ! ତୁ'ଟା ବସିଖିଆ କୋଢ଼ିଆ ବୋଧହୁଏ, ପୋଷି ପାରିବୁନି ବୋଲି ବୋହୂଟାକୁ ଛାଡ଼ିଯାଉଛୁ । ସେ କଥା ଚଳିବ ନାହିଁ; ଭାରିଯାକୁ ନେଇଯା । ଥୋକେ କହିଲେ, ଆରେ ଟୋକା ! କାମିନୀ କାଞ୍ଚନ ପାଇ କିଏ ଛାଡ଼ି ଦିଏରେ ? କେତେକ କହିଲେ,ଏଟା ନପୁଂସକ ନା କ'ଣ ? ନହେଲେ ଏପରି ଭାର୍ଯ୍ୟା ପାଇ କେହି ଛାଡ଼ିଦିଏ ? ଅପ୍‌ସରୀ ପରି ରୂପସମ ? ସେଇଠୁ ସମସ୍ତେ ଜୋରକରି କହିଲେ ଯେତେବେଳେ ଚନ୍ଦ୍ରକେତୁ ନେବାକୁ ବାଧ୍ୟ । ଭାବିଲା-

"ମାଙ୍କଡ଼ ରାଇଜେ ଗଧ ଗାୟକ,
ବେଙ୍ଗ ପୁରୋହିତ କାଉ ନାୟକ ।
ବିଲେଇ ହାକିମ ଓକିଲ ଗୋରୁ,
ଅଗ ମୂଳଯାକ ବୁଝନ୍ତି ସାରୁ ।"

ହଉ ହେଲା, ଗଣତନ୍ତ୍ର ଯୁଗରେ ଅଧିକ ଭୋଟ ହେଲେ ପାସ୍‌ତ ହେଉଛି । ଏତେ ଲୋକ କହୁଛନ୍ତି ଯେତେବେଳେ ନ ନେବାର ଯୁ କାହିଁ ? କହିଲା, ହଉ ଚାଲ । ଡକାୟତ ବାହୁଡ଼ିଲା, କନ୍ୟା ଗଲା ସାଙ୍ଗରେ ।

ଡକାୟତ ଝିଅ ହେଲେ କ'ଣ ହେବ ଦେଖିବାକୁ ଖୁବ୍ ସୁନ୍ଦରୀଟିଏ । ଚନ୍ଦ୍ରକେତୁ ଘୋଡ଼ାରେ ଅନେକ ବାଟ ଯିବା ପରେ କହିଲା, ଘୋଡ଼ାରେ ଚଢ଼ି ବଡ଼ ବାଧିଲାଣି ଟିକିଏ ବସେ, ଚନ୍ଦ୍ରକେତୁ ଘୋଡ଼ାରୁ ତାକୁ ଉତାରି ଗୋଟାଏ ଗଛମୂଳରେ ବସିବାରୁ ଝିଅଟି କହିଲା, ବଡ଼ ଭୋକ କଲାଣି । ପାଖରେ ବଜାର । କିଛି କିଣି ଆଣି ଖାଇବା । ଚନ୍ଦ୍ରକେତୁ ତାକୁ ବସାଇ ବଜାରରୁ ଜଳଖିଆ କିଣି ଆଣିଲା । ରାଧୁ ଡକାୟତ ସେ ଝିଅଟି ନାଁ ଦେଇଛି ସବିତା । ସେ ଜଳଖିଆ ଧରି କହିଲା, ଯାଅ ଗୋଡ଼ହାତ ଧୋଇ ଆସି ଜଳଖିଆ ଖାଅ । ତମେ ଖାଇ ସାରିଲେ ମୁଁ ଖାଇବି । ଚନ୍ଦ୍ରକେତୁ ନାହିଁ କରିବାରୁ ସବିତା କହିଲା, ମରଦ ଲୋକ ଆଗେ ନ ଖାଇଲେ ମାଇପି ଲୋକ ଖାଆନ୍ତି ନାହିଁ । ତମେ ନ ଖାଇଲେ ମୁଁ ଖାଇବି କିପରି ? ସେଇଠୁ ଚନ୍ଦ୍ରକେତୁ ଗୋଡ଼ହାତ ଧୋଇବାକୁ ଯିବାରୁ କିଛି ଜଳଖିଆରେ ଆଣିଥିବା ବିଷକୁ ମିଶାଇ ଦେଲା ସବିତା । ଚନ୍ଦ୍ରକେତୁ ଆସି ଜଳଖିଆ ଖାଇ ଅଚେତ ହୋଇ ପଡ଼ିଲା । ସବୁତା ଦେଖିଲା ଠିକ୍ ହେଇଛି । ସେଇଠୁ ଜଳଖିଆ ଗଣ୍ଡାକ ଖାଇ ପକେଟ ଭିତରୁ କ୍ଷୁରଟିକୁ ନେଇ ଯେମିତି ଚନ୍ଦ୍ରକେତୁ ଗଳାରେ ଲଗାଇଚି ଭାଗ୍ୟକୁ ଚନ୍ଦ୍ରକେତୁର ଜ୍ଞାନ ଫେରିଆସିଲା । ସେ କନ୍ୟାର ହାତରେ କ୍ଷୁର ଦେଖି କହିଲା, ତମେ ମୋତେ ମାର ନାହିଁ । ଟଙ୍କା ଗହଣା ଯାହା ଅଛି ନିଅ ପଛେ, ମୋତେ ଛାଡ଼ିଦିଅ । ମୁଁ ମରିଗଲେ ରାଜ୍ୟଟା ଅରାଜକ ହୋଇଯିବ । ପ୍ରଜାଙ୍କର ଶତ୍ରୁମାନେ ସର୍ବନାଶ କରିଦେବେ ।

ସବିତା ଯେମିତି ରାଜାପୁଅ ବୋଲି ଶୁଣିଲା, ସେଇଠୁ କହିଲା- ତମେ ଯଦି ରାଜାହେବ ମୋତେ ରାଣୀ କରିବ ତ, କୁହ ଆଗେ। ଚନ୍ଦ୍ରକେତୁ କହିଲା, ମୁଁ ତ୍ରିବାର ସତ୍ୟ କରୁଛି ତୁମକୁ ବିଭାହୋଇ ରାଣୀ କରିବି। ରାଜସୁଖ ଭୋଗ କରିବ। ଏତକ ଧନ ନେଇ କେତେଦିନ କୋଉ ସୁଖରେ ବାପଘରେ ଚଳିବ? ରାଜସୁଖ ବା କିଏ ନ ଚାହେଁ? ସବିତା ସେଇଠୁ କ୍ଷୁରଟାକୁ ଫିଙ୍ଗିଦେଇ ଗାରେଡ଼ି ମନ୍ତ୍ରରେ ଫୁଙ୍କି ଚନ୍ଦ୍ରକେତୁର ବିଷ ଖସାଇ ଦେଲା। ସେଇଠୁ ଯାଇ ଦିହେଁ ଗୋଟିଏ ଧର୍ମଶାଳାରେ ଗନ୍ଧର୍ବ ମତରେ ବାହାହୋଇ ରାତି କଟାଇଲେ। ସକାଳୁ ପୁଣି ଘୋଡ଼ାରେ ଚଢ଼ି ଚାଲିଲେ ରାଇଜ ଆଡ଼େ। ସେ ଘରେ ପହଞ୍ଚି ଚନ୍ଦ୍ରକେତୁ ଗୋଟିଏ ଚିହ୍ନା ମାଲୁଣୀକୁ କହିଲା, ମାଉସୀ! ତୁ ତ ମୋତେ ଜାଣୁ ଆଉ ବେଶୀ କ'ଣ କହିବି? କିଛିଦିନ ପାଇଁ ଏ କନ୍ୟାଟିକି ତୋର ଘରେ ରଖ। ପାଞ୍ଚଶହ ଟଙ୍କା ଦଉଚି ଖର୍ଚ୍ଚ ପାଇଁ ନେ। ମାସକ ପରେ ଆସି ମୁଁ ଏ କନ୍ୟାକୁ ନେଇଯିବି। ତୋତେ ପୁଣି ବେଶି ଟଙ୍କା ଦେଇଯିବି। ଖବରଦାର! ଏକଥା କେହି ଯେପରି ନ ଜାଣନ୍ତି। ମାଲୁଣୀ କହିଲା, ନାଇଁରେ ପୁଅ! ମୋର ତ ଚକୁଳି ଖାଇବାର କଥା, ବିନ୍ଧ ଗଣିବି କାହିଁକି? ଟଙ୍କା ପାଇଲେ କହିବାକୁ ଯିବି, ପାଟି କଣ ଗଲୁ କରୁଚି? ଝିଅଟା ଥାଉ।

ସବିତା ଚନ୍ଦ୍ରକେତୁକୁ କାକୁତିକରି କହିଲା, ମୋତେ ଭୁଲିବ ନାହିଁଟି। ମୁଁ ପର ବୁଦ୍ଧିରେ ପଡ଼ି ଖରାପ କରିବାକୁ ଯାଉଥିଲି। ଏଇକ୍ଷଣି ସବୁ ଛାଡ଼ି ଆସିବି। 'ସ୍ୱଭାବେ ସ୍ତିରି ଜନ୍ମ ହୋଇ, ଧର୍ମ ଅଧର୍ମ ନ ଜାଣଇ।' ଚନ୍ଦ୍ରକେତୁ କହିଲା, ସେ ପାଇଁ ଚିନ୍ତା କରନା। 'ମର୍ଦ୍ଦକା ବାତ, ହାତୀକା ଦାନ୍ତ,'। ମୁଁ କଥା ଦେଉଚି ନିଶ୍ଚେ ତୁମକୁ ରାଣୀ କରିବି। ଏହା କହି ସେ ଯାଇ ମା ପାଖରେ ପହଞ୍ଚିଲା।

ହାରାବତୀ ପୁଅକୁ ଦେଖି ଆଖି ପାଇଲା ପରି ହେଲେ। ବାପଘର କଥା ଓ ଋଷିଙ୍କ କଥାସବୁ ଖବର ପଚାରିଲେ। ଚନ୍ଦ୍ରକେତୁ କହିଲା, ଋଷି ମତେ ଏଇ ପରଶ ପଥର ଖଣ୍ଡକୁ ଦେଇଛନ୍ତି। ଏହାକୁ ସାଇତି ରଖ ମା। ରାଣୀ ପୁଅ ହାତରୁ ପଥର ଖଣ୍ଡକୁ ନେଇ ଦେଖୁ ଦେଖୁ ଚନ୍ଦ୍ରକେତୁ କହିଲା- ଭୋକ ହେଲାଣି, ଖାଇବାକୁ ଦେ ମା! ହାରାବତୀ ତ ସେକାଳର ଝିଅ ମରହଟ୍ଟୀ। ପୁଅର ଭୋକକଥା ଶୁଣି ତରବରରେ ପଥରଟିକୁ ଗୋଟାଏ କାନ୍ଥ କୋରଡ଼ରେ ଥୋଇ ପୁଅକୁ ଖାଇବା ପାଇଁ ଦେବାକୁ ଗଲେ। ଆଉ ପଥର କଥା ମନେନାହିଁ।

ତାଙ୍କ ଦାସୀର ଝିଅଟିଏ ଥାଏ। ତାକୁ ଷୋହଳ ସତର ବର୍ଷ ହେବ। ସେଇଟି ମନ୍ତ୍ରୀ ପୁଅ ସାଙ୍ଗରେ ଭାବ କଲାଣି ସେତେବେଳକୁ। ବଡ଼ ଚତୁରୀ ସେ। ରାଣୀଙ୍କ ପାଖରେ ଚନ୍ଦ୍ରକେତୁ ପରଶ ପଥର ଆଣିବା କଥା କହିଲାବେଳେ ଛପି ଛପି

ଶୁଣିଥିଲା। ରାଣୀ ଯେମିତି ପଥର ଖଣ୍ଡକୁ ରଖିଦେଲେ ସେ ଖଣ୍ଡକ ନେଇ ଦେଖିଲା, ମାଣିକ ପରି ଜଳୁଚି। ସେଇଠୁ ଭାବିଲା ଏ'ଟା ମାଣିକ ହବ ବୋଧେ। ଏହା ଭାବି ସଙ୍ଗେ ସଙ୍ଗେ ନେଇ ମନ୍ତ୍ରୀ ପୁଅକୁ କହିଲା, ଏ ଖଣ୍ଡକୁ ତମେ ବେକରେ ପିନ୍ଧ। ଏଇଟି ଗୋଟିଏ ବହୁମୂଲ୍ୟ ମାଣିକ। ମନ୍ତ୍ରୀପୁଅ ସେ ଖଣ୍ଡକୁ ପଦକଟିରେ ଲଗାଇ ବେକରେ ପିନ୍ଧିଲା।

ଚନ୍ଦ୍ରକେତୁ ବାଟ ଥକାରେ ଆସି ସେଦିନ ଖାଇପିଇ ଶୋଇଥିଲା। ତହିଁ ଆରଦିନ ମା'କୁ କହିଲା- ମୋ ପଥର ଖଣ୍ଡକୁ ମୋ ଜିମା ଦେ ମା। ନୋହିଲେ ତୋର ଯୋଉ ଭୁଲାମନ-ସେଇଠୁ ରାଣୀଙ୍କ ମନେପଡ଼ିବାରୁ ସେ ତରତର କରି ଯାଇ ଦେଖିଲାବେଳକୁ ପଥରଟି ନାହିଁ। ସେଇଠୁ ରାଣୀ କହିଲେ, ତୋର ପଥରଟାକୁ ଏଇଠି ରଖିଥିଲି, କିଏ ନେଲା ? ଆରେ ଚନ୍ଦ୍ର, ତୁ ନେଇ ମୋତେ ଛଳଅଛୁ କିରେ ? ରାଣୀଙ୍କ କଥା ଶୁଣି ଚନ୍ଦ୍ରକେତୁର ହାଲକ ଶୁଖିଗଲା। ସେ ଅନେକ ଖୋଜାଖୋଜି କରି କାନ୍ଦି କାନ୍ଦି ଆଖି ଫୁଲେଇ ଦେଲା। ମୁଣ୍ଡ ହେଲା ପାଗଳ ପରି।

ଯା' କାନ୍ଦିବା କଥା ମାଲୁଣୀ ପାଖରୁ ଶୁଣି ସବିତା ଡକେଇ ତା'ଠାରୁ ସବୁ କଥା ବୁଝି ବଡ଼ ମନଦୁଃଖ କଲା। ତା'ପରେ ଚନ୍ଦ୍ରକେତୁକୁ ସାହସ ଦେଇ କହିଲା, ଆଉ ବେଶି ଭାବ ନାହିଁ। ଆମ ବରାଦରେ ରାଜସୁଖ ନାହିଁ ଯେତେବେଳେ ଭାବି ଭାବି କରିବା କ'ଣ ? ଶାସ୍ତ୍ରରେ ଅଛି-

ବିଧାତା ନିଜଭାଲପଟ ଲିଖିତଂ ସ୍ତୋକଂ ମହଦ୍ଵାଧନଂ
ତତ୍‌ପ୍ରାପ୍ନୋତି ମରୁସ୍ଥଳେଽପି ନିତରାଂ ମେରୌଚ ନତୋଽଧିକଂ
ତଦ୍ଧୀରୋ ଭବବିତ୍ତବସ୍ଥୁ କୃପଣାଂ ବୃତ୍ତିଂ ବୃଥା ମା ବୃଥଃ
କୂପେ ପଶ୍ୟ ପୟୋନିଧାବପି ଘଟେ ଗୃହ୍ନାତି ତୁଲ୍ୟଂ ଜଳଂ।

ବିଧାତା କପାଳରେ ଯେତିକି ସୁଖ ଭୋଗ ଲେଖି ଦେଇଛନ୍ତି ସେତିକି ମିଳିବ। ବସ, ଚାଲ, ଚଷ, ବଣିଜ କର, ପାହାଡ଼ ଶିଖରକୁ ଗଲେ ବି ବରାଦରୁ ଅଧିକ ମିଳିବ ନାହିଁ। କଳସୀକୁ କୂଅରେ ବୁଡ଼ାଇଲେ ଯେତିକି ପାଣି ତୋଳିବ ସମୁଦ୍ରରେ ବୁଡ଼ାଇଲେ ବି ସେତିକି ତୋଳିବ। ତେଣୁ ସେପାଇଁ ଚିନ୍ତାକରି ଲାଭନାହିଁ। ବରଂ ଚେଷ୍ଟାକରି ଦେଖ ପଥରଟି ଯଦି ଯୋଗାଡ଼ ହୁଏ। ମୁଁ ମଧ୍ୟ ଚେଷ୍ଟା କରିବି। ସବିତା କଥା ଶୁଣି ଚନ୍ଦ୍ରକେତୁ ବାହୁଡ଼ିଲା। ହେଲେ ସବିତା ନିଶ୍ଚିନ୍ତରେ ବସିଲା ନାହିଁ। ଖବର ଦେଇ ଜାଣିଲା ରାଣୀ ପାଖରେ ଯେଉଁ ଦାସୀ ଝିଅଟି କନିଆରୀ ହୋଇଅଛି, ସେ କୁଆଡ଼େ ବଡ଼ ଚତୁରୀ ଓ ମନ୍ତ୍ରୀପୁଅ ସଙ୍ଗରେ ଲଟପଟ ହୁଏ। ସେଦିନ ସକାଳେ ମାଲୁଣୀକୁ କହିଲା, ମାଉସୀ ! ମୋର ଟିକିଏ ଉପକାର କରିଦେବୁ ? ମାଲୁଣୀ କହିଲା, ମଲା, ମୋତେ କ'ଣ ଭାବିଛୁ

କିଲୋ ଝିଅ ! ମୁଁ ପରା ତୁମର ନିମକ ଖାଇ ଚଳୁଚି, ତୋ କଥା ମାନିବି ନାହିଁ! କହୁନୁ କ'ଣ କରିବାକୁ ହବ ମୋତେ ?

ସବିତା କହିଲା, ଖାଲି ରାଜାଘରେ କେଉଁଦିନ କୋଉ ବିଚାର ହଉଛି ଜାଣି ଆସି ମୋତେ ଖବର ଦଉଥିବୁ। ମାଲୁଣୀ କହିଲା- ଏତିକି କଥା, ଆଚ୍ଛା ଆଜିକାର ଖବର ଶୁଣ। ରାଜାଙ୍କ ସାନପୁଅ ସୁନାର ଇଟା କଟାଇ ମନ୍ଦିର ଗଢ଼ାଉଥିଲା, ଅବିକା ସେ କାମ ବନ୍ଦ କରି କୁଆଡ଼େ ମନ୍ତ୍ରୀପୁଅ, ମହାପାତ୍ରପୁଅ, କଟୁଆଳ ପୁଅକୁ ନେଇ ବୁଲୁଥିଲା। ରାଜା ଆଜି ବେଶ୍ ଧମକାଇ ଦେଇଛନ୍ତି। ପୁଣି ଦେଉଳ ଗଢ଼ିବାକୁ ଯିବ ବୋଲି ଟୋକାଟା କବୁଲ କରିଛି।

ସବିତା ପଚାରିଲା-ତାର ସ୍ୱଭାବ ଭଲ ନୁହେଁ ନା କଅଣ ? ମାଲୁଣୀ କହିଲା- ରଜାପୁଅ, ଧନ ଦୌଲତର ଅଭାବ ନାହିଁ, ପୁଣି ଉଠୁତି ବୟସରେ ଟୋକା ସାଙ୍ଗଦୋଷରେ ପଡ଼ିଲାଣି। ପଢ଼ିଥାନ୍ତା ଭଲା ? ଅବିକା ସେ କାହାଘରେ ଝିଅ ବୋହୂ ଭଲ ଅଛନ୍ତି ଖୋଜି ବୁଲୁଚି। 'ମଇତଳିଆ ଟେକା କଟିରୀତଳିଆ ଟୋକା' ଏଗୁଡ଼ାକ ଭଲ ହୁଅନ୍ତି କୋଉଠି। ସବିତା କହିଲା-ବୁଝିଲି, ତୁ ଏମିତି ଖବର ମୋତେ କହୁଥିବୁ। ମାଲୁଣୀ ହଉ କହି ଚାଲିଗଲା।

ତହିଁ ଆରଦିନ ମାଲୁଣୀ ଆସିଲାରୁ ସବିତା ପଚାରିଲା, ଆଜି ଯୁବରାଜର ଖବର କ'ଣ ମାଉସୀ ? ମନ୍ଦିର ପାଖକୁ ଯାଇଚି ଆଜି ? ମାଲୁଣୀ ଓଠ ବଙ୍କେଇ କହିଲା, ତୋତେ ଲାଜ ନାହିଁ ବୋଲି ପଚାରୁଛୁ। ଆଲୋ 'ଦୁଧ ଗୁଡ଼ ଦେଇ ନିମ୍ବକୁ ପୂଜିଲେ ସେ କି ଆଖୁ ପରି ହୋଇବ' ଯେତେ କହିଲେ ଟୋକା କ'ଣ ଯାଉଛି ? ଆଜି ମନ୍ତ୍ରୀ ପୁଅ ଗୋଟିଏ ସୁନାହାର ଗଢ଼େଇ ସେଥିରେ ମାଣିକ ପଥର ଖଣ୍ଡେ ଲଗେଇ ବେକରେ ପକେଇଚି। ଯିଏ ଦେଖୁଛି କହୁଚି ସେମିତିକିଆ ମାଣିକ କୁଆଡ଼େ ଦୁନିଆରେ ଦୁର୍ଲଭ। ଦେଖିଲି, ପଥରଖଣ୍ଡିକ ନିଆଁଭଳି ଜଳୁଚି। ସବିତା କହିଲା, ରଜାଙ୍କର ଆଉ ପୁଅ ନାହାନ୍ତି। ମାଲୁଣୀ କହିଲା-ବଡ଼ରାଣୀର ଗୋଟିଏ ପୁଅଥିଲା ଯେ ସେଇଟା କୁଆଡ଼େ ପାଗଳା ହୋଇଗଲାଣି। ସେଟା ବୋଧେ ସେମିତି ଲଫଙ୍ଗା ହୋଇ କୋଉ ଟୋକୀ ପାଲରେ ପଡ଼ିବଣି। ନୋହିଲେ ପାଗଳ ହୁଅନ୍ତା କିଆଁ ? ବାବା ! ଯୋଉ ଯୁଗ ହେଇଚି ବକଟେଲେଖା ଟୋକାଟୋକୀ କୁଆଡ଼େ ପ୍ରେମପାଗଳ ହଉଛନ୍ତି। ସବିତା ସବୁ ବୁଝି କହିଲା- ମାଉସୀ ! ଏ ଟା ତ ଯୁଗର ରୋଗ କହିବା କାହାକୁ ? ହଅଁଲୋ ଝିଅ କହି ମାଲୁଣୀ ଚାଲିଗଲା। ସବିତା ସେହିଦିନ ରାତିକି ଆସି ଗୋଟିଏ ଗୁଆଗଛକୁ ଆଶ୍ରାକରି ବଡ଼ରାଣୀ ଘରେ ପହଂଚିଲା। ରାଣୀ ତାକୁ ଦେଖି ଦେବୀ ବୋଲି ଭାବି ଦଣ୍ଡବତ ହେଲାବେଳକୁ ସବିତା ନାହିଁ କରି କହିଲା, ମୁଁ ଦେବୀ ନୁହେଁ, ମାନବୀ, ଆପଣଙ୍କର

ପୁତ୍ରବଧୂ। ମୁଁ ସବୁ ଘଟଣା ଶୁଣି ଆସିଛି। ଆପଣ ଧୈର୍ଯ୍ୟ ଧରନ୍ତୁ ମୁଁ ସବୁ ସୁଧାରି ଦେବି। ଏହାକହି ସେ ଗୁଆଗଛ ଆଡ଼େ ବଙ୍କେଇ ବଙ୍କେଇ ଚାଲିଗଲା।

ତହିଁ ଆରଦିନ ବଜାରକୁ ଆସି ଗୋଟିଏ କୋଠା ଭଡ଼ାନେଇ ନିଜେ ସଜବାଜ ହୋଇ ଦରଜାରେ ଛିଡ଼ାହେଲା। ଏଇବେଳେ ରଜାପୁଅ ଚାରିମଇତ୍ର ଏକ ସଙ୍ଗରେ ଯାଉଥିଲେ। ତାଙ୍କୁ ଦେଖି ସବିତା କଣେଇ ଚାହିଁ ଆଖି ଟିପିଲା। ଏଗୁଡ଼ାକ ଯେମିତି ସୁନ୍ଦରୀର ଛଇଛଟକି ଆଖିଟିପା ଦେଖିଛନ୍ତି, କ'ଣ ଜଣ କରି ଯାଇ ତମେ କିଏ ବୋଲି ପଚାରିଲେ- ସବିତା କହିଲା; ମୁଁ ବିଦିଶା ନଗରୀରୁ ଆସିଛି ଏଠି ବେଶ୍ୟାବୃତ୍ତି କରିବାକୁ। ସେଇଠୁ ରଜାପୁଅ କହିଲା, ମୁଁ ତା ହେଲେ ଆଜି ରାତିରେ ଆସିବି। କେତେ ନବ କୁହ ? ସବିତା କହିଲା ରାତିଯାକ ତ ହବନାହିଁ, ପହରେ ଯାଏ ରହିଯାଇପାର। ସେ ପାଇଁ ହଜାରେ ଟଙ୍କା ଓ ଗୋଟିଏ ସୁନାହାର ଦେବ। ସେଥିରେ ମାଣିକ ଲାଗିଥିବ। ରାଜାପୁଅ ରାଜିହେବାରୁ ସଞ୍ଜବେଳକୁ ଆସିବା ପାଇଁ କହିଲା ତାକୁ। ଏଇ ପ୍ରକାର ବାକି ତିନିଟୋକା ଆସି ପଚାରିବାରୁ ସମସ୍ତଙ୍କୁ ସେମିତି ପହରେ ଛାଡ଼ି କଣ୍ଟ ହେଲା !

ତାପରେ ସବିତା ମାଲୁଣୀକି କହିଲା, ମାଉସୀ ! ତୁ ଆଜି ମୋ ପାଖରେ ରହିବୁ। ଦୁଆର ପାଖରେ ବସିଥିବୁ, ଯେଉଁମାନେ ଆସିବେ ତାଙ୍କଠାରୁ ହଜାର କରି ଟଙ୍କା ନେଇ ତାକୁ ଭିତରକୁ ଛାଡ଼ିବୁ। ମାଲୁଣୀ ରାଜି ହେଇ ଦୁଆର ମୁହଁରେ ବସିଲା। ତେଣେ ଭିତରେ ସବିତା ଦେହଯାକ କଳା ବୋଲି ହୋଇ କଳାଶାଢ଼ି ଖଣ୍ଡେ ପିନ୍ଧି ଅବିକଳ କାଳିକାପରି ସାଜି ବସିଲା। ପାଖରେ ଗୋଟିଏ କୁଣ୍ଡରେ ଜଡ଼ାତେଲ ଆଉ ଗୋଟିଏ କୁଣ୍ଡରେ ଶିମିଳିତୁଳା ଭର୍ତ୍ତିକରି ରଖି ଗୋଟିଏ ଚୁଲିରେ ଫୁଲୁରୀବଡ଼ା ଭାଜୁଥାଏ। ଆଉ ଭାବୁଥାଏ ରସିକ ଟୋକା ଆସନ୍ତୁ ଆଜି, ଏପରି କଡ଼ାଲଙ୍କା ମରିଚକୁ ବଘାରି ଦେବି ଯେ ନାକ କାନ ପୋଡୁଥିବ। ଏମିତି ଭାବୁ ଭାବୁ ରାଜାପୁଅ ଆସି ହାଜର।

ମାଲୁଣୀ ହଜାରେ ଟଙ୍କା ରଖି ଭିତରକୁ ଛାଡ଼ିଦେବାରୁ ରାଜାପୁଅ ଯାଇ ଦେଖିଲା, କାଳିକା ପରି ମାଇକିନାଟେ ଫୁଲୁରି ଛାଣୁଛି। ତା ରୂପଦେଖି ରଜାପୁଅ ଡରି ଡରି ଥରୁଥାଏ। କେତେବେଳେକେ ସାହସ କରି ଲମ୍ବ ହୋଇ ସବିତାର ଗୋଡ଼ତଳେ ପଡ଼ି କହିଲା ମା, କାଳିକା ! ଏ ଅଧମକୁ ରକ୍ଷା କର ମା ! ସବିତା ପଚାରିଲା- କିରେ ତୁ ଏଠିକି ଆସିଲୁ କିଆଁ ? ରାଜପୁତ୍ର କହିଲା, ମୋତେ ଗୋଟିଏ ବେଶ୍ୟା କଣ୍ଟ କରିଥିଲା ଆସିବାକୁ। ସେଇଠୁ କାଳିକା କରକର ହସି ପୁରଟାକୁ ଉଛୁଳାଇ ଦେଲା। ତା ହସଶୁଣି ରାଜପୁତ୍ର ଆହୁରି ଡରିଗଲା। କହିଲା ମା ! ମୋ ମୁଣ୍ଡରଖ। କାଳିକା କହିଲା, ଏଟା ଘଣ୍ଟାରବ ଅସୁରପୁର। ଯାକୁ ମୁଁ ଜଗିଥାଏ। ତୁ ଯଦି ଆସିଲୁ ଅସୁର ପାଟିରେ ପଡ଼ିବୁ। ଅବିକା ଘଣ୍ଟାରବ ଅସୁର ଆସୁଥିବ। ଏ କଥା ଶୁଣି ରାଜପୁତ୍ର ଆହୁରି ଡରିଗଲା।

କହିଲା, ମୁଁ କେମିତି ବଞ୍ଚିବି ବଞ୍ଚା। କାଳିକା କହିଲା, ବିନା ଟଙ୍କାରେ ହେବ ନାହିଁ। ସେ କହିଲା, ଆଜି ମୋତେ ପାର କରିଦେ କାଲିକି ହଜାରେ ଟଙ୍କା ଆଣିଦେବି। କାଳିକା କହିଲା, ହବନାହିଁ 'ଲାଞ୍ଚ ରୀତିମତ ବଧେଇ, ଆଗତରା ନବ ସଧେଇ'। ମତେ କ'ଣ ଠକେଇବୁ ? ସେଇଠୁ ରାଜପୁତ୍ର ତାର ସବୁ ଅଳଙ୍କାର କାଢ଼ିଦେଇ କହିଲା, ୟାକୁସବୁ ନେଇ ମୋତେ ବଞ୍ଚେଇଦେ। କାଳିକା ଅଳଙ୍କାର ସବୁନେଇ କହିଲା, ମୋ ପାଖକୁ ଆ, ମୁଁ ତୋ ଅଣ୍ଟାରେ ଯୋଡ଼ାଏ ଘଣ୍ଟା ବାନ୍ଧିଦଉଛି। ଘଣ୍ଟାରବ କାହାକୁ ଘଣ୍ଟା ପିନ୍ଧିଥିବାର ଦେଖିଲେ ତାକୁ ଖାଏ ନାହିଁ। ବୋଲ ମାନି ଆସିବାରୁ ସବିତା ତା ଅଣ୍ଟାରେ ଯୋଡ଼ାଏ କଂସାର ଘଣ୍ଟା ବାନ୍ଧିଦେଲା।

ଏତିକିବେଳେ ରାତି ଦ୍ୱିତୀୟ ପ୍ରହର ହେବାରୁ ମନ୍ତ୍ରୀପୁଅ ବୁଢ଼ୀକୁ ହଜାରେ ଟଙ୍କା ଦେଇ ଭିତରକୁ ଆସି ଡାକିବାରୁ ରାଜପୁତ୍ର କହିଲା- ସର୍ବନାଶ, ମନ୍ତ୍ରୀପୁଅ ମୋତେ ଦେଖିଲେ ଆଉ ରଖେଇଥୋଇ ଦେବ ନାହିଁ। ମୋତେ କୋଉଠି ହେଲେ ଲୁଚେଇ ରଖ। ସବିତା କହିଲା- ସେଇଠି ପାଖକୁ ଡେଇଁପଡ଼ି ବସିଥାଅ। ତା' କଥାମାନି ରାଜାପୁଅ ଡେଇଁ ପଡ଼ିବାରୁ ଜଡ଼ାତେଲ କୁଣ୍ଡରେ ପଡ଼ିଗଲା। ସବିତା କହିଲା- ମଲା ମଲା, କୋଉଠି ପଡ଼ିଲ କିହୋ ! ହଉ ଉଠିଆସି ଆଉ କୁଣ୍ଡରେ ପଶି ବସ। ରଜାପୁଅ ଆସି ତୁଳାକୁଣ୍ଡରେ ଲୁଚି ବସିଲା।

ମନ୍ତ୍ରୀପୁଅ ଆସିବାରୁ କାଳିକା କହିଲା- ତୁ ପୁଣି କିରେ, ହଉ ଆସିଲୁଣି ଯେବେ ରହିଯା। ଅବିକା ଘଣ୍ଟାରବ ଅସୁର ପୂଜାରେ ବଳି ପଡ଼ିବୁ। ଏକେ କାଳିକା ରୂପ ଭୟଙ୍କର, ପୁଣି ଅସୁରର ବଳି ହେବା ଶୁଣି ମନ୍ତ୍ରୀପୁଅ ସେମିତି କହିଲା ମା ! ମୋତେ ବଞ୍ଚେଇ ଦେ। କାଳିକା କହିଲା- ଏଡ଼େ ସିଆଣିଆ କୋଉଠୁ ଅଇଲୁରେ ! ମାହାଳିଆରେ ମାହାଲ ନବୁ, ଟଙ୍କା ପକା ଯଦି ବଞ୍ଚିବାକୁ ଚାହୁଁ। ମନ୍ତ୍ରୀପୁଅ କହିଲା- କାଲିକି ଆଣି ଦେବି। କାଳିକା କହିଲା, ଉଁ ହୁଁ ଟଙ୍କା ନଥିଲେ ହାର ଖୋଲିଦେ। ଏ ହାତରେ ଟଙ୍କା, ସେ ହାତରେ କାମ। ଅବିକା ଯୋଉ ଯୁଗ ହୋଇଛି, ହାକିମ ଅଫିସର ସବୁ ଆଗେ ନନେଇ କେହି କାମ କରୁଚି ନା ? ତୁ ମନ୍ତ୍ରୀପୁଅ ହୋଇ ଏତକ ଜାଣୁନାହୁଁ ଚତୁରା। ମନ୍ତ୍ରୀପୁଅ ହାର ଦେବାକୁ ମନ ବଳୁ ନଥିଲେ ବି ଜୀବନ ବିକଳରେ ରତ୍ନହାର ଖୋଲିଦେଲା, ଭାବିଲା କୋଉ ଏତେ ହାଡ଼ଭଙ୍ଗା ତମାଣିରେ କରିଚି ଯେ ମାୟା କରିବି। ସବିତା ରତ୍ନହାରଟିଏ ନେଇ ପରେ ଚିହ୍ନି ବେକରେ ପକାଇଲା। ଏଇବେଳେ ମହାପାତ୍ର ପୁଅ ଆସି ଡାକିବାରୁ ମନ୍ତ୍ରୀପୁଅ ତରସି କହିଲା, ହେ ମା କାଳିକା ! ମୋତେ ରକ୍ଷାକର। ମହାପାତ୍ର ପୁଅତ ଆଇଲାଣି। ଦେଖି ପକାଇଲେ ସେଟା ଯେମିତି ଖଚଡ଼ା ଚହଳ ପକାଇବ। କୋଉଠି ହେଲେ ମୋତେ ଘୋଡ଼େଇ ଦେ। କାଳିକା କହିଲା-

ଏଇ ମସିଣାରେ ଶୁଅ ମୁଁ ଗୁଡ଼େଇ ଟେକି ଦେବି, ଡେରିଦିଏ। ମନ୍ତ୍ରୀପୁଅ ଶୋଇବାରୁ କାଳିକା ମସିଣାରେ ଗୁଡ଼େଇ ଡେରିଦେଲା। ତା' ପରେ ମହାପାତ୍ର ପୁଅତ କାଳିକାରୂପ ଦେଖି ଛାନିଆରେ ତଳେ ପଡ଼ିଗଲା। କାଳିକା ତାକୁ ଚେତା କରି କହିଲା- ଏତେ ଡରୁଆ ହୋଇ ପ୍ରେମ କରିବାକୁ ଆସିଥିଲୁ କୋଉ ବହନ ନେଇ? ହଉ ହଉ ଅଳଙ୍କାର ଖୋଲିଦେ ଆଗେ। ନୋହିଲେ ଘଣ୍ଟାରବ ଅସୁରର ବଳିହେବୁ। ମହାପାତ୍ର ପୁଅ କହିଲା- କାଳୀ ଅଳଙ୍କାର ନେ ବରଂ ବଞ୍ଚେଇଦେ। ଏହି ଅଳଙ୍କାର ଖୋଲୁ ଖୋଲୁ କଟୁଆଳ ପୁଅ ଆସି ହାଜର। ତା' ପାଟି ଶୁଣି ମହାପାତ୍ର ପୁଅ ଅତରଛରେ କହିଲା, ଆରେ ଏଇଟା ପୁଣି ପ୍ରେମକରି ଶିଖିଲା କେବେ। ଖଚଡ଼ା ଚୁଗୁଲଖୋର ତ ଦେଖିଲେ ଡେଙ୍ଗୁରା ବଜାଇ ଗାଇଯିବ। ଆଉ କ'ଣ ମୁହଁ ଟେକି ଚାଲିପାରିବି? ମା କାଳିକା! ମୋତେ ଆଜି ବଞ୍ଚେଇଦେ। କାଳିକା କହିଲା, ପ୍ରେମ କରିବାକୁ ତ ଫଟାରସିକ, ଅଭି କେଉଁ ଗାତରେ ପଶିବୁ ପଶ। ଏହା କହି ତାକୁ ବସାଇ ତା' ମୁଣ୍ଡରେ ଦୀପଟିଏ ଥୋଇ କହିଲା, ହଲିବୁ ନାଇଁଟି।

କଟୁଆଳ ପୁଅ ଆସି କାଳିକା ରୂପ ଦେଖି ଲୁହଲାଳ ହୋଇଗଲା। ତା' ଅବସ୍ଥା ଦେଖି ସବିତା ଜିଭ କାଢ଼ି କହିଲା, ଆବେ ଚାହୁଁଛୁ କ'ଣ ଟଙ୍କା ପକା, ନହେଲେ ଘଣ୍ଟାରବକୁ ଡାକିଦେବି ଯେ ତୋ ପ୍ରେମପଣିଆ ବ୍ରହ୍ମତାଳୁକୁ ଉଠେଇ ଦେବ। କଟୁଆଳ ପୁଅ ଥରି ଥରି କହିଲା, ଆଉ ତ ଟଙ୍କାନାହିଁ, ଗହଣା ଦି'ଖଣ୍ଡ ନେ ପଛେ ବଞ୍ଚେଇଦେ। ସବିତା ଗହଣା ରଖୁ ରଖୁ କହିଲା- ଘଣ୍ଟାରବ ଅସୁରତ ଆସୁଛି ଏକ୍ଷଣି ତମକୁ ଏଥର ବଞ୍ଚେଇ ହବନାହିଁ। ଗଲ ଦୀପଟା ଆଣିବ। ଦେଖିବା ଗହଣାଗୁଡ଼ାକ ଅସଲି ନା ନକଲି। କଟୁଆଳ ପୁଅ ଦୀପ ଆଣିବାକୁ ଯାଇ ଦେଖେ ଯେ ମହାପାତ୍ର ପୁଅ ଦୀପ ମୁଣ୍ଡେଇ ବସିଛି। ଭାବିଲା, ଏଇଟା ଘଣ୍ଟାରବ ଅସୁର ନା କ'ଣ? ଏଇବେଳେ ସବିତା କରେଇରୁ ତାତିଲା ତେଲ ଚଟୁଏ ରାଜାପୁଅ ଉପରକୁ ଫିଙ୍ଗି ଦେବାରୁ ସେ ଚମକି ଉଠି ଆଲୋ ବୋଉଲୋ ବୋଲି ବାହାରି ପଡ଼ିବାରୁ ଘଣ୍ଟାଯୋଡ଼ା ଠନ୍ ଠନ୍ ବାଜିଲା, ଦେହଯାକ ଜଡ଼ାତେଲରେ ତୁଳା ଜଡ଼ିଛି, ଘଣ୍ଟା ବାଜୁଛି ଢଂ ଢଂ। ଘଣ୍ଟାରବ ଆସିଲା ଭାବି କଟୁଆଳପୁଅ, ମନ୍ତ୍ରୀପୁଅ, ମହାପାତ୍ର ପୁଅ ଯିଏ ଯୋଉଠି ଥିଲେ ଦୀପ ମସିଣା ଫୋପାଡ଼ି ଦେଇ ଦୌଡ଼ିଲେ। ରଜାପୁଅ ପଛରୁ ଦୌଡ଼ି ଡାକୁଥାଏ ମଇତ୍ର ହୋ ମଇତ୍ର ହୋ। ଏଣେ ତ ସେ ଦୌଡ଼ିଲା ବେଳକୁ ଘଣ୍ଟା ବାଜୁଛି, ତାକୁ ଘଣ୍ଟାରବ ଭାବି ସେମାନେ ଦୌଡ଼ି ନାକେଦମ୍। ରାତି ପାହିଲାରୁ ସମସ୍ତେ ଏକାଠି ହୋଇ ଚିହ୍ନାଚିହ୍ନି ହେଲାବେଳକୁ ସବିତା ମାଲୁଣୀ ଘରେ ଯାଇ ଟୋକାଏ ବସି ତୁଳା ତେଲ ଛଡ଼ାଇଲେ।

ସବିତା ପରଶ ପଥର ନେଇ ଚନ୍ଦ୍ରକେତୁକୁ ଦେଇ କହିଲା ନାଥ, ଏଇ

ଦେଖ, ତମ ପରଶପଥର ଛଡ଼େଇ ଆଣିଛି। ଚନ୍ଦ୍ରକେତୁ ପଥର ଦେଖିବାରୁ ତା' ମୁଣ୍ଡ ଠିକ୍ ହେଲା। ସେଉଠୁ ଯାଇ ବିନ୍ଧାଣି ଲଗେଇ ଗୋଟିଏ ପଥର ମନ୍ଦିର ତିଆରି କରି ରାତି ହେଲାରୁ ସେଥିରେ ପରଶପଥର ଛୁଆଁଇ ଦେଲା। ସାଙ୍ଗେ ସାଙ୍ଗେ ମନ୍ଦିରଟି ପାଲଟିଗଲା ସୁନା। ହେଲେ; ସେ ପଥରଟି କାର୍ଯ୍ୟସାରି ଯୋଉଠୁ ଆସିଥିଲା ଅକସ୍ମାତ ଚାଲିଗଲା ସେଇଠିକି।

ତହିଁ ଆରଦିନ ରାଜା ଆସି ଦେଖିଲେ ବଡ଼ ପୁଅ ମନ୍ଦିରଟି ସୁନାରେ ତିଆରି ସରିଛି। ସାନ ପୁଅର ହୋଇଛି ଅଧା। ରାଜା ଦେଖି ସେଠି ଢଳି ପଡ଼ିଲେ। ତାଙ୍କର ହୃଦ୍‌ଯନ୍ତ୍ର ବନ୍ଦ ହୋଇଯାଇଛି ବୋଲି ବଡ଼ ଯୁବରାଜ ତାଙ୍କୁ ସେ ଅଧା ସୁନା ଦେଉଳରେ ସମାଧିସ୍ଥ କରି ସେଇ ସମାଧିକୁ ପୂଜା କରୁଛି। ଏଥର ବୁଝିଲୁଟି ଅବୋଲକରା ! ଅବିକା ଖାଇବାକୁ ଚାଲ। ଏହା କହି ଦିହେଁଯାକ ଉଠିଗଲେ। ଚନ୍ଦ୍ରକେତୁ ସବିତାକୁ ନେଇ ରାଜଗାଦିରେ ବସି ହସୁଥାଏ। ଏ କଥାଟି ମୋ ଆଈ କହିଥିଲା।

କପୋତ ଓ ବିରାଡ଼ି କଥା

ଖାଇପିଇ ଶୋଇ ଉଠି, ଗୋସାଇଁ ଅବୋଲକରା ଦିହେଁ ପୁଣି ତୀର୍ଥ ବାଟରେ ଆଗେଇଲେ। କିଛିଦୂର ଗଲାରୁ ଗୋସେଇଁ କହିଲେ, ଆଜି ରାତିଟା ଏଇଠି ରହିବା। ଅବୋଲକରା ଗୋଟିଏ ଧର୍ମଶାଳାରେ ଗଣ୍ଠିଲି ରଖି ବସିବାରୁ ଗୋସେଇଁ କହିଲେ, ରୋଷେଇ ସଉଦା ତ ଅଛି। ଜାଳ ଦି'ଖଣ୍ଡ ଯୋଗାଡ଼ କର। ରାତିଟା ଚଳିଯିବ। ଅବୋଲକରା ନିକଟରେ ଥିବା ଗୋଟିଏ ଜଙ୍ଗଲିଆ ଜାଗାରୁ କାଠ ଦି'ଖଣ୍ଡ ଧରି ଆସିଲା। ହେଲେ ତା'ର ତାଟି ପରି ମୁହଁଟା ବାଟିପରି ହୋଇଯାଇଛି। ତା' ମୁହଁକୁ ଚାହିଁ ଗୋସେଇଁ ପଚାରିଲେ, କ'ଣ ହେଲା କିରେ?

ଅବୋଲକରା ଜାଳ ଦିଖଣ୍ଡ ଦୁମ୍ କରି ଫୋପାଡ଼ି ଦେଇ ଗୁମ୍ ହୋଇ ବସି ପଡ଼ିଲା। ଗୋସେଇଁ କହିଲେ, ଆରେ କ'ଣ ହେଲା କହ? 'ହେଲା ଘୋଡ଼ା ଡିମ୍ବ ଆଉ ଶିମ୍ବ'। କାଠ ଆଣିବାକୁ ଯାଇ ଦେଖିଲି, ବିରାଡ଼ିଟିଏ ଗୋଟିଏ କପୋତକୁ ମାରି ପକେଇ ତାକୁ ନ ଖାଇ ଓଲଟି ତାକୁ ଜୁହାର ହଉଚି। ଘଟଣାଟା କ'ଣ ନ କହିଲେ ମୁଁ ଫେରିଯିବି ଏଇଠୁ। ଗୋସେଇଁ ହସି ହସି କହିଲେ, 'ବିଛା କମ୍ବଳ ରଅଖ ଛତା, ଶୁଣ ବିରାଡ଼ି କପୋତ କଥା'।

ଅବୋଲକରା ବସିବାରୁ ଗୋସେଇଁ ରୋଷେଇ ବସେଇ

କହିଲେ- ଏ'ଟା ହଉଚି ହରିହରପୁର ଦେଶ। ଏଠିକାର ରାଜା ବହୁତଦିନ ଅପୁତ୍ରିକ ଥିବାରୁ ଚିନ୍ତିତ ଥିଲେ। ଯୋଗକୁ ଜଣେ ବାବାଜି ଆସି ରାଜା ଘରେ ପହଞ୍ଚି, ରାଜା ରାଣୀଙ୍କ ଦୁଃଖ କଥା ଶୁଣି କହିଲେ, ଗୋଟିଏ ଉପାୟ କଲେ ତୁମର ସାତଟା ପୁଅ ହେବେ; ହେଲେ ମୋର କଥା ମାନିଲେ ତ? ରାଜାରାଣୀ ବାବାଜିଙ୍କୁ ମିନତି କରି କହିଲେ, ଆମେ ଧର୍ମକୁ ସାକ୍ଷୀକରି ସତ୍ୟ କରୁଛୁ ନିଶ୍ଚୟ ତମ କଥା ମାନିବୁ। ବାବାଜି କହିଲେ- ସତ୍ୟ ନ ପାଳିଲେ ରାଜକୁଳ ଧ୍ୱଂସ ହୋଇଯିବ। କିନ୍ତୁ ରାଣୀ କହିଲେ, ନାଇଁ ଆମେ ସେପରି କରିବୁ ନାହିଁ। ଆମେ ସତ୍ୟପାଳି ଚଳିବୁ। ବାବାଜି କହିଲେ, ସାତପୁଅ ହେବେ, ହେଲେ ବଡ଼ପୁଅଟିକି ମୋତେ ଛାଡ଼ିଦେବ। ମୁଁ ତାକୁ ନେଇ ଚେଲା କରିବି। ରାଜାରାଣୀ ବିଚାର କରି କହିଲେ, ଆଦୌ ନ ହେବାକୁ ସାତପୁଅ ହେବ ଯେତେବେଳେ ଗୋଟିକୁ ନେଲେ କୋଉ କ୍ଷତି ହେଉଛି? ଏହା ବିଚାରି ଦିହେଁ କହିଲେ, ଦବା। ସେଇଠୁ ବାବାଜି ଆଶ୍ରମକୁ ଆସି ଚେର ମୂଳରେ ତରୁବୁଟି କରି ରାଣୀକି ଖାଇବାକୁ ଦେବାରୁ ରାଣୀ ଗର୍ଭବତୀ ହେଲେ।

ସମୟ ହେବାରୁ ପୁଅଟିଏ ଜନ୍ମହେଲା। ତା' ହାତରେ ଶଙ୍ଖଚକ୍ର ଚିହ୍ନ ଦେଖି ପଣ୍ଡିତମାନେ କହିଲେ, ଏ ସୁଲକ୍ଷଣ ପୁଅଟି ରାଜଚକ୍ରବର୍ତ୍ତୀ ହେବ। କିଛିଦିନ ପରେ ପରେ ସତକୁ ସତ ସାତଟି ପୁଅ ଗୋଟିଏ ଝିଅ ହେଲେ। ରାଜା ରାଣୀ ପୁଅଝିଅ ପାଇ ବାବାଜି କଥା ଭୁଲିଗଲେ। ସମସ୍ତ ବୁଝି ବାବାଜି ଆସି କହିଲେ ରାଜା! ସତ୍ୟ ପାଳି ବଡ଼ପୁଅକୁ ଛାଡ଼ିଦିଅ। ପୁଅ ଛାଡ଼ିଦେବା କଥା ଶୁଣି ରାଜାଙ୍କର ହାଲକ ଶୁଖିଗଲା। ରାଣୀ ମୂର୍ଚ୍ଛାଗଲେ। ରାଣୀଙ୍କୁ ଚେତା କରାଇବାର କୋଳାହଳରେ ଆସି ବଡ଼ପୁଅ ପ୍ରତାପଚନ୍ଦ୍ର ପୂର୍ବ ଘଟଣା ଶୁଣିଲା। ସବୁ ଶୁଣି ମନରେ ସାହସକରି କହିଲା, ବାପା! ମୋ ପାଇଁ ଦୁଃଖ କରୁଛ କାହିଁକି? ସତ୍ୟ କରିଛ, ପାଳିବ। ନ ପାଳିଲେ କୁଳ ମୂଳ ବୁଡ଼ିଯିବ। ରାମଚନ୍ଦ୍ର ପିତୃସତ୍ୟ ପାଳିବାକୁ ଚଉଦବର୍ଷ ବନବାସ କଲେ। ତମେ ନ ଛାଡ଼ିଲେ ବି ମୁଁ ତମ ସତ୍ୟ ରଖିବାକୁ ଚାଲିଯିବି। ମୋ ଭାଗ୍ୟରେ ଯାହା ଲେଖା ଅଛି ମୁଁ ଭୋଗିବି।

"ଶଶୀ ଦିବକରୟୋର୍ଗ୍ରହ ପୀଡ଼ନଂ,
ଗଜ ଭୂଜଙ୍ଗ ମୟୋରପି ବନ୍ଧନଂ।
ମତିମତାଞ୍ଚ ବିଲୋକ୍ୟ ଦରିଦ୍ରତଂ,
ବିଧିରହୋ ବଳବାନିତି ମେ ମତିଃ।"

ଦେଖୁନାହାନ୍ତି! ଜଗତର ଅନ୍ଧାର ନାଶି ଯେଉଁ ଚନ୍ଦ୍ର ସୂର୍ଯ୍ୟ ଚଳନ୍ତି ତାଙ୍କୁ ରାହୁ କେତୁ ଗ୍ରାସୁଛନ୍ତି। ମହାକବି, ଗଜ ଓ ବିଷଧର ସର୍ପ ବି ବନ୍ଧନରେ ପଡୁଛନ୍ତି। ବହୁ

ବୁଦ୍ଧିମାନ୍ ଓ ସମାଜର ହିତକାରୀ କବି ପଣ୍ଡିତଙ୍କୁ ଦରିଦ୍ର୍ୟ ଘାରୁଛି। ମୋ ମତରେ ଏଗୁଡ଼ିକ ବିଧିବିଧାନ। ଯାକୁ ଖଣ୍ଡିହେବ ନାହିଁ। 'କପାଳ ଲେଖନ ପୁନଃ ପ୍ରୟାତି'। ତେଣୁ ମୋ କପାଳରେ ଯାହା ଅଛି ମୁଁ ଭୋଗିବି। ଆଚ୍ଛା, ପ୍ରଣାମ କରି ମା ବାପାଙ୍କଠାରୁ ପଦଧୂଳି ନେଇ ବାବାଜିଙ୍କି କହିଲା, ଚାଲ ବାବାଜି ମୁଁ ପିତୃମାତୃ ସତ୍ୟପାଳି ତୁମ ସଙ୍ଗରେ ଯିବି। ଏଣେ ମା ବାପ କାନ୍ଦବୋବାଳି କରୁଛନ୍ତି, ସେ ବାବାଜି ସଙ୍ଗରେ ଚାଲିଲା।

ବାବାଜି ତାକୁ ଆଶ୍ରମକୁ ନେଇ ପଢ଼ାଇଲେ ଓ ଆଶ୍ରମର ଧନ ଭଣ୍ଡାର ରଖିବା ଭାର ତା' ଉପରେ ଦେଲେ। 'ଦୀନସ୍ୟ ପଦ ଦାନେନ ହୀନ ବୃତ୍ତି ପ୍ରବର୍ତ୍ତେତେ'। ଦୀନ (ଦରିଦ୍ର) କୁପଦ (ପଦବୀ) ଦେଲେ ସେ ହୀନ (ନୀଚ) କାର୍ଯ୍ୟରେ ଲଗାଏ ଅର୍ଥାତ୍ 'ଦ' ରେ ପଦ୍ମ ଯୋଡ଼ିଲେ 'ହ' ହୁଏ ଏକଥା ତ ବାବାଜିଙ୍କି ଜଣା, ସେଇଥିପାଇଁ ରଜା ପୁଅକୁ ଭଣ୍ଡାର ଦେଲେ। ହେଲେ, ଠାକୁର ଘର ଚାବିଟି ଦେଲେ ନାହିଁ। କାରଣ ଅପାଳକ ଛାନୀଟୋକା କୋଉଠୁ କଣ କରି ଥୋଇବ। ସେଇଥିପାଇଁ ମନ୍ଦିର ଚାବିଟି ପାଖରେ ରଖିଥାନ୍ତି।

ଯୋଗକୁ ଜଣେ ବ୍ରାହ୍ମଣର ଯୋଡ଼ିଏ ପିଲା ଛାଡ଼ି ସ୍ତ୍ରୀ ମରିଗଲା। ବ୍ରାହ୍ମଣର ବୈରାଗ୍ୟ ଆସିଲା। ସେ ତୀର୍ଥ ଯିବାକୁ ମନ କରି ଯାଇ ଏଇ ବାବାଜି ଆଶ୍ରମରେ ପହଞ୍ଚିଲେ। କହିଲେ ବାବାଜି! ମୋ ପୁଅ ଦୁଇଟିକୁ ଆପଣ ରଖନ୍ତୁ। ଯାହା ଖର୍ଚ୍ଚ ମୁଁ ଦେବି। ତୀର୍ଥରୁ ଲେଉଟି ନେଇଯିବି। ବାବାଜି କହିଲେ, ନାହିଁ ସେମିତି ହେବନାହିଁ। ମୋ ଆଶ୍ରମର ନିୟମ ଅନୁସାରେ ତମେ ଗୋଟିଏ ପିଲାକୁ ନେଇଯିବ ଅନ୍ୟ ଗୋଟିକୁ ମୁଁ ଚେଲା କରିବି। ତାଙ୍କ ପାଇଁ ଖର୍ଚ୍ଚ କିଛି ଦେବାକୁ ହେବନାହିଁ। ଏହି ସର୍ତ୍ତରେ ରାଜି ହେଲେ ଯୋଡ଼ିଙ୍କୁ ରଖିବି। ବ୍ରାହ୍ମଣ ଦେଖିଲା ପ୍ରସ୍ତାବଟା ନିହାତି ଖରାପ ନୁହେଁ। ବ୍ରାହ୍ମଣ ଘରେ ତ କନ୍ୟା ଗୋଟିକୁ ପାଞ୍ଚ, ଛଅ ହଜାର ହେଲାଣି। ବାହାଚୁଡ଼ା କରେଇ ଦୁଃଖ ବଢ଼େଇବାଠୁ ବାବାଜି କରିଦେବା ବରଂ ଭଲ। ଏହାଭାବି ସେ ବାବାଜି ସର୍ତ୍ତରେ ରାଜି ହେଲେ। ତହିଁ ଆରଦିନ ପୁଅ ଯୋଡ଼ିଙ୍କୁ ନେଇ ବାବାଜି ଆଶ୍ରମରେ ଛାଡ଼ି ଗଲେ ତୀର୍ଥକୁ।

ଏମିତି କିଛି ଦିନ ବିତିଗଲା। ବାବାଜି ଭାବିଲେ ବ୍ରାହ୍ମଣ ଲେଉଟି ବଡ଼ ପୁଅକୁ ଛାଡ଼ି କ'ଣ ସାନପୁଅକୁ ନେବ ? ତା' ଛଡ଼ା ସାନଟି ସିଆଣିଆ ବେଶୀ, ତାକୁଇ ଭଲ କରି ପଢ଼େଇ ଶିଖେଇବା। ଏହାଭାବି ମନ୍ତ୍ର, ଯନ୍ତ୍ର, ଗଣିତ, ଫଳିତ ନୀତି ଶାସ୍ତ୍ରାଦି ରାଜପୁତ୍ର ସାଙ୍ଗରେ ରଖି ତାକୁ ପଢ଼ାଇଲେ। ପିଲାଟି ତ ବୁଦ୍ଧିଆ, ଆଠଦିନର ପାଠକୁ ଦିନକରେ ପଢ଼ି ବାବାଜିଙ୍କି ଖୁଞ୍ଚେଇ ପଚାରି ସବୁ ପାଠ ଶିଖିନେଲା। ଗୁରୁସେବା ମନଦେଇ କରିବାରୁ ବାବାଜି ତାକୁ ଅସଲ ବିଦ୍ୟା ଶିଖେଇ ଦେଲେ।

କେତେଦିନ ଯିବାରୁ କୁମ୍ଭମେଳା ଯୁଗ ହେଲା। ବାବାଜି ତୀର୍ଥ ଯିବାକୁ ଠିକ୍ କରି ରାଜପୁତ୍ରକୁ ଆଶ୍ରମର ପରିଚାଳନା ଦାୟିତ୍ୱ ବୁଝାଇ କହିଲେ, ମୁଁ ମାସକ ଭିତରେ ଲେଉଟିବି। ତୁ ସବୁ ଚାବି ରଖିଥା। ହେଲେ ଗୁରୁଆଜ୍ଞା ଅବଜ୍ଞା କରି ଠାକୁର ଘରକୁ ଯିବୁ ନାହିଁଟି ? ସେଘର ତାଲା ଖୋଲିବୁ ନାହିଁ। ଏହାକହି ବାବାଜି ତୀର୍ଥକୁ ଗଲେ। ରଜାପୁଅ ସବୁ ଦେଖାଶୁଣା କରୁଥାଏ।

ଅବିକା ଟୋକା କ'ଣ ଗୁରୁଆଜ୍ଞା ମାନୁଛନ୍ତି ? ଦି'ଚାରିଦିନ ଯିବାରୁ ଦିନେ ରାଜପୁତ୍ର ଠାକୁରଘର ତାଲା ଫିଟାଇ ଦେଖିଲା ସେ ଘରେ ଆଠଟା ମୁଣ୍ଡମାଳ ଥାଇ ହସୁଛନ୍ତି। ହସ ଦେଖିଲେ ନ ହସେ କିଏ ? ରାଜପୁତ୍ର ବି ହସ ଦେଖି ହସିଦେଲା। ତା' ହସଦେଖି ମୁଣ୍ଡମାଳ କହିଲା, କ'ଣ ଦେଖି ହସିଲୁରେ। ରାଜାପୁତ୍ର କହିଲ, ତମେ ହସୁଚ, ମୁଁ ହସିଲି। ସେଥିରେ କ'ଣ ଦୋଷ ହେଲା ? ମୁଣ୍ଡମାଳ କହିଲା, ମରଣଖଣ୍ଡା ଆସି ମୁଣ୍ଡ ଉପରେ ଝୁଲିଲାଣି, ଭେଣ୍ଡିଆଟା ହସୁଚୁରେ। ଆରେ, ତୋରି ପରି ଆମେ ବି ଜଣେ ଜଣେ ଏଠାକାର ମାଲିକ ଥିଲୁ। ଶେଷରେ ଆମର ଏ ଦଶା। ଆଉ ଆଠିଦନେ ତୁ ବି ଆସି ଏମିତି ହୋଇ ଆମର ସାଙ୍ଗ ହୋଇ ରହିବୁ। ଇଏ ପଚାରିଲା, କାହିଁକି ଭାଇ ? ମୁଣ୍ଡମାଳ କହିଲା, ବାବାଜିତ ତାନ୍ତ୍ରିକ। ନରବଳୀ ଦେଇ ଦଶମହାବିଦ୍ୟା ସାଧୁଚି। ଆମେ ତ ଆଠୋଟି ହୋଇଚୁ। ଏଥର ତୀର୍ଥରୁ ଫେରିଲେ ତୁ ଆଉ ସେ ବ୍ରାହ୍ମଣ ପିଲାକୁ ଏଇଠି ବଳିଦେଲେ ବାବାଜିର ଦଶଟି ବଳି ପୂରିଯିବ। ସେଇଠୁ ସିଦ୍ଧି ହେବ ତା'ର।

ମୁଣ୍ଡମାଳ କଥା ଶୁଣି ରାଜପୁତ୍ରର ହାଲକ ଶୁଖିଗଲା। ସେ ପଚାରିଲା ଭାଇ ! ଏଥିରୁ କିମିତି ବର୍ତ୍ତିବି କହିଲ ? ମୁଣ୍ଡମାଳ କହିଲା, ତୁ ଯା, ସେଇ ଯୋଉ ବ୍ରାହ୍ମଣ ପିଲାଯୋଡ଼ିଙ୍କୁ ଛାଡ଼ିଥିଲା, ସେ ତୀର୍ଥ ସାରି ଫେରିଚି। ତାକୁ କହିବୁ ସେ ବଡ଼ ପିଲାଟିକୁ ନ ମାଗି ସାନ ପୁଅକୁ ମାଗିନେବ। ତା'ହେଲେ ସବୁ କାମ ହାସଲ ହେବ। ସେଇଠୁ ରାଜପୁତ୍ର ଯାଇ ଦେଖିଲା ବ୍ରାହ୍ମଣ ସତରେ ବାହୁଡ଼ିଚି। ତାକୁ କହିଲା ରଥ ଆପଣେ ! ବାବାଜି ତୀର୍ଥକୁ ଯାଇଛନ୍ତି, ଆସିଲେ ଆପଣତ ପୁଅକୁ ମାଗିବେ। ହେଲେ ବଡ଼ ପୁଅକୁ କଦାପି ମାଗିବେ ନାହିଁଟି ? ସାନ ପୁଅକୁ ମାଗି ଆଣିବେ। ତା'ରି ପାଇଁ ଆପଣ ଧନଜନ ଗୋପ ଲକ୍ଷ୍ମୀ ସବୁ ପାଇବେ। ବ୍ରାହ୍ମଣ ହଉ କହିବାରୁ ରାଜପୁତ୍ର ଫେରି ଆସିଲା।

ମର୍ମ କଥା ବଳାବଳ କର୍ମର ଦୂଷଣ
ଏହାର ସନ୍ଧାନ ଜାଣେ ଆପଣାର ଜନ
ବନ ଜାତି ଚିହ୍ନି ବନ ପୋଡ଼ଇ ଯେପରି
ଆପଣାର ଜନ ଶତ୍ରୁ ମଜ୍ଜାଏ ସେପରି।

ରାଜପୁତ୍ର ଯେମିତି ଭେଦସୂତ୍ର ବତେଇଦେଲା, ବ୍ରାହ୍ମଣ ଖବର ନେଉଥାଏ ବାବାଜି କେବେ ଆସିବେ। ଆଠଦିନ ପରେ ବାବାଜି ଆସି ବ୍ରାହ୍ମଣ ପିଲାଙ୍କଠାରୁ ଶୁଣିଲେ ପିଲାନବାକୁ ଆସି ବ୍ରାହ୍ମଣ ଦି'ଥର ଫେରିଲେଣି। ସେଇଠୁ ସେ ନାନା ରତ୍ନ ଅଳଙ୍କାର ଦେଇ ବ୍ରାହ୍ମଣର ବଡ଼ ପିଲାଟିକୁ ସଜାଇ ରଖିଲେ। ଭାବିଲେ ସବୁ ବାପର ବଡ଼ପୁଅକୁ ଆଶା। ପୁଣି ଅଳଙ୍କାର ଥିଲେ ଆହୁରି ଲୋଭ କରି ବ୍ରାହ୍ମଣ ଏକୁଇ ନବ। ବଡ଼ ପୁଅଟା ତ ଲଫଙ୍ଗା ମୂର୍ଖ, ପଢ଼ିନି। ଧନ ପାଇ ମନ ମୋଟରେ ବୁଲୁଥାଏ। ବେଳବୁଝି ବ୍ରାହ୍ମଣ ଆସି କହିଲା ବାବାଜି ! ଏଥର ମୋ ପୁଅକୁ ଦିଅନ୍ତୁ। ବାବାଜି ପୁଅ ଯୋଡ଼ାଙ୍କୁ କହିଲେ ଯାହାକୁ ଇଚ୍ଛା ନେଇଯା'ନ୍ତୁ। ସେଇଠୁ ରଥ ଆପଣେ ସାନ ପୁଅକୁ ଧରି ଚାଲିଲେ। ବଡ଼ଟା ବଲବଲ କରି ଚାହିଁଥାଏ। ବାବାଜି ମୁଣ୍ଡ କୁଣ୍ଡେଇ ଭାବୁଥାନ୍ତି ସର୍ବନାଶ କରି ଗଲାରେ।

କଥାରେ ଅଛି-

ଲମ୍ପଟ ସନ୍ନ୍ୟାସୀ କପଟୀ ଯୋଗୀ
ଦାରୀ ପୁତ୍ରବତୀ ବଇଦ ରୋଗୀ।
ଲାଜୁଆ ବ୍ରାହ୍ମଣ କାଶୁଆ ଚୋର
ଏ ଛଅ ଜଣର ବୁଡ଼ଇ ଘର।

କପଟୀ ଯୋଗୀ ଦେଖିଲା, ବ୍ରାହ୍ମଣ ତ ସର୍ବନାଶ କରିଗଲା। କଳେବଳେ କୌଶଳେ ନୋହିଲେ ଗୋଡ଼ତଳେ ପଡ଼ି ଯେମିତିପାରେ ସେ ଟୋକାକୁ ଫେରାଇ ଆଣିବି। ଏହାଭାବି ସେ କାଉ ହୋଇ ବାପ ପୁଅଙ୍କ ପିଛାଧରି ଚାଲିଲା।

କିଛି ବାଟ ଯିବାରୁ ପୁଅ ବାପକୁ କହିଲା, ବାପା ! ତୀର୍ଥ କରି ତ ଧନ ସବୁ ସାରିଥିବ। ଘରେ କିଛି ନଥିବ। ଆମେ ଚଳିବା କେମିତି ? ଏଇଠି କୁକୁଡ଼ା ଲଢ଼େଇ ହଉଚି। ମୁଁ ତାନ୍ତ୍ରିକ ବଳରେ ଗୋଟିଏ କୁକୁଡ଼ା ହୋଇ ଯାଉଛି। ତମେ ମୋତେ ବାନ୍ଧିନେଇ ଲଢ଼େଇରେ ଛାଡ଼ିଦିଅ। ମାତ୍ର ଡୋରିଟି କାହାକୁ ଦେବ ନାହିଁ। ଶେଷରେ ମୋତେ ହଜାର ଟଙ୍କାକୁ ବିକି ଟଙ୍କା ଡୋରି ନେଇଯିବ। ତିନିଦିନ ପରେ ସେ ଡୋରିଟି ଧରି ମୋ ନାଁ ଧରି ଡାକିଲେ ମୁଁ ମଣିଷ ହୋଇ ଫେରି ଆସିବି। ବ୍ରାହ୍ମଣ କହିଲେ ଆ। ହଉ, ଦେଖିବା ତୁ କେମିତି ପାଠ ଶିଖିଛୁ ବିଡ଼ିବା ଥରେ।

ବ୍ରାହ୍ମଣ କଥା ଶୁଣି ପିଲାଟି ଗୋଟିଏ କୁକୁଡ଼ା ରୂପ ହୋଇ ଗଲା। ବ୍ରାହ୍ମଣ ତା' ଗୋଡ଼ରେ ଛୁରିଟିଏ ବାନ୍ଧି ଲଢ଼େଇକି ନେଇ ଛାଡ଼ିଦେବାରୁ ଏ କୁକୁଡ଼ାଟି ପାଞ୍ଚହଜାର କୁକୁଡ଼ାଙ୍କୁ ମାରି ଥୋଇଲା। ସେଇଠୁ ବ୍ରାହ୍ମଣଙ୍କୁ ଘେରି ସୌଦାଗର କହିଲେ, ଯେତେ ଟଙ୍କା ନବୁ ଦବା, ଏ କୁକୁଡ଼ାଟି ଆମକୁ ଦେ'। ବ୍ରାହ୍ମଣ କହିଲେ, ହଜାରେ ଦେଲେ

ଦେବି। ଜଣେ ବେପାରୀ ହଜାରେ ଟଙ୍କାଦେଇ ନେଇଗଲା। ବ୍ରାହ୍ମଣ ଡୋରି ନେଇ ବାହୁଡ଼ିଲେ।

ତିନିଦିନ ଯିବାରୁ ବ୍ରାହ୍ମଣ ଡୋରିଧରି ଯେମିତି ପିଲା ନାଁ ଧରି ଡାକିଛନ୍ତି, ପିଲା ଆସି ପାଖରେ ତୁରନ୍ତ ପହଞ୍ଚିଲା। ସେଇଠୁ ବାପ ପୁଅ ଚାଲିଲେ। କିଛିଦୂର ଗଲାରୁ ପିଲା କହିଲା, ବାପା ! ମୁଁ ଗୋଟିଏ ଘୋଡ଼ା ହଉଚି। ତମେ ହଜାରେ ଟଙ୍କାକୁ ମୋତେ ବିକି ଦେବ, ମାତ୍ର ବାଗଡ଼ୋର ଦେବନାହିଁ। ତିନିଦିନ ବାଦେ ସେଇ ବାଗଡ଼ୋର ଧରି ମୋତେ ଡାକିଲେ ମୁଁ ଫେରିଆସିବି। ବାପା ହଉ କହିବାରୁ ପିଲାଟି ସୁନ୍ଦର ଘୋଡ଼ାଟିଏ ହୋଇଗଲା। ବ୍ରାହ୍ମଣ ତାକୁ ନେଇ ସେ ଦେଶ ରାଜାଙ୍କୁ ହଜାରେ ଟଙ୍କାରେ ବିକି ତିନିଦିନ ପରେ ବାଗଡ଼ୋର ଧରି ଯେମିତି ପିଲାକୁ ଡାକିଛନ୍ତି ପିଲା ଘୋଡ଼ାରୂପ ଛାଡ଼ି ନିଜ ରୂପରେ ଫେରିଆସିଲା। ପୁଣି କିଛି ଦୂର ଯାଇ ପିଲାଟି କହିଲା, ବାପା ! ମୁଁ ଏଥର ହାତୀଟିଏ ହଉଚି। ମୋତେ ପାଞ୍ଚ ହଜାରକୁ ବିକି ଟଙ୍କା ନେବ, ମାତ୍ର ଅଙ୍କୁଶଟିକୁ ଦେବନାହିଁ। ତିନି ଦିନ ପରେ ଅଙ୍କୁଶଟିକୁ ଧରି ମୋତେ ଡାକିଲେ ମୁଁ ଫେରିଆସିବି। ବ୍ରାହ୍ମଣ ହଉ କହିବାରୁ ପିଲାଟି ହାତୀରୂପ ହୋଇଗଲା।

ଏଣେ ବାବାଜି ତ କାଉ ରୂପ ଧରି ପଛରେ ଚାଲିଛି। ଯେମିତି ପିଲାଟି ହାତୀ ହବାର ଦେଖିଲା, ସେଇଠୁ ସୌଦାଗର ହୋଇଯାଇ ବ୍ରାହ୍ମଣକୁ କହିଲା ଏ ହାତୀଟି ବିକିବନା କ'ଣ ? ବ୍ରାହ୍ମଣ ହଁ କରିବାରୁ ପଚାରିଲା କେତେଟଙ୍କା ନବ ? ବ୍ରାହ୍ମଣ କହିଲା ପାଞ୍ଚହଜାର। ସେଇଠୁ କୁହୁକ ବଳରେ ପାଞ୍ଚହଜାର ଟଙ୍କା ଦେଇ ହାତୀଟି କିଣି କହିଲା- ଅଙ୍କୁଶଟି ଦିଅ। ବ୍ରାହ୍ମଣ କହିଲେ, ଅଙ୍କୁଶ କଥା ତ ହୋଇନାହିଁ। ମୁଁ ଅଙ୍କୁଶ ଦେବିନାହିଁ। ସୌଦାଗର କହିଲା, ତା'ହେଲେ ଆଉ ପାଞ୍ଚ ହଜାର ନେଇ ଅଙ୍କୁଶଟା ଦିଅ। ଅଙ୍କୁଶଟା ନହେଲେ ହାତୀଟାକୁ ନେବି କେମିତି ? ବ୍ରାହ୍ମଣ ଦେଖିଲା ଛାର ଲୁହାଖଣ୍ଡକୁ ଯେତେବେଳେ ପାଞ୍ଚହଜାର କହିଲାଣି ଏହାଠାରୁ ଆଉ ଲାଭ ଅଛି ? ଦେଇଦେବା। ଶାସ୍ତ୍ରରେ ଅଛି 'ଅସନ୍ତୁଷ୍ଟା ଦ୍ୱିଜା ନଷ୍ଟା'। ବ୍ରାହ୍ମଣ ପାଞ୍ଚହଜାର ଟଙ୍କାକୁ ଲୋଭ କରି ଅଙ୍କୁଶଟି କପଟୀ ସୌଦାଗରକୁ ଦେଇଦେଲା। ଏଣେ ଟଙ୍କାତକ ବୋକଚା କରି ଦୌଡ଼ିଲା ଘରଆଡ଼େ।

ସୌଦାଗର ଅଙ୍କୁଶଟି ପାଇ ଦୌଡ଼ାଇଲା ହାତୀଟିକୁ। ବ୍ରାହ୍ମଣ ପିଲା ହାତୀହୋଇ ଭାବୁଥାଏ, ବାପା ତ ବଡ଼ ଅନ୍ୟାୟ କଲେ। ମୁଁ ଏକ୍ଷଣି ଯା' ପାଖରୁ ଖସିବି କିପରି ? ଏମିତି ଭାବି ଯାଉ ଯାଉ ବାଟରେ ଗୋଟିଏ ପୋଖରୀ ପଡ଼ିଲା। ସୌଦାଗର ସେଇଠି ବର ଗଛରେ ହାତୀଟିକୁ ବାନ୍ଧି ଅଙ୍କୁଶ ଓ ଲୁଗାପଟା ସବୁ ଗୋଟାଏ ବରଡ଼ାଳରେ ରଖି ପୋଖରୀକି ଗାଧୋଇଗଲା। ଏଣେ ହାତୀଟା ବରଗଛରେ ଘସି ହୋଇ ହୋଇ

ହଲାଇବାରୁ ଅଙ୍କୁଶଟା ଖସି ପଡ଼ିଲା । ଅଙ୍କୁଶଟି ପାଇବାରୁ ପିଲା ହାତୀରୂପ ଛାଡ଼ି ଗୋଟିଏ ବେଙ୍ଗ ରୂପ ହୋଇ ଦୌଡ଼ିଲା ପୋଖରୀକୁ । ହାତୀ ନ ଦେଖି ବାବାଜି ବୁଝିପାରି ଗୋଟିଏ ସାପ ହେଇ ବେଙ୍ଗ ପଛରେ ଦୌଡ଼ିଲା । ପିଲା ବେଙ୍ଗ ରୂପ ଛାଡ଼ି ମାଛ ହୋଇଗଲା । ବାବାଜି ପୁଣି ସାପ ରୂପଛାଡ଼ି ହୋଇ ଗଲା ବଗଟିଏ ।

ଏତିକିବେଳେ ଗୋଟିଏ ତରୁଣୀ ଗାଧୋଇ ଆସିବାରୁ ପିଲାଟି ମାଛରୂପ ଛାଡ଼ି ଗୋଟିଏ ସୋରିଷ ମାଳିଟିଏ ହୋଇଗଲା । ତରୁଣୀଟି ସୋରିଷ ମାଳିଟି ଭାସୁଥିବାର ଦେଖି ଛାଣି ଆଣି ବେକରେ ପିନ୍ଧି ଘରକୁ ଚାଲିଗଲା । ଏହାଦେଖି ବାବାଜି ନିଜ ରୂପ ଧରି ଯାଇ ତା' ଘରେ ଲଗେଇଲା, ମୋ ସୋରିଷ ମାଳିଟି ତମ ବୋହୂ ଚୋରାଇ ଆଣିଛି ମୋତେ ଫେରାଇଦିଅ । ଏହା ଶୁଣି ବୋହୂଟିର ଶ୍ୱଶୁର ଘରକୁ ଯାଇ ବୋହୂକୁ ଧିକ୍କାରିବାରୁ ବୋହୂଟି ଝରକା ବାଟେ ମାଳିଟାକୁ ରାସ୍ତାକୁ ଫୋପାଡ଼ି ଦେଲା । ମାଳିଟି ମାଟିରେ ପଡ଼ି ବିଛୁରି ଯିବାରୁ ବାବାଜି କପୋତ ରୂପ ଧରି ସୋରିଷ ଖୁମ୍ପି ଖାଇଲା । ହେଲେ ଯୋଉ ସୋରିଷରେ ପ୍ରାଣ ଅଛି, ସେଟା ଅଲଗା ପଡ଼ିଥିବାରୁ କପୋତ ଯେମିତି ପଛ କରିଛି ସୋରିଷଟି ଗୋଟିଏ ବିରାଡ଼ି ରୂପ ଧରି କପୋତକୁ ମାଡ଼ିବସି ମାରିଦେଲା । ଯେତେହେଲେ କପୋତରୂପୀ ବାବାଜି ବିରାଡ଼ିରୂପୀ ପିଲାର ଗୁରୁତ ? ସେଇଥିପାଇଁ ସେ ତାକୁ ନଖାଇ ଜୁହାର ହୋଇ ମାଟିରେ ପୋତିଦେଲା । ବୁଝିଲୁଟି ଅବୋଲକରା, ଏ ଗପଟି ମୋ ଦେଠେଇ ମୋତେ ପିଲାଦିନେ କହୁଥିଲା । ଅବିକା ତୁ ଦେଖିଲୁ ତ ? କପଟି ଯୋଗୀ କିମିତି ମଲା ଲକ୍ଷଣବନ୍ତ ରଜାପୁଅ ରାଜା ହବ । କାଲି ସେଇଠି ଗଣ୍ଡାଏ ରୀତିମତ ଭୋଜନ କରି ତୀର୍ଥକୁ ଯିବା ।

ଚାରୁଚନ୍ଦ୍ର ଓ ହରିକାଠ କଥା

ତହିଁ ଆରଦିନ ରାଜ ଅଭିଷେକରେ ଭୋଜନ କରି ତୀର୍ଥକୁ ଗଲାବେଳେ ଗୋସେଇଁ ଓ ଅବୋଲକରା ଯାଇ ବିଦେହ ଦେଶରେ ପହଞ୍ଚିଲେ । ଗୋସେଇଁ କହିଲେ, ଅବୋଲକରା ! ଗଲୁ ଚୁଡ଼ା କୋଉଠୁ କିଣି ଆଣିବୁ । ଆଜି ଓଳିଟା ସେଥିରେ ଚଳେଇଦେବା । ଅବୋଲକରା ଟଙ୍କାଟିଏ ନେଇ ଚୁଡ଼ା ଆଣିବାକୁ ଗଲା । ଗୋସେଇଁ ଗୋଡ଼ହାତ ଧୋଇ ବସିଲେ । ଅବୋଲକରା ଚୁଡ଼ା ଆଣି କହିଲା- ଗୋସେଇଁ ! ତମ ଚୁଡ଼ା ନିଅ, ଗଣ୍ଠିଲି ଥାଉ, ଘରକୁ ଫେରୁଛି । ଗୋସେଇଁ ପଚାରିଲେ, କ'ଣ ହେଲା କିରେ ? ଅବୋଲକରା କହିଲା, ମୁଁ ଚୁଡ଼ା ଆଣିବାକୁ ଯାଇ ଦେଖିଲି-ଗୋଟିଏ ରାଜବାଡ଼ିର ସିଂହ ଦରଜାରେ ହରିକାଠଟାଏ ଥୁଆହୋଇଛି । ଚଉକିଆକୁ କାରଣ ପଚାରିବାରୁ, ସେ ରାଗିଯାଇ କହିଲା-ତୁ ଚୁଡ଼ା ମାଣେ ନବା ଲୋକ, ରଜାଘର ଖବର ନବୁ ? ଭାଗ୍ ଭାଗ୍ । ସେ ଅପମାନ ମୋତେ ବଡ଼ ବାଧୁଛି ଗୋସେଇଁ ! ନ ଜାଣିଲେ ମୁଁ ଆଉ ଯିବି ନାହିଁ । ବେହିପୋ ଚଉକିଆ ପାଇକଟା ଅପମାନ ଦେଲା ହେ ।

ଗୋସେଇଁ କହିଲେ- ହଉ କାରଣ ବତେଇଦେବା ରହ । ଏହା କହି ଚୁଡ଼ା ଧୋଇ ଖାଇବାକୁ ସଜାଡ଼ି ଗୋସେଇଁ କହିଲେ- 'ପକା ଆସନ ଖୋଲ ଛତା, ଅବୋଲକରାରେ ଶୁଣ ସେ କଥା' ।

ଅବୋଲକରା ଚେକା ଆସନ ମାଡ଼ି ବସିବାରୁ ଗୋସେଇଁ କହିଲେ, ଏ ଦେଶରେ ଯୁବରାଜ ଥରେ ପାରିଧିକୁ ଯାଇ ଅନ୍ୟ ଗୋଟିଏ ରାଜ୍ୟ ଭିତରେ ପହଞ୍ଚିଲେ। ସେଠି ଯାଇ ଦେଖିଲେ ଗୋଟିଏ ନଈକୂଳରେ ଅନେକ ଯୁବତୀ ବୁଲୁଛନ୍ତି, ତାଙ୍କ ମଝିରେ ଗୋଟିଏ ଘୋଡ଼ାଚଢ଼ି ଝିଅ ବୁଲୁଛି। ରାଜକୁମାର ନାମ ଜୟଚନ୍ଦ୍ର। ସେ ଝିଅକୁ ଦେଖି ସଖୀମାନଙ୍କୁ ଡାକି ପରିଚୟ ପଚାରିବାରୁ ସଖିଏ କହିଲେ, ସେ ଆମର ରାଜଜେମା କୁମାରୀ ଛାୟା। ଜୟଚନ୍ଦ୍ର କହିଲେ, ରାଜାଝିଅ ହେଲା ବୋଲି ତମେ ସବୁ ପାଦରେ ଚାଲୁଛ, ସେ ଘୋଡ଼ାଚଢ଼ି ବୁଲୁଛି ବିନା କାରଣରେ ? ଜଣେ ସଖୀ କହିଲା, ଏମିତିତ କୋଟି କୋଟି ଚାଲୁଛନ୍ତି ଗୋଟିକୁ ଦେଖି ଭାବୁଛ କଅଣ ? ସେଇଠୁ ଜୟଚନ୍ଦ୍ର ରାଗରେ କହିଲା- ଏପରି ଝିଅ ଯେ ବାହା ହୁଅନ୍ତା, ଦରବାହା ହୋଇ ଛାଡ଼ିଯାଆନ୍ତା, ବାପଘରେ ଥୋଇ ମଜାଦିଅନ୍ତା। ଝିଅଟାତ ଅବିକା ଝିଅ, ଲେଖାପଢ଼ାରେ ପୁଅଙ୍କୁ ବଳେ। ସେ କହିଲା- ଏମିତି ବର ଯେ ବାହା ହୁଅନ୍ତା, ଦରବାହା ହୋଇ ଘରେ ରହନ୍ତା। ବାପଘରେ ଥାଇ ମା ହୁଅନ୍ତା, ପୁଅହାତେ ଯାର ବେକ ଥୁଅନ୍ତା। ଜୟଚନ୍ଦ୍ର ଠାରୁ କନ୍ୟାର ଉତ୍ତର ବେଶି ହବାରୁ ଜୟଚନ୍ଦ୍ର ଅପମାନ ପାଇ ବାହୁଡ଼ିଗଲା।

ଘରକୁ ଫେରି କାହାକୁ କିଛି ନ କହି ପଲଙ୍କରେ ମୁହଁମାଡ଼ି ଶୋଇ ରହିଲା। ଯିଏ ଯେତେ ଡାକିଲେ ଉଠିଲା ନାହିଁ କି ଜଳ ଗ୍ରହଣ କଲାନାହିଁ। ବିଦେହ ରାଜା ରାଣୀଙ୍କର ସେଇ ଗୋଟିଏ ବୋଲି ପୁଅ। କ'ଣ ହେଲା କ'ଣ ହେଲା କହି ନଗର ଦେଶଯାକ ଚହଳ ପଡ଼ିଗଲା। ରାଣୀଯାଇ ପୁଅକୁ ବୁଝେଇ ଶୁଝେଇ ପଚାରିବାରୁ ଜୟଚନ୍ଦ୍ର କହିଲା, ବିଦର ରାଜକନ୍ୟା ଛାୟାକୁମାରୀ ମୋତେ ଅପମାନ ଦେଇଛି, ମୁଁ ତାକୁ ବାହା ନ ହେଲେ ଏ ଜୀବନ ରଖିବି ନାହିଁ। ରାଣୀ ରାଜାଙ୍କୁ ଏକଥା ଜଣାଇବାରୁ ରାଜା କହିଲେ, ଇଏ କୋଉ ବା କଥାଛାର ସେଇଥିପାଇଁ ଓଲା ପୁଅଟା ଉପାସ ଅଛି। ଆଛା ହଉ ଉଠି ଖିଆପିଅ କର, ମୁଁ ଯେପରି ହେଉ ତାକୁ ବୋହୂକରି ଆଣିବି। ଏହା କହି ରାଜା ପୁଅକୁ ଉଠାଇଦେଲେ। ତାପରେ ଦୂତ ହାତରେ ଚିଠି ଦେଇ ବିଦରରାଜାଙ୍କ ପାଖକୁ ପଠାଇଲେ, ସେ କନ୍ୟାକୁ ବୋହୂକରି ନେବାପାଇଁ।

ବିଦର ରାଜାତ କିପରି କନ୍ୟା ଦାୟରୁ ମୁକୁଳିବେ ଖୋଜୁଥିଲେ। ଯିମିତି ଯୋଗ୍ୟପାତ୍ର ଓ ବଡ଼ ରାଜ୍ୟରେ ଏକମାତ୍ର ପୁତ୍ରର ସନ୍ଧାନ କଥା ଶୁଣିଲେ ତାଙ୍କ ମନ କୁଣ୍ଢେମୋଟ ହୋଇଗଲା। ସେହିକ୍ଷଣି ସେ ଦୂତ ହାତରେ ସମ୍ମତି ଜଣାଇ ଉତ୍ତର ଦେଲେ। ରାଣୀ ପାଖରେ କଥାଟା ଜଣାଇବାରୁ ରାଣୀ ବି ଖୁସିହେଲେ। ପୁରବାସୀ କହିଲେ, କାହାକୁ ଜଣାନାହିଁ, ଭଲଘର ବର କିମିତି ଜୁଟିଲାମ ? କିଏ କହିଲା ସେ ତ ତମ ଆମ

ଝିଅନୁହେଁ ଯେ ଘରକୋଣରେ ଲୁଚି ରହିବ। ରଜାଘରର ଗେହ୍ଲାଝିଅ; ହାଟ ବଜାରରେ ଚାଲେ ବୁଲେ, କୋଉଠି ଗୋଟିଏ ଯୋଗାଡ଼କରି କୁହାଇଥିବ। ଅବିକାତ ସେଇଯୁଗ, ସେଇରକମ ହଜାର ହଜାର ହେଉଛି। କହିବି କ'ଣ ? ଆଉ ଜଣେ କହିଲା, ଦୋଷକ'ଣ ଝିଅର ? ବାପା ମା ଯେମିତି କରିବେ, ପୁଅଝିଅ ସେମିତି ହେବେନା। କଥାରେ ଅଛି ପରା-ଅତି ଗେହ୍ଲାଝିଅ ଦାଣ୍ଡରେ ଠିଆ, ଅତି ଗେହ୍ଲାପୁଅ ମନମୋଟିଆ। ଅତି ଗେହ୍ଲାକୁଭା ମୁଣ୍ଡରେ ଚଢ଼େ, ଅତି ବୁଦ୍ଧିଆ'ଯେ ଏଣ୍ଟୁଇ ଗଢ଼େ।' ଏମିତି କୁହାକୁହି ହଉ ହଉ ବିଭାଦିନ ପାଖେଇ ଆସିଲା।

ଦି'ପକ୍ଷରୁ ଧୁମଧାମ ଆୟୋଜନ, ବାଣରୋଶଣି ବାଜାମହୁରୀରେ ବାଟଘାଟ ଦୁଲୁକୁଛି। ଜୟଚନ୍ଦ୍ର ବରବେଶ ହୋଇ ବରଯାତ୍ରି ନେଇ ବିଦର ଦେଶରେ ହାଜର ହେଲା। ସେଠି ପହଞ୍ଚି ଜଣେ ଦୂତକୁ କହିଲା, ଆମର ଯେତେବେଳେ ବେଦୀରେ ବସି ବାହାଘର ଅଧା ହେଉଥିବ, ସେତିକିବେଳେ ତୁ ଖବର ଦେବୁ ରାଜପୁରୀକୁ ଶତ୍ରୁସେନା ଘେରିଗଲେ, ବାସ୍ ଏତିକି। ଦୂତ ରାଜିହୋଇ ଟଙ୍କା ନେଇଗଲା। ବିଦର ରାଜା ବର ଆସିବାରୁ ବିଭାବିଧି ମୁତାବକ ବରଣ କରିନେଲେ। ତେଣେ ନାନ୍ଦିମୁଖି ସାରିଦେଲେ ପୁରୋହିତ। ବାଟବରଣ ଇତ୍ୟାଦି ସରିବାରୁ ବରକନ୍ୟାଙ୍କୁ ବେଦୀକୁ ଅଣାଗଲା।

ପହିଲୁ ବରଣବିଧି ଗଲା। ଦ୍ୱିତୀୟ ବରଣବେଳେ ଯେମିତି ଯଥା-ରାବଣସ୍ୟ ମନ୍ଦୋଦରୀ ମନ୍ତ୍ରସାରି ପୁରୋହିତ ଛାୟା ଜୟଚନ୍ଦ୍ରର ଦୁଇହାତକୁ ହାତ ଉପରେ ଥୋଇଛନ୍ତି, ସେତିକିବେଳେ ହୁଲହୁଲି ପଡ଼ିଗଲା। କ'ଣ ହେଲା କହି ଲୋକେ ଚଞ୍ଚଳ ହେବାବେଳେ ଦୂତ ଆସି ଖବରଦେଲା, ଶତ୍ରୁ ସେନା ରାଜନବରକୁ ଘେରିଗଲେ। ସେଇଠୁ ବିଭା କୋଉଁଠି ନା ଶୋଭା କୋଉଠି, ଜୟସେନ ତ ଉଠିଆସିଲା। ସେଇ ସଂଗେ ସଂଗେ ବିଦର ରାଜା; ବିଦେହ ରାଜା ସବୁ ଆସିଲେ। ତୁଚ୍ଛାରେ ଗୋଟାଏ ହୁଲସ୍ଥୁଲ ପଡ଼ିଗଲା। ଏଇ ଗୋଳମାଳିଆରେ ଜୟଚନ୍ଦ୍ର ଘୋଡ଼ାରେ ଚଢ଼ିଛି। ବର କୁଆଡ଼େ ଗଲା, ବର କାହିଁ କହି ବରଯାତ୍ରି ବି ଫେରିଗଲେ।

କଥା କ'ଣ ଶତ୍ରୁ କାହାନ୍ତି ? କାହିଁକି ଏମିତି ହେଲା ? ଏଇ ଭାବନାରେ ରାଜାରାଣୀଙ୍କ ଦେହ ମନ ମଉଳି ଗଲା। ଜୟଚନ୍ଦ୍ର ରାଜ୍ୟକୁ ଖବର ପଠାଇବାରୁ ସେଠୁ ଉତ୍ତର ଆସିଲା-କନ୍ୟାଟା ଅଲକ୍ଷଣୀ ତା ଅଷ୍ଟମରେ ବୋଧେ ମଙ୍ଗଳ ଅଛି। ତାକୁ ଆଉ ବୋହୂକରି ଆଣିବା ନାହିଁ। ବିଦର ରାଜା କନ୍ୟା ବିଭା ପାଇଁ କି ବିପଦରେ ପଡ଼ିଲେ। ଛାୟାକୁମାରୀ ତ ବେଦୀ ଉପରୁ ପୂର୍ବକଥାଟାକୁ ସୁମରିଲାଣି ହେଲେ ଉପାୟ କ'ଣ ? ନିଜ ବଡ଼େଇ ନିଜେ ଦେଖେଇ ତ ଏ ବିପଦକୁ ବରିନେଇଛି। ଶାସ୍ତ୍ରରେ ଅଛି-

"ଆତ୍ମଶ୍ଳାଶଂତ୍ରା ସୁଜନସ୍ୟ ନିନ୍ଦା, କୁଟିଳତା ନୀଚ ଜନେଷୁ ସଙ୍ଗ।
ଅତ୍ୟନ୍ତ ରୋକ୍ଷଃ କଟୁତାର ବାଣୀ, ନରସ୍ୟ ଚିହ୍ନଂ ନରକ ଗତିଷ୍ଣ।"

ଆତ୍ମପ୍ରଶଂସା ଦ୍ୱାରା ଅତି ବଢ଼ି ସେ ତ କଟୁକଥା ଆଗରୁ କହିଚି, ସେଇ ଫଳ ଭୋଗୁଚି ଏବେ। ସେଥିପାଇଁ 'ମୋ ଅର୍ଜିତକର୍ମ ମୋ ଦୁଃଖର କାରଣ' କଥା ହେଜି ମଉନରେ ଦିନ କାଟୁଚି।

ଏଣେ ବାରଲୋକ ବାରକଥା ଶୁଣୋଉଛନ୍ତି। ରାଜାରାଣୀ ବି ଛାୟାର ସଖୀମାନଙ୍କଠାରୁ ପୂର୍ବେ ଛାୟା କହିଥିବା କଥାକୁ ଶୁଣି ଭର୍ତ୍ସନା କଲେଣି। ମାଇପିଲୋକଙ୍କ ମୁହଁମୋଡ଼ା ଆଉ ତେରେଛି ଚାହାଣିରେ ଛାୟା ଛାତି ହାଣିହେଉଛି।। ଦିନେ ସେ କହିଲା, ବାପା! ମୋତେ ଏ ଘରୁ କାଢ଼ିଦିଅ। ମୁଁ ଆଉ ନୀଚ ଲୋକଙ୍କ ଲାଞ୍ଛନା ସହିପାରୁନି। ରାଣୀ କହିଲେ-ଦୋଷ ତ ତୋର, ତୁ ତାକୁ ସେମିତି କହିଥିଲୁ ବୋଲି ତ ଆଜି ଏ ଦଶା। ଛାୟା କହିଲା, ସେତେବେଳେ ସେ ବଳେ ଆସି ଆଗେ କହିଲେ। ସେ କହିବାରୁ ସିନା ମୁଁ ପରେ କହିଲି। ରାଜା କହିଲେ-ଯାହା ହେବାର ତ ହେଲାଣି, ଏକ୍ଷଣି କ'ଣ କରିବା କହିଲୁ ମା। ଛାୟା ଟିକିଏ ଭାବି କହିଲା, ଧୀର ବୁଦ୍ଧିରେ ଉଦ୍ୟମ କରି କାର୍ଯ୍ୟ କଲେ ଇଚ୍ଛା ପୂର୍ଣ୍ଣ ହେବ। ରାଜା କହିଲେ ଠିକ୍ କହୁଛି ମା! ଶାସ୍ତ୍ରରେ ଅଛି-

ଉଦ୍ୟମଂ ସାହସଂ ଧୈର୍ଯ୍ୟଂ ବଳ ବୁଦ୍ଧି ପରାକ୍ରମଃ,
ଷଡ଼େିତେ ଯନ୍ତ୍ର ତିଷ୍ଠତି ତତ୍ରଦେବୋଽପି ଶଙ୍କତେ।

ଆଛା, ଗୋଟିଏ ପନ୍ଥା ଭାବିଲୁ କ'ଣ କଲେ ଭଲ ହେବ?

ଛାୟା କହିଲା- ମୋତେ ତିରିଶହଜାର ଟଙ୍କା, ଗୋଟିଏ ବୁଢ଼ା ଦୂତ, ନାଗରାଚୀ, ପାଞ୍ଚଟି ତମ୍ବୁ, ହାତୀ ଯୋଡ଼ିଏ, ଘାଡ଼ା ପାଞ୍ଚଟା ଓ ମୋ ଦାସୀ ଓ ସଖୀଙ୍କୁ ସଙ୍ଗରେ ଦେଇ ମୋତେ ଛାଡ଼ିଦେଲେ ସବୁକାର୍ଯ୍ୟ ଠିକ୍ ହେବ। ରାଜା କହିଲେ- ଇଏବା କୋଉ ଛାରକଥା। ଏହାର ଦଶଗୁଣ ଦେଇ ଯଦି ମୋର କୁଳମାନ ରହେ ତା'ହେଲେ ଭଲ। ସେଇଠୁ ଆସି ସେ ସବୁକୁ ଯୋଗାଇଦେଲେ। ରାଜକନ୍ୟା ଗୋଟାଏ ମଜଭୁତ ବାଉଁଶ ଅଧିକା ନେଇ ବିଦେହ ଦେଶକୁ ଗଲା। ସେଠାରୁ ଯାଇ ତମ୍ବୁଖଟାଇ ରାଜବାଡ଼ିର ପାଖାପାଖି ଗୋଟିଏ ପଡ଼ିଆରେ ରହିଲା। ଚାରିଆଡ଼େ ଡେଙ୍ଗୁରା ଦିଆଇଦେଲା, ମାସକ ବାଦେ ଏଠି ବାଉଁଶରାଣୀ କସରତ ଖେଳ ଦେଖାଇବ। ଦିନକୁ ଦୁଇଟଙ୍କା ଟିକଟ। ସେ କଥା ଚାରିଆଡ଼େ ଚହଳ ପଡ଼ିଗଲା। ରାଜପୁରୀର ଲୋକବି ଶୁଣି ରାଜାଙ୍କୁ କହିଛନ୍ତି।

ସେତେବେଳକୁ ପୁଅର ଦରବାହା ଚିନ୍ତାକରି ରାଜା ମରିଗଲେଣି। ଜୟଚନ୍ଦ୍ର

ନୂଆରଜା। ଦିନେ ସେ ସାଧାରଣ ପୋଷାକ ପିନ୍ଧି ବୁଲିଆସିଲା ବେଳକୁ ଝାଡ଼ାତଲବ ହେଲା। ସେ ଭୋରହେତୁ ମଇଦାନରେ କାର୍ଯ୍ୟସାରି ଶୌଚହେବାକୁ ପୋଖରୀକି ଯାଇ ଦେଖିଲେ ସେପାଖରେ କେତେକ ଯୁବତୀ ଗାଧୋଇ ଯାଉଛନ୍ତି। ରାଜାଟିକିଏ ଅପେକ୍ଷା କଲେ। ଏତିକିବେଳେ ପୋଖରୀ ପାଖଦେଇ ଗୋଟିଏ ଜବାଫୁଲ ଭାସି ଆସିଲା। ରାଜା ଶୌଚ ହେଲାବେଳେ ସେ ଫୁଲଟିକୁ ଉଠାଇ ଦେଖନ୍ତିତ ସେଥିରେ ଗୋଟିଏ କଳାକେଶ ଗୁଡ଼ା ହୋଇଛି। ରାଜା ତାକୁ ଖୋଲି ମାପିଲେ ତାଙ୍କ ହାତରେ ପାଞ୍ଚହାତ ହେଲା। ଏପରି କେଶକୁ ଦେଖି ତ ରାଜା ଅବାକ୍। ଭାବିଲେ ଏପରି କେଶ ଅଛି ବୋଲିତ ମୋ ଜ୍ଞାନ ହେଲାଦିନୁ ଶୁଣିନଥିଲି କି ଦେଖି ନଥିଲି। ନିଶ୍ଚୟ ଏ ଯୁବତୀଦଳର କାହାର ହେବ? ଏହାଭାବି ସେ ଯାଇ ତମ୍ବୁ ପାଖରେ ପହଞ୍ଚି ବୃଦ୍ଧ ଦୂତକୁ ପଚାରିଲେ, ଏ ତମ୍ବୁ କାହାର? ବୃଦ୍ଧ କହିଲା, ଏଠି ଜଣେ କସରତ୍‌ବାଲୀ ବାଉଁଶରାଣୀ ଖେଳ ଦେଖାଇବାକୁ ଆସିଛନ୍ତି। ରଜା ସେଇଠୁ କହିଲେ, ତମେ ଏ ବାଳଟିକୁ ନେଇ ଭିତରେ ତମ ଦଳର ଯୁବତୀଙ୍କଠୁ ବୁଝିଆସିଲ ଏ ବାଳଟି ତାଙ୍କ ଭିତରୁ କାହାର କି ନାହିଁ। ବୁଢ଼ା ଭିତରକୁ ଯାଇ ବୁଝି ଆସି କହିଲା, ହଁ ଏଇ ଦଳ ମାଲିକାଣୀର ବାଳ। ଜୟଚନ୍ଦ୍ର କହିଲେ, ମୁଁ ଟିକିଏ ଦେଖା କରିବି। ବୁଢ଼ା ବୁଝି ଆସି କହିଲା, ଖରା ଗଡ଼ିଲେ ଆସନ୍ତୁ। ଏକ୍ଷଣି ସେ ପୂଜା ବିଧିରେ ଅଛନ୍ତି। ଜୟଚନ୍ଦ୍ର ବାହୁଡ଼ିଲେ।

ବାଳ ଦେଖି ତ ରଜା ମନ ଖଜାରେ। ଛଟପଟ ହୋଇ ସଞ୍ଜବେଳକୁ ଯାଇ ହାଜର ହେଲେ। ଦାସୀକି ଡକାଇ ଖବର ନବାରୁ ସେତ ଚତୁରୀ ଦାସୀ, କହିଲା ଫୁଲ ଫୁଟିଲେ ଭଅଁର ମହୁମାଛି ପ୍ରଜାପତି କେତେ ଆସନ୍ତି ପାଖକୁ। ତମେ ସେମିତି ଆସିଚ ଯେବେ ଆଗ ତୁମ ପରିଚୟ ଦିଅ? ଆମେ ପଛେ ଦେବୁ। ରାଜା କହିଲେ, ମୁଁ ଏଇ ବିଦେହ ରାଜା ଜୟଚନ୍ଦ୍ର। ତୁମର କେଶବତୀ ମାଲିକାଣୀକୁ ଦେଖିବାକୁ ଆସିଛି। ଦାସୀ କହିଲା, ଆମ ଘର କେରଳରେ। ଆମେ ବାଜିକର କନ୍ୟାଦଳ। ଖେଳ କସରତ ଦେଖାଇ ବୁଲୁ ବୁଲୁ ଆମ ସର୍ଦ୍ଦାରଙ୍କ ଝିଅ ଏଇ ଦି' ଚାରିଦିନ ଆଗେ ପହିଲୁ ଶୁଭରତୁ ପାଇଲେ। ସେଥିପାଇଁ ଆମେ ଖେଳ ଦେଖାଇବା ବନ୍ଦ କରିଛୁ। ଆପଣ ଆସିଛନ୍ତି ଯେତେବେଳେ ମୁଁ ମାଲିକାଣୀଙ୍କି ଖବରଦିଏ। ଏହାକହି ସେ ଭିତରକୁ ଯାଇ, ଆସି ରାଜାଙ୍କୁ ଭିତରକୁ ନେଇଗଲେ।

ଜୟଚନ୍ଦ୍ର ଯାଇ ଦେଖିଲେ ଗୋଟିଏ ଚଉକି ଉପରେ ଦିବ୍ୟ ସୁନ୍ଦରୀ କନ୍ୟାଟିଏ ବସିଚି। ରୂପ ଆଲୋକରେ ତ ଭିତରଟା ଉଜ୍ଜ୍ୱଳ ହେଉଛି। କେଶଗୁଚ୍ଛା ଫୁଟି ଲୋଟିଚି ମାଟିରେ।

"ବସିଚି ରୂପସୀ ଶଶୀଶୁଭ୍ର ହାସୀ ଦାସୀମେଳେ ଖଟପରେ,
ଚାରୁ କେଶ ଫିଟି ଚୁମ୍ବୁଅଛି ମାଟି ଓଠରୁ ମିଠା ରସରେ।
ବିଦିଶାର ନିଶା ପରି ଘନକେଶା କେଶରୁ ତମସା ନିଶା
ବିଛୁରି ଦୂରରୁ ଆକର୍ଷି ନିଏ ପାଶକୁ ଯୁବକ ଧିସା।
ଚାହାଣି ଠାଣିରେ ମାଦକତା ବୁଣି ହାତ ଧଇର୍ଯ୍ୟ ମୂଳ
ରସାର ସୁଷମା ସାର ହୋଇଅଛି ରସିକା ବୁକୁରେ ଠୁଳ।"

ଛାୟାର ରୂପଯୌବନ ଆଉ କେଶରାଶିକୁ ଦେଖି ଜୟଚନ୍ଦ୍ର ଏକବାରେ ମୁଗ୍ଧ ହୋଇଗଲେ। ତାପରେ ସେ ଭଦ୍ରତା ରଖି କଥା କହିଲା ବେଳକୁ ତାଙ୍କ ପାଟି ଖନି ବାଜିଲା। ସେଇଠୁ ସେ ଉଠି ଆସିଲାବେଳେ ବିଶ୍ୱାସୀ ଦାସୀକୁ କିଛି ଟଙ୍କା ଦେଇ ଗୋଟିଏ ରାତି ଛାୟା ସଙ୍ଗରେ ବିହାର କରିବାକୁ ପ୍ରସ୍ତାବ ଦେଲେ ଓ ସେଥିପାଇଁ କେତେ ଟଙ୍କା ଦେବାକୁ ହେବ ବୁଝି ଆସିବାକୁ କହି ବାହାରେ ଅପେକ୍ଷା କଲେ।

ଦାସୀ ଭିତରକୁ ଯାଇ ବୁଝିଆସି କହିଲା- ହଜୁର! ଟଙ୍କା ପଇସା ଲାଗିବ ନାହିଁ। ଆପଣ ଯଦି ତାଙ୍କୁ ବିବାହ କରନ୍ତି, ତାହାହେଲେ ସେ ଏଠାରେ ଦୁଇମାସ ରହି ଆପଣଙ୍କୁ ପତିରୂପେ ଖୁସି କରିବେ। କାରଣ ଅବିବାହିତା କୁମାରୀକୁ ଭୋଗ କେତେଜଣଙ୍କ ଭାଗ୍ୟରେ ଜୁଟେ? ଆପଣ ଭାଗ୍ୟବାନ୍।

ଜୟଚନ୍ଦ୍ର ଭାବିଲେ ଏପରି ସୁନ୍ଦରୀକୁ ବିଭାହେଲେ କ୍ଷତି କ'ଣ? ଶାସ୍ତ୍ରରେ ଅଛି-

"ବିଷ ମଧ୍ୟରୁ ଅମୃତ କରିବ ଗ୍ରହଣ।
ଅମେଧ୍ୟରୁ ତୋଳି ନେବ ଦେଖିଲେ ସୁବର୍ଣ୍ଣ।
ନୀଚକୁଳ ଜାତିଠାରୁ ବିଦ୍ୟା ଧର୍ମ ନେବ
ସୁଲକ୍ଷଣା ନାରୀ ନେବ କୁଳ ନ ବାରିବ।"

ତେଣୁ ମୁଁ ଏ କନ୍ୟାକୁ ବିଭାହେବି। ଏହାଭାବି ଜବାବ ଦେଲେ କାଲି ବିଭାଘର ହେବ। ସତକୁ ସତ ତହିଁ ଆରଦିନ ବିଭାଘର ହେଲା।

ଜୟଚନ୍ଦ୍ର ତ ନିଜ ସ୍ତ୍ରୀ ବୋଲି ଜାଣନ୍ତି ନାହିଁ। ନୂତନ ରୂପସୀକୁ ପାଇ ମହାଖୁସିରେ ରତି ବିହାର କଲେ। ଏପରି ଦୁଇମାସ ଯିବାରୁ ଛାୟ ବୁଝିପାରିଲା ତା' ଗର୍ଭରେ ପିଲା ରହିଲାଣି। ସେଇଠୁ ସେଦିନ ରାତିରେ ଜୟଚନ୍ଦ୍ରଙ୍କୁ କହିଲା- ଆମର ଯିବାଦିନ ନିକଟ ହେଲା। ମୋତେ କିଛି ଗୋଟିଏ ସଙ୍କେତ ଦିଅ, ଯୋଉଟିକି ଦେଖାଇଲେ ଚିହ୍ନି ପାରିବ। ନହେଲେ ଶକୁନ୍ତଳା ପରି ମୋ ଦଶା ହେବ ଯେ। ରାଜା ଶୁଣି ସାଙ୍ଗେ ସାଙ୍ଗେ ହାତରେ ଘେନିଥିବା 'ଜୟଚନ୍ଦ୍ର' ନାମାଙ୍କିତ ଅଙ୍ଗୁରୀୟଟି ଖୋଲି

ଛାୟାକୁ ଦେଇ କହିଲେ- ୟାକୁ ରଖ। ଦେଖେଇଲେ ନିଶ୍ଚୟ ଚିହ୍ନିବି। ଛାୟା କହିଲା, ମୋ ଗର୍ଭରେ ସନ୍ତାନ ରହିଲା ପରି ଜଣାଗଲାଣି। ଯଦି ସନ୍ତାନ ହୁଏ, ତାକୁ ଏ ସଂକେତ ଦେଇ ପଠାଇବି। ତାକୁ ଚିହ୍ନି ରଖି ପଢ଼େଇ ବଢ଼େଇବ। ଜୟଚନ୍ଦ୍ର ସ୍ୱୀକାର କରିବାରୁ ତହିଁ ଆରଦିନ ସେମାନେ ବିଦରକୁ ଚାଲିଗଲେ। କିଛିଦିନ ପରେ ଛାୟାର ସୁନ୍ଦର ପୁଅଟିଏ ହେଲା। ଦେଖିବାକୁ ମଦନ ପରି ସୁନ୍ଦର। ଛାୟା ତା ନାଁ ରଖିଲା ଚାରୁଚନ୍ଦ୍ର।

ପୁଅଟି କ୍ରମେ ବଢୁଥାଏ। ଚୂଡ଼ାକରଣ ବି ହୋଇଚି। ଦିନେ ବିଦ୍ୟାଳୟ ପିଲାଙ୍କ ସଙ୍ଗରେ ତର୍କ ହେବାରୁ ଗୋଟିଏ ପିଲା କହିଲା, ଆରେ ଯା, ଅଣବାବୁଆଟା ଯୁକ୍ତି ବାଢୁଛି। ଗଲୁ ଦେଖି ତୋ ବାପକୁ ଡାକି ଆଣିବୁ? ସେଇଠୁ ଚାରୁଚନ୍ଦ୍ର କାନ୍ଦି କାନ୍ଦି ଆସି ଛାୟା ପାଖରେ ଜିଦ୍ କଲା- କହ ମୋ ବାପା କୋଉଠି ଅଛନ୍ତି, ମୁଁ ଆଜି ତାଙ୍କ ପାଖକୁ ଯିବି? ଛାୟା ଦେଖିଲା ଆଉ ପୁଅକୁ ଭୁଲେଇ ହେବ ନାହିଁ। ସେଇଠୁ ମୂଳରୁ ସବୁ ଘଟଣା କହିବାରୁ ପୁଅ ଶୁଣି ଅବାକ୍ ହେଲା। କହିଲା ତୁ ଆଗରୁ କହିଲୁ ନାହିଁ କାହିଁକି ମା। ମୁଁ ତ କୋଉଦିନୁ ବାପାଙ୍କୁ ଡକେଇ ଆଣିଥାନ୍ତି। ଛାୟା କହିଲା- ତୁ ନିହାତି ପିଲା, ପାରିବୁ ନାହିଁ। ଚାରୁ କହିଲା- ତୁ ଭାବିଛୁ, ତମ କାଳର ପିଲାପରି ନାହିଁ? ଅବିକା ପରା ପାଠ ଆଗରୁ ପିଲାଏ ଶାଠ ଶିଖୁଛନ୍ତି। ବାପ ମାଙ୍କୁ କୋଟି କୋଟି ପିଲା ଠକେଇ ଦଉଚନ୍ତି। ମୁଁ ସେ କାମରେ କେବେଠୁ ପାରଖ ଦେଲିଣିଟି। ହଉ ତା'ହେଲେ ମୁଁ ବିଦେହ ଦେଶକୁ ଯାଉଚି, ତୁ ମୋତେ ବାଟଖର୍ଚ୍ଚ ପାଇଁ କିଛି ଟଙ୍କା ଦବୁଟି। ଛାୟା ହଜାରେ ଟଙ୍କା ଓ ସେହି ମୁଦିଟି ଦେବାରୁ ପିଲା ବାହାରିଗଲା। ବିଦେହ ଦେଶରେ ପହଞ୍ଚି ଦେଖିଲା ଗୋଟିଏ ଗୋପାଳୁଣୀ ଦହି ନେଇ ବିକି ଯାଉଛି। ଚାରୁଚନ୍ଦ୍ର ତା ମଜା ଦେଖିବାକୁ ଗୋଟାଏ ଟେକା ମାରି ତା ଦହି ହାଣ୍ଡିଟାକୁ ଫଟେଇ ଦେଲା। ଦହିଗୁଡ଼ାକ ବୋହି ଯାଇ ତା' ଲୁଗା ଦିହ ସରସର। ବୁଢ଼ୀକି ଆଉ ସମ୍ଭାଳେ କିଏ? ପାଟି କରି ଦୌଡ଼ି ଆସିଲା। ଚାରୁଚନ୍ଦ୍ରକୁ କହିଲା, ହଇରେ ବାଡ଼ିପଡ଼ା ମୋ ଦହି ହାଣ୍ଡିଟାକୁ ଭାଙ୍ଗିଦେଲୁ ଏ କ୍ଷତି କିଏ ଦବ, ତୋ ବାପା ନା ମା ଦବ?

ହାଣ୍ଡି ଭାଙ୍ଗି ଚାରୁଚନ୍ଦ୍ର ମୁହଁ ଚାପି ହସୁଚି। ତା' ହସ ଦେଖି ବୁଢ଼ୀର ରାଗ ବେଶି ବେଶି ହବାରୁ ସେ ଖଡୁମୁସା ମାରିବାକୁ ପିତଳଖଡୁ ଉଠେଇଲା। ଚାରୁ କହିଲା- ରହ ରହ, ତୁ ମୋର ଧର୍ମ ମା ହେଲୁ। ଚାଲେ, ତୋତେ ନୂଆଲୁଗା ପିନ୍ଧେଇ ଦେବି। ଦହି କ୍ଷତିର ପଇସା ଦେବି। ନୂଆ ଲୁଗା କଥା ଶୁଣି ବୁଢ଼ୀ ଖୁସି ହୋଇ କହିଲା- ଚାଲେ ବାପା। ଏଇତ ଆଗରେ ବଜାର। ହେଲେ ଗଉରିଆ ତନ୍ତୀଠାରୁ କିଣିବୁନି। ସେ'ଟା ବେହିଆଟାଏ। ମୋ ବୟସ ଥିଲାବେଳେ ଥରେ ପରା ମୋ ଉପରକୁ ପାଣି ପୁଳାଏ ଛାଟିଥିଲା ସେ। ଚାରୁ ହସି ହସି କହିଲା, ତୋ ଇଚ୍ଛା ଯାହାଠୁ ନବୁ ନେ,

ନହେଲେ ମୋ କଥା ମାନି ଚଳିବୁ, କିନ୍ତୁ ବୁଢ଼ୀ ରାଜି ହୋଇ ଯିବାରୁ ଚାରୁଚନ୍ଦ୍ର ତାକୁ ଲୁଗା ଖଣ୍ଡେ କିଣି ଦେଲା। ଗୋଟିଏ ଗହଣା ଦୋକାନକୁ ନେଇ କହିଲା, ତୋ ହାତକୁ ଗୋଟିଏ ମୁଦି କିଣି ଦେବି ଚାଲ। ବୁଢ଼ୀ କହିଲା, ନାଇଁ ମୁଁ ମାଙ୍କଡ଼ୀ ଦେବି। ଅବିକା ଝିଅ ବୋହୂ ଏ ଯୋଉ ଯାଉଛନ୍ତି ବାପ! ମୋ ଦିହ ମନ ଘାରି ହଉଚି ପରା। ଚାରୁ ତାକୁ ଗୋଟିଏ ବଣିଆ ଦୋକାନକୁ ନେଇ ବସେଇ ତାକୁ ଯୋଡ଼ାଏ ମାଙ୍କଡ଼ୀ ମଗେଇ ଦେଲା ପସନ୍ଦ କରିବାକୁ। ନିଜେ ଗୋଟିଏ ବହୁ ମୂଲ୍ୟର ହାର ଆଣି ଦର ପଚାରିବାରୁ ବଣିଆ କହିଲା, ଦୁଇ ହଜାର। ଚାରୁଚନ୍ଦ୍ର କହିଲା ମା! ତୁ ମାଙ୍କିଡ଼ୀ ପସନ୍ଦ କରୁଥା। ମୁଁ ଏ ହାରଟିକୁ ଘରେ ଦେଖେଇ ଆସେ। ବୁଢ଼ୀ ହଉ କହିବାରୁ ସେ ବଣିଆକୁ କହିଲା, ମା ମାଙ୍କଡ଼ି ଦେଖୁଚି। ନିକଟରେ ଆମ ଘର। ମୁଁ ହାରଟିକି ନାନୀକି ଦେଖେଇ ଆଣେ। ଯଦି ରଖିବ ତ ଟଙ୍କା ନେଇ ଆସିବି, ନହେଲେ ଫେରେଇ ଆଣିବି। ବଣିଆ ଆଚ୍ଛା ହଉ କହିବାରୁ, ଚାରୁଚନ୍ଦ୍ର ହାର ନେଇ ଗଲା ଆଉ ଚାରୁ କିଏ ନା ଚନ୍ଦ୍ର କିଏ ପତ୍ତା ନାହିଁ।

ବୁଢ଼ୀ ଏଟା ସେ'ଟା ଏମିତି ଦେଖୁଦେଖୁ ଜଞ୍ଜିରଲଗା ମଣିପୁରୀ ଝୁମୁକା ଫଶାକୁ ପସନ୍ଦ କରି କହିଲା, ମୁଁ ଏଇ ଯୋଡ଼ାକ ନେବି। ବଣିଆ ସେତେବେଳକୁ ହତାଶ ହେବାକୁ ବସିଲାଣି। ବୁଢ଼ୀ କଥା ଶୁଣି କହିଲା, ଆଲୋ ତୋ ପୁଅ କୁଆଡ଼େ ଗଲା ଦେଖେ। ବୁଢ଼ୀ ଚମକିଉଠି କହିଲା, କୋଉ ପୁଅରେ। ମୁଁ ତ ମୂଳରୁ ଝିଅଟିଏ ବି ଜନମ ଦେଇନି; ତୁ କହୁଛୁ ପୁଅ, କୋଉ ପୁଅ ବା? ବଣିଆ କହିଲା, ତୋତେ ବସେଇ ରଖି ଯିଏ ହାର ଦେଖେଇବାକୁ ନେଇଗଲା ସେଇ ପରା ତୋ ପୁଅ? ବୁଢ଼ୀ ବିଗିଡ଼ିଯାଇ କହିଲା, ଆରେ ମୋ ପୁଅ ବୋଲି ମୁଁ ତୋତେ ଚିହ୍ନେଇଥିଲି? ସେ ଛତରଟା କୁଆଡୁ ଆସି ମୋ ଦହିହାଣ୍ଡି ଭାଙ୍ଗି ମୋ ଲୁଗାପଟା ଭେଦେଇଚି। ଗାଳିଦେବି ବୋଲି ବିକଳରେ ମା ଡାକିଲା। ମୁଁ କ'ଣ ତାକୁ ବେଁଇଚି। ତା' ଠା ଠିକଣା ଜାଣେ ନାହିଁ। ଏହା କହି ବୁଢ଼ୀ ବାହାରିଗଲା ଦୋକାନରୁ। ବଣିଆ ଯାଇ ବୁଢ଼ୀକୁ ଆଚ୍ଛାକରି ଦି' ଡାଙ୍ଗେ ଚଢ଼େଇ ପୋଲିସରେ ଏତଲା ଦେଲା। ପୁଣି ସେଗୁଡ଼ାକ ଚୋରଙ୍କଠୁ ଟଙ୍କା ନେଇ ସାହାଯ୍ୟ କରିଥିବାର ଭାବି ରାଜା ପାଖରେ ଫେରାଦ ହେଲା। ରାଜା ଜୟଚନ୍ଦ୍ର ଡକାୟତକୁ ଧରିବାକୁ ଚାରିଆଡ଼େ ଘୋଷଣା କଲେ। ନାନାଦି ଡେଙ୍ଗୁରା ଦେଇ କହିଲେ, ଯିଏ ଡକାୟତକୁ ଧରିଦେବ ସେ ହଜାରେ ଟଙ୍କା ବକ୍‌ସିସ ପାଇବ।

ଏଣେ ଚାରୁଚନ୍ଦ୍ର ଆସି ରାଜାଙ୍କର ମାଲୁଣୀ ସାଙ୍ଗରେ ମାହାର୍ଦ୍ଦ ଦେଇ ମା' କରି ତା'ରି ଘରେ ବାସକଲା। ତହିଁ ଆରଦିନ ମାଲୁଣୀକି କହିଲା ମା! ରାଜା ଘରକୁ ତୁ ନିତି ଯାଉଛୁ। ସେଠାକାର ନିତ୍ୟ ଖବର ମୋତେ ଆଣି ଦେଉଥିବୁ। ମୁଁ ତୋତେ

ଟଙ୍କା ଦେବି। ମାଲୁଣୀ ରାଜି ହେଲା। ଏଣେ ଚାରୁଚନ୍ଦ୍ର ଡାକବଙ୍ଗଳା କାନ୍ଥରେ ଲେଖିଦେଇ ଆସିଲା-ମୁଁ ଚାରୁ ସର୍ଦ୍ଦାର ବଡ଼ ଡାକୁ। ଏ ଦେଶକୁ ଆସି ଆଗେ ବଣିଆକୁ ଠକେଇଲି। ପୁଣି ଆହୁରି ଅନେକଙ୍କୁ ଠକେଇବି। ଶେଷରେ ରାଜା ଅଙ୍ଗରେ ଠେଙ୍ଗା ଚଳେଇ ତେବେ ଛାଡ଼ିବି।

ସେ ଲେଖାଟିକି ପଢ଼ି ଲୋକେ ବେହାଲ ହୋରି କଲେ। ରାଜା ପଢ଼ି ରାଗିଯାଇ କହିଲେ, ତାକୁ ଯିଏ ଧରିଆଣିବ ତାକୁ ମୁଁ ଦଶହଜାର ଟଙ୍କା ପୁରସ୍କାର ଦେବି, ଆଉ ଡକାୟତକୁ ହରିକାଠରେ ବସେଇ ବାଡ଼େଇ ବାଡ଼େଇ ଫାଶୀ ଦେଇ ମାରିବି। ଏହାକହି ସେ ବଢ଼େଇକି ଡକେଇ ଗୋଟିଏ ବଡ଼ ହରିକାଠ ତିଆରି କଲେ।

ଦଶହଜାର ଟଙ୍କା ଦେବା କଥା ଶୁଣି ଗୋଟିଏ ବାରିକର ଲୋଭ ହେଲା। ସିଏ ରାଜାଙ୍କୁ କହିଲା ହଜୁର! ମୁଁ ଚୋରକୁ ଧରି ଦେବି। ମନ୍ତ୍ରୀ କହିଲେ, ବାରିକ ଜାତି ବଡ଼ ଚାଲାକ। ଏଇ ନିଶ୍ଚେ ଧରି ପାରିବ। ମନ୍ତ୍ରୀ କଥା ଶୁଣି ରାଜା ବାରିକକୁ ହୁକୁମ ଦେଲେ। ସେ କଥା ଶୁଣି ଆସି ମାଲୁଣୀ ଚାରୁଚନ୍ଦ୍ରକୁ କହିଦେଲା। ଚାରୁ ବାରିକର ଖବର ନଉଥାଏ। ରାତିରେ ଯାଇ ଦେଖିଲା ଗୋଟିଏ ଲୋକ ଛତା ମୁଣ୍ଡେଇ ଗୋଟିଏ ତେଜିୟାନ୍ ଦାମୁଡ଼ିକୁ ବାନ୍ଧି ଚରଉଛି। ବାକି ଗୋରୁ ପଲେ ଚରୁଛନ୍ତି। ଚାରୁ ବୁଝିଲା ଏଇଟା ବାରିକ। ଚୋର ଧରିବାର ପାଞ୍ଚ କରି ଗାଈ ଚରାଉଚି। ନୋହିଲେ କୋଉ ବେହିଆଟା ରାତିରେ ଗାଈ ଚରାନ୍ତା। ଏହା ଭାବି ପାଖକୁ ଯାଇ କହିଲା ଭାଇ! ତମ ଗାଈ ପଲ୍ଲରେ ଗୋଟିଏ ଅଲଗା ଗୋରୁ ପଶିଚି କି? ସେ ଆହିଲା ନାଇଁ, ଏଗୁଡ଼ିକ ଆମ ଗୋରୁ। ଚାରୁ ପଚାରିଲା ତମେ ରାତିରେ ଗୋରୁ ଚରଉଚ କାହିଁକି? ବାରିକ କହିଲା- ଚୁପ୍ ଏଟା ହେଉଚି ଚୋର ଧରିବାର ଆଳ। ପାଟୁତୁଣ୍ଡ କଅରନା।

ଚାରୁ କହିଲା- ତମେ ଟିକିଏ ତମ ଗୋରୁଙ୍କୁ ଗଣି ଦେଖ ଠିକ୍ ଅଛନ୍ତି କି ନାହିଁ। ଯଦି ବେଶିଥିବ ଜାଣିବ ମୋ ଗୋରୁ ଆସି ଗାଈ ପଲରେ ମିଶିଚି। ତମର ଠିକ୍ ଥିଲେ ମୁଁ ଲେଉଟି ଯିବି। ଗାୟାଳ ବାରିକ କହିଲା, କାଲି ଆସବ ଯା, ମୁଁ ଦୁଷ୍ଟ ଗୋରୁକୁ ବାନ୍ଧି ଧରିବି। ଚାରୁ କହିଲା, ମୁଁ ଧରୁଚି ବରଂ ଗଣିଦିଅ। ନୋହିଲେ ମୁଁ ଡାକି ପାରିବି ମୋ ଗୋରୁକୁ। ବାରିକ ବୁଝିଲା ଗାଈ ନାଁ ଧରି ଯଦି ଏ ଡାକି ପାରେ, ଲୋକ ଜାଗ୍ରତ ଅଛନ୍ତି ଜାଣି ଚୋର ତ ଆସିବ ନାହିଁ। ତାଠୁ ବରଂ ଗଣିଦେବା ଭଲ। ଏହାଭାବି ସେ ଓଲିଆ ଦାମୁଡ଼ିଟାର ଦଉଡ଼ିଟା ଓ ଛତାଟା ଯା ହାତକୁ ଦେଇ ଗୋଠରେ ପଶି ଗୋରୁ ଗଣିଲା। ଏଇ ସୁଯୋଗରେ ଚାରୁ ବାରିକର ଛତାଟିକି ଦାମୁଡ଼ି ଲାଙ୍ଗୁଡ଼ରେ ଭଲ ଭାବରେ ଭିଡ଼ି ବାନ୍ଧିଦେଇ ଦଉଡ଼ିଟି ଖୋଲିଦେଲା। ବାରିକ ଗୋରୁ ଗଣି ମନାକଲା ବେଳକୁ, ଇଏ ଦାମୁଡ଼ିଟାକୁ ଚମକାଇ ଦେବାରୁ ସେ ଦେଲା ଦଉଡ଼ା, ନିଅ ମଜା,

ଗୋରୁ ଗୋଠରେ ପଶି ଦୌଡ଼ିଲା ବେଳକୁ ଲାଙ୍ଗୁଡ଼ରେ ଛତାଟି ଖୋଲିଯାଏ ମୁଦିଯାଏ। ସେଇ ଚମକେଇ ସେଟାତ ଦୌଡ଼ିଲା ଅନ୍ୟ ଗୋରୁ ଲାଞ୍ଜ ଟେକି ଚିରା ମାରିଲେ। ବାରିକଟା କାହାକୁ ସମ୍ଭାଳିବ ? ଅତରଛରେ ମୁହଁମାଡ଼ି ପଡ଼ିଗଲା। ଲାଙ୍ଗୁଡ଼ଟେକା ଦାମୁଡ଼ି ନାକପୁଡ଼ାକୁ ଫୁଲେଇ ଦଉଡ଼ିଲାବେଳେ ଚକଟିଦେଲା ବାରିକଟାକୁ। ଚାରୁ ଯୋଡ଼ିଏ ଦାମୁଡ଼ି ନେଇ ଗଲାବେଳେ କହିଲା ବାରିକ ତୁ ଚୋର ଧରୁଥା ମୁଁ ଦାମୁଡ଼ି ଧରି ଚାଲିଲି। ତହିଁ ଆରଦିନ ଚୋର ଧରିବାକୁ ମନ୍ତ୍ରୀ ନିଜେ ବାହାରିଲେ। ଏଣେ ଚାରୁ ତ ମାଲୁଣୀଠାରୁ ମନ୍ତ୍ରୀ ଘର ହାଲ ହକିକତ ସବୁ ଜାଣିଚି। ରାତି ହବାରୁ ଯାଇ ଦେଖିଲେ ମନ୍ତ୍ରୀ ଜାମାଯୋଡ଼ ହୋଇ ଚୋର ଧରିବାକୁ ବାହାରିଛନ୍ତି। କିଛି ବାଟ ଯିବା ପରେ ଚାରୁ ଯାଇ ମନ୍ତ୍ରୀଙ୍କ ଗୋଡ଼ ଧରି ଧୂଳି ନେଇ କହିଲା ଅଜା! ଆସୁ ଆସୁତ ରାତି ହୋଇଗଲା। ଆଈ ପାଖରେ ପହଞ୍ଚିବାରୁ ଆଈ ଚିହ୍ନି ପାରିଲା ନାହିଁ। କହିଲା- ଯୋଉ ଚୋର ଭୟ, ତୁ ଯା ଅଜାଙ୍କୁ ଡାକି ଆଣିବୁ। ନୋହିଲେ ମୁଁ ତୋତେ ଘରେ ପୂରେଇ ଦେବି ନାହିଁ। ତମେ ଲେଉଟି ନଗଲେ ମୁଁ ପିଲାଟା, ଏ ମାଘୁଆ ଜାଡ଼ରେ ରହିବି କେଉଁଠି।

ଅଜା ଡାକ ଶୁଣି ମନ୍ତ୍ରୀ କହିଲେ, ତୁ କିଏ କହିଲୁ। ମୁଁ ତ ଚିହ୍ନି ପାରୁନି ? ଚାରୁଚନ୍ଦ୍ର କହିଲା, ଅଜା ହସେଇଲ ହେ ହସେଇଲ। ଆହେ, ମୁଁ ପରା ମାଧବୀର ମଝିଆ ପୁଅ। ମୁଁ ଛ ବର୍ଷର ହୋଇଥିଲି ଯାହାତ ଯାଇଥିଲ, ଆଉ ଆଠବର୍ଷ ଭିତରେ ଗଲ ନା ଅଣେଇଲ ଯେ ଚିହ୍ନିବ। ମନ୍ତ୍ରୀ ଦେଖିଲେ ଗୁଲୁଗୁଲିଆ ଗୋରା ପୁଅଟି ତ ଭଲ ଦିଶୁଚି। ତା' ଛଡ଼ା ଝିଅ ମାଧବୀ ନା କହୁଛି ଯେତେବେଳେ ନିଶ୍ଚୟ ଏ ତା'ରି ପୁଅ। ଏହାଭାବି ତାକୁ ପାଖକୁ ନେଇ ତା' ମୁଣ୍ଡରେ ହାତ ବୁଲେଇ କହିଲେ, ଏତେଦିନକେ ତୋ ମା'ର ମନ ହେଲା ପଠାଇବାକୁ ? ସଙ୍ଗରେ ଆଉ କିଏ ଆସିଚି। ଚାରୁ କହିଲା, କେହି ଜାଣନ୍ତିନି। ମନ ହେଲା, ମୁଁ ଲୁଚି ଆସିଚି। ସେଇଠୁ ସଙ୍ଗରେ ଥିବା ଚଉକିଆକୁ ସାଙ୍ଗରେ ଦେଇ କହିଲେ, ନେଇଯା ନାତିକି ଘରେ ଛାଡ଼ି ଆସିବୁ। ଚଉକିଆ ନେଇ ବୁଢ଼ୀ ପାଖରେ ଚାରୁକୁ କହିଲା, ଏ ତୁମ ନାତି। ମନ୍ତ୍ରୀ ମଣିମା ପଠେଇ ଦେଲେ। ବୁଢ଼ୀ ନାତିକି ଦେଖି ସବୁ ହାଲ ଶୁଣିନେଇ ଖୁଆଇବାରୁ ଚାରୁ କହିଲା ମୁଁ ଅଇଛିକା ଅଜାଙ୍କୁ ସାହାଯ୍ୟ କରିବାକୁ ଯିବି। ସେ ଶୋଇବା ଘର ସିନ୍ଦୁକରେ ଯେଉଁ ଛ' ପେଞ୍ଚଟିଆ ହାତକଡ଼ାଟି ରଖିଛନ୍ତି, କାଢ଼ି ଦେ। ନେଇ ଖାଇଯିବାକୁ ପଠେଇଛନ୍ତି। ବୁଢ଼ୀ କହିଲା, କେଜାଣି ମୁଁ ଚୁଲିପାଖର ମଣିଷ, କଡ଼ା ପେଞ୍ଚ କ'ଣ ବୁଝିବି ? ବେଶ୍, କହିବାକୁ ଲାଜ ନଥିଲା ? ହଉ ନେଇଯା ଚାବି, ସିନ୍ଦୁକ ଫିଟେଇ ଚିହ୍ନି ପାରିଲେ ନେଇଯା। ଏହାକହି ରାଗିକି ବୁଢ଼ୀ ଚାବିକାଠି ଦେବାରୁ, ଚାରୁ ସିନ୍ଦୁକ ଖୋଲି ଦେଖିଲା ମନ୍ତ୍ରୀଙ୍କୁ ବେପାରି

ଭେଟିଦିଆ ହୀରା ଲଗା ସୁନାହାର ଭରା ହୋଇଚି। ସେଥିରୁ ସତେଇଶି ହଜାର ନକ୍ଷତ୍ର ହାର ଯୋଡ଼ାଏ ଆଣିବୁ, ବୁଢ଼ୀକୁ ଚାବି ଦେଇ କହିଲା, ଚାକରକୁ ପଠା ମୋତେ ଅଜାଠେଇଁ ଛାଡ଼ି ଆସିବ। ବୁଢ଼ୀ ଚାକରକୁ ପଠାଇବାରୁ ଚାରୁ ତାକୁ ଅଧବାଟରୁ ଫେରେଇ କହିଲା- ମୁଁ ଏଣିକି ଯାଇପାରିବି, ତୁ ଲେଉଟି ଯାଆ, ଆଈ ଡରିବ। ଚାକର ଫେରିଗଲା। ମାଲୁଣୀ ଘରକୁ ଗଲା ଚାରୁ। ମନ୍ତ୍ରୀ ରାତିକ ଜଗି ଚୋର ନ ଆସିବାରୁ ଭୋରରୁ ଯାଇ ରାଜାଙ୍କୁ କହିଲେ, ଚୋର ମୋ ନାଁ ଶୁଣି ପଳେଇଚି। କାଲୁଠୁ ଆଉ ତା'ର ପଖି ନାହିଁ। ରାଜା ଶୁଣି ଖୁସି ହେଲେ। ଏତିକିବେଳେ ମନ୍ତ୍ରୀଙ୍କ ଚାକର ଯାଇ ଖବର ଦେଲା, କାଲି ରାତିରେ ନାତି ବୋଲି ଯେଉଁ ଟୋକାକୁ ପଠାଇଥିଲ, ସେ ଦୁଇଟା ନକ୍ଷତ୍ରହାର ନେଇ ପଳେଇଚି। ଏକଥା ଶୁଣି ମନ୍ତ୍ରୀ ମୋହ ହୋଇ ପଡ଼ିଗଲେ।

ତହିଁଆର ଦିନ ଜଣେ ବାବାଜି କହିଲେ, ମୁଁ ଚୋର ଧରିଦେବି। ସେକଥା ମାଲୁଣୀ ଚାକରକୁ କହିବାରୁ ଚାରୁଚନ୍ଦ୍ର ସଜ ହୋଇ ରହିଲା। ରାତି ପ୍ରହରକ ବେଳକୁ ସେ ଆସି ବାବାଜିଙ୍କି ଦଣ୍ଡବତ ହୋଇ କହିଲା, ମୁଁ ଆସିଲିଣି ତୀର୍ଥ କରି। ବାବାଜି ପଚାରିଲେ ତୁ କିଏରେ ? ଚାରୁ କହିଲା ମୁଁ ପରା ଆପଣଙ୍କର ଚେଲା। ଛ'ବର୍ଷ ହେଲା ତୀର୍ଥକରି ଯାଇଥିଲି, ଚିହ୍ନିପାରୁ ନାହାନ୍ତି ? ବାବାଜୀ କହିଲେ, ମୁଁ ଆଜି ଚୋର ଧରିବାକୁ ବାହାରିଚି ତୁ କାଲି ଆସିବୁ ଯା। ଚାରୁ କହିଲା ହଉ, ମୁଁ ତାହେଲେ ସ୍ୱର୍ଗକୁ ଯାଉଚି, ବେଳ ହେଲେ ଆସିବି। ଯା କହି ଚାଲିଗଲା। ବାବାଜି ଭାବିହେଲେ ସ୍ୱର୍ଗରୁ ଆସିଥିଲା ନା, ହାଏରେ ଚୋର ମୋର କ'ଣ ହେବ। ସ୍ୱର୍ଗ କଥା ଦି'ପଦ ନ ଶୁଣି ଫେରାଇ ଦେଲି। ଏମିତି ଭାବିହୋଇ ବେଳ ହେବାରୁ ଚୋର ଧରିବାକୁ ଚିମୁଟା ଧରି ବାହାରିଲେ ସେ।

କିଛିବାଟ ଯାଇ ଦେଖିଲେ ଗୋଟିଏ ତାଳଗଛ ମୂଳରେ ଅଳସୁଆ ବଳଦଟିଏ ବାନ୍ଧି ତାକୁ ଶୁଣାଇ ଚେଲାଟି କହୁଚି, ଉଠରେ ବଳଦ ସ୍ୱର୍ଗକୁ ଯିବା, ରାତି ଯେ ଶେଷ ହେଉଚି। ବାବାଜି ପାଖକୁ ଯାଇ ଦେଖିଲେ ସେଇ ଶିଷ୍ୟଟି ଇଏ। ସେଇଠୁ ତାକୁ କାକୁତି କରି କହିଲେ। ବାପା ! ମୁଁ ତୋର ଗୁରୁ ବାପା, ତୁ ତ ଦେଖି ଆସିଚୁ ମୋତେ ଟିକିଏ ସ୍ୱର୍ଗକୁ ପଠା। ଶିଷ୍ୟ କହିଲା-ଆପଣ ଯାଇପାରିବେ ତ ? ବଳଦ ନିଜ ଭାଙ୍ଗିଲେ ଆଉ ରହିବ ନାହିଁ। ଭୟକରି ପଡ଼ିଗଲେ ଆଉ ଥୟ ନାହିଁ। ବାବାଜି କହିଲେ ତୁ ତା'ହେଲେ ଉପାୟ ବତା। ଚାରୁ ସେଇଠୁ ବଳଦଲାଞ୍ଜ ବାଳକୁ ବାବାଜିଙ୍କ କଉପିନରେ ବାନ୍ଧିଦେଇ ହାତରେ ଖଣ୍ଡେ ବିଛୁଆତି ଡାଳ ଦେଇ କହିଲା-ଏଇଟା ଦେବତାଙ୍କ ଗୋରୁ। ଯଦି ବେଳବୁଝି ନଉଠେ, ଆପଣ ଏଇ ଡାଳରେ ଦଶପାହାର ଦେଲେ ଉଠିବ।

ତା'ପରେ ତାକୁ ଖୁଣ୍ଟରୁ ଫିଟେଇ ଦେଲେ ସେ ଉଡ଼େଇ ସ୍ୱର୍ଗକୁ ନେଇଯିବ। କାଲି ଏଇବେଳକୁ ଆସି ଆପଣ ଏଇଠି ମୋତେ ଭେଟିବେ। କିନ୍ତୁ ବାବାଜି ହଉ କହିବାରୁ ଚାରୁ ତାଙ୍କ ଚିମୁଟା ନେଇ ଦଉଡ଼ିଟା ଫିଟାଇ ଦେଲା। ଟିକିଏ ପରେ କହିଲା, ରାତିଆଖର ହଉଛି, ଏଥର ଯାନ୍ତୁ। ଏହାକହି ସେ ବାବାଜିଙ୍କ ଚିମୁଟାଟି ନେଇ ପଳେଇଗଲା।

ବାବାଜି ବିଛୁଆତି ଡାଳରେ ଯେମିତି ବଳଦକୁ କଷିଦେଲେ ତା' ଦେହ ବିଛେଇ ଦେଲା। ଚମଡ଼ା ପିଣିପିଣି ଡାକିବାରୁ ଆଉ ଅଳସୁଆକୁ ସମ୍ଭାଳେ କିଏ ? ସେ ହରିଣୀପରି ମାଇଲା ଚିରା। ଲାଞ୍ଜରେ କୌପିନ୍ ବନ୍ଧା ବାବାଜିଙ୍କ ଝାଡ଼ାପିସାବ ଦିଟା ଯାକ ଛୁଟିଛି। ମୁଣ୍ଡଗଣ୍ଡି ପିଟିହୋଇ ହାଡ଼ଗୋଡ଼ ଚୁନାଚୂର। ଚଉକିଆ ଦେଖି ଖବର ଦେବାରୁ ଗାଁଲୋକ ଆସି ଅଳସୁଆକୁ ଥମାଇ ଦେଖିଲେ। ବାବାଜିର ହାଡ଼ଗୋଡ଼ ଲୋଚାକୋଚା। ଚଉକିଆ ରାଜାଙ୍କୁ ବାବାଜି ମରଣ ଖରବଟା ଜଣେଇ ଦେଲା। ବାବାଜି ମରିବା କଥା ଶୁଣି ରାଜା ବଡ଼ ଦୁଃଖକଲେ। ରାଣୀ କହିଲେ, ବାବାଜି ମରଣ ଦୋଷ ଲାଗିଲା। ଅନ୍ୟଲୋକ କହିଲେ ଲୋଭେ ପାପ, ପାପେ ମୃତ୍ୟୁ। ବାବାଜି ହୋଇ ସେଟାର ଟଙ୍କାପାଇଁ ଲୋଭ ହେଲା କାହିଁକି ? ରାଜା କହିଲେ, ଛାଡ଼ ଆଜି ନିଜେ ମୁଁ ଚୋର ଧରିବାକୁ ଯିବି। କୋଉଠୁ ଗୋଟାଏ ଦଣ୍ଡା ବାଲୁଙ୍ଗା ଆସିଚି ତାକୁ ଧରିପାରୁ ନାହାନ୍ତି। ଅମଲାଗୁଡ଼ାକ ସବୁ ଘୋଷଖୋର। ଏହାକହି ରାଜା ହୁକୁମ ଦେଲେ, ରାତିକି ଉତ୍ତର ଦକ୍ଷିଣ ପଶ୍ଚିମ ତିନିଦିଗରୁ ପୋଲିସ ସହରକୁ ଘେରି ରହିବେ। ମୁଁ ପୂର୍ବ ତରଫରୁ ଚୋର ଧରିବି। ଯେତେବେଳେ ହୁଇସିଲ ବଜେଇବି ସବୁଆଡୁ ଆସି ପୋଲିସ ଏକାଠି ହେବେ। ମନ୍ତ୍ରୀ ଏହିପରି ହୁକୁମ ଦିଅ। ମନ୍ତ୍ରୀ ସେହି ପ୍ରକାର କଲେ।

ଖବର ଆଣି ମାଲୁଣୀ ଦେବାରୁ ଚାରୁଚନ୍ଦ୍ର ସଞ୍ଜବେଳୁ ଗୋଟାଏ ଲୁଗା ବୋକଚାଧରି ବାହାରିଗଲା। ରାଜା ଏପାଖ ସେପାଖ ବୁଲାବୁଲି କରି ରାତି ଦ୍ୱିତୀୟ ପ୍ରହର ବେଳକୁ ଯାଇ ଦେଖିଲେ, ଗୋଟିଏ ପୋଖରୀ ଘାଟରେ ଜଣେ ରଜକ ଲୁଗା କାଚୁଚି।

ଏତେ ରାତିରେ ଲୁଗା କାଚିବାର କାରଣ କ'ଣ ବୋଲି ରାଜା ପଚାରିବାରୁ ରଜକ କହିଲା- ଜଣେ ଲୋକ ମୋତେ ଅନେକ ବେଶି କଚା ମଜୁରି ଦିଏ ! ବେଶି ରାତି ହେଲେ ତା' ଲୁଗା କାଚିଦେବାକୁ କହେ ଓ ଆସି ମୋ ପାଖରୁ ନେଇଯାଏ। ଦିନରେ ତା' ଲୁଗାକାଚି ଶୁଖାଇବାକୁ ମନା କରିଛି ସେ। ରାଜା ବିସ୍ମୟ ହୋଇ ପଚାରିଲେ ଲୋକଟା କେଉଁଠି ରହେ ଜାଣ ? ରଜକ କହିଲା, ନାହିଁ ଆଜ୍ଞା ! ମୁଁ ଘାଟର ଲୋକ, ବାଟୋଇ ଖବର ନେବି କାହିଁକି ? ଯଦି ଆପଣଙ୍କର ଦରକାର କହନ୍ତୁ,

ଆଜି ଆସିଲେ ବୁଝିଥିବି। ରାଜା ପଚାରିଲେ ଆଜି କ'ଣ ସେ ଆସିବ? କି କଥା କହୁଛନ୍ତି, ଲୁଗା ନବାକୁ ଆସିବ ନାଇଁ?

ରଜକ କଥା ଶୁଣି ରାଜା ଭାବିଲେ ସେଇ ଲୋକଟା ନିଶ୍ଚୟ ଚୋର। ନହେଲେ ଦିନରେ ତା' ଲୁଗା କାଚିବାକୁ ମନାକରି ରାତିରେ କହନ୍ତା କାହିଁକି? କାଳେ କେହି ଲୁଗା ଦେଖି ଚିହ୍ନିବେ ସେଥିପାଇଁ ଏତେ ଫନ୍ଦି। ଚୋର ବୁଦ୍ଧି ତ! ଏହା ଭାବି ରଜକକୁ କହିଲେ ଆଜି ସେ ଆସିଲେ ମୋତେ ଦେଖେଇଦବୁ। ମୁଁ ତୋତେ ବକ୍‌ସିସ୍ ଦେବି। ରଜକ ମୁଣ୍ଡ ହଲେଇ କହିଲା-ନାଇଁ, ଆପଣ ମୋତେ କେତେ ବକ୍‌ସିସ୍ ଦେବେ? ସେ'ତ ଲୁଗା ଖଣ୍ଡକୁ ପାଞ୍ଚ ଟଙ୍କା ଦିଏ। ରାଜା ଟିକିଏ ଭାବି କହିଲେ ଏରେ ସେଇଟା ଚୋର। ଶୁଣୁନୁ ଦେଶରେ କେମିତି ଚହଲ ପଡ଼ିଚି। ରଜକ ସେଇଠୁ ଆବାକାବା ପରି ହୋଇ କହିଲା ସତେ? ଆଜ୍ଞା ମୁଁ ତ ଜାଣିଥିଲେ କେବେଠୁ ଖବର ଦିଅନ୍ତିଣି। ରାଜା କହିଲେ, ଆଜି ତାକୁ ତୁ ଧର। ରଜକ କହିଲା, ନାଇଁ ଆଜ୍ଞା ମୋ ଭଳି ତିନିଟାକୁ ସେ ଫୋପାଡ଼ି ଦେବ। ରାଜା କହିଲେ ତା' ହେଲେ ଉପାୟ? ରଜକ ଟିକିଏ ଭାବି କହିଲା ଉପାୟ ଅଛି, ଆପଣ ଯଦି ପୋଷାକ ଛାଡ଼ି ମୋପରି ଏଠାରେ ଲୁଗା କାଚନ୍ତି, ସେ ଆବାଜ ପାଇ ପାଖକୁ ଆସିବ, ତା'ହେଲେ ତାକୁ ଧରିବେ। ଜଣକରୁ ଦି'ଜଣ ଦେଖିଲେ ଜମା ଆସିବ ନାହିଁ। ସେଇଠୁ ରାଜା କହିଲେ ଭଲ କଥା କହୁଚୁ। ଏହା କହି ସେ ନିଜ ପୋଷାକ କାଢ଼ି ଧୋବାକୁ ଦେଇ କହିଲେ, ତୁ ଯା ଶୀଘ୍ର ଯାକୁ ନେଇଯା କାଲିସକାଳେ ରଜାବାଟୀରେ ପହଞ୍ଚାଇ ଦେବୁ। ରଜକ ଯେ ଆଜ୍ଞା କହି ସେଠାରୁ ଚାଲିଗଲା। ରାଜା ଲୁଗା କାଚିଲେ।

ନକଲି ରଜକ ଚାରୁଚନ୍ଦ୍ର ସେଠୁ କିଛି ଦୂର ଯାଇ ରାଜା ପୋଷାକ ପିନ୍ଧି, ପକେଟରୁ ହୁଇସିଲ୍ କାଢ଼ି ଯେମିତି ବଜାଇଚି ତିନିଦିଗରୁ ପୋଲିସ୍ ଘେରି ଆସିଲେ ଓ ତାକୁ ରାଜା ଭାବି ସଲାମ କଲେ। ଚାରୁଚନ୍ଦ୍ର ସେଇଠୁ ହୁକୁମ ଦେଲା, ସେଇ ଯେ ପୋଖରୀ ଘାଟରେ ଲୁଗା କାଚୁଚି ସେଇ ଚୋର, ଧରିଆଣ ତାକୁ। ପୋଲିସ୍‌ଙ୍କୁ ଧରିଆଣି କହିଲେ ବାନ୍ଧି ପକାଅ। ନକଲି ରାଜାଙ୍କୁ ଚିହ୍ନି ନପାରି ଯାଇ ରଜକବେଶୀ ରାଜାଙ୍କୁ ଧରି ଛେଚିଦେଲେ। ରାଜା ଯେତେ ମୁଁ ରାଜା କହିଲେ ବି ଶୁଣୁଚି କିଏ। କହିଲା ହାରାମଯାଦାକୁ ବସା ଦି' ଗୋଇଠା। କିଏ କହିଲା, ଆବେ ଚାହୁଁଛୁ କ'ଣ? ଧକ୍‌କା ଲଗେଇ ଠେଲି ଆଣ। ମାରିବାକୁ କହିଲେ କେହି ମୂଲ ମାଗେନି। ବସେଇଲେ ମାଡ଼। ଇରେ ବାବା। ସେ ଯୋଡ଼ ପୋଲିସଙ୍କ ମାଲିସ, ରାଜା ପିଠିତ ପାଲିସ ହୋଇ ଯାଉଥାଏ। ରାତିରେ ନେଇ କଏଦୀରେ ପୂରେଇ ରଖିଦେଲେ। ଚାରୁଚନ୍ଦ୍ର ତ ବାପ

ମୁହଁ ନେଇଚି ପୁଣି ବାପ ପୋଷାକ ପିନ୍ଧିଥିବାରୁ ପହରାବାଲା ଛାଡ଼ିଦେଲା। ଇଏ ରାଜପୁରୀକୁ ଯାଇ ନିଶ୍ଚିନ୍ତରେ ଶୋଇ ରହିଲା।

ସକାଳ ହେବାରୁ ଲୋକେ କଏଦୀ ଘରେ ଚୋର ଦେଖିବାକୁ ଗଲେ। କିଏ କହିଲା ତାକୁ ଦେଖିଲେ ଆଗେ ମୁଖିଏ ଦେବି। ଏମିତି କହି ଯାଇ ଗାରଦରେ ଦେଖିଲାବେଳକୁ ଅସଲି ରାଜା ପିଠି ମୁଣ୍ଡ ଫୁଲେଇ ବସିଛନ୍ତି। ତାଙ୍କୁ ଏମିତି କଲା କିଏ କେହି ପଚାରିଲା ବେଳକୁ ଅନ୍ୟ କିଏ ମୁହଁ ବଙ୍କେଇ ମୁରୁକି ମୁରୁକି ହସୁଥାଏ। ମନ୍ତ୍ରୀ ରାଜାଙ୍କୁ ଚିହ୍ନି ଗାରଦରୁ ଘେନିଆସି ଦେଖିଲା ବେଳକୁ ନକଲି ରାଜା ପୋଷାକ ପିନ୍ଧି ଶୋଇ ଘୁଙ୍ଗୁଡ଼ି ମାରୁଛି। ସେତେବେଳକୁ ରାଜାଙ୍କର ତ ଦିହମୁଣ୍ଡ ବିନ୍ଧୁଛି। ଲୋକ ଲଗେଇ ଚାରୁଚନ୍ଦ୍ରକୁ ଉଠାଇଲେ। ଜଣେ ପୋଲିସ୍ ତା' ମୁଣ୍ଡକୁ ଝୁଙ୍କାଇ ଦେଇ ପଚାରିଲା, ଆବେ ତୋ ଘର କୋଉଠି? ଚାରୁ ଆଖିମଳି କହିଲା ବିଦେହରେ। ଆବେ ତୋ ବାପା ନାଁ କ'ଣ? ଜୟଚନ୍ଦ୍ର ବୋଲି ଉତ୍ତର ଦେଲା। ମନ୍ତ୍ରୀ ତା ମୁହଁକୁ ଚାହିଁ ରାଜାଙ୍କ ମୁହଁ ସଙ୍ଗରେ ମିଳାଉଥାନ୍ତି।

ଜୟଚନ୍ଦ୍ର ତା' କଥା ଶୁଣି ପଚାରିଲେ, ତା'ର ମାନେ? ଚାରୁଚନ୍ଦ୍ର ସେଇଠୁ ପୂର୍ବଘଟଣା ଯେତେକ ଘଟିଥିଲା ସବୁ କହିଲା। ରାଜାଙ୍କ ମନରେ ପୂରା ବିଶ୍ୱାସ ଆସିଲା। ତା' ପରେ ପଚାରିଲା ତୁ ଯେ ମୋ ପୁଅ ତା'ର ପ୍ରମାଣ? ସଙ୍ଗେ ସଙ୍ଗେ ଜୟଚନ୍ଦ୍ର ଦେଇଥିବା ସଙ୍କେତ ନାମାଙ୍କିତ ମୁଦିଟି ତାଙ୍କୁ ଦେଇ ଲମ୍ବ ହୋଇ ତାଙ୍କ ଗୋଡ଼ତଳେ ଶୋଇଗଲା।

ରାଜା ଖୁସି ହୋଇ ତାକୁ ଉଠାଇ ତା' ଗାଲରେ ବୋକ ଦେଲେ ଓ ପିଠି ଦୁଃଖ ଭୁଲିଯାଇ ତାକୁ ରାଣୀଙ୍କ ପାଖକୁ ନେଇ ଗଲେ। ତହିଁ ଆର ଦିନ ରାଜକୀୟ ବିଧିରେ ବିଦରକୁ ଯାଇ ଘେନି ଆଣିଲେ ଛାୟା ଦେବୀଙ୍କୁ। କିଛିଦିନ ପରେ ଜୟଚନ୍ଦ୍ର ଚାରୁଚନ୍ଦ୍ରଙ୍କୁ ସିଂହାସନ ଦେଇ ଇହଧାମ ଛାଡ଼ିଗଲେ। ହେଲେ, ସେ ଚୋର ଧରି ଯେଉଁ ହରିକାଠରେ ପକାଇ ମାରିବାକୁ ତିଆରି କରିଥିଲେ, ସେଇ ହରିକାଠଟିକୁ ଘଟଣାର ସ୍ମୃତି ପାଇଁ ସିଂହଦ୍ୱାରରେ ରଖାଯାଇଚି। ଏବେ ବୁଝିଲୁଟି ଅବୋଲକରା। ଏହାକହି ଗୋସେଇଁ ଶୋଇବାକୁ ଗଲେ। ଏ ଗଳ୍ପଟି ମୁଁ ବୋଉଠାରୁ ଶୁଣିଥିଲି।

ଲଙ୍କାପୋଡ଼ା ଧୂଆଁ କଥା

ତହିଁ ଆରଦିନ ଗୋସେଇଁ ଓ ଅବୋଲକରା ଦିହେଁ ଅନେକ ବାଟ ଯାଇ ଗୋଟିଏ ରାଜ୍ୟରେ ପହଞ୍ଚିଲେ। ସେଠାରେ ଗୋଟିଏ ସୁନ୍ଦର ବଗିଚାରେ ପୋଖରୀଟିଏ ଦେଖି ଗୋସେଇଁ କହିଲେ, ଅବୋଲକରା ! ଆଜି ଏଇ ଧର୍ମଶାଳାରେ ରାତିଟା ରହିଯିବା, ତୁ ଟଙ୍କାଟିଏ ନେଇ ଯା ପାଖ ବଜାରରୁ ରୋଷେଇ ସଉଦା ଆଣିବୁ। ଅବୋଲକରା ଗଣ୍ଠୁଲିଟି ରଖି ଟଙ୍କା ନେଇ ସଉଦା କରିବାକୁ ଗଲା।

ଗୋସେଇଁ ଗୋଡ଼ହାତ ଧୋଇ ରୋଷେଇ ପାଇଁ ତୟାର। ଅବୋଲକରା ସଉଦା ଆଣି ଫୋପାଡ଼ି ଦେଲା। ଦୁଃଖରେ ମୁହଁଟା ତା'ର ବିରକ୍ତିଆ ଦିଶୁଚି। ଗୋସେଇଁ ତା ବାଗବଗ ଦେଖି ପଚାରିଲେ କିରେ ? ପୁଣି କ'ଣ ହେଲାକି। ହେଲା ଛେନା ଗୁଡ଼- କହି ଅବୋଲକରା ମୁହଁ ଘୂରାଇନେଲା। ଗୋସେଇଁ ମୁରୁକି ହସି ପୁଣି ପଚାରିବାରୁ କହିଲା, ବଜାରକୁ ସଉଦା ପାଇଁ ଯାଇ ଦେଖିଲି ଗୋଟିଏ ଘରଦରଜା ବନ୍ଦ ଅଛି। ସେ ଘରକୁ ଗୋଟାଏ ନଳ ଲାଗିଚି। ନଳ ମୁହଁରେ ଯୋଡ଼ିଏ ଲୋକ ଗୁଡ଼ାଏ ମରିଚ ପୋଡ଼ି ଧୂଆଁ ଦଉଚନ୍ତି, ପଚାରିଲାରୁ ବେହିପୋ ଖିଙ୍କାରି କହିଲେ ଜାଣୁନାହିଁ। ଗୋସେଇଁ କହିଲେ, ଏଇକଥା ? ଆଚ୍ଛା ମୁଁ କହୁଛି ଶୁଣ। "ମେଲା କମ୍ବଳ ରଖଛତା, ଅବୋଲକରାରେ ଶୁଣ ସେ କଥା।" ଅବୋଲକରା ଭଲ

ପିଲାଟିପରି ବସିଲା। ଗୋସେଇଁ କହିଲେ, ଏ ରାଜ୍ୟଟିର ନାଁ ମିତ୍ରପୁର। ହେଲେ ସୌରାଷ୍ଟ୍ରଦେଶ ରାଜାଙ୍କୁ ଯେତେବେଳେ ଛପନ ବର୍ଷ, ସେଇବେଳେ ରାଣୀ ମରିଗଲେ। ରାଜପୁତ୍ରଙ୍କୁ ସେତେବେଳେ ଅଠରବର୍ଷ। ରାଣୀ ମରିଯିବାରୁ ରାଜା ଆଉ ଗୋଟିଏ ବାହାହେବାକୁ ଠିକ୍ କଲେ। ଯୁବରାଜଙ୍କ ନାଁ ବୀରପ୍ରତାପ। ସେ କହିଲେ 'ବୟୋଗତ କିଂବନିତା ବିଳାସ' ଚାଣକ୍ୟବୁଢ଼ା କହିଯାଇଛି। ଆପଣ ରଜାହେଲେ ବୋଲି ବୁଢ଼ା କଥାକୁ ମାନିବେନାହିଁ? ବୟସ ବଳିଗଲାଣି, ବନିତା ବିଳାସ କରିବେ କେମିତି? ମନ୍ତ୍ରୀପୁଅ ରଜାଙ୍କୁ ବୁଝାଇଲେ ସେଇ ଚାଣକ୍ୟ କହିଛନ୍ତି 'ବୃଦ୍ଧସ୍ୟ ତରୁଣୀ ବିଷଂ' ବୋଲି କଞ୍ଚୁକୀ କହିଲା 'ଏକୁଟିଆ ଘର ଚୋରକୁ' ବୁଢ଼ାକାଳ ବାହା ପରକୁ'। ମନ୍ତ୍ରୀ କହିଲେ ସବୁତ ବୁଝିଲୁ ହେଲେ 'ବୁଢ଼ାକାଳକୁ ଯେ ଭାର୍ଯ୍ୟାଲୋଡ଼ା' ଏ କଥା ପୁଣି ଅନୁଭବୀଏ କହିଛନ୍ତି। ସମସ୍ତଙ୍କ କଥାକୁ କାଟିଦେଲେ ମନ୍ତ୍ରୀ। ରାଜା ପୁଣି ଗୋଟିଏ ବାହାହୋଇ ସ୍ତ୍ରୀ ଆଣିଲେ।

ହେଲେ ଯୁବରାଜ ଆଉ ମନ୍ତ୍ରୀପୁଅଙ୍କ କଥା କଟିଯିବାରୁ ସେ ଦିହିଁଙ୍କର ବିଚାର ହେଲା। ଦିହେଁ ବିଚାର କଲେ ଚାଲ ଘରଛାଡ଼ି ପଳେଇବା। ଦେଖିବା ବୁଢ଼ା ଭାଳିହେବେ କେମିତି। ଏହା ପାଞ୍ଚି ଦିହେଁ ପଳେଇଲେ। ଏଣେ ବୁଢ଼ାରାଜା ସିନା ଭାବିଥିଲେ କଥାଟା ବେଶିଦୂର ଗଡ଼ିବ ନାହିଁ। ପୁଅ ଚାଲିଯିବାରୁ ଭାବିଲେ- 'ଆଉ ବୟସ ମୋର କାହିଁ, ପାରିବି ପୁତ୍ର ଉପୁଜାଇ।' ସେଥିପାଇଁ ରାଜା ମନ୍ତ୍ରୀ ଦିହେଁ ପୁଅ ଦିହିଁଙ୍କୁ ଖୋଜାଇଲେ। ହେଲେ କିଛି ସନ୍ଧାନ ମିଳିଲା ନାହିଁ।

ବୀରପ୍ରତାପ ଓ ମନ୍ତ୍ରୀପୁଅ ଶଙ୍କର ଦିହେଁ ବହୁଜାଗା ବୁଲି ବୁଲି ଶେଷରେ ଯାଇ ଧଳଭୂମି ରାଜ୍ୟରେ ପହଞ୍ଚିଲେ। ସେଠାକାର ରାଜାଙ୍କର ପୁଅ ନାହିଁ, କେବଳ ସ୍ୱର୍ଣ୍ଣଲତା ନାମ୍ନୀ ଝିଅଟିଏ ଅଛି। ସେ ଦେଖିବାକୁ ଉର୍ବଶୀ ପରି ସୁନ୍ଦରୀ। ବୟସ ଷୋହଳ ପାଖେଇଲାଣି। ତା ରୂପଲାଖି ବର ଯୁଟୁନି ବୋଲି ଅବିବାହିତା ଅଛି। ରାଜାଙ୍କର ବଡ଼ ରାଜ୍ୟ, ବର୍ଷକୁ ପଚାଶଲକ୍ଷ ଟଙ୍କା ଆୟ। ଅପୁତ୍ରିକ ଥିବାରୁ ଅତିଥି ଦେବତାଙ୍କୁ ରାଜା ଭକ୍ତି କରନ୍ତି। ବୀରପ୍ରତାପ ଓ ଶଙ୍କର ପହଞ୍ଚିବାରୁ ରାଜା ଖବର ପାଇ ତାଙ୍କୁ ଅତିଥିଶାଳାରେ ରଖିବାକୁ ହୁକୁମ ଦେଲେ।

ସେଦିନ ବୀରପ୍ରତାପ ସନ୍ଧ୍ୟାବେଳେ ଛାତରେ ବୁଲୁବୁଲୁ ଦେଖିଲା ପାଖ ଛାତରେ ଗୋଟିଏ ଷୋଡ଼ଶୀ ସୁନ୍ଦରୀ ବୁଲୁଚି। ତା ରୂପଲାବଣ୍ୟ ଦେଖି ବୀରପ୍ରତାପ ମୋହିତ ହୋଇଗଲା। ଭାବିଲା -ଅମରାବତୀରୁ ଖସି ପଡ଼ିଛି କି ଚାରୁହାସୀ! କି ଅବା ଅଳକାପୁରୀ ତେଜି ଆସିଛି କିନ୍ନରୀ। ଏମିତି ଭାବି ଏକଲୟରେ କନ୍ୟା ଆଡ଼କୁ ଅନାଇ ରହିଲା। ସୁନ୍ଦରୀ ଝିଅଙ୍କୁ ବା କୋଉ ପୁରୁଷ ନ ଚାହାନ୍ତି। ହେଲେ; ଇଏ ଏକବାରେ

ଭେଳକା ପରି ଅନାଇଲା। ସେ ପାଖର କନ୍ୟା ମଧ୍ୟ ଚାହିଁ ଦେଖିଲା ଏପରି ସୁନ୍ଦର ଯୁବକଟିଏ ଆସିଲା କାହୁଁ? ସୁନ୍ଦର ଯୁବକ ଦେଖି ତ ଚୋରା ଚାହାଣିରେ ଆଗେ ଦେଖନ୍ତି ଯୁବତୀମାନେ। ସେମିତି ଏ କନ୍ୟା ବୀରପ୍ରତାପକୁ ଦେଖି ମୋହିତ ହୋଇଗଲା। ଭାବିଲା, ଏଇ ଯୁବକ ଯିଏ ହେଉ, ଯୋଉ ଜାତିର ହେଉ, ମୁଁ ଯାକୁଇ ବାହାହେବି। ଏମିତି ପଣ ମନରେ କରି ଲେଉଟିଗଲା ଘରକୁ।

ପ୍ରେମ ତ ଜାତି ଅଜାତି ବାରେନା, ସେମିତି ଯେ ବାଛେ ସେ ପ୍ରେମର ପ୍ରେମିକା ହୋଇ ପାରେନା। ବୀରପ୍ରତାପର କନ୍ୟା ଆଖିରେ ଆଖି ମିଶିଯିବାରୁ ତା' ମନରେ କଙ୍କଡ଼ାବିଛା ମାରୁଚି। ସେ କାହାକୁ କିଛି ନ କହି ତଳକୁ ଆସି ବୁଲୁବୁଲୁ ଦେଖିଲା ଗୋଟିଏ ମାଲୁଣୀ ଫୁଲଡ଼ାଲା ଧରି ଡାକୁଚି-

ଆସ କେ ରସିକବର କିଣିବ ମୋ ଫୁଲ ହାର
ଆଣିଚି ତଟକା ଫୁଲ ସୁଲଭ ମୂଲ୍ୟ ତାହାର
ମାଧବୀ ଯୂଈ ମାଳତୀ କାମିନୀ ମଲ୍ଲୀ ସେବତୀ
ଟଗର ଗୋଲାପ ବେଲୀ ଡାଳିଆ ନିଶି ବାହାର।

ଫୁଲର ମରମ ରସିକ ଜାଣେ। ମାଲୁଣୀକି ଡାକି ଗୋଟିଏ ଗୋଲାପ ମାଳ ନେଇ ଯୋଡ଼ିଏ ଟଙ୍କା ଦବାରୁ ମାଲୁଣୀ ଖୁସିହୋଇ କହିଲା, କାଲିକି ଆଣିବି। ବୀରପ୍ରତାପ ତାର ଖୁସିମୁହଁ ଦେଖି କହିଲା ନିଶ୍ଚୟ ଆଣିବୁ। ହଁ, ମୁଁ ଗୋଟିଏ କଥା ପଚାରିବି କହିପାରିବୁ? ମାଲୁଣୀ କହିଲା, ପଚାରୁନାହଁ। ଆଚ୍ଛା ଆଜି ସଞ୍ଜବେଳେ ଏଇ ଛାତରେ ଯୋଉ ସୁନ୍ଦରୀ କନ୍ୟାଟି ବୁଲୁଥିଲା ସେ କିଏ କହିପାରିବୁ? "ସିଏ ପରା ଆମ ରାଜଜେମା ସ୍ୱର୍ଣ୍ଣଲତା। ପ୍ରତିଦିନ ସକାଳେ ସଞ୍ଜରେ ମୁଁ ଫୁଲ ଦବାକୁ ତାଙ୍କ ପାଖକୁ ଯାଏଁଟି ମାଲୁଣୀ କହି ଟିକିଏ ହସିଦେଲା।

ମାଲୁଣୀ କଥା ଶୁଣି ବୀରପ୍ରତାପ ଖୁସି ହୋଇ କହିଲା, ମାଉସୀ! ମୁଁ ତୋତେ ଦଶଟଙ୍କା ଦେଉଚି ନେ। କାହାକୁ କିଛି କହିବୁ ନାହିଁ। କାଲି ସକାଳେ ମୁଁ ଗୋଟିଏ ଫୁଲମାଳ ଗୁନ୍ଥିଦେବି, ସେଇଟିକୁ ନେଇ ଜେମାଦେଈ ସ୍ୱର୍ଣ୍ଣଲତାକୁ ଦେବୁ। ସେ ଦେଖି କ'ଣ କହିବେ ଶୁଣି ଆସି ମୋତେ କହି ଯିବୁ। ମୁଁ ଏଇ ଡାକବଙ୍ଗଳାରେ ରହୁଚି। ଟଙ୍କା ପାଇବାରୁ ମାଲୁଣୀ ରାଜି ହୋଇଗଲା। ବୀରପ୍ରତାପ ତା' ପାଖରୁ ବାଛିବାଛି କେତେଗୁଡ଼ାଏ ଫୁଲ ଆଣି ନେଇଗଲା ଭିତରକୁ। ଅନେକ ରାତିଯାଏ ଗୋଟିଏ ଫୁଲହାର ଏପରି ଭାବରେ ଫୁଲକୁ ପଛକୁ ପଛ ସଜାଇ ଗୁନ୍ଥିଲା ଯେ ତା'ର ପ୍ରତ୍ୟେକ ଫୁଲ ଶେଷ ଅକ୍ଷରଟିକୁ ନେଲେ ହେବ ବୀରପ୍ରତାପର ତବ ଆଶା'।

"କରବୀ, ସିଂହାର ଗୋଲାପ ଟଗର ଝଣିତା ଗୋଲାପ
ମନ୍ଦାର କେରାତ କଦମ୍ବ ଡାଲିଆ ସୁହାସୀ ଭାବିବ
ପ୍ରତି ଫୁଲର ଶେଷାକ୍ଷର ବିଚାରି ବୁଝ ରାମାବର"

ରାତି ପାହିବାରୁ ସେ ହାରଟି ମାଲୁଣୀ ହାତରେ ସ୍ୱର୍ଣ୍ଣଲତା ପାଖକୁ ପଠାଇଦେଲା।

ଏକ ବୟସୀ ଝିଅଙ୍କର ମକମକିଆ ମନ। ଖାଲି ଦେଖିବି ଶିଖିବି ଏହି ପ୍ରକାରର ହେଉଥାଏ। ସ୍ୱର୍ଣ୍ଣଲତା ଯେମିତି ନୂଆ ଧରଣର ଫୁଲହାରଟିକୁ ଦେଖିଲା ସେଇଠୁ ତାକୁ ଓଲଟପାଲଟ କରି ଦେଖିଲା ବେଳକୁ ଶେଷଆଡ଼କୁ ଫୁଲ ପାଖୁଡ଼ାରେ କୁଟୀକର୍ମ ହୋଇ ଲେଖା ହୋଇଛି- "ପ୍ରତି ଫୁଲର ଶେଷାକ୍ଷର, ବିଚାରି ବୁଝ ରାମାବର।"

ଏହା ପଢ଼ି ଫୁଲ ନାଁରୁ 'ବୀରପ୍ରତାପର ତବ ଆଶା' ବୁଝି ପାରିଲା। ଆଲୋ ମାଲୁଣୀ! ଏ ହାରଟି କିଏ ଗୁନ୍ଥିଛି ?

ମାଲୁଣୀ ମୁହଁ ଶୁଖିଗଲା ଏକ ପ୍ରକାର। ଗୋଟିଏ ବେବାଗିଆ ମାଳଦେଇ ସେ'ତ ଭୁଲକଲାଣି, ଟୋକା ଖେଚଡାତ ଯାହା ହେଉଛନ୍ତି ତାକୁ ମାଲୁମ। ସେ ଟୋକା ଧଣ୍ଡ ମନ୍ତ୍ର ନଜାଣି ଗୋଖର ବିଲରେ ହାତ ପୂରେଇବା ପରି ରଜା ଝିଅକୁ ଲେଖି ଦେଇଚି କି କ'ଣ ? ଅବିକା ମୁଣ୍ଡ ରହିଲେ ରକ୍ଷା। ଏମିତି ଭାବି ସେ ଟୋକାକୁ ଜାଲ ଟୋକୀ କରି କହିଲା, ମା! ଝିଆରୀ ଗୁନ୍ଥି ଦେଇଛି। ସ୍ୱର୍ଣ୍ଣଲତା ମୁରୁକି ହସି କହିଲା, ମାଳ ଦେଖି ଖୁସି ହେଲି। ତା' ପାଇଁ ମିଠେଇ ନେଇଯା। ତାକୁ ମୋ ପାଖକୁ ସଞ୍ଜବେଳକୁ ନେଇ ଆସିବୁ। ମାଲୁଣୀ ଦେଖିଲା ୬ କୁ ୯ କଲା ବେଳକୁ ଓଲଟା ହେଲାଣି ଯେତେବେଳେ କହିଲା ଗରିବ ଘର, ଲୁଗା ଗହଣା କ'ଣ ଅଛି ଯେ ରଜାଘରକୁ ବୁଲି ଆସିବ ? ଜେମା ଶୁଣି ଭଲ ଲୁଗାଗହଣା ଆଣି ଦେଇ କହିଲା-ନେଇ ଯା, ତାକୁ ପିନ୍ଧେଇ ସଞ୍ଜାକୁ ନେଇ ଆସିବୁ। ଗହଣା ଶାଢ଼ି ଧରି ଲେଉଟିଲା ମାଲୁଣୀ।

ଏଣେ ସ୍ୱର୍ଣ୍ଣଲତାର ଶୁଭଦୃଷ୍ଟି ପଡ଼ିବାବେଳୁ ତ ବୀରପ୍ରତାପ ଅଧୀର ହେଉଛି। ଚାରିଆଖି ମିଳନ ବେଳୁ ସ୍ୱର୍ଣ୍ଣଲତାର ବର୍ଣ୍ଣ ପାଣ୍ଡୁର। ମାଲୁଣୀ ଯେମିତି ଲୁଗା ଗହଣା ଦେଇ ବୀରପ୍ରତାପକୁ ସବୁ କହିଲା, ସେଇଠୁ ସେ ଆଉ ତାକୁ ଦଶଟଙ୍କା ଦେଇ ନିଶ କାଟି ପକେଇଲା।

'ମଲୁ ଲୋଡୁଥିଲା ଯାହା, ବଇଦ ବତାଇଲା ତାହା' ବୋଲିତ କଥାରେ ଅଛି। ବୀରପ୍ରତାପ ଖୁସିହୋଇ ଯାତରା ପିଲାଙ୍କ ପରି ଅଣ୍ଡିରା ମାଇକିନା ସାଜିଗଲା। ଦେଖିବାକୁ ସୁନ୍ଦର ହେଲା; କିନ୍ତୁ,

"ଶିରେ ଭିଡ଼ି ପର କେଶ ମୋଡ଼ିଦେଲା ଖୋଷା,
ଶାଢ଼ିଟି ଜଡ଼ାଇ ଦେହେ ସାଜିହେଲା ଯୋଷା।
ଭାଲରେ ସିନ୍ଦୂର ଦେଲା ଆଖିରେ ସୁରୁମା,
ଗଳାରେ ସରାଗ ବୋଲି ହେଲା ମନୋରମା।
ଗଳାରେ ତୋସାରି ହାର କାନେ କର୍ଣ୍ଣତାଟ,
ଭୁଜକରେ ବାଜୁବଳା ମୁଦି କଟୀତଟ।
ମେଖଳାରେ ସାଜି ପାଦେ ନୂପୁର ଘେନିଲା,
ବାମ ପାଦେ ଚଳି ଚୋରା ଚାହାଣି ହାଣିଲା।
କଠିନା ଯୁବତୀ ପରି ଯୁବାଧରି ବେଶ,
ମାଲୁଣୀ ସହିତ ଜେମା ପୁରେ ପରବେଶ।"

ସ୍ୱର୍ଣ୍ଣଲତା ବାଟଚାହିଁ ବସିଥିଲା। ମାଲୁଣୀ ସଙ୍ଗରେ ଯାକୁ ଦେଖି କହିଲା, ମାଲୁଣୀ! ତାଙ୍କରି ହାତରେ ମୋ ଫୁଲଦେଇ ତୁ ଉଆସରୁ ବୁଲିଆସିବୁ ଯା। ମାଲୁଣୀ କହିଲା ହଉଲୋ ମା। ତୁମର ସମବୟସୀ ଝିଅ ପାଇଲେଣି ଯେତେବେଳେ ଯୋଡ଼ି ହୋଇ ବସ। ମୁଁ ପଛେ ଟିକିଏ ଡେରିକରି ଆସିବି। ଯା କହି ମାଲୁଣୀ ଚାଲିଗଲା। ସ୍ୱର୍ଣ୍ଣଲତା ବୀରପ୍ରତାପର ହାତଧରି ନେଇଗଲା ଭିତରକୁ।

ସେଠାକୁ ନେଇ ଯୁବକର ଯୁବତୀ ପୋଷାକ ଖୋଲି ଦେଇ ସବୁ କଥା ପଚାରାପଚରି ହେଲେ। ତାପରେ ସ୍ୱର୍ଣ୍ଣଲତା ଯେଉଁ ଫୁଲ ମାଳଟି ଗୁନ୍ଥିଥିଲା ସେ'ଟାକୁ ବୀରପ୍ରତାପର ଗଳାରେ ପିନ୍ଧେଇ ଦେବାରୁ ଏଇ ତାକୁ ଆଲିଙ୍ଗନ କରିବାକୁ ଯାଉଥିଲା। କନ୍ୟା କହିଲା ନାହିଁ, ରୁହ। କାଲି ମୁଁ ବାହାଘର ବ୍ୟବସ୍ଥା କରୁଚି। ସେଇ ସଭାରେ ପାଞ୍ଚ ପଚିଶଙ୍କ ଆଗରେ ମୁଁ ତୁମକୁ ବରିନେବି। ଜାକଜମକରେ ବାହାଘର ହେବ। ତାପରେ ଯାଇ ଦେହମିଳନ। ଚୋରା ପୀରତି ଗୋଟାଏ କ'ଣ?

ବୀରପ୍ରତାପ ଭାବିଲା ଝିଅଗୁଡ଼ାକ ତ ଚତୁରୀ ସତେ! ତାଳୁରୁ ତଳିପା ଲୁଗା ଘୋଡ଼େଇ ବୁଦ୍ଧି ରଖନ୍ତି। ସତ କହିଚି। ପଚାରିଲା କାଲି ହବତ। କନ୍ୟା କହିଲା ହଁ ଗୋ ହଁ। ଦି'ଟା ଦିନ ସବୁର କର। ସେଇଠୁ ଦିହେଁ ଗପଗୁଜବ କରୁ କରୁ ମାଲୁଣୀ ଆସି ପହଞ୍ଚିଲା। ତାକୁ ଜେମା ଖଣ୍ଡେ ଶାଢ଼ି, ଦଶଟା ଟଙ୍କାଦେଇ, ଯାକୁ ଆଖି ନଚାଇ ବିଦାୟ ଦେଲା। ସେଠାରୁ ଯାଇ ଜେମା ଶୋଇଲା ଅଭିମାନରେ।

ତହିଁ ଆରଦିନ ପହରେ ଦିନ ହେଲାଣି ଜେମା ଉଠୁନି। ସଖୀଏ ଡାକି ଡାକି ହଇରାଣ। ରାଣୀ ଯାଇ ଡାକି କାରଣ ପଚାରିବାରୁ ଜେମା ମୁହଁମାଡ଼ି ସକେଇ କାନ୍ଦି କହିଲା, ଅତି ଗେହ୍ଲା କରିଚ ବୋଲି କ'ଣ ମୋତେ ଘରେ ଅଭିଆଡ଼ୀ ରଖି ବୁଢ଼ୀ

କରିବ ? ଦିନକୁଦିନ ବିଭା ନ ହେବାରୁ ରୂପ ଯୌବନ ଟଳିଯାଉଚି। ବାପ ମା ହୋଇ ଦିନେ ହେଲେ ମୋ ପାଇଁକି ଚିନ୍ତା କରୁନାହଁ ? କଥାରେ ଅଛି, ବଢ଼ିଲା ଝିଅ ଘରେ ରହିଲେ ପିତୃଲୋକ ପାଣି ପାଆନ୍ତି ନାହିଁ। ତମକୁ କ'ଣ ଏକଥା ଖୋଲି ବୁଝେଇ କହିଦେଲେ କରିବ ଯାଇ ? ରାଣୀ କହିଲେ ହଉ ତୁ ଉଠ୍, ଖିଆପିଆ କର। ମୁଁ ଆଜି ରାଜାଙ୍କୁ କହି ସବୁ ଠିକ୍ କରି ଦଉଚି। ସେଇଠୁ ଜେମା ଉଠିଗଲା।

ରାଣୀ ରାଜାଙ୍କୁ ଡାକି କହିଲେ, କିହୋ ! ଅତି ଗେହ୍ଲା ଝିଅ ଦାଣ୍ଡରେ ଠିଆ ହେବ ନା କ'ଣ ? ବିଭା ବୟସ ଟଳିଗଲେ ଆଉ କ'ଣ ଶୋଭା ପାଇବ ? ଝିଅ ବାହାପାଇଁ କ'ଣ କଲ ? ରାଜା କହିଲେ ମନଲାଖି ଯୁବକ ତ ମିଳୁନାହିଁ। ସେଥିପାଇଁ ଏତେ ଡେରି। ନୋହିଲେ ଧନଦୌଲତ କ'ଣ ଧାରକରଜ ହୁଅନ୍ତା ନା କ'ଣ ?

"ବୀର ସେ ଜାଣନ୍ତି ସୌନ୍ଦର୍ଯ୍ୟର ପୂଜା
ସୌନ୍ଦର୍ଯ୍ୟର ଯେତେ ମୂଲ
ସେଥିଲାଗି ପରା ସୁନ୍ଦରୀ ହୁଅନ୍ତି
ବୀର ପ୍ରତି ଅନୁକୂଳ।"

ତମେ ସବୁ ଯଦି ଅଧୀର ହଉଚ ମୁଁ ଏଇ ଚାରିଦିନ ଭିତରେ ସ୍ୱୟଂମ୍ବର ସଭା କରୁଚି। ସେ ତା' ଇଚ୍ଛା ବର ବରିନେଉ। ଏହାକହି ରାଜା ସ୍ୱୟଂମ୍ବର ଯୋଗାଡ଼ କଲେ।

ସଭାଦିନ ଅନେକ ରାଜପୁତ୍ର ଆସିଲେ। ବୀରପ୍ରତାପକୁ ତ ସ୍ୱର୍ଣ୍ଣଲତା ଶିଖେଇ ଦେଇଥିଲା। ସେ ମଧ୍ୟ ସଭାକୁ ଯାଇ ବସିଲା। କନ୍ୟା ପୂର୍ବ ସଲାହ ଅନୁସାରେ ଆସି ବୀରପ୍ରତାପ ଗଳାରେ ମାଳ ଦେଲା। କେତେକ ରାଜାପୁଅ ମୁହଁରେ ରୁମାଲ ଚପାଇ ହସିଲେ। କେହି କହିଲେ, ରୁଚି ଏକବାରେ ପଚି ଯାଇଚି। କିଏ କହିଲା, ଛତରାଟାର ଭାଗ୍ୟ ତ ଭଲ। ତା'ପରେ ବେଦବିଧିରେ ବିଭାଘର ହୋଇଗଲା। ବୀରପ୍ରତାପର ସାଙ୍ଗ ମନ୍ତ୍ରୀପୁଅ ଯାଇ ମିତ୍ରପୁର ରାଜାଙ୍କୁ ଖବର ଦେବାରୁ ସେ ପୁଅ ବୋହୂଙ୍କୁ ନେବାକୁ ଆସିଲେ।

ଏ ରାଜାବି 'ଗୋଟିଏ ବୋଲି ଝିଅକୁ ଯାନିଯୌତୁକ କ'ଣ ଦେବି ସମୁଦି ! ସବୁତ ତା'ର, ଏଇଠି ରହି ସବୁ ଭୋଗିବ' ବୋଲି ମିତ୍ରପୁର ରାଜାଙ୍କୁ କହିଲେ। ସେ କହିଲେ, ହେଲେ ମୁଁ ପୁଅବୋହୂଙ୍କୁ ଥରେ ଘରକୁ ନେବି। ପ୍ରଜାବର୍ଗ ପୁଅବୋହୂଙ୍କୁ ଦେଖିବେ। କହିବାରୁ ଝିଅ ବିଦାୟର ଆୟୋଜନ ହେଲା। ଧନ ଦୌଲତ ଯାନିଯୌତୁକ ବହୁତ ନେଇ ସ୍ୱର୍ଣ୍ଣଲତା ଶ୍ୱଶୁର ଘରକୁ ବାହାରିଲା ବୀରପ୍ରତାପ ସାଙ୍ଗରେ।

ନୂଆ ବର ବୋହୂ ପାଇଲେ ମନ ଖୋଜେ ନିରୋଳା। ବୀରପ୍ରତାପ କହିଲା ବାପା ! ଯାନି ଯୌତୁକ ନେଇ ତମେ ଯାଅ, ଆମେ ଚୌଦଳାରେ ପଛରେ ଯିବା।

ମିତ୍ରପୁର ରାଜା ପୁଅର ମନ ଜାଣି କହିଲେ, ହଉ ହୁସିଆର ହୋଇ ବୋହୂ ଘେନି ଆସିବୁ କିନ୍ତୁ। ବୀରପ୍ରତାପ କଥାରେ ରାଜିହୋଇ ସେ ଆଗରେ ଯୌତୁକ ଥାଟଧରି ଆଗେଇଲେ। ଯାଙ୍କ ବେହେରା ଚୌଦୋଳ ନେଇ ପଛରେ ଯାଉ ଯାଉ ବାଟବଣା ହୋଇ ବଣରେ ପଶିଗଲେ।

ଅମଡ଼ା ବାଟ, ଅଜଣା ଜାଗା। ବେହେରା ହେଲେବି ତାଙ୍କର ତ ଜୀବନ ଅଛି ? ସେମାନେ ବଣା ବାଟରେ ବୁଲି ଥକି ବସିଲେ। କହିଲେ ଗଣ୍ଡାଏ ପେଟରେ ନ ପଡ଼ିଲେ ଆଉ ଚାଲି ହବନି। କନ୍ୟାକୁ ବି ଭୋକ କଲାଣି, କ'ଣ କରିବେ। ଟଙ୍କାପଇସା ତ ରଖିନାହାନ୍ତି। ସେଇଠୁ ଦିହେଁ ପରାମର୍ଶ କରି ସ୍ୱର୍ଣ୍ଣଲତାର ଖଣ୍ଡିଏ କ୍ଷୀରୋଦରୀ ଶାଢ଼ିନେଇ ବୀରପ୍ରତାପ ଗଲା ବଜାରକୁ। ବେହେରା କହିଲେ ଆମେ ସେ ଶାଢ଼ି ନେଇ ବିକିବାକୁ ଗଲେ ପୋଲିସ୍ ଧରିବ।

ବୀରପ୍ରତାପ ଅନେକ ଦୂର ଯାଇ ଶାଢ଼ି ବିକିବାକୁ ଯାହାକୁ ଦେଖେଇଲେ ସେ କହିଲା ଆମର ସକ୍ୟ କାହିଁ ଯାକୁ ନବୁ। ଆଗକୁ ଯାଅ, ଅମୁକ ଶେଠଘର ଅଛି ନେଲେ ନେଇପାରେ। ଅମୁକ ମାନେ? ବୀରପ୍ରତାପ ପଚାରିବାରୁ କହିଲେ ସେ ନିଳୋଛାଟା ନା କହନ୍ତି ନାହିଁ। ବୀରପ୍ରତାପ ଯାଇ ଶେଠଘରେ ପହଞ୍ଚିବାରୁ ଶାଢ଼ିଟି ଦେଖି ଧନୀ ସବୁ ହାଲ ପଚାରିଲା। ବୀରପ୍ରତାପ ଯେମିତି ବେହେରା ଓ କନ୍ୟାଙ୍କୁ ବାଟରେ ବସେଇ ଆସିଚି କହିଲା, ଧନୀ ଟିକିଏ ଭାବି କହିଲା ହଉ ବସ, ମୁଁ ଶାଢ଼ି ରଖି ତିନିଶହ ଟଙ୍କା ଦଉଚି ଆଉ କିଛି ଜଳଖିଆ ବନେଇ ଦଉଚି ଖାଇବେ ନେଇ। ନହେଲେ ବଜାର ହାଟ ପାଇବ କାହୁଁ! ବୀରପ୍ରତାପ ଅପେକ୍ଷା କରି ବସିଲା।

ଧନୀର ତ ଭାର୍ଯ୍ୟା ମଲାଣି ଅନେକ ଦିନୁ। ପୁଅଙ୍କ ଲାଗି ବାହା ହୋଇ ପାରୁନାହିଁ। ଭିତରକୁ ଯାଇ ଗୋଟାଏ ଫନ୍ଦାକରି ଶାଢ଼ିଖଣ୍ଡକୁ ଜଣେ ବୁଦ୍ଧିଆଣୀ ମାଇକିନିଆ ହାତରେ ଦେଇ କହିଲା ତୁ ଏଇ ସୁଆରିରେ ବସିଯା। ସେଇ ବଣରେ ଦେଖିବୁ ରାଜକନ୍ୟା ଚୌଦୋଳାରେ ବସିଚି। ତାକୁ ଏ ଶାଢ଼ିଦେଇ କହିବୁ ତମ ଗେରସ୍ତ ତମ ଶ୍ୱଶୁରଙ୍କ ବନ୍ଧୁ ଘରେ ବସିଛନ୍ତି। ଏ ଲୁଗା ଓ ସୁଆରି ପଠେଇଲେ ତମେ ସେଠାକୁ ଚାଲ, ଦି'ଦିନ ରହି ପରେ ଯିବ। ଯା କହି ବାଡ଼ିଦ୍ୱାର ବାଟେ ସୁଆରି ବେହେରା ସହ ମାଇକିନାକୁ ପଠେଇଦେଲା ଶେଠ। ମାଇକିନା ତ ଟଙ୍କାର ଦାସୀ। ବଣରେ ଯେମିତି ସ୍ୱର୍ଣ୍ଣଲତାକୁ ଶାଢ଼ି ଦେଖେଇଚି ସେ ବି ପରତେଗଲା, ଚୌଦୋଳାରୁ ଓହ୍ଲାଇ ଆସି ବସିଲା ସୁଆରୀରେ। ବେହେରା କହିଲେ, ଯା'ହେଉ ହାଲୁକା ହେଲା। ଏ ଯୋଡ଼ାଙ୍କୁ ବୋହି ବୋହି ଯୋଉ କଷ୍ଟ ପାଇଲୁଣି ଯାଆନ୍ତୁ ଖସି, ଯା କହି ସେମାନେ ଚୌଦୋଳା ଘେନି ବାହୁଡ଼ିଲେ।

ଏଣେ ଶେଠ ବୀରପ୍ରତାପକୁ ବସାଇ ଚାକରକୁ କହିଲା ଯୁବରାଜାଙ୍କୁ ବିଞ୍ଚିଦେବଟି, ଜଳଖିଆ ତିଆରି ହବାକୁ ଟିକିଏ ଡେରି ହେଉଛି। ଚାକର ଦୁଇଟା ପଙ୍ଖା ଧରି ବିଞ୍ଚିବା ହେତୁ ବୀରପ୍ରତାପକୁ ଟିକିଏ ଆରାମ ମିଳିବାରୁ ଆଖି ମୁଦି ହୋଇଗଲା। ଶାସ୍ତ୍ରରେ ଅଛି-

'ଷଡ଼୍ ଦୋଷାଃ ପୁରୁଷେଣ ହତବ୍ୟାଭୂତିମିଛତି
ନିଦ୍ରା ତନ୍ଦ୍ରା ଭୟଂ କ୍ରୋଧ ଆଳସ୍ୟଂ ଦୀର୍ଘସୂତ୍ରତା।'

ବୀରପ୍ରତାପକୁ ନିଦ ଆସିବାରୁ ଦେଖି ଶେଠ ଆଉ ଡାକିଲା ନାହିଁ। ତେଣୁ ସୁଆରି ଆସି ବାଡ଼ିପାଖ ଦରଜାରେ ହବାରୁ ଶେଠ ଗୋଟାଏ ଜଳଖିଆ ଦନା ଆଉ ତିନିଶହ ଟଙ୍କା ଧରି ଆସି ବୀରପ୍ରତାପକୁ ଉଠାଇ ଦେଲା। ବୀରପ୍ରତାପ ଜଳଖିଆ ଟଙ୍କା ନେଇ ଦୌଡ଼ିଲା ଅତରଛାରେ।

ସୁଆରି ପହଞ୍ଚିବାରୁ ସ୍ୱର୍ଣ୍ଣଲତାକୁ ଓହ୍ଲାଇ ଆଣିଲା ଚତୁରୀ ଦାସୀ। ଯେମିତି ଭିତରକୁ ଆସିଚି ତା' ରୂପ ଯୌବନ ଦେଖି ଶେଠ ଏକବାରେ ମୋହିତ ହୋଇଗଲା। ଭାବିଲା ଏମିତି ରୂପ ଯୌବନଭରା ଯୁବତୀ ଆମ ଦେଶରେ ଅଛନ୍ତି ନା! ଯା ହଉ ବୁଦ୍ଧିଥିଲା ବୋଲି ଅପସରୀ ପରି ଯୁବତୀ ରତ୍ନକୁ ଭୋଗ କରିବି। ଏମିତି ଶେଠ ଭାବୁଥିଲା ବେଳେ ସ୍ୱର୍ଣ୍ଣଲତା ପଚାରିଲା ମୋ ସ୍ୱାମୀ କୁଆଡ଼େ ଗଲେ ? ଶେଠ କହିଲା- ଆଉ ସ୍ୱାମୀ, ସେ'ତ ମୋଠୁ ତିନିହଜାର ଟଙ୍କା ନେଇ ତୁମକୁ ବିକି ଦେଇ ଯାଇଛି। ଦାସୀ ଜିଭ କାମୁଡ଼ି କହିଲା କ'ଣ କହୁଛ ବାବୁ! ଟୋକାଟା ଗୋଲିଖର ନା କ'ଣ ନିଜ ମାଇପିଟାକୁ ବିକିରି କଲା। ଶେଠ କହିଲା, ସେ ଗୁଡ଼ାକ ଛତରା, ତାଙ୍କର ନିଜ ମାଇପ ପର ମାଇପ ବୋଲି ବାଛ ବିଚାର ଅଛି ନା! ଟଙ୍କା ଲୋଭରେ ସେଗୁଡ଼ାକ ସବୁବେଳେ ସବୁ କାମ କରିପାରନ୍ତି।

ଏମାନଙ୍କ କଥା ଶୁଣି ସ୍ୱର୍ଣ୍ଣଲତା ମୁଣ୍ଡରେ ବଜ୍ରାଘାତ ପରି ବାଧିଲାଣି। ସେହିବେଳେ ଦାସୀ କହିଲା, ଆଉ ଭାବୁଚ କ'ଣ ? ଯୋଉ ଗେରସ୍ତଟା ବିକିଦେଇ ଯାଇପାରେ, ତାକୁ ଭାବି ଲାଭ ନାହିଁ। ଆମ ଶେଠଙ୍କର ସିନା ଟିକିଏ ଉମର ବେଶି, ନୋହିଲେ କୋରଡ଼ପତି ଧନୀ ପରା ସେ। ତାଙ୍କୁ ବାହାହୋଇ ଘର କର। ଦାସୀ କଥାରେ ସ୍ୱର୍ଣ୍ଣଲତା ମୁଣ୍ଡରେ ବିରୁଡ଼ି ମାରୁଥିଲେ ବି ଚୁପ୍ ରହିଲା। ଶେଠ କହିଲା ଭାବୁଚ କ'ଣ ? ଆଜି ରାତିରେ ମୋ ସାଙ୍ଗରେ ମଧୁଶଯ୍ୟା ଭୋଗ କରିବ।

ସ୍ୱର୍ଣ୍ଣଲତା ଯେତେବେଳେ ରାଜାଝିଅ, କୋଉଠି ବୁଦ୍ଧି ଖଟେଇ କି କାର୍ଯ୍ୟ କରିହେବ ତାକୁ ଜଣା। ସେ କହିଲା, ସେଥିପାଇଁତ ତାଙ୍କ ସାଙ୍ଗରେ ମୋର ପଡୁନଥିଲା। ବାହାହୋଇଚି ସିନା ମଧୁଶଯ୍ୟା ହୋଇନାହିଁ ତ। ମୋର ବ୍ରତଟିଏ ଅଛି, ପୂରିବାକୁ

ଆହୁରି ତେରଦିନ ବାକି। ତେରଦିନ ପରେ ଦାନ ଧ୍ୟାନ, ବ୍ରାହ୍ମଣ ଭୋଜନ ଦେବି ସାତଦିନ। ତା'ପରେ ଯାଇ ପତି ସଂଗରେ ମିଳନ ହେବ। ତମେ ଯେବେ ରାଜିହେବ ତ ରହିବି, ନୋହିଲେ ବାଟ ଧରି ଚାଲିଯିବି। ତା' କଥାଶୁଣି ଶେଠ ଭାବିଲା,ଏତିକି ତ କଥା, ସାତଦିନ ଦାନ ଦେବି, ସେଥିରେ ଏମିତି କେତେ ଧନ ବୋହିଯିବ ଯେ ପାରିବିନାହିଁ। ହେଲେ, ସାତହଜାର ଯିବ ଯାଉ। ଏମିତି କନ୍ୟାକୁ ଛାଡ଼ିହୁଏନା। ତହିଁ ଆରଦିନଠୁ ଢେଙ୍ଗୁରା ଦିଆଗଲା, ନୂଆ ଶେଠାଣୀ ବରତ ଓଝେଇ ଭୋଜନୀ ଓ ଦାନଦେବ। ଯୋଉଠି ଯେ ରଙ୍କ ଦୁଃଖୀ ବ୍ରାହ୍ମଣ ଭିକାରି ଅଛ ଆସ, ଏପରି ଢେଙ୍ଗୁରା ଦିଆଇ ସ୍ୱର୍ଣ୍ଣଲତା ଶେଠକୁ କରଗତ କରାଇନେଲା, ଆଗଦିନ ଯେତେ ଆସିବେ, ତହିଁ ଆରଦିନ ଆସିବେ ତାର ଡବଲ, ତା' ପରଦିନ ତା'ର ଡବଲ ଆସିବେ, ଏମିତି କରି ସାତଦିନ ଯାଏ ଚାଲିବ।

ସତକୁ ସତ ତେରଦିନ ପୂରିବା ପରେ ଦାନ ଆରମ୍ଭ ହେଲା। ପହିଲିଦିନ ଦେଢ଼ଲକ୍ଷ ବ୍ରାହ୍ମଣ, ଭିକାରି ଆସିଲେ। ତା' ପରଦିନ ଆସିଲେ ଚାରିଲକ୍ଷ। ତା' ପରଦିନ ୯ଲକ୍ଷ ଏମିତି କରି ବଢ଼ି ଚାଲିଲେ। ଶେଠ ତ କଥା ଦେଇଚି କାହାକୁ ଫେରାଇବ ନାହିଁ। ଛ'ଦିନ ବେଳକୁ ଦେଖାଗଲା, ଶେଠର କୋଠାବାଡ଼ି ବନ୍ଧକ ହୋଇ ଗଲାଣି। ସାତ ଦିନରେ ବାକି ଯାହା ଯେଉଁଠି ଥିଲା ସବୁ ବିକ୍ରି ହୋଇଗଲା। ଶେଠ ମୁଣ୍ଡରେ ହାତଦେଇ ବସି ପଡ଼ିଲା।

ସ୍ୱର୍ଣ୍ଣଲତା ଦେଖିଲା ଆଉ ଉପାୟ ନାହିଁ। ଶେଠ ଯେମିତି ରାଗିଲାଣି ଏଣିକି ମନାକଲେ ଶେଠଙ୍କ ପରି କଚଡ଼ା ଦବ। ସେଇଠୁ ଭାବୁ ଭାବୁ ଜଣେ ପାତ୍ର କର୍ମଚାରୀ ଟୋକା ତାକୁ ଲୋଭିଲା ଆଖିରେ ଚାହୁଁ ଥିବାର ସୁଯୋଗ ବୁଝିପାରିଲା, ଏଠୁ କେମିତି ପଳେଇବି ଗୋଟାଏ ଉପାୟ ବତେଇଲ। ପାତ୍ର ଟୋକା କହିଲା, ତମେ ଯଦି ମୋତେ ବାହା ହବ କୁହ, ତାହାହେଲେ ମୁଁ ତୁମକୁ ପାରେଇନେବି। ସ୍ୱର୍ଣ୍ଣଲତା ଭାବିଲା କାର୍ଯ୍ୟ ନିମନ୍ତେ କୃଷ୍ଣଭଳି ପୁଅତ ଗଧ ପାଦ ଧରିଥିଲେ। ମୁଁ ଏବେକା ଝିଅ। ଯାକୁ ଗଧ ବନେଇ ଛାଡ଼ିବି। ଏହାଭାବି କହିଲା, ଆଗେ ଏଠାରୁ ନେଇଗଲେ ତ ବାହାଘାହା କଥା, ନଗଲେ ହବ କିମିତି ? ପାତ୍ରଟୋକା ସେଇଠୁ କହିଲା ସତ କହୁଚ, ଆସ ମୋ କାନ୍ଧରେ ଲାଉ ପରି ଓହଳି ପଡ଼। ପିଠିରେ ମୁଁ ଶୀଘ୍ରନେଇ ପଳେଇଯାଏଁ। ସେଇଠୁ ସ୍ୱର୍ଣ୍ଣଲତା ତା' ପିଠିରେ ଓହଳିବାରୁ ସେ ଗୁଆଗଛ ବଢ଼କାଠର ପାଚେରି ଡେଇଁଗଲା। ଆଉ ଶେଠ କିଏ ନା ସ୍ୱର୍ଣ୍ଣ କିଏ ? ଏମିତି କରି ଟୋକା ତାକୁ ନେଇ ଅଣନିଃଶ୍ୱାସୀ ହୋଇ ବଣେ ବଣେ ପଳେଇଗଲା।

ହେଲେ ଟୋକାକୁ ସିନା ମାଇପି ଲୋଭରେ ବାଧୁନାହିଁ; ରଜା ଝିଅ ମଜାରେ

କଷ୍ଟ ପାଇ ରାଗିଗଲାଣି। କିଛି ବାଟ ବଣରେ ଯିବାପରେ ସେ କହିଲା- ହେ ! ଏଠିକି ତ ଆଉ ଶେଠ ଭୟ ନାହିଁ। ତା' ଛଡ଼ା ମୋ ଛାତିକି, ତମ ପିଠକି ପରାସ ହେଲାଣି ବେଶି। ଏଇଠି ଥୁଅ। ମୋର ଦି'ପଟ କଙ୍କଣ ନେଇଯାଅ ବିକି କିଛି ଜଳଖିଆ, ବାହା ସଉଦା ଘେନି ଆସ। ବାହାଘରଟା ସାରିଦେଇ ଜଳଖିଆ ଖାଇ ମଉଜ କରିବା। ସ୍ୱର୍ଣ୍ଣ କଥା ଶୁଣି ଟୋକା କହିଲା, ଠିକ୍ କହିଚ। ହେଲେ ଏକୁଟିଆ ରହିବ କେମିତି ? କନ୍ୟା କହିଲା, ଗୋଟିଏ ଗୁମ୍ଫା ଦେଖ, ସେଇଠି ମୋତେ ଛାଡ଼ିଦିଅ। ମୁଁ ବସିଥିବି। ପାତ୍ର ଦେଖିଲା ପାତ୍ରୀ ଯେତେବେଳେ ମଙ୍ଗୁଚି, କ୍ଷତି କ'ଣ ? ସେଇଠୁ ସେ ଗୋଟିଏ ଗୁମ୍ଫା ଠିକ କରି ସ୍ୱର୍ଣ୍ଣକୁ ସେଥିରେ ଛାଡ଼ି କଙ୍କଣନେଇ ସଉଦା ଆଣିବାକୁ ବାହାରିଗଲା।

କନ୍ୟା ଭାବିଲା- 'ସିଂହ ଭୟରେ ପଶିଲି ଗାତରେ, ଏବେ ପଡ଼ିଲି ଶୃଗାଳ ମୁଖରେ।' ଏପରି ତ ମୋ ଦଶା ହେଲା। କରିବି ଏବେ କ'ଣ ? ତେଣୁ 'କନ୍ୟା ମନେ ଚିନ୍ତାକଲା ଗୋବିନ୍ଦ; ତାକୁ ଦିଶିଲା ସବୁ କଥା ଛନ୍ଦ।' ଭାବିଲା ଏଠାରୁ ପଳେଇଯାଏ ତ ପଛକୁ ଦେଖାଯିବ। ଯା ଭାବି ବନଦୁର୍ଗାଙ୍କୁ ଡାକି ଡାକି କାନ୍ଦି କାନ୍ଦିକା ଦୌଡ଼ିଲା। ସେତେବେଳେ ରାଜକନ୍ୟା, ଲହୁଣୀଭଳି ପାଦ କଣ୍ଟାଝଣ୍ଟାରେ ବାଜି ଲହୁ ଲୁହାଣ ହୋଇଗଲାଣି। ସେମିତି ବନଦୁର୍ଗାଙ୍କୁ ମା' ମା ଡାକି ଦୌଡ଼ୁଛି। ଦୁର୍ଗା ଶୁଣୁନାହାନ୍ତି ଆଦୌ।

"ଶତ ଶତ ଦାସୀ ଯା'ର ସେବୁଥିଲେ ପାଦ
କେହି ନ ଦେଖିଲେ ତା'ର ଦାରୁଣ ବିପଦ।"

ସୁଖ ବେଳେ ସିନା ବନ୍ଧୁ ବାନ୍ଧବ, ଦାସ ଦାସୀ; ଦୁଃଖବେଳେ ସବୁ ମୁହଁମାଡ଼ି ଚାଲିଯାନ୍ତି। ଦୁଃଖର ଭାଗ କିଏ ନଉଛି ? କନ୍ୟା ସେମିତି କାତର ହୋଇ ଡାକି ଚାଲିଚି।

ଦୁର୍ଗା ଯେତେବେଳେ ମାଇପି ଲୋକ, ମାଇପି କଥାକୁ ମାଇପି ଆଗେ ଶୁଣନ୍ତି। ବନଦୁର୍ଗା ତା ଡାକ ଶୁଣି ଗୋଟିଏ କେଲୁଣୀରୂପ ଧରି ଆସି ତାକୁ ପଚାରିଲେ ତୋର କ'ଣ ହୋଇଚିଲୋ ଝିଅ ! କାନ୍ଦୁଚ କିଆଁ ? ସ୍ୱର୍ଣ୍ଣ ତାଙ୍କୁ ଦେଖି ଅଥଳରୁ କୂଳ ପାଇଲା ଭଳି ପାଇ ସବୁ ଘଟଣା କହିଗଲା। କେଲୁଣୀ ବୁଢ଼ୀ ଶୁଣି କହିଲା ମଲା ! ପାତ୍ର ଟୋକାର ବହପ ତ କମ୍ ନୁହେଁ। ତଳିଆ ହୋଇ ତାଳୁକୁ ଯିବାକୁ ମନ କଲାଣି। ଆଚ୍ଛା ହଉ, ତୁ ଏଇ ବକଟଟା ଶିଖିପକା। ଏକୁଇ ପଢ଼ି ଦିହକୁ ଫୁଙ୍କିଦେଲେ ପୁରୁଷ ହୋଇଯିବୁ। ପୁଣି ଏ ଉତ୍ତର ପଦକୁ ଫୁଙ୍କି ଦେଲେ ନାରୀ ହୋଇଯିବୁ। କନ୍ୟା ସେତେକ ଘୋଷିଦେଇ ଯେମିତି ନିଜ ଦେହକୁ ଫୁଙ୍କି ଦେଇଚି ଦେଖିଲା, ସୁନ୍ଦର ଯୁବକଟିଏ ପାଲଟିଗଲା। ତା' ଆରଦିନ ପଦକ ଫୁଙ୍କି ଦେଲା ନିଜ ରୂପ ଫେରି ପାଇଛି। ହେଲେ, ବେଳକୁ ଛୁ। ସ୍ୱର୍ଣ୍ଣ ଭାବି ହେଲେ ଆଉ ପାଇବ କାହୁଁ ? ସେଇକୁ ପୁରୁଷ ରୂପ ଧରି ଆଗେଇଲା।

"ଯୁବା ରୂପ ଧରି କନ୍ୟା ବନଦୁର୍ଗା ଧାଇ
ବନ ଗିରି ପାରିହୁଏ ମନେ ଡର ନାହିଁ।
କିଛିଦୂର ଯାଇଁ ମିଳି ସୋନପୁର ଦେଶ
ଦେଖିଲା ଆସଇ ଗଜ ଘେନିଣ କଳସ
ପାତ୍ର ମନ୍ତ୍ରୀ ସାଥେ ବୁଲେ ଅରାଜକ ରାଜ୍ୟେ
ନୂଆ ରାଜା ବାଛିନେଇ ବସାଇବ ନିଜେ।"

ହାତୀ କଳସ ନେଇ ଆସିଲା ବେଳକୁ ଟୋକାଏ ଆଗେଇ ଯାଉଥାନ୍ତି। କିଏ ଭାବୁଥାଏ ମୋ'ରି ମୁଣ୍ଡରେ ଢାଳନ୍ତା କି? କେହି ଆହୁରି ଆଗୋଉଥାଏ। ହେଲେ ତାଙ୍କୁ ନାତିପରି ବି ମାନୁନଥାଏ ହାତୀ। ଶେଷକୁ ପୁରୁଷବେଶୀ ସ୍ୱର୍ଣ୍ଣଲତା ମୁଣ୍ଡରେ ହାତୀ କଳସ ଢାଳିଦେଲା।

ତେଲିଆ ମୁଣ୍ଡରେ ତେଲ ଦିଅନ୍ତି ସବୁ। ରଜାଝିଅ ନକଲ ହେଲେ ବି ଅକଲ ଅଛି, ଚଳେଇ ନେବ ରାଜ୍ୟ। ଏଗୁଡ଼ା ହ୍ୟାପୋ ଟୋକା ତାଗଡ଼ା ତଟୁ ଘୋଡ଼ା; ଖାନ୍ତି ଯ୍ୟାଦା କାମ୍ ଥୋଡ଼ା ଜାଣନ୍ତି କ'ଣ? ପାତ୍ର ମନ୍ତ୍ରୀଏ ନୂଆ ରଜାଙ୍କୁ ହାତୀରେ ଚଢ଼େଇ ନେଇ ରାଜଗାଦିରେ ବସେଇ ଦେଲେ। ସେଠି ତା'ର ନାଁ ଦେଲେ ସୁବର୍ଣ୍ଣ କେଶରୀ।

ଏଣେ ବୀରପ୍ରତାପ ଲେଉଟି ଦେଖିଲା, କନ୍ୟା ନାହିଁ କି ଚୌଦଳା ନାହିଁ। ସେଇଠୁ ତା ମୁଣ୍ଡରେ ବଜ୍ରାଘାତପରି ଜଣାଗଲା। ପୁଣି ଭାବିଲା କନ୍ୟା ମୋତେ ଛଳନା କରି ଜଳଖିଆ ଆଣିବାକୁ ପଠାଇ ପଳାଇଲା କି କ'ଣ କେଜାଣି? 'ସ୍ତ୍ରୀଣାଂ ଚରିତ୍ର ଭବିତବ୍ୟତା ଚ ଦେବା ନ ଜାଣନ୍ତି କୁତୋ ମନୁଷ୍ୟଃ'। ରମଣୀର ଚରିତ୍ର, ମନୁଷ୍ୟର ଭବିଷ୍ୟତ ଫଳ ଦେବତାଙ୍କୁ ଅଗୋଚର। ମୁଁ ମନୁଷ୍ୟ ହୋଇ କ'ଣ ବୁଝିବି। ଏମିତି ଯେତେ ଭାବିଲା, ଦୁଃଖ ବଢ଼ିଲା ଆହୁରି। ସେଇ ଦୁଃଖରେ ସେ ଏକପ୍ରକାର ପାଗଳ ପରି ଘୂରି ବୁଲିଲା।

ସୋନପୁରରେ ରାଜା ହୋଇ ସ୍ୱର୍ଣ୍ଣଲତା ଦେଶର ଚିତ୍ରକାରଙ୍କୁ ଡକାଇ କହିଲା- କାଲି ସନ୍ଧ୍ୟାକୁ ମୁଁ ଜଣେ ଯୁବତୀଙ୍କୁ ଡକେଇଚି। ଆପଣମାନଙ୍କ ମଧ୍ୟରୁ ଯିଏ ଯେତେଶୀଘ୍ର ସେହି ଯୁବତୀର ଅବିକଳ ଚିତ୍ରପଟଟିଏ ଆଙ୍କିଦେବ, ସେ ଦଶହଜାର ଟଙ୍କା ବକ୍‌ସିସ୍ ପାଇବ। ଚିତ୍ରକରମାନେ ହଉ କହି ବିଦାୟ ନେଲେ। ତହିଁ ଆରଦିନ ସଞ୍ଜବେଳକୁ ସବୁ ଚିତ୍ରକର ଆସିବାରୁ ସୁବର୍ଣ୍ଣ କେଶରୀ ସେମାନଙ୍କୁ ବସେଇ କହିଲେ, ଆପଣମାନେ ଏଇଠି ବସିଥାନ୍ତୁ। ମୁଁ ଯାଉଛି ସେ ଯୁବତୀଙ୍କୁ ପଠାଇ ଦେବି। ତାକୁ ଦେଖି ଆପଣମାନେ ରୂପ ଆଙ୍କିବେ। ଏହାକହି ସେ ସାଙ୍ଗେ ସାଙ୍ଗେ ସୁବର୍ଣ୍ଣକେଶରୀରୁ ସ୍ୱର୍ଣ୍ଣଲତା ହୋଇ ଲେଉଟି ଆସିଲା।

ଚିତ୍ରକରମାନେ ଯେମିତି କନ୍ୟାରୂପ ଦେଖିଛନ୍ତି ତୂଳୀ କୋଳି ତା' ମୁହଁକୁ ଚାହିଁ ରହିଲେ। କିଏ କହିଲା ସତରେ ଏ ମାନବୀ ନା କିନ୍ନରୀ, କିଏ କହିଲା ଏମିତି ରୂପସୀ ତ ଆମ ଦେଶରେ କେବେ ଦେଖିନି। ଏମିତି ଭାବୁ ଭାବୁ ତା' ରୂପରେଖ ଆଙ୍କିବାକୁ ଲାଗିଲେ। ଯୁବତୀ ଘଣ୍ଟାଏ ବସି କହିଗଲା, ଯେତେ ପାରନ୍ତି ଅଙ୍ଗ ରଙ୍ଗ ଠିକ୍ କରି ଦିଅନ୍ତୁ ସବୁ।

ରାଜା ସିନା କହିଲେ; ସ୍ୱର୍ଣ୍ଣଲତା ବି କହିଗଲା। ହେଲେ ଶିଳ୍ପୀଜାତିଟା ଯୋଉ ଅଳସୁଆ, ତାଙ୍କୁ କ'ଣ ସହଜରେ ପାରିହୁଏ। ଚିତ୍ରପଟ ହାସଲ କରିବାକୁ ସାତଦିନ ଗଲା। ସବୁଠୁ ଯେଉଁଟି ଏକବାରେ ନିଖୁଣ ହେଲା ସେହି ଚିତ୍ରଟିକୁ ରାଜା ସିଂହଦରଜାରେ ଟଙ୍ଗେଇ ତା' ଉପରେ ପରଦାଟି ଝୁଲେଇ ଦେଲେ। ଦୁଇଜଣ ପାଇକ ଜଗେଇ ତାଙ୍କୁ କହିଲେ, ଯେଉଁଲୋକ ଏ ଚିତ୍ରପଟ ଦେଖି ଏ ମନ୍ତବ୍ୟ କରିବ ସେ କଥା ଶୁଣି ତାଙ୍କୁ ଧରି ମୋ ପାଖକୁ ଘେନି ଆସିବ। ପାଇକେ ଆଜ୍ଞା କହି ଜଗି ବସିଲେ।

ଦୁଇଦିନ ବାଦେ ଗୋଟିଏ ପାଗଳ ଆସି ସେ ଫଟୋଟିକୁ ଦେଖି କହିଲା- ମଲା ମଲା ! ଆଲୋ ତୋତେ ମୁଁ ଏତେ କଷ୍ଟ କରି କାନ୍ଧେଇ ବୋହି ଉଦ୍ଧାର କରିଦେଲି, ତୁ ମୋତେ ଫାଙ୍କି ଦେଇ ପଳେଇଗଲୁ ! ତା' ପାଖରେ ପାଇକ ଏକଥା ଶୁଣି ଲେଖିନେଇ ରଜାଙ୍କ ପାଖରେ ତାକୁ ହାଜର କରି ଲେଖାଟି ଦେଲେ। ରାଜା ପଢ଼ି ହୁକୁମ ଦେଲେ ୟାକୁ ନେଇ ହାଜତରେ ରଖ।

ପୁଣି କିଛିଦିନ ପରେ ଆଉ ଜଣେ ବିଡ଼ାଳିଆ ନିଶୁଆ ଲୋକ ଅନ୍ତଲ ପେଟକୁ ଚିପିଚିପି ଆସି ସେଇ ଚିତ୍ରଟି ଦେଖି ଏକବାରେ ଦାନ୍ତ କଡ଼ମଡ଼ କରି କହିଲା-ବଜାତ ମାଇକିନିଆ ମୋର କୋଟିଏ ଟଙ୍କାର ସମ୍ପତ୍ତିକୁ ତୋସରପାତ କରି ମୋତେ ଦାଣ୍ଡର ଫକୀର କରି ଛାଡ଼ିଲୁ। ଥରେ ଯଦି ମୋ ହାବୁଡ଼ରେ ପଡ଼ିବୁ ତୋ ହାଡ଼ଗୋଡ଼ ଭାଙ୍ଗିଦେବି। ତା' କଥା ଶୁଣି ପାଇକ ତାକୁ ଧରିନେଇ ରାଜା ପାଖରେ ହାଜରକରି ତା ମନ୍ତବ୍ୟ ପେସ୍ କଲେ। ରାଜା କହିଲେ, ଏ ହାରାମଜାଦାକୁ ହାଜତରେ ପୂରା। ପାଇକ ନେଇ ହାଜତରେ ହାଜର କଲେ।

ପୁଣି କିଛିଦିନ ଗଲା ଉତ୍ତାରୁ ଆଉ ଜଣେ ପାଗଳ ଆସି ଫଟୋଟିକୁ ଦେଖି ଏକବାରେ ଅଜ୍ଞାନ ହୋଇପଡ଼ିଲା। ପାଇକ ବିଞ୍ଚା କଲାରୁ ଉଠି ଫଟୋକୁ ଅନାଇ କାନ୍ଦି କାନ୍ଦି କହିଲା, ପ୍ରିୟେ ! ପ୍ରିୟେ ! ମୁଁ ଅପରାଧୀ, ମୋତେ କ୍ଷମାକର। ଯେଉଁଠି ଅଛ ସୁଖରେ ଥାଅ। ମୁଁ ତୁମପାଇଁ ରାଜ୍ୟସମ୍ପଦଛାଡ଼ି ପାଗଳ ହୋଇ ବୁଲୁଛି, ଥରେ ମୋତେ ଦେଖାଦିଅ ପ୍ରିୟେ। ପାଇକମାନେ ତା' କଥାଶୁଣି ତାକୁ ନେଇ ରାଜାଙ୍କ ପାଖରେ ହାଜର କଲାରୁ ରାଜା ତାକୁ ଦେଖି ଦୌଡ଼ିଆସିଲେ ଗାଦିଛାଡ଼ି। ଶୁଣିବା

କହିବା ଆଗରୁ ନିଜେ କାନ୍ଦି ପକେଇ ତାକୁ ନେଇ ଗାଧୋଇ ଦେଲେ, ପାଖରେ ବସାଇ ଖୁଆଇଲେ। ତା'ପରେ ସେ ସୁସ୍ଥ ହେବାରୁ ତାକୁ ସବୁକଥା ପଚାରି ବୁଝିଲେ ଓ ତା' ସେବା ଯତ୍ନ ପାଇଁ ଦୁଇଜଣ ଦାସଦାସୀ ଲଗାଇ ଦେଲେ। ଏଣେ ଜେଲ୍ ମାଲିକକୁ ହୁକୁମ ଦେଲେ, ଯୋଉ ଅନ୍ତଲ ପେଟୁଆ କଏଦୀ, ବିରାଡ଼ି ନିଶୁଆ ବୁଢ଼ା-ତାକୁ ନିତି ଘଣା ଟଣେଇବ, ରାତିହେଲେ ଷାଠିଏ କେଜିଆ ବୋଝରେ ଦେଶଢ଼ ଝାଟିମାଟି ରଖିଥିବ। ଜେଲ ରଖୁଆଳ ହୁକୁମ ତାଲିମ କଲା।

ତହିଁ ଆରଦିନ ରଜା ଗୋଟିଏ ଜୁଡ଼ିସିଆଲ ବିଚାର ବସାଇ ତାଙ୍କୁ ସବୁ ଘଟଣା ଆମୂଳଚୂଳ କହି ବିଚାର କରିବାକୁ ହୁକୁମ ଦେଲେ। ନିଜେ ମନ୍ତ୍ର ବଳରେ ପୁରୁଷ ରୂପଛାଡ଼ି ନାରୀ ହୋଇ ବୀରପ୍ରତାପକୁ ଡାକିଲେ ନାଥ! ଏଥର ଦାସୀକୁ ପାଇ ଖୁସିହେଲେ ତ? ପଛକଥାକୁ ପୋଛିଦିଅ। ଅବିକା ମୋ ବାପ ରାଜ୍ୟ ଓ ଏ ରାଜ୍ୟର ରାଜା ରାଣୀ ଆମେ ହେଲେ। ବୀରପ୍ରତାପ ସ୍ୱର୍ଣ୍ଣଲତାକୁ ପାଇ ଏକବାରେ ଅନ୍ଧ ଆଖି ପାଇଲା ପରି ହୋଇ ଉଠିଲା। ପାଖଲୋକ କହୁଥାନ୍ତି ବେହିପୋ ଏଇଟା ପ୍ରେମପାଗଳା ହୋଇଥିଲା ବା!

ବୀରପ୍ରତାପ ସ୍ୱର୍ଣ୍ଣଲତା ଦିହେଁ ସେଦିନ ଦରବାରରେ ପଞ୍ଚାୟତ ବିଚାରରୁ ରାୟ ପାଇଲେ ଯେ-ପାତ୍ରଟୋକା ନିର୍ଦ୍ଦୋଷ, ଯଦିଓ ସେ ଲୋଭ କରିଥିଲା, ତଥାପି ସେ ପିଠିରେ ବୋହିଆଣି ସେ କନ୍ୟାକୁ ବଞ୍ଚେଇଚି। ବରଂ ସେ ଉପକାରୀ। ତେଣୁ ସେ ଖଲାସ ହେବ। ଏଇ ଯୋଉ ଶେଠ ଜଣକ, ସେଟା ବିଶ୍ୱାସଘାତକ କୃତଘ୍ନ। ଶାସ୍ତ୍ରରେ ଅଛି-

'ମିତ୍ରଦ୍ରୋହୀ କୃତଘ୍ନଶ୍ଚ ଯେ ତ ବିଶ୍ୱାସଘାତକାଃ
ତେ ନରାଃ ନରକଂ ଯାନ୍ତି ଯାବଚ୍ଚନ୍ଦ୍ର ଦିବାକରୌ'

ସୁତରାଂ ତା' ପାପର ପ୍ରାୟଶ୍ଚିତ୍ତ ହେବ ତାକୁ। ଘରେ ପୂରାଇ ଲଙ୍କାମରିଚ ପୋଡ଼ାର ଧୂଆଁ ଦେଇ ତାକୁ ତିଳ ତିଳ କରି ହତ୍ୟା କରିବା। ଯେପରି ସେ ଅନ୍ୟାୟ କରି ଧନଦୌଲତ ଅର୍ଜିଥିଲା, ପୁଣି ବିଶ୍ୱାସଘାତକତା କରି ନାରୀ ଉପରେ ଅତ୍ୟାଚାର କରିଥିଲା, ତାର ଶାସ୍ତି ଏହିପ୍ରକାର ହେବା ଉଚିତ।

ରାୟ ଶୁଣି କେତେକ କହୁଥିଲେ ଅବିକା ତ ସେଇ ରକମ ଯୁଗ ହେଇଚି। ଅନ୍ୟାୟ ନକଲେ ଖାଇବାକୁ ପାଉନାହାନ୍ତି। ଯାହାର ଅନ୍ୟାୟ ପନ୍ଥାରୁ ବେଶୀଧନ ବଢୁଛି, ଦାରୀ, ମଦ, ନାରୀ ବିଳାସରେ ସେ ଧନ ସାରୁଚି। କୋଉ ସରକାରଟା ଏମିତି କଡ଼ାକରି ଦଣ୍ଡ ଦଉଚି? ହେଲେ ପଞ୍ଚାୟତ ରଫାରେ ନ୍ୟାୟ ଅନ୍ୟାୟ ବାଛିବ କିଏ? ତାଙ୍କରି କଥା କାଏମ ହେଲା। ସେଇଦିନରୁ ସେ ଶେଠକୁ ଘରେ ପୂରେଇ

ଲଙ୍କା ଧୂଆଁ ଦିଆଯାଉଚି। ସେ'ଟାର ମରଣ ବି ଆଜିଯାଏ ହଉନାହିଁ। ପାପ ସରିଲେ ମରିବ ସିନା ? ଅବିକା ବୁଝିଲୁଟି ଅବୋଲକରା। ଶେଠ ପାପର ପ୍ରାୟଶ୍ଚିତ୍ତ ପାଇଁ ସେଇ ଲଙ୍କାପୋଡ଼ାର ବ୍ୟବସ୍ଥା ଚାଲିଛି। ବୀରପ୍ରତାପ ଆଉ ସ୍ୱର୍ଣ୍ଣଲତା ଦୁଇଟି ରାଜ୍ୟର ସମ୍ପଦ ପାଇ ଆନନ୍ଦରେ ଚଳୁଛନ୍ତି।

"ପୁନର୍ବିତ୍ତଂ ପୁନର୍ମିତ୍ରଂ ପୁନାର୍ଦ୍ଧରା ପୁନର୍ମହୀ
ସର୍ବତେ ପୁନରାବୃତ୍ତିଃ ନ ଶରୀର ପୁନଃ ପୁନଃ।

ଦୁଃଖ କଷ୍ଟ ସହି ଜିଇଥିଲେ ବିତ୍ତ, ମିତ୍ର, ଭାର୍ଯ୍ୟା, ଭୂମି ମିଳିପାରେ, ମାତ୍ର ଦୁଃଖକଷ୍ଟକୁ ଡରି ଆତ୍ମହତ୍ୟା କଲେ ଦେହ ଆଉ ମିଳେ ନାହିଁ। ବୀରପ୍ରତାପ ଓ ସ୍ୱର୍ଣ୍ଣଲତା ଦୁଃଖ ସହି ବଞ୍ଚିଥିଲେ ବୋଲି ଆଜି ଏତେ ବଡ଼ ହୋଇଛନ୍ତି, ଆଉ ଅନ୍ୟାୟ ଧନ କାମାଲୋଭୀ ଶେଠ, ଯେସାକୁ ତେସା ପାଉଚି। ଅବୋଲକରା କହିଲା-ହାର୍ମ ଯାହାକୁ ଲଙ୍ଗଳ ଭୁସାନା ? ଏ ଗପଟି ମୋ ଅଜା କହୁଥିଲେ।

■■

ନକଲି କାଠଗରୁଡ଼ କଥା

ତହିଁ ଆରଦିନ ଗୋସେଇଁ, ଅବୋଲକରା ଅନେକ ଦୂର ଗଲାପରେ ଗୋଟିଏ ଧର୍ମଶାଳା ମିଳିଲା। ଗୋସେଇଁ କହିଲେ- ଅବୋଲକରା, ଏଇଠି ମୁଠିଏ ରୋଷେଇକରି ଖାଇ ଆଜି ରହିଯିବା। ତୁ ଟଙ୍କା ନେଇ ଯା, ପାଖରେ କୋଉଠି ହାଟ ବଜାର ଦେଖି ରୋଷେଇ ସଉଦା ନେଇ ଆସିବୁ। ଗୋସେଇଁ କଥାରେ ଅବୋଲକରା ସେଇଠି ଗଣ୍ଠିଲି ରଖି ଟଙ୍କା ଓ ଛତାଟିଏ ନେଇ ଗଲା ବଜାରକୁ। ଗୋସେଇଁ ଗୋଡ଼ହାତ ଧୋଇ ବିଶ୍ରାମ କଲେ।

ଘଣ୍ଟାକ ବାଦେ ଅବୋଲକରା ମୁହଁ ଗେରା କରି ଫେରି ଆସିଲା। ହାତରେ ସଉଦା ଗଣ୍ଠିଲିଟିଏ। ଗୋଡ଼ଫରକଟାରୁ ତ ନାଚ ଜଣାପଡ଼େ। ଗୋସେଇଁ ବାରିକଟୋକାର ମୁହଁଭାବରୁ ବୁଝିଲେଣି କିଛିଗୋଟାଏ ଘଟିଛି ବୋଧହୁଏ। ଗଣ୍ଠିଲି ଖୋଲୁ ଖୋଲୁ ପଚାରିଲେ କ'ଣ ଦେଖିଲୁ କିରେ ଟୋକା! ଆମ୍ବୁଲ ଖାଇଲା ପରି ମୁହଁଟାକୁ କରିଛୁ ? ଅବୋଲକରା କହିଲା-ଗୋସେଇଁ! ମୁଁ ବଜାରକୁ ଗଲାବେଳେ ଦେଖିଲି ସେଠାକାର ରାଜବାଟୀ ସାମ୍‌ନାରେ ଗୋଟାଏ କାଠରେ ନକଲି ଗରୁଡ଼ଟିଏ ଥୁଆ ହୋଇ ପୂଜା ପାଉଚି। ତା'ର କାରଣ କ'ଣ ନ ବତେଇଲେ ଏଇ ଜାଗାରୁ ଫେରିବି।

ଗୋସେଇଁ ଦେଖିଲେ ଏ ବାରିକକୁ ଆଣି ବିପଦ ହେଲା

ତ। ଶାସ୍ତ୍ରରେ ଅଛି 'ଜୟେତ୍ କଦର୍ଯ୍ୟ ଦାନେନ ମୁଖ ଛନ୍ଦାନୁବର୍ତ୍ତତେ'। କଦର୍ଯ୍ୟ ଲୋକକୁ ଧନ କିଛି ଦେଲେ ସେ ନିବୃତ୍ତି ହୁଏ। ମୂର୍ଖକୁ ଛନ୍ଦ କଥାରେ ଭୁଲେଇ ହୁଏ, ଏଟା ତ ପଣ୍ଡିତ ମୂର୍ଖଙ୍କ ପରି ହେଲା। ଏପରି ଭାବି କହିଲେ- 'ଖୋଲ ଗଣ୍ଠିଲି ରଅଖ ଛତା, ଅବୋଲକରାରେ ଶୁଣୁ ସେ କଥା।' ଅବୋଲକରା ବସିବାରୁ ଗୋସେଇଁ କହିଲେ- ଏ ଦେଶର ନାଁ ପୁଣ୍ଡା। ଏଠି ପାଣ୍ଡୁ ନାମରେ ଜଣେ ରାଜା ଥିଲେ। ତାଙ୍କର ଗୋଟିଏ ବୋଲି ଝିଅ, ସେ ଏକ ରୂପସୀ ଯୁବତୀ ହୋଇ ଘରେ ଥିଲା। ତାଙ୍କ ରାଜ୍ୟରେ ଉଦାରଚଣ୍ଡୀ ନାମରେ ଦେବୀ ପ୍ରସିଦ୍ଧ। ସେଠାରେ ପଣା ସଂକ୍ରାନ୍ତି ଦିନ ଘୋଡ଼ା ଉଡ଼ା ମେଳା ହୁଏ। ସେଥିପାଇଁ ଦେଶ ଦେଶାନ୍ତରୁ ଦୋକାନୀ, ଦେଖାଳିମାନେ ବିକିବାକୁ, ଦେଖିବାକୁ ଆସନ୍ତି।

ଥରେ ମେଳା ଦେଖିବାକୁ ରାଉଳ, ବଢ଼େଇ ଦୁଇମିତ୍ର ଯାଇ ଥିଲେ! ବଢ଼େଇଟି ବଡ଼ କାରିଗର। ଆଉ ରାଉଳଟି ତାନ୍ତ୍ରିକଠାରୁ ଯାନ୍ତ୍ରିକଯାଏ ଏପରିଗୁଣିଆ ଯେ ଗଛପତ୍ରକୁ ବି ଚଳେଇପାରେ। ସେମାନେ ବୁଲୁବୁଲୁ ଦେଖିଲେ ହାତୀରେ ଚଢ଼ି ଏପରି ସୁନ୍ଦରୀ ଯୁବତୀଟିଏ ଆସିଲା ଯେ ମର୍ତ୍ତ୍ୟପୁରରେ ନାହିଁ ନଥିବ। ଉଦାରଚଣ୍ଡୀ ମନ୍ଦିରକୁ ଯାଇ ଦେବୀ ଦର୍ଶନକରି ପୁଣି ହାତୀରେ ଚଢ଼ି ଚାଲିଗଲା। ତାକୁ ଯେମିତି ଗୁଣିଆ ଦେଖିଲା, ଏକବାରେ ଅଜ୍ଞାନ ହୋଇ ମାଟିରେ ପଡ଼ିଗଲା। ବଢ଼େଇ ବିଚରା କରେ କ'ଣ? ଅନେକ ସିଞ୍ଚା ବିଞ୍ଚା କରି ବଞ୍ଚେଇବାରୁ ରାଉଳ କହିଲା ମଇତ୍ର! ସେଇ ଯେଉଁ ଯୁବତୀ ହାତୀରେ ଚଢ଼ିଗଲା ସେ କାହା ଝିଅ ତା ପଚାରି ବୁଝ। ବଢ଼େଇ ପାଖଲୋକଙ୍କୁ ପଚାରି ଜାଣିଲା, ସେ ରାଜଜେମା ଚନ୍ଦ୍ରିକା। ସେଇଠୁ ସେମାନେ ଆସି ବଜାରରେ ଘରଟିଏ ଭଡ଼ାନେଇ ରହିଲେ।

ଏଣେ ତ ରାଜକନ୍ୟାକୁ ଦେଖିବାରୁ ରାଉଳ ଦେହ ଭାତରୁ ଚାଉଳକୁ ଆସିଲାଣି। ତାର ହୋଇଚି-

'ପ୍ରଥମ ନୟନ ପ୍ରୀତି ପରେ ଚିତ୍ତ ସଙ୍ଗ
ସଂକଳ୍ପ ଲଜ୍ଜାହୀନତା ଶରୀର ବିଭଙ୍ଗ।
ଅରୁଚି ବିଷୟ ବିଷ ଉନିଦ୍ର ଭାବନ
କଥନେ ପ୍ରକାଶକରେ ବାଚାଳି ବଚନ।'

ତା'ର ଅବସ୍ଥା ଦେଖି ବଢ଼େଇ ପଚାରିଲା ମଇତ୍ର! ତମର କ'ଣ ହୋଇଚି କହିଲ? ତମ ଦେହ ମନର ଅବସ୍ଥା ଯାହା ଦେଖୁଛି ତମେ ତ ଅଳପଦିନେ ଉନ୍ମାଦ ମୂର୍ଚ୍ଛା ହୋଇ ମରିଯିବ। ରାଉଳ କହିଲା ମଇତ୍ର, କହିବି ଆଉ କ'ଣ? ସେଦିନ ମୁଁ ରାଜକନ୍ୟା ଚନ୍ଦ୍ରିକାକୁ ଦେଖିବାଠାରୁ ମୋର ଅବସ୍ଥା ମରଣ ଆଡ଼କୁ ଗତିକରୁଛି। ସତରେ ମଇତ୍ର! ମୁଁ ତାକୁ ଥରେ ଭୋଗକରି ନ ପାରିଲେ ଅଳ୍ପ ଦିନେ ମରିଯିବି। ବଢ଼େଇ

କହିଲା ମଇତ୍ର ! ଏତେ ଦୁରୂହ କଥା । "ଖର୍ବ ହୋଇ ସୁରତରୁ କୁସୁମ ବାଞ୍ଛିଲୁରେ' ପରି ହଉଚି । କବି କହିଚନ୍ତି-

"କରୀ ରଦ କରତରେ ନିଜ ଶରୀର ବିଦୀର୍ଣ୍ଣ
ଯେ ଯାବତ ନ କରିଚି ହୃଦୟକୁ ଶତ ଛିନ୍ନ ।
ଧରିପାରିଛି କି କେବେ ଚାରୁ କଙ୍କତିକା ବେଶ
ରୂପସୀ ଅଳକଶିର କରିପାରେ କି ପରଶ ?"

ହାତୀଦାନ୍ତ କରତରେ କଟାହୋଇ ପାନିଆ ତିଆରି ନହେଲେ ସୁନ୍ଦରୀ ମୁଣ୍ଡରେ ଚାଲୁଛି କେଉଁଠି ? ତୁମେ ଦୁଃଖ କଷ୍ଟକରି ପଢ଼ି ବଢ଼ି ନପାରି ସେପରି ସୁନ୍ଦରୀ ଯୁବତୀକୁ ପାଇବା କଥା ଭାବୁଚ କେମିତି ? 'ଉଦ୍ୟମେଣ ନହିଁ ସିଦ୍ଧନ୍ତି କାର୍ଯ୍ୟାଣି ନ ମନୋରଥୈଃ, ଉଦ୍‌ଯୋଗିନାଂ ପୁରୁଷସିଂହ ମୁପୈତି ଲକ୍ଷ୍ମୀ' ଏ କଥା ତମେ କ'ଣ ଶାସ୍ତ୍ରରେ ପଢ଼ିନାହିଁ? ମନୋବାସନାକୁ ଉଦ୍ୟମ କରି କାର୍ଯ୍ୟରେ ତ ଲଗାଇଲେ ଉଦ୍ଦେଶ୍ୟ ସିଦ୍ଧି ହୁଏ ନାହିଁ।

ଉଦ୍ୟୋଗୀ ପୁରୁଷକୁ ଲକ୍ଷ୍ମୀଲାଭ ହୁଅନ୍ତି ପରା । ତମେ ଏଡ଼େ ବଡ଼ ଗୁଣିଆ ହୋଇ ଏତକ ଭାବି ପାରୁନାହଁ ?

ରାଉଳ କହିଲା ମଇତ୍ର ! ଭୁଲ୍ କହିଲ । ଅବିକା ଯୋଉ ଭଳିଆ ଯୁଗ ହୋଇଲା ସେଠି କ'ଣ ଗୁଣି ଟେକୁଛନ୍ତି ? ଯେ ହାତ କାମ କରି ଜାଣିଚି ସେଇ କିଛି କରିପାରୁଚି । ତୁମେ ବରଂ କରିପାରିବ । ବଢ଼େଇ ସେଇଠି ଟିକିଏ ଭାବି କହିଲା, ଆଚ୍ଛା ମୁଁ କାଠରେ ଗୋଟିଏ ଗରୁଡ଼ ପକ୍ଷୀ ଗଢ଼ି ଦେଉଛି । ସେଥିରେ ନିଆଁ ପାଣି ରହିବାର ସୁବିଧା ବି କରିଦେବି । ତମେ ତୁମର ବିଦ୍ୟାଗୁଣ ବଳରେ ସେଥିରେ ଚଢ଼ି ତାକୁ ଚଳେଇ ନେଇ ନିଃଶବ୍ଦ ରାତିରେ ରାଜକନ୍ୟା କତିକି ଯାଇପାର ।

ରାଉଳ ସେଇଠୁ ଖୁସିହୋଇ କହିଲା ସେତେକ କରିଦିଅ ମଇତ୍ର । ମୁଁ ସେତକ ପାଇଲେ ରାଜଜେମାକୁ ନିଶ୍ଚେ ପାଇବି । ବଢ଼େଇ ସେଇଠୁ ଚଢ଼େଇ ଗଢ଼ିବାରେ ଲାଗିପଡ଼ିଲା । ପଞ୍ଚଲିଙ୍ଗେଶ୍ୱର ଶିବଲିଙ୍ଗ ମୁଣ୍ଡରେ ପଡ଼ି ପାହାଡ଼ ନଦୀ ବୋହିଯିବାର ଦେଖି କବି ଲେଖିଚି 'ଚଉଦିଗରୁ ଆସି ଛୋଟ ଝରଣା, ଏକତ୍ର ହୋଇ ଯେତେ ଗେରୁ ବରଣା, ଶିବଶିର ଭେଦାର ଡେଇଁ ଚପଳା, ଏକତା ବଳେ ବଳୀ ମତୀ ଉତଳା, ନଦୀରେ ମିଶିକରି ସାଗରେ ଗତି, ମହତସଙ୍ଗ ବିନା କାହିଁ ମୁକତି ?" ଏଠାରେ ସେମିତି ମହତ ବଢ଼େଇ ସଙ୍ଗତରୁ ରାଉଳର ଆଶା ପୂର୍ଣ୍ଣ ହେବାର ଦେଖାଗଲା ।

ବଢ଼େଇ ଚାରିଦିନେ ଗୋଟିଏ କାଠଗରୁଡ଼ ଗଢ଼ିଦେଇ, ଆଉ କାଠର ନକଲି ହାତ ଦୁଇଟା କରି ରାଉଳ ଦିହରେ ଲଗେଇଦେଲା । ପୁଣି କାଠରେ ଶଙ୍ଖ ଚକ୍ର ଗଦା ପଦ୍ମ ତିଆରି କରିଦେଇ ରାଉଳକୁ ନକଲି ନାରାୟଣ ରୂପେ ସଜାଇଦେଲା ।

ଶଙ୍ଖ ଚକ୍ର ଗଦା ପଦ୍ମକୁ ଚାରିଟା ହାତରେ ଧରି ରାଉଳ ନାରାୟଣ ପୋଷାକ ପିନ୍ଧି ରାତିବେଳକୁ କାଠଗରୁଡ଼ ଉପରେ ବସିବାରୁ ନାରାୟଣ ପରି ଦେଖାଗଲା । ତା'ପରେ ନିଜର ବିଦ୍ୟାଗୁଣ ଲଗାଇ ଚଳାଇଲା କାଠଗରୁଡ଼କୁ । ନିଃଶବ୍ଦ ରାତିହେବାରୁ ସେ କାଠଗରୁଡ଼ରେ ଚଢ଼ି ଆକାଶରେ ତାକୁ ଉଡ଼ାଇ ନେଇଯାଇ ରାଜାଙ୍କ ଛାତ ଉପରେ ହାଜରହେଲା । ସେଇଠି ଚନ୍ଦ୍ରିକାର ଏକାନ୍ତ ଘର ।

ଏକେତ ଗରମଦିନ । ଦୁଇରେ ରାଜଜେମା ବଡ଼ହେବା ହେତୁ ରାଜା ତାକୁ ଏକବାରେ ଛାତଘରେ ରଖିଛନ୍ତି । ଏକାକୀ ରହୁଚି ସେ । ରାଉଳର କାଠଗରୁଡ଼ ଯେମିତି ଘୋ ଘୋ କରି ଓହ୍ଲାଇବାକୁ ଲାଗିଲା ଚନ୍ଦ୍ରିକାର ନିଦ ଭାଙ୍ଗିଗଲା । ସେ ଛାତକୁ ଆସି ଦେଖିଲା ଗୋଟିଏ ପକ୍ଷୀ ଉପରେ ନାରାୟଣ ପରି କେହି ଜଣେ ବସିଚି । ଚାହୁଁ ଚାହୁଁ ଗରୁଡ଼ଟି ଛାତ ଉପରେ ବସିବାରୁ ରାଉଳ ନାରାୟଣ ସେଥିରୁ ଓହ୍ଲାଇ ଆସି ଜେମା ଆଗରେ ଛିଡ଼ାହେଲା । ତା' ରୂପ ଆଉ ଶଙ୍ଖ, ଚକ୍ର, ଗଦା, ପଦ୍ମ ଦେଖି ଜେମା ନାରାୟଣ ଭାବି ଲମ୍ବହୋଇ ଶୋଇଗଲା ଗୋଡ଼ତଳେ । ନକଲି ନାରାୟଣ ତାକୁ ଉଠାଇ ତା' ଘରକୁ ନେଇଯାଇ ତାକୁ ପଲଙ୍କରେ ବସାଇଦେଲା । ନିଜେ ହସି ତା' ଓଠଟି ଧରି ମୁହଁଟେକି କହିଲା ଚିହ୍ନି ପାରୁନା ! ତୁମେ ପରା ଗତ ଜନ୍ମରେ ବିଶାଖା ଥିଲ । ଶାପବଳରୁ ଆସି ସିନା ଏଠାରେ ରାଜକୁଳରେ ନାରୀହୋଇ ଜନ୍ମିଚ, ନୋହିଲେ ତମର ମୋର ଅଭେଦ ପୀରତି ଚିରଦିନ ପରା ! ଯା ହଉ ମୁଁ ଆଉ ତମ ଅଭାବରେ ବଇକୁଣ୍ଠରେ ରହିପାରିଲି ନାହିଁ । ଚାଲ, ଏବେ ପ୍ରୀତିଦାନ ଦିଅ । ମୁଁ ଲକ୍ଷ୍ମୀଙ୍କ ଅଜାଣତରେ ନିତି ରାତିରେ ଏହିପରି ଆସିବି, ତମ ବିନେ ଯେ ରହିପାରୁନି !

ଜେମା କହିଲା, ମୁଁ ଅବିବାହିତା କୁମାରୀ । ଆପଣ ସ୍ୱୟଂ ନାରାୟଣ ହୋଇ ମୋତେ ବିଭା ନହୋଇ ମୋ ସଙ୍ଗ କରିବେ କିପରି ? ଲମ୍ପଟଗୁଡ଼ାକ ତ ବଡ଼ ଚାଲାକ ହୁଅନ୍ତି । ରାଉଳ କହିଲା, ଏସବୁ ବିଧି ସିନା ନରନାରୀଙ୍କ ପାଇଁ ହେଇଚି । ତମେ ଦେବୀ, ମୁଁ ନାରାୟଣ । ଆମେ ତ ସୃଷ୍ଟିକର୍ତ୍ତା । ଆମେ ଯାହାକୁ ସୃଷ୍ଟି କରିଚୁ ସେଇ ବ୍ରାହ୍ମଣ ଗୋଟାଏ ବାହାବିଧି ଯୋଉ ଗଢ଼ିଛନ୍ତି ସେଇଟାକୁ ଆମେ ମାନି ଚଳିବା ନା ! ଆସ ଆସ, ଡେରି କରନା । ତମର ଯଦି ମନରେ ଖଟକା ଲାଗୁଚି, ତା'ହେଲେ କ୍ଷତ୍ରିୟ ବିଧିରେ ତ ମାଳା ବରଣ ଅଛି । ସେମିତି କରି ଦିହେଁ ଦୁହିଁଙ୍କୁ ବରିନେବା ।

ଜେମା କହିଲା, ଏତେ ରାତିରେ ମାଳ କୁଆଡୁ ପାଇବି । ରାଉଳ କହିଲା, ତୁମ ବାହୁମାଳ ଦେଇ ବରିନେଉନା । ମୁଁ ବି ବାହୁମାଳ ତମ ବେକରେ ଖଞ୍ଜିଦେଇ ବରିନେଉଚି । ଏହା କହି ସେ ଦୁଇହାତକୁ କୁଣ୍ଡଳ କରି ଜେମା ବେକ ପାଖକୁ ନେଲାବେଳେ ଜେମା କିଛି ନକହି ମୁହଁ ନଇଁଲା । ରାଉଳ ଜାଣିଲା 'ମୌନେ ସମ୍ମତି

ଲକ୍ଷଣଂ' ସେଇଠୁ ସେ ଦୁଇହାତରେ ଜେମା ବେକ ଘେରେଇ ଆଲିଙ୍ଗନ କଲା। ଜେମା ମଧ୍ୟ ଲାଜ ତୁଟାଇ ବାହୁ ରଖିଲା ତା' ଗଳାରେ। ତାପରେ ଦିହେଁ କାମକେଳି କଲେ। ରାତି ଶେଷ ହୋଇ ଆସିବାରୁ ନକଲି ନାରାୟଣ କାଠଗରୁଡ଼ରେ ଚଢ଼ି ଯୋଉ ବାଟରେ ଆସିଥିଲା ସେଇବାଟେ ପଳେଇଲା।

ଏମିତି କରି ପ୍ରତିଦିନ ରାତିରେ କାଠଗରୁଡ଼ରେ ଚଢ଼ି ନକଲି ନାରାୟଣ ଆସେ। ଜେମା ସାଙ୍ଗରେ ରତିବିହାର କରି ରାତି ଶେଷକୁ ଚାଲିଯାଏ। ଏହିପରି କରି ପନ୍ଦରଦିନ ଯିବାରୁ ପୁରୁଷତନୁ ମେଳ ପାଇ ଚନ୍ଦ୍ରିକାର ରୂପରଙ୍ଗ ଚହଟିଲା। ସଖୀମାନେ ଜେମାର ଦେହ ଦେଖି ଠରାଠରି ହେଲେ। ଓଠ ଗାଲରେ ଦାନ୍ତ ଦାଗ ଦେଖି ଫୁସ୍‌ଫାସ୍ ହେଲେ। ଦିନେ ଗୋଟିଏ ସଖୀ ଜେମା ଛାତିରୁ ଅଚାନକ ଭାବରେ ଲୁଗା ଟାଣିଦେଇ ଦେଖିଲା ବର୍ତ୍ତୁଳ ସ୍ତନରେ ନଖ ଦାଗ ଲାଖି ରହିଚି। ସେଇଠୁ ଜିଭ କାମୁଡ଼ି ପକେଇଲେ। ଅନ୍ୟ ସଖୀମାନେ ଯାଇ ରାଣୀଙ୍କୁ ଡାକିଆଣି ଜଣେଇଦେଲେ। ରାଣୀ ନିଜେ ଦେଖିଲେ-

'ବକ୍ଷସୂଚେ ତୁଙ୍ଗ କୁଚେ ନଖର ରେଖା କାନ୍ତର
ପ୍ରିୟତମ ଯେ ଚୁମ ଦେଇଚି ଦାଗ ରହିଛି ଦାନ୍ତର।'

ଏପରି ଚିହ୍ନ ଦେଖି ରାଣୀ ତ ଅଗ୍ନିବାଣ ପାଲଟିଗଲେ। ପାଖ ମାଇପେ ଧିକ୍‌କାର କଲେ। ସଖୀମାନେ ଟାହି କଲେ, ଦାସୀମାନେ ଓଠ ଚିପି ହସିଲେ। ହେଲେ, ଜେମା ତ ଏ କାଳର ଝିଅ, ବଡ଼ଲୋକର କନ୍ୟା। ଲମ୍ପଟ ପ୍ରେମିକା ନାରୀ। ସେ କ'ଣ ସହଜେ ଦବିବାର ପାତ୍ରୀ? ସଂସ୍କୃତ ଶାସ୍ତ୍ର ନାରୀଙ୍କୁ କହିଛି-

"ଆହାରଃ ଦ୍ୱିଗୁଣାଃ ସ୍ତ୍ରୀଣାଂ ବୁଦ୍ଧିସ୍ତାସାଂ ଚତୁର୍ଗୁଣା
ଷଡ଼୍‌ଗୁଣା ବ୍ୟବସାୟଶ୍ଚାଷ୍ଟ କାମାଶ୍ଚାଷ୍ଟ ଗୁଣସ୍ମୃତାଃ।"

ନାରୀମାନେ ଭୋଜନ ପାଇଁ ଦୁଇଗୁଣ, ବୁଦ୍ଧି ଖର୍ଚ୍ଚ ପାଇଁ ଚାରିଗୁଣ, ବ୍ୟବସାୟ ବୃଦ୍ଧି ପାଇଁ ଛ'ଗୁଣ ଓ କାମୁକତା ଆଠଗୁଣ ରଖନ୍ତି। ସେଥିପାଇଁ ସେ ସାହସ କରି କହିଲା ମା! ଅଯଥାରେ ମୋ ଉପରେ ରାଗୁଛ କାହିଁକି? ବାପାଙ୍କୁ ଡାକ ମୁଁ ସବୁ କଥା ଖୋଲି କହିବି। ରାଣୀ ଝିଅର କଥା ଶୁଣି ଆଶ୍ଚର୍ଯ୍ୟ ହୋଇ ରାଜାଙ୍କୁ ଡାକି ଆଣିଲେ।

ମଣିଷ ଥରେ ବଦମାସ ବୋଲି ପ୍ରମାଣିତ ହୋଇଗଲେ ତେଣିକି ତା'ର ସେଥିଲାଗି ଲଜ୍ଜା ନଥାଏ। ଏଠାରେ ଯେମିତି ସତ ପ୍ରମାଣର ଚିହ୍ନ ମିଳିଲା, ଜେମାର ସାହସ ବଢ଼ିଗଲା ଆହୁରି। ରାଜା ଆସିବାରୁ ରାଣୀ କହିଲେ, ଆଲୋ କୁଳକଳଙ୍କିନୀ! ବାପା ତ ଆସିଲେଣି, କ'ଣ କହିବୁ କହୁନୁ? ଜେମା ସାହସ କରି କହିଲା, ମୁଁ କୁଳରେ କଳଙ୍କ ଲଗାଇନି, ବରଂ କୁଳ ଉଜ୍ଜ୍ୱଳ କରିବି। ରାଜା ରାଗିଯାଇ କହିଲେ, ତା'ର ପ୍ରମାଣ?

ଚନ୍ଦ୍ରିକା କହିଲା, ଆପଣ ତ ମୋ ପାଇଁ ଏତେଦିନ ଯାଏ ବିଭାଘର ବ୍ୟବସ୍ଥା

କଲେନାହିଁ। ତେଣୁ ମୋର ସୌଭାଗ୍ୟ ଉଦୟ ହୋଇଛି। ସ୍ୱୟଂ ଶଙ୍ଖ ଚକ୍ର ଗଦା ପଦ୍ମଧାରୀ ନାରାୟଣ ଗୋଲକ ବୈକୁଣ୍ଠରୁ ଆସି ମୋ ପାଣି ଗ୍ରହଣ କରିଛନ୍ତି। ସେ ପ୍ରତିଦିନ ରାତି ହେଲେ ଗରୁଡ଼ ପିଠିରେ ଚଢ଼ି ମୋ ପୁରକୁ ବିଜେ କରନ୍ତି ଓ ରାତି ବିହାର ସାରି ଲେଉଟନ୍ତି ! ଆପଣଙ୍କର ଯଦି ଅବିଶ୍ୱାସ ହେଉଛି ଆଜି ରାତିରେ ଜାଗ୍ରତ ରହି ଛ'ମହଲା ଛାତ ଉପରକୁ ଲକ୍ଷ୍ୟ କରନ୍ତୁ ସତ କି ମିଛ ବୁଝି ପାରିବେ।

ଜେମା କଥା ଶୁଣି ରାଜାରାଣୀ କହିଲେ ହଉ ଆଜି ଦେଖାଯିବ। ସତକୁ ସତ ରାଜାରାଣୀ ଦୁହେଁ ସେ ରାତି ୬ମହଲା କୋଠାରେ ଜଗି ବସିଲେ। ଅନେକ ରାତି ହେବାରୁ ରାଉଳ ନାରାୟଣ କାଠ ଗରୁଡ଼ରେ ଚଢ଼ି ଆସି ଜେମାଙ୍କ ଛାତରେ ଉତୁରିଲା। ରାଜାରାଣୀ ଲୁଚିବସି ଦେଖିଲେ ପ୍ରକୃତରେ ତା'ଠାରେ ନାରାୟଣର ବର୍ଣ୍ଣ ଲକ୍ଷଣ ଚିହ୍ନ ଅଛି। ଚାରି ହାତରେ ଶଙ୍ଖ ଚକ୍ର ଗଦା ପଦ୍ମ ଧରି ଜେମାପାଖକୁ ଗଲା। ରାଜା ନାରାୟଣଙ୍କୁ ଦେଖି ରାଣୀଙ୍କୁ କହିଲେ, ଦେଖିଲ ରାଣୀ! ଆମ ଝିଅ କେଡ଼େ ଭାଗ୍ୟବତୀ। ସ୍ୱୟଂ ନାରାୟଣ ପ୍ରୀତ୍ୟର୍ଥେ କନ୍ୟା ଦାନ କରନ୍ତି। କିନ୍ତୁ ନିଜେ ନାରାୟଣ ମର୍ତ୍ତ୍ୟକୁ ଆସି ଯେତେବେଳେ ଆମ ଝିଅକୁ ଗ୍ରହଣ କରିଛନ୍ତି, ଏଥିରୁ ବଳି ଆଉ ସୌଭାଗ୍ୟର କଥା କ'ଣ ଅଛି ? ରାଣୀ କହିଲେ, ସତରେ ଭାଗ୍ୟବତୀ। ଏପରି ଝିଅକୁ ଗର୍ଭରେ ଧରିଥିଲି ବୋଲି ଆମେ ଆଜି ଗର୍ବ କରୁଛୁ। ରାଜା କହିଲେ, ମୁଁ ଆଗେ ସଉାନେବାରୁ ସିନା ତୁମେ ଗର୍ଭରେ ଧରିଲ। ନୋହିଲେ ତୁମର କେଉଁ ସାଧଥିଲା। ଏମିତି ଦୁହେଁ ତର୍କବିତର୍କ କରି ନାରାୟଣଙ୍କୁ ଦେଖି ଲେଉଟିଲେ। ଆରଦିନଠାରୁ ରାଜା ନାନା ଉପାଦେୟ ନାରାୟଣ ପୂଜା ଉପଚାର ଚନ୍ଦ୍ରିକାକୁ ଦେଇ ନାରାୟଣ ପ୍ରୀତରେ ମଜ୍ଜିଗଲେ।

ଏଣେ ନାରାୟଣଙ୍କୁ ଜୋଇଁ କରି ପାଇଛନ୍ତି ବୋଲି ଗର୍ବ ବଢ଼ିଗଲା। ରାଜା ପାଖ ରଜା ପ୍ରଜାଙ୍କୁ ଆଉ ଖାତିର କଲେ ନାହିଁ। ତାଙ୍କ ଉପରେ ଅଯଥା ପୀଡ଼ା ଚଳେଇଲେ। ଏହା ଦେଖି ଶୁଣି ଅନ୍ୟ ରାଜାମାନେ ବିଶ୍ୱାସ କଲେନାହିଁ। ସବୁ ରାଜାଏ ମେଣ୍ଟବାନ୍ଧି ଆସି ଏ ରାଜାଙ୍କ ରାଜ୍ୟ ଆକ୍ରମଣ କଲେ। ଏହା ଦେଖି ପାଣ୍ଡୁ ରାଜା ରାଣୀ ଚନ୍ଦ୍ରିକାକୁ କହିଲେ ଝିଅ ! ଜୋଇଁଙ୍କି କହ ଶତ୍ରୁ ଆମ ରାଜ୍ୟ ଆକ୍ରମଣ କରିଛନ୍ତି। ସେ ଉପାୟ କରି ରକ୍ଷା କରନ୍ତୁ।

ଜେମା ସେ କଥା ନକଲି ନାରାୟଣଙ୍କୁ କହିବାରୁ ସେ ଶୁଣି କହିଲା ଛାଡ଼, ଯାହାର ଜୋଇଁ ନାରାୟଣ, ଶତ୍ରୁ କରିବ ତା'ର କ'ଣ। ସେଗୁଡ଼ାକ ଝଡ଼ିପୋକ ପରି ଝଡ଼ି ପଡ଼ିବେ। ମୋ ସୁଦର୍ଶନର ନିଦର୍ଶନ ସେ ପାଇନାହାନ୍ତି ବୋଲି ମରିବାକୁ ଆସିଛନ୍ତି। ଏମିତି କହି ପନ୍ଦର ଦିନ କଟେଇ ଦେଲା। ଶାସ୍ତ୍ରରେ ଅଛି–

"କାର୍ଯ୍ୟାକାର୍ଯ୍ୟ ବିଚାରଣ ଦିତୋ ନନାପମାନୌ ସମୌ
ଦତ୍ୱା ସର୍ବଜନସ୍ୟ ଚରଣୌ ମୂର୍ଖଶ୍ଚିରଂ ଜୀବତୁ।"

ମୂର୍ଖର ଲକ୍ଷଣ ହେଲା କେଉଁଟା କାର୍ଯ୍ୟ ଅକାର୍ଯ୍ୟ ନ ବିଚାରି କରିବା; ମାନ ଅପମାନକୁ ସମାନ ମନେକରିବା ଏବଂ ସମସ୍ତ ଲୋକଙ୍କୁ ହେୟ ମନେକରି ନିଜକୁ ବଡ଼ ଭାବି ସର୍ବଦା ବଞ୍ଚିବାକୁ ସେମିତି କିଛି ନ ବିଚାରି ଚନ୍ଦ୍ରିକାକୁ ଭୁଲାଇ ରଖୁ ରଖୁ ଶତ୍ରୁ ଆସି ଗଡ଼ ଚାରିପାଖ ବେଢ଼ିଲେଣି। ସେ ଦିନ ରାତିରେ ନକଲି ନାରାୟଣ ଆସିବାବେଳକୁ ଚନ୍ଦ୍ରିକା ମୁଣ୍ଡରେ ହାତ ବାଡ଼େଇ କାନ୍ଦୁଛି।

ତାକୁ ଏପରି ହେବା ଦେଖି ରାଉଳ ପଚାରିଲା, କ'ଣ ହେଲା କି ପ୍ରିୟେ ? ଚନ୍ଦ୍ରିକା କାନ୍ଦି କାନ୍ଦି କହିଲା, ଶତ୍ରୁ ଆସି ଆମ ଗଡ଼ ଚାରିପାଖେ ଘେରି ଗଲେଣି ? ରାତିପାହିଲେ ମୋ ବାପ ଭାଇଙ୍କୁ ମାରିଦେଇ ମୋ ଉପରେ ଅତ୍ୟାଚାର କରିବେ। ତମେ ଆଉ ମୋତେ ଭୁଲେଇ ତୁଲେଇ ପାରିବ ନାହିଁ। ଯଦି ପାର ଆଜି ରାତିରେ ଲଢ଼େଇ କରି ଶତ୍ରୁଙ୍କୁ ମାର। ନୋହିଲେ ମୁଁ ଆତ୍ମହତ୍ୟା କରିବି।

ଏହା ଶୁଣି ନକଲି ନାରାୟଣ ଭାବିଲା, ବଡ଼ ସଙ୍କଟରେ ପଡ଼ିଲି ତ। ବେଶ୍ ଥିଲିହୋ, ହ୍ୟାପୋ ଶତ୍ରୁଗୁଡ଼ାକ କୁଆଡୁ ଆସି କନ୍ୟା ଭୋଗରେ ବାଧାଦେଲେ। ମୁଁ ତ ଲଢ଼େଇ ବୋଲି କୋଉ ଜିନିଷ ଜାଣେନାହିଁ, ସେଠିକି ଗଲେ ତ ନିଶ୍ଚୟ ମରିବି। ତା'ଠୁ ବରଂ ମରିବା ଆଗରୁ ଆଉଥରେ କନ୍ୟାକୁ ଭଲକରି ଭୋଗ କରି ନିଏଁ। ଏହା ଭାବି ଜେମାକୁ କହିଲା ପ୍ରିୟେ ! ଘରକୁ ଚାଲ, ଆଗେ ଭଲକରି ମଉଜ କରି ନେବା। ମଉଜ ପାଖରେ ଫଉଜ କ'ଣ କରିବେ ? କନ୍ୟା ନା ନା କହି ତାହାକୁ ଛିଞ୍ଚାରି ଦେବାରୁ ନକଲିଟା ଭାବିଲା ଶାସ୍ତ୍ରରେ ଅଛି ସାହସ ମୂଳ। ସାହସ ନ କଲେ କେବେ ମଙ୍ଗଳ କାର୍ଯ୍ୟ ସମାଧାନ କରି ହୁଏନାହିଁ। 'ନ ସାହସ ନାନା ରୁହ୍ୟ କରୋ ଉତ୍ରାଣି ପଶ୍ୟତି। ଏହାଭାବି ସେ ଜେମାକୁ କହିଲା, ତୁମେ ଯାଇ ତୁମ ବାପାଙ୍କୁ ଜଣେଇଦିଅ ସେ ଅଇଛିକା ସୈନ୍ୟ ନେଇ ଶତ୍ରୁଙ୍କୁ ଆକ୍ରମଣ କରନ୍ତୁ। ମୁଁ ଗରୁଡ଼ ପିଠିରେ ଆକାଶରେ ରହି ଲଢ଼େଇ କରିବି। ଏକଥା ଶୁଣି ଜେମା ତଳକୁ ଓହ୍ଲାଇ ଯିବାରୁ ରାଉଳ ଭାବିଲା ଯୁଦ୍ଧ କୋଉଠି ଶିଖିଛି ଯେ କରିପାରିବ। ଯାହାହଉ ମଇତ୍ରଙ୍କ କରୁଣାରୁ ଆକାଶରେ ଥାଇ ଲଢ଼େଇଟା ଦେଖି ପଳେଇବି। ଯଃ ପଳାୟତି ସ ବର୍ତ୍ତତି। ଏହା ଭାବି ସେ କାଠ ଗରୁଡ଼ରେ ଚଢ଼ି ଆକାଶକୁ ଉଠିଲା। ଗରୁଡ଼ ଯିବାର ଆବାଜ ପାଇ ଶ୍ୱଶୁର ସଜ ହୋଇ ସେନା ନେଇ ବାହାରିଲେ। ଶତ୍ରୁମାନେ ଚେଇଁ ଉଠିଲେ। ରାଜା ନାରାୟଣଙ୍କ ଉପରେ ଏକାନ୍ତ ବିଶ୍ୱାସ ରଖି ଯୁଦ୍ଧ କ୍ଷେତ୍ରକୁ ଆଗେଇଲେ। ଏଇବେଳେ ଗରୁଡ଼ଯାଇ ବୈକୁଣ୍ଠରେ ପହଞ୍ଚିବାରୁ ପ୍ରକୃତ ନାରାୟଣ ଯେ ସେ ଗରୁଡ଼କୁ ପଚାରିଲେ ପକ୍ଷୀବର ! ମର୍ତ୍ତ୍ୟପୁରର ନୂତନ ଖବର କ'ଣ କୁହ ? ଗରୁଡ଼ କରଯୋଡ଼ି କହିଲା ପ୍ରଭୁ ! କି କହିବି ଆଉ କ'ଣ, ମର୍ତ୍ତ୍ୟପୁରରେ ତ ଅବିକା ସବୁ କଣ୍ଟ୍ରୋଲ ଯୁଗ, ଶସ୍ୟ-ଜନ୍ମ-ସୁନା ସୁଦ୍ଧା କଣ୍ଟ୍ରୋଲ।

ତା' ଛଡ଼ା ମଣିଷଗୁଡ଼ା ଆସି ଚନ୍ଦ୍ର ଉପରେ ଜାଗା ଖୋଜୁଛନ୍ତି ରହିବାକୁ। ଆହୁରି ବି ଶୁକ୍ର ପର୍ଯ୍ୟନ୍ତ ଆଗେଇଲେଣି। ଦେଶଟା ଯାକ ଚୋର ଠକରେ ଭରି ଗଲାଣି। ଭୁବନେଶ୍ୱର ବୋଲି ଯାହାକୁ ମାନୁ ସେ'ଠି ବ୍ରାହ୍ମଣ ଶୂଦ୍ରଙ୍କୁ ଜାଗା ନାହିଁ, କେବଳ ବୈଶ୍ୟ କ୍ଷତ୍ରିୟର ରାଜୁତି ସେ'ଠି। ଦେବଭକ୍ତି ସବୁ ନବା ନାଁରେ ଚଳୁଛି। ତା'ଛଡ଼ା ଲୋକଗୁଡ଼ାକ ଗୁଣ ବଳରେ ଏମିତି ହେଲେଣି ଯେ ପ୍ରଭୁଙ୍କର ନାରାୟଣ ପଦକୁ ବି ଆବୋରିଲେଣି। ବହିଠାରୁ ବୋହୂଯାଏ ସବୁତ ନକଲ ଚାଲିଛି। ହେଲେ ଗୋଟିଏ ରାଜକନ୍ୟା ଇଜତ ନଷ୍ଟକରି, ତା' ବାପକୁ ସେ ନିଜେ ନାରାୟଣ ବୋଲି ବିଶ୍ୱାସ ଦେଖେଇଛି। ସେ ନାରାୟଣ ବୋଲି ଆନ୍ତରିକ ବିଶ୍ୱାସ ରଖିବାରୁ ଶତ୍ରୁମାନେ ଘେରି ଲଢ଼େଇ କରୁଛନ୍ତି। ରାଜା ପ୍ରଭୁଙ୍କ ଉପରେ ଆତ୍ମବିଶ୍ୱାସ ରଖି ଯୁଦ୍ଧକୁ ବାହାରିଚି। ଚାରିଦିଗରୁ ଶତ୍ରୁ ତାକୁ ଘେରି ଗଲେଣି। ଏ ନକଲି ନାରାୟଣଟା ପ୍ରଭୁଙ୍କର ନକଲ କଲା। ଚେଷ୍ଟା କରିବା। ଏଇ ଶେଷରେ ମୋତେ ବି ନକଲ କରି ତା' ଉପରେ ଚଢ଼ି ବୁଲୁଚି। ନକଲି ନାରାୟଣଟା ଅବିକା ମରିଯିବ ଆଜ୍ଞା, ଜାଲ୍ କରି କେତେ ଦିନ ଚଳେଇବ ?

ପ୍ରକୃତ ନାରାୟଣ ଟିକିଏ ଚିନ୍ତାକରି କହିଲେ ସତରେ ତ ? ହେଲେ ରାଜା ତ ମୋ' ଉପରେ ପୂର୍ଣ୍ଣ ବିଶ୍ୱାସ ରଖିଛି, ମୁଁ ବୋଲି ମାନି ନେଇଚି ତାକୁ। ତାକୁ ମୋ ଉପରେ ନିର୍ଭର କରି ବାହାରିଛି। ସୁତରାଂ ମୋର ତାକୁ ରକ୍ଷା କରିବା କର୍ତ୍ତବ୍ୟ। କାରଣ, ଉପନିଷଦରେ କହିଛି-

'ଯୋସାଂ ନିତ୍ୟଭିଯୁକ୍ତାନାଂ ଯୁଗକ୍ଷେନଂ ବାହାମ୍ୟହଂ'

ଯିଏ ମୋ ଉପରେ ବିଶ୍ୱାସ ରଖି ସର୍ବଦା ଚଳେ ତା'ର ସମସ୍ତ ଭାର ମୁଁ ବହନ କରେ। ଅତଏବ ଚାଲ ଗରୁଡ଼। ମୁଁ ଯୁଦ୍ଧ କରି ସେ ରାଜାଙ୍କୁ ରକ୍ଷା କରିବି। ଏହାକହି ନାରାୟଣ ଗରୁଡ଼ଚଢ଼ି ଆସି ଚକ୍ରରେ ଯୁଦ୍ଧରତ ଶତ୍ରୁଙ୍କୁ ମାରିଦେଲେ। ପ୍ରକୃତ ଗରୁଡ଼ର ପକ୍ଷାଘାତରେ କାଠଗରୁଡ଼ଟା ଉଡ଼ିଆସି ସେହିଠାରେ ପଡ଼ିଚି। ରାଜା ଯୁଦ୍ଧ ବିପଦରୁ ଉଦ୍ଧାରହୋଇ ନକଲି ବିଷ୍ଣୁକୁ ବିଷ୍ଣୁମନ୍ତ୍ରରେ ପୂଜା କରିବାକୁ ଗଲାବେଳେ ସେ ଭୟକରି ସତକଥା କହିଦେଲା। ରାଜା ପ୍ରତାରିତ ହୋଇଛନ୍ତି । ଚନ୍ଦ୍ରିକା ରାଉଳକୁ ସ୍ୱାମୀ କରି ରହିଛି ଓ ସେ କାଠର ଗରୁଡ଼ ହେତୁ ରାଉଳ କନ୍ୟା ରାଜ୍ୟ ପାଇଥିବାରୁ ସେଠାରେ କାଠଗରୁଡ଼କୁ ପୂଜା କରିଛି ଓ ତା' ବଂଶଧରମାନେ ଆଜିଯାଏ ସେ'ଟାକୁ ପୂଜୁଛନ୍ତି। ବୁଝିଲୁଟି ଅବୋଲକରା। ଏହାକହି ଗୋସେଇଁ ଭୋଜନରେ ବସିଲେ। ଏ ଗପଟି ମୁଁ ଆଈଠାରୁ ଶୁଣିଥିଲି।

ପଥର ମୂର୍ତ୍ତିର ସଭାକଥା

ଅବୋଲକରା ଓ ଗୋସେଇଁ ଦୁହେଁ ସେଦିନ ଯାଇ ଗୋଟିଏ ଦେଶରେ ପହଞ୍ଚି ଦେଖିଲେ ଚମତ୍କାର ପୋଖରୀଟିଏ। ପାଖରେ ଶିବାଳୟଟି ଅଛି। ତା' ପାଖରେ ଫୁଲ ଫଳଭରା ବଗିଚା। ପୋଖରୀ ଜଳ ନିର୍ମଳ। ଏହା ଦେଖି ଗୋସେଇଁ କହିଲେ ଅବୋଲକରା! ଏଇଠି ଆଜି ରହିଯିବା, ଖରାରେ ବଡ଼ ବାଧିଲାଣି। ତୁ ଟଙ୍କାଟି ନେଇ ଯା ବଜାରରୁ କିଛି ବୁଟଛତୁ, ଗୁଡ଼ କିଣିବୁ, ଆଜିକ ରୋଷେଇ ନକରି ସେଇଥିରେ ଚଳିଯିବା। ଅବୋଲକରା ହଉ କହି ମନ୍ଦିରରେ ଗଣ୍ଠିଲି ରଖି ବଜାରକୁ ଗଲା। ଗୋସେଇଁ ସ୍ନାନକରି ଆସି ଶିବାଷ୍ଟକ ପଢ଼ିଲେ।

କିଛି ସମୟ ପରେ ଅବୋଲକରା ଲେଉଟି ଆସି ଛତୁଆ ପୁଟୁଳିକି ଥୋଇଦେଇ କହିଲା, ଗୋସେଇଁ! ତୁମେ ଛତୁଆ ଖାଉଥା, ମୁଁ ଘର ଆଡ଼େ ଚାଲିଲି। ଗୋସେଇଁ ଚମକି ଉଠି କହିଲେ, ଆରେ ପୁଣି ତୋର କ'ଣ ହେଲା କିରେ? ଆରେ କେଉଁଠି କିଛି ଦେଲୁନା କ'ଣ? ବେହିପୋ ମୂର୍ଖଟାକୁ ସଙ୍ଗରେ ଆଣି ମଣିଷ ବଡ଼ ବିପଦରେ ପଡ଼ିଲାତ! ଶାସ୍ତ୍ରରେ ଅଛି, ଗୋଟିଏ ପଣ୍ଡିତକୁ ନେଇ ବରଂ ପାତାଳକୁ ଯିବ, ଶହେ ମୂର୍ଖଙ୍କ ସଙ୍ଗରେ ସ୍ୱର୍ଗକୁ ଯିବା ବିପଦ। ଏହାଭାବି ପୁଣି କହିଲେ-ଆରେ ପୁଣି କୋଉଠି କ'ଣ ଦେଖିଲୁ? ଅବୋଲକରା କହିଲା, ମୁଁ ଛତୁଆ କିଣିବାକୁ ଯାଇ ଦେଖିଲି ପଗାଟିଏ ଜାଗାରେ

ରାଜା, ମନ୍ତ୍ରୀ, ପାତ୍ର ଅମାତ୍ୟଙ୍କ ରୂପସବୁ ପଥର ହୋଇଛି । ପାଖ ଲୋକଙ୍କୁ ପଚାରିବାରୁ ସେଗୁଡ଼ାକ ଆଖି ଦେଖାଇ କହିଲେ ଭାଗ୍, ଆମେ କିଛି କହିପାରିବୁ ନାହିଁ । ତମେ ଯଦି ସେଥିର କାରଣ କହିବତ ରହିବି, ନୋହିଲେ ଏଇଠାରୁ ଚାଲିଲି । ଗୋସେଇଁ ଟିକିଏ ହସି କହିଲେ, ପକା ଆସନ ଟେକ ମଥା, ଅବୋଲକରାରେ ଶୁଣ ସେ କଥା ।

ମାଣିକ୍ୟପୁର ବୋଲି ଦେଶଟିଏ ଥିଲା । ସେଠାକାର ରାଜା ଚନ୍ଦ୍ରକେତୁ । ତାଙ୍କର ରତ୍ନମଞ୍ଜରୀ ଓ କନକଲତା ନାମରେ ଦୁଇଟି ରାଣୀଥିଲେ । କିଛିଦିନ ପରେ ବଡ଼ରାଣୀ ରତ୍ନମଞ୍ଜରୀ ଗର୍ଭବତୀ ହେବାରୁ ସାନରାଣୀର ବଡ଼ ହିଂସା ହେଲା । ସେ ବିଶ୍ୱାସୀ ଦାସୀମାନଙ୍କୁ ଶିଖେଇ ରଖିଥାଏ । ବଡ଼ରାଣୀର ପୁଅଟିଏ ଜନ୍ମହେବା ଚାରିଦିନ ପରେ ଦିନେ ରାତିରେ ପୋଖତୀ ଯେତେବେଳେ ନିଦରେ ଶୋଇଚି, ସେଇବେଳେ ଦାସୀମାନେ ତାକୁ ଓ ତା' ପୁଅଟିକୁ ଗୋଟିଏ ସନ୍ଦୁକରେ ଭରି ନେଇ ନଈରେ ଭସେଇ ଦେଇ ଆସିଲେ । ସିନ୍ଦୁକଟି ଭାସିଯାଇ ବହୁତ ଦୂର ରତ୍ନପୁର ରାଜ୍ୟରେ ଯାଇ ଲାଗିଲା ।

ରତ୍ନପୁରରେ ଜଣେ ଦାସ ରାଜା ରାଜୁତି କରୁଥିଲେ । ତାଙ୍କ ସାନଭାଇ ତାଙ୍କୁ ତଡ଼ି ରାଜଗାଦି ମାଡ଼ି ବସିବାରୁ ସେ ଗୋପନରେ ରାଣୀକୁନେଇ ରାଜ୍ୟ ସୀମାରେ କୁଡ଼ିଆଟିଏ କରି ରହିଛନ୍ତି । ନଈରେ ଜାଲ ପକାଇ ମାଛଧରି ବିକି ସେଥିରେ ଚଳନ୍ତି । ଦିନେ ଦାସରାଜା ଜାଲ ପକାଇବାକୁ ଯାଇ ଦେଖିଲେ, ନଈକୂଳରେ ସିନ୍ଦୁକ ଗୋଟିଏ ଲାଗିଛି । ତାକୁ ଦେଖି ସେ ସିନ୍ଦୁକଟି ଖୋଲି ଦେଖିଲାବେଳକୁ ତା' ଭିତରେ ଗୋଟିଏ ସୁନ୍ଦରୀ ତରୁଣୀ ଶିଶୁଟିଏ କୋଳରେ ଧରି କାନ୍ଦୁଛି । ସେଥିରୁ ତାଙ୍କୁ ଉଠାଇ ହାଲ କ'ଣ ପଚାରିବାରୁ ସେ କାନ୍ଦି କାନ୍ଦି ସବୁ ଘଟଣା କହିଗଲା । କବି ଲେଖିଲେ–

"ଦୁଃଖୀ ସେହିପରି ଯେତେବେଳେ ତାର, ବଳିପଡ଼େ ହୃଦବ୍ୟଥା,
ସମ ଦୁଃଖୀଜନ ସମୀପେ ଫିଟାଇ କହେ ତା' ମରମ କଥା ।"

ଦାସରାଜା ନିଜେ ସେହିପରି ଦୁଃଖୀ ହୋଇଥିବାରୁ ରାଣୀକୁ କହିଲା; ଦୁଃଖକରି କିଛି ଲାଭନାହିଁ । ଚାଲ, ଏଇ ନିକଟରେ ମୋ ଘର । ମୋ ସ୍ତ୍ରୀ ଛଡ଼ା ଆଉ କେହି ନାହାନ୍ତି, ସେଇଠି ରହିବ । ଦୁଃଖ କଷ୍ଟେ ଯେମିତି ହେଉ ଚଳିବା । ରାଣୀ ଅନ୍ୟ ଉପାୟ ନ ଦେଖି ସାଙ୍ଗରେ ଯାଇ ସେଇଠି ରହିଲା ।

ଦେଖୁ ଦେଖୁ ଦିନ ଗଡ଼ିଯାଏ, ପୁଅ ବଢ଼େ । ରାଣୀ 'କର୍ମ ଆଦରି ସହେ ଦୁଃଖ, କେବେହେଁ ନହୋଇ ବିମୁଖ ।' ବାଘପୁଅକୁ ବାଘ କଲେତ ମହତ୍ତ୍ୱ ବଢ଼ିବ । ଏହା ଭାବି ଦାସରାଜା କୌଣସି ପ୍ରକାରେ ଖର୍ଚ୍ଚ ଯୋଗାଇ ପିଲାଟିକୁ ନେଇ ଗୁରୁଆଶ୍ରମରେ ଛାଡ଼ିଲା । ପିଲାଟି ନାମ ବିଶ୍ୱଜିତ୍ । ପ୍ରକୃତରେ ଯେମିତି ସେ ବିଶ୍ୱଜିତ୍ ହେବାର ବୁଦ୍ଧି ରଖେ । ଗୁରୁ ଆଶ୍ରମରେ ରହି ଅନ୍ୟପିଲା ଯେଉଁପାଠ ମାସକରେ ପଢ଼ନ୍ତି, ବିଶ୍ୱଜିତ୍

ତାକୁ ଦିନକରେ ପଢ଼ି ଶେଷ କରିଦିଏ। ଏମିତି କରି ଗଣିତ, ଫଳିକ, ବ୍ୟାକରଣ, ସାହିତ୍ୟ, ବିଜ୍ଞାନ, ତର୍କ ନ୍ୟାୟ ଶେଷକରି ଶେଷକୁ ଧନୁର୍ବେଦରେ ପାରଙ୍ଗମ ହେଲା।

ଦେଶରେ ତ ଖଳଲୋକର ଅଭାବ ନାହିଁ। ଜଣକ ପିଲା ଭଲ ପଢୁଛି, ଆଉ ତା' ପୁଅଟା ପଢୁନାହିଁ ଦେଖିଲେତ ଖଳ ଲୋକମାନେ ଚେଷ୍ଟା କରନ୍ତି ସେ ପିଲାଟା ନ ପଢ଼ି ଆମର ପୁଅ ପରି ହେଉ। 'ଆଲୋ ମୂତୁରୀ ଶୋଇବା, ତୁ ତ ମୂତୁରୀ ମୁଁ ତ ମୂତୁରୀ ହେଁସ କାହିଁପାଇଁ ଧୋଇବା।' ଏଇ ପନ୍ଥାର ଲୋକ ବେଶି। ଏ ପିଲାଟିର ଏଥର ଏପରି ପଢ଼ାଶୁଣା ଦେଖି ଲୋକଯାଇ ଦାସରାଜାର ଭାଇ ଯିଏ ରାଜା ହୋଇଛି ତା' ପାଖରେ କହିଲେ, ହଜୁର ! ଆପଣଙ୍କ ଭାଇ ଯୋଉ ପୋଷିଆଁ ପୁଅଟିଏ କରିଛି, ସିଏ ଯେପରି ପଢ଼ି ଶୁଣି ବଡ଼ ହଉଛି ଶେଷକୁ ଆପଣଙ୍କୁ ରାଜ୍ୟରୁ ତଡ଼ିଦେବ। ଏକଥା ଶୁଣି ରାଜା ବଡ଼ ଭାଳେଣିରେ ପଡ଼ିଲେ। ଶେଷକୁ ଉପାୟ ଚିନ୍ତାକରି ଦୂତ ପଠାଇଲା ଭାଇ ପାଖକୁ। ଦୂତ ଯାଇ କହିଲା, ରାଜା କହିଛନ୍ତି ତମ ପୁଅକୁ ପଠାଅ, ଦେଖିବାକୁ ଆଶା କରନ୍ତି ରାଜା।

ଦୁର୍ବଳ ଉପରେ ସବଳର ଅତ୍ୟାଚାର ସବୁବେଳେ। ଦାସରାଜା ଆଉ କ'ଣ କରିବେ। ବିଶ୍ୱଜିତ୍‌କୁ ଡକାଇ ବୁଝାଇ, ହୁସିଆରକରି କେମିତି ଚଳିବ ବୁଲିବ ବୁଝାଇ ପଠାଇଦେଲେ। ବିଶ୍ୱଜିତ୍‌କୁ ସେତେବେଳକୁ ସତରବର୍ଷ ହେଲାଣି। ସେ ଯାଇ ଯେମିତି ପାଖରେ ପହଞ୍ଚିଲା ତାକୁ ଦେଖି ରାଜା ମନରେ ଶଙ୍କା କଲା, ମନ୍ତ୍ରୀମାନଙ୍କୁ ପଚାରି ବୁଝି କହିଲା, ହଇରେ ଟୋକା, ମୁଁ ଶୁଣିଲି ତୁ କୁଆଡ଼େ ବଡ଼ ବୁଦ୍ଧିଆ। ଆମର ଗୋଟିଏ କାର୍ଯ୍ୟ ତୋତେ କରି ଦେବାକୁ ପଡ଼ିବ। ନ ପାରିଲେ ତୋ ମୁଣ୍ଡ ଆମେ କାଟିନେବା। ବିଶ୍ୱଜିତ୍ ପଚାରିଲା କ'ଣ କରିଦେବି କହନ୍ତୁ। ରାଜା କହିଲା, ବୀରସିଂହ ରାଜ୍ୟରେ ଗୋଟିଏ ପରମା ସୁନ୍ଦରୀ ରାଜକନ୍ୟା ଅଛି। ସେ ପଣକରିଛି ତ୍ରିଶିରା ଅସୁରୀର ମୁଣ୍ଡକାଟି ଆଣି ଯିଏ ତାକୁ ଦେଖେଇବ ସେ କନ୍ୟାକୁ ବାହାହେବ। ତେଣୁ ତୁ ସେ ରାକ୍ଷସୀର ମୁଣ୍ଡ ମୋତେ ଆଣିଦେ।

ରାଜା କଥା ଶୁଣି ବିଶ୍ୱଜିତ୍ କହିଲା, ଏଟା ଏମିତି କୋଉ ବଡ଼ କଥାଟାଏ ଯେ ପାରି ହବନାହିଁ। ଆମ ପୂର୍ବ ପୁରୁଷତ ସାଗର ବାନ୍ଧି ଗଙ୍ଗାକୁ ସ୍ୱର୍ଗରୁ ମର୍ତ୍ତ୍ୟକୁ ଆଣିଛନ୍ତି। ମୁଁ ଛାର ଅସୁରୀଟାକୁ ମାରି ତା' ମୁଣ୍ଡଟାକୁ ଆଣିପାରିବି ନାହିଁ। ଆଚ୍ଛା ହଉ, ମୁଁ ଚାଲିଲି ତିଶିରା ଅସୁରୁଣୀର ମୁଣ୍ଡ ଆଣି ଆପଣଙ୍କୁ ଦେଖାଇବି। ଏହାକହି ବିଶ୍ୱଜିତ୍ ଘୋଡ଼ାରେ ଚଢ଼ି ବାହାରିଗଲା। ମନ୍ତ୍ରୀମାନେ କହିଲେ ଯାଉଥା' ଟୋକା, ବୁଝିବୁ କେମିତି ମଜା ହବ।

ବିଶ୍ୱଜିତ୍ ଘୋଡ଼ାରେ ଚଢ଼ି ଅନେକ ବାଟ ଯାଇ ବାଟରେ ଯାକୁ ଦେଖେ

ପଚାରେ ତ୍ରିଶିରା ରାକ୍ଷସୀ କୋଉଠି ରହେ, କେହି କହିପାରନ୍ତି ନାହିଁ। ବିଶ୍ୱଜିତ୍ ସେହିପରି ପଚାରି ପଚାରି ଯାଉଥାଏ। ଏମିତି ଯାଇ ଯାଇ ଜଣେ ସାଧୁ ତପସ୍ୟା କରୁଛନ୍ତି। ତାଙ୍କୁ ଦେଖି ବିଶ୍ୱଜିତ୍ ର ସାହସ ହେଲା। ସେଇଠି ସାଧୁଙ୍କ ସମ୍ମୁଖରେ ନଖାଇ ନପିଇ ବସି ରହିଲା। ସାଧୁଙ୍କ ଧ୍ୟାନଭଙ୍ଗ ହେବାରୁ ସେ କାରଣ କ'ଣ ପଚାରିଲେ। ଏ କାରଣ କହିଲା। ବିଶ୍ୱଜିତ୍ ଦୁଃସାହସ କରି ଯାଇଛି, ମନରେ ଅଛି ଦୃଢ଼ତା। କଥାରେ ଅଛି 'ଦୃଢ଼େ ତରନ୍ତି ମୂଢ଼େ ତରନ୍ତି, ମଝିମଝିଆ ବୁଡ଼ି ମରନ୍ତି। ଏହାର ଦୃଢ଼ତା ଦେଖି ସାଧୁ କହିଲେ, ତୁ ଏଇ ନାକସିଧା ବାଟରେ ଯା। ସେ'ଠି ଦେଖିବୁ ତ୍ରିଶିରା ରାକ୍ଷସୀର ଦୁଇ ଭଉଣୀ ରହିଚନ୍ତି, ସେମାନେ ତୋତେ ତ୍ରିଶିରାର ସନ୍ଧାନ ବତେଇ ଦେବେ। ହେଲେ ମନେରଖିଥା, ସେମାନେ ଅନ୍ଧ। ତାଙ୍କ ସାମ୍ନାରେ ଗୋଟିଏ ଶିକା ଝୁଲୁଛି, ସେଥିରେ ଗୋଟିଏ ମାଠିଆରେ ଗୋଟିଏ ମାଣିକ୍ୟର ଆଖି ଅଛି, ସେ ଆଖିଟିକୁ ସେଥିମଧ୍ୟରୁ ଯାହାର ଯେତେବେଳେ ଦରକାର ଧରିଲେ ସବୁ ଦେଖି ପାରନ୍ତି। ପୁଣି କାର୍ଯ୍ୟ ସାରି ସେଇ ଶିକା ମାଠିଆରେ ଥୋଇ ଦିଅନ୍ତି। ତୁ ଆଗେ ଯାଇ ସେଇ ଆଖିଟିକୁ କାଢ଼ିନେଇ ମୁଠାଇ ଧରିବୁ। ସେମାନେ ତୋତେ ତ୍ରିଶିରା ରାକ୍ଷସୀର ସନ୍ଧାନ କହିଦେଲେ ତୁ ତାଙ୍କୁ ଆଖିଟି ଦେବା ଆଗରୁ କହିବୁ ତମେ ଯଦି ବଦମାସୀ କର, ତାହାହେଲେ କାଳଭୈରବୀକୁ ଡାକିଦେବି। ଏତିକି କହିଲେ ତୋର କାର୍ଯ୍ୟ ହେବ।

ସାଧୁଙ୍କ ପାଖରୁ ଏକଥା ଶୁଣି ବିଶ୍ୱଜିତ୍ ତାଙ୍କୁ ପ୍ରଣାମ କରି ସିଧା ବାଟରେ ଆଗେଇଲା। କିଛିବାଟ ଗଲାପରେ ଦେଖିଲା ଗୋଟିଏ ବଡ଼ ପାହାଡ଼; ସେଥିରେ ବଡ଼ ଗୁମ୍ଫା ଅଛି। ସେ ଗୁମ୍ଫା ଭିତରୁ ଗୁଣୁଗୁଣୁ ଆବାଜ ଆସୁଛି। ବିଶ୍ୱଜିତ୍ ଜୀବନମୂର୍ଚ୍ଛା ହୋଇ ସେଇ ଗୁମ୍ଫା ଭିତରେ ପଶିଲା। କିଛିବାଟ ଯାଇ ଦେଖିଲା ଦୁଇଟା ଅସୁରୁଣୀ ବସିଛନ୍ତି। ତାଙ୍କ ଆଖି ବନ୍ଦ, ଗୋଟାଏ ଶିକାରେ ମାଠିଆଟିଏ ଝୁଲୁଛି। ବିଶ୍ୱଜିତ୍ ସାଧୁ ଦେଇଥିବା ସଙ୍କେତ ଦେଖି ଆଗେ ଶିକାର ମାଠିଆରୁ ମାଣିକ୍ୟ ଆଖିଟିକୁ ଆଣି ମୁଠାଇ ରଖିଲା। ଅନ୍ଧୁଣୀ ରାକ୍ଷସୀ ଜଣେ କହିଲା, ଆଲୋ ନର, ନର ଗନ୍ଧ ଆସିଲା କୁଆଡୁ। ଆରକ କହିଲା ସତରେ ଲୋ, କେହି ନର ନାରୀ ଏଠାକୁ ଆସିଲେ ନା କ'ଣ? ଆଖିଟା ଆଣିବୁଟି ଧରି ଦେଖିବା।

ତା' କଥା ଶୁଣି ସାନଟି ଯେମିତି ମାଠିଆ ଅଣ୍ଡାଳିଲା, ଆଖିଟି ପାଇଲା ନାହିଁ। ସେଇଠୁ ସେ କହିଲା ମଲାଲୋ ଛଟକୀ, ଆଖିଟାକୁ ତ ତୁ ନେଇ ଧରିଚୁ ମୋତେ କ'ଣ ଥଟ୍ଟା କରୁଚୁ। ଏମିତି କହି ସେ କହିଲା, ତୁ ନେଇଛୁ, ଇଏ କହିଲା ତୁ ନେଇଛୁ। ଏହିପରି କହି ଦିହେଁ କଜିଆ କରି ମରାମରି ହେଲେ। ବିଶ୍ୱଜିତ ଦୂରରେ ରହି ଦେଖି ଦେଖି ଶେଷକୁ ତାର ଦୟା ହେଲା। ଅନ୍ଧୁଣୀ ପ୍ରତି ବା ଦୟା କାହାର

ନହୁଏ ? ସେ କହିଲା ବୃଥାରେ ମରାମରି ହୁଅନାହିଁ ଲୋ, ମୁଁ ନେଇଚି। ତୁମେ ଯଦି ତ୍ରିଶିରା ରାକ୍ଷସୀ କେଉଁଠି ଅଛି କହିବ ତ ଆଖିଟା ଦେବି, ନହେଲେ ମୋତେ ଯୋଉ କାଳଭୈରବୀ ପଠେଇଛନ୍ତି ତାଙ୍କୁ ଏ ଆଖିଟାକୁ ଦେଇଦେବି।

କାଳଭୈରବୀ ନାଁ ଯେମିତି ବିଶ୍ୱଜିତ କହିଲା-ରାକ୍ଷସୀ ଦୁଇଟା ଚମକି ଉଠିଲେ। କାକୁତି ହୋଇ କହିଲେ, ନାଇଁରେ ଟୋକା, ତୁ ସେମିତି କାମ କରନାଇଁ। କାଳଭୈରବୀ ପାଇଁ ଆମେ ଚକ୍ଷୁ ବୋଲି ଯୋଉ ଚିଜ ହରେଇ ବସିବୁ। ଆମର ଦିଶିରା ବୋଲି ଭଉଣୀଟିଏ ଥିଲା, ତାକୁ କାଳଭୈରବୀ ମାରିଚି। ପୁଣି ବଡ଼ ଭଉଣୀ ତ୍ରିଶିରାକୁ ଗୁମ୍ଫାରେ ଲୁଚାଇ ସେଇ ଗୁମ୍ଫା ମୁହଁରେ ନିଜେ ମନ୍ଦିର କରି ଜଗିଚି। ତୁ ଟୋକାଟା ଏ ମତଗୁଡ଼ା କାହା ପାଖରୁ ଜାଣିଲୁରେ। ଆଚ୍ଛା ତୁ ଆଖିଟା ଦେ, ତୋତେ ଆମେ ବାଟ ବତେଇଦବା। ବିଶ୍ୱଜିତ ପଢ଼ିଛି- 'ଲାଞ୍ଚ ରିସପତ ବଧେଇ ଯାକୁ ଆଗତୁରା ନେବା ସଧେଇ' କଥା। ସେ କହିଲା ସେ କଥା ଆଗେ କୁହ, ତାହା ହେଲେ ଆଖିଟା ଦେବି। ନଇଲେ ସେମିତି ଥା। ରାକ୍ଷସୀ ନିରୁପାୟ ଦେଖି କହିଲେ, ଆମ ପଛଦେଇ ଏଇ ଗୁମ୍ଫା ବାଟରେ ଯିବୁ। ଶେଷରେ ଗୋଟାଏ ଲାଲରଙ୍ଗର ପଥର ଅଛି। ତାକୁ ଆଡ଼େଇ ଦେଲେ ବିଳ ବାଟଟା ଦିଶିବ। ସେଇ ବାଟେ ଗଲେ ଗୋଟିଏ ମନ୍ଦିର ଦିଶିବ, ସେଇ ମନ୍ଦିରଟି କାଳଭୈରବୀର। ତାହାରି ପଛକୁ ଯୋଉ ଗୁମ୍ଫା, ସେଇଥିରେ ତ୍ରିଶିରା ରାକ୍ଷସୀ ରହିଅଛି। ତାଙ୍କ କଥା ଶୁଣି ତାଙ୍କ ପଛଦେଇ ଯାଇ ମାଣିକ୍ୟ ଆଖିଟି ବିଶ୍ୱଜିତ ତାଙ୍କୁ ଦେଇଗଲା।

ସେଠାରୁ ଅନେକ ଦୂର ଯିବା ପରେ ଦେଖିଲା ଗୁମ୍ଫା ଶେଷରେ ଲାଲ ପଥରଟି ଥୁଆ ହୋଇଛି। ବିଶ୍ୱଜିତ୍ ସେଇ ପଥରଟି ଉଠାଇ ତା' ତଳ ବିଳ ବାଟରେ ପଶି କିଛି ଦୂର ଯିବାପରେ କାଳଭୈରବୀ ମନ୍ଦିରଟି ପାଇଲା।

ମନ୍ଦିରଟି ଯେତେ ବଡ଼, ସେତିକି ବଡ଼ ଦେବୀ ମୂର୍ତ୍ତି ସେଥିରେ ବସିଛନ୍ତି। ବିକଟାଳ ରୂପ, ଚଣ୍ଡୀ ରଣଚଣ୍ଡୀ ମୂର୍ତ୍ତି। ତାଙ୍କୁ ଦେଖି ବିଶ୍ୱଜିତ ତାଙ୍କ ପାଦତଳେ ପଡ଼ି କହିଲା, ମା ଭୈରବୀ। ବଞ୍ଚେଇବୁତ ତୋ ଇଚ୍ଛା, ମାଇଲେ ତୋ ଇଚ୍ଛା। ମୁଁ ତ୍ରିଶିରା ରାକ୍ଷସୀର ମୁଣ୍ଡ ନ ନେଇ ଲେଉଟିବି ନାହିଁ। ଏମିତି କହି ସେଇ ଦେବୀଙ୍କ ସିଂହାସନ ତଳେ ପଡ଼ିରହିଲା।

ଶାସ୍ତ୍ରରେ ଅଛି, ମଣିଷ ସାହସ କରି ବଞ୍ଚି ରହିଲେ ନିଶ୍ଚୟ କୃତକାର୍ଯ୍ୟରେ ଫଳ ପାଏ। ଯଥା- 'ସାହସ ପୁନରାରୁହ୍ୟ ଯଦି ଜୀବତି ପଶନ୍ତି।' ସୁତରାଂ ସାହସ ମୂଳ ଭାବି ଏକନିଷ୍ଠ ହୋଇ ଦେବୀଙ୍କୁ ଭକ୍ତି କରିବାରୁ ଦେବୀ ପ୍ରସନ୍ନ ହୋଇ କହିଲେ - ବତ୍ସ ! ତୋ ନିଷ୍ଠା ଭକ୍ତିଦେଖି ମୁଁ ସନ୍ତୁଷ୍ଟ ହେଲି। କି ବର ମାଗିବୁ ମାଗ। ବିଶ୍ୱଜିତ

ସାକ୍ଷାତ୍ ଦେବୀଙ୍କୁ ଦେଖି କହିଲା-ମା ! ତୁ'ତ ସବୁ ଜାଣୁ। ମୁଁ ପିଲାଲୋକ, କହିବି କ'ଣ ? ମୋର ତ୍ରିଶିରା ରାକ୍ଷସୀର ମୁଣ୍ଡ ଲୋଡ଼ା। ବାଳକାଳରୁ ଦୁଃଖୀ ପିଲାଙ୍କ ଉପରେ ତ ଦେବଦେବୀଙ୍କର କୃପା ଦୃଷ୍ଟି ପଡ଼େ ବେଶି। ତେଣୁ ଦେବୀ କହିଲେ, ମୋ' ପଛ ପାଖକୁ ଯା' ସେଇଠି ଗୋଟିଏ ଟୋପିଲଗାକୁର୍ତ୍ତା, ହଳେ କଠଉ ଓ ଗୋଟିଏ ଖଣ୍ଡା ପାଇବୁ। ସେଇ କୁର୍ତ୍ତାଟି ମଡ଼େଇ ଦେଲେ ନିଆଁରେ ପୋଡ଼ି ଯିବନାହିଁ। କଠଉଟି ମାଡ଼ିଲେ ନିଃଶବ୍ଦରେ ଯହିଁ ଇଚ୍ଛା ସେଠାକୁ ଯାଇପାରିବୁ। ଖଣ୍ଡାରେ ଯେଉଁ ଧାତୁକୁ କାଟିବୁ ଏକା ଚୋଟରେ ଛିଡ଼ିଯିବ। ତାକୁ ନେଇ ଗୁମ୍ଫା ବାଟରେ କିଛିବାଟ ଗଲେ ତ୍ରିଶିରା ଅସୁରୁଣୀକୁ ଦେଖିପାରିବୁ।

ସେ ବର ପାଇଚି ଶତ୍ରୁ ଯଦି ତା' ଦୃଷ୍ଟିରେ ପଡ଼େ ପୋଡ଼ିଯିବ। ସାଧାରଣ ମଣିଷ ପଡ଼ିଲେ ପଥର ହୋଇଯିବ। ତୁ ଖଣ୍ଡାରେ ମୁଣ୍ଡ କାଟି ଗୋଟିଏ ଥାଳିଆରେ ବାନ୍ଧି ନେବୁ। ଆଉ ଏଇ ଅଇନା ଦଉଚି ନେ ଯାକୁଇ ଚାହିଁ ପଛେଇ ପଛେଇ ତା' ପାଖକୁ ଯିବୁ।

କାଳଭୈରବୀଙ୍କଠାରୁ ସବୁକଥା ଶୁଣି ଜିନିଷତକ ନେଇ ବିଶ୍ୱଜିତ ଆଗେଇଲା ଗୁମ୍ଫା ବାଟରେ। କିଛିଦୂର ଯିବାପରେ ଦେଖିଲା ତେଣିକି ମେଲାବାଟ ପଡ଼ିଚି; ହାଡ଼ ମାଂସ ପଡ଼ିଚି ଓ ମଦ ଗନ୍ଧ ଆସୁଚି। ନିକଟରେ ରାକ୍ଷସୀ ଅଛି ଭାବି ସେ କଠଉ ମାଡ଼ି ଜାମା ମଡ଼େଇ ଖଣ୍ଡାଧରି, ଆଇନାକୁ ଚାହିଁ ପଛେଇ ପଛେଇ ଗଲା।

କିଛିଦୂର ଯାଇ ଦେଖିଲା ବିରାଟ ବିକଟାଳ ଏକ ରାକ୍ଷସୀ ମୂର୍ତ୍ତି। ହାତଗୁଡ଼ାକ ଶାଳ ଗଜାପରି। ଗୋଡ଼ ତାଳଗଛ ପରି। ବେକଟା ପିତଳରେ। ସେଥିରୁ ତିନିଟା ମୁଣ୍ଡ ବାହାରିଚି। ବାଳଗୁଡ଼ାକ ଖୁମ୍ପସକାଟିହୁଡ଼ିର ଜୁଣବଣ ପରି ବଢ଼ିଚି। ସେଥିରେ ଚଢ଼େଇଠାରୁ ସାପ ଯାଏ ବୁଲୁଛନ୍ତି। ଅସୁରୁଣୀଟା ଦିଗଣ୍ଡା ବଣ ମଇଁଷି ଧରି କଡ଼ମଡ଼ କରି ଖାଇଗଲା। ତିନିକଳସୀ ମଦପିଇ ଶୋଇବାକୁ ଯାଇ ନିଶା ଅଳସରେ ପଡ଼ିଗଲା।

ବିଶ୍ୱଜିତ ଆଇନା ଦ୍ୱାରା ସବୁ ଦେଖୁଥିଲା। ଏଇବେଳେ ଯାଇ ବସେଇଲା ତା ବେକରେ ଖଣ୍ଡାଚୋଟ। ଏକାଚୋଟକେ ବେକ ଛିଡ଼ି ଦୁଇଖଣ୍ଡ ଦେଲା। ସେଇଠୁ ସେ ଗୋଟାଏ ବୋରା ଥଳିକରି ସେ ଭିତରେ ସେ ମୁଣ୍ଡଟାକୁ ବାନ୍ଧି ମୁଣ୍ଡେଇ ମନପବନ କଠଉରେ ଚଢ଼ି ଆସି ଦେବୀଙ୍କୁ ପ୍ରଣାମ କରିବାରୁ ଦେବୀ କହିଲେ, ବାପ କାର୍ଯ୍ୟ ହେଲା ? ଏବେ କୁର୍ତ୍ତା, କଠଉ, ଖଣ୍ଡା ଦେଇ ଆଇନାଟି ନେଇ ଯା। ବିଶ୍ୱଜିତ ତାହା ଦେଇ ଦେବୀଙ୍କୁ ଦୟା ମାଗି ମୁଣ୍ଡଟି ମୁଣ୍ଡେଇ ଆଗେଇଲା।

ଅନେକ କଷ୍ଟକରି ଆସି ଦାସରାଜା ରାଜ୍ୟରେ ପହଞ୍ଚି ଖବର ଦେଲା-ଦାଦିଙ୍କୁ ଜଣେଇଦିଅ ମୁଁ ତ୍ରିଶିରା ରାକ୍ଷସୀର ମୁଣ୍ଡ ଆଣିଛି ଦେଖନ୍ତୁ ଆସି। ଦୂତ ରାଜାଙ୍କୁ ଜଣେଇବାରୁ ଦୁଷ୍ଟରାଜା ମନ୍ତ୍ରୀ ସଭାସଦ୍‌ଗଣଙ୍କୁ ଡକାଇ କହିଲା, ଆମେ ମତଲବୀ

କରିଥିଲୁ ଟୋକାଟା ସେ କାର୍ଯ୍ୟକୁ ଯାଇ ମରିଯିବ। ଶୁଣୁଚି ସେ ତ୍ରିଶିରାର ମୁଣ୍ଡ ନେଇ ଆସିଛି, ସମସ୍ତେ ଚାଲ ତାକୁ ଦେଖିବା। ପ୍ରକୃତରେ ଯଦି ମୁଣ୍ଡଟା ଆଣିଥିବ ତା'ହେଲେ ଆମର ଆଉ ରାଜ ସୁଖ ରହିବ ନାହିଁ। ତେଣୁ ତାକୁ ସେଇଠି ମିଶି ମାରିଦେବା, ଆଣି ନଥିଲେ ବି ମାରିଦେବା, ଏହା ପାଞ୍ଚକରି ସମସ୍ତେ ଆସିଲେ।

ବିଶ୍ୱଜିତ୍ ପାଖକୁ ଆସିବାରୁ ସେ କହିଲା- ଆପଣମାନେ ସେଇଠିରହି ଦେଖନ୍ତୁ ତ୍ରିଶିରା ରାକ୍ଷସୀର ମୁଣ୍ଡ କିପରି। ଏହା କହି ଯେମିତି ଥାଳିଆଟା ଖୋଲି ଦେଇଛି, ଏମାନେ ଦେଖିଲେ ଗୋଟିଏ ପିତଳ ବେକରେ ତିନିଟା ମୁଣ୍ଡ ଯାଙ୍କରି ଆଢ଼େ ଜଳ ଜଳ କରି ଅନାଇଛି। ସେଇଠୁ ଯିଏ ଯୋଉଁଠି ଯେଉଁଭାବରେ ଥିଲେ, ସେହିଭାବରେ ପଥର ପାଲଟି ଛିଡ଼ାହେଲେ। ବିଶ୍ୱଜିତ ଅଇନା ସାହାଯ୍ୟରେ ଦେଖି ପୁଣି ମୁଣ୍ଡଟାକୁ ଥାଳିଆରେ ପୂରାଇ ଯାଇ ଯେଉଁ ଦାସରାଜା ତାକୁ ପାଳିଥିଲା ତାଙ୍କୁ ଆଣି ରାଜଗାଦିରେ ବସାଇଲା। ସାନଭାଇ ଖଳ ବଦମାସ ରଜା ଓ ତା' ପାତ୍ରମନ୍ତ୍ରୀମାନେ ସେଇଠି ପଥର ହୋଇ ରହିଛନ୍ତି। ଶାସ୍ତ୍ରରେ ଅଛି-

"ଅଭ୍ରଛାୟା ଖଳ ପ୍ରୀତିଃ ସ୍ୱପ୍ତି କର୍ମଣି ଯଦ୍ଧନଃ
ଚିରକାଳ ନ ବର୍ତ୍ତନ୍ତେ କନ୍ୟାବିକ୍ର ରାଜଧନଂ।"

ଖଳ ବଦମାସଙ୍କ ସଙ୍ଗରେ ସଙ୍ଗତ କରି ଯେଉଁ ସମ୍ପଦ ସେ ପାଇଥିଲା, ତାର ସେ ଭୋଗ ଆଉ କେତେକାଳ ରହନ୍ତା। ଝିଅ ବିକ୍ରି ଟଙ୍କା ପରି ଉଭେଇଗଲା।

ବଡ଼ଭାଇ ଆସି ରାଜାହବାରୁ ବିଶ୍ୱଜିତ୍ କହିଲା, ବାପା ! ଅବିକା ମୁଁ ବୀରସିଂହ ନଗରକୁ ଯିବି। ଏହାକହି ସେ ତ୍ରିଶିରା ରାକ୍ଷସୀର ମୁଣ୍ଡ ଥାଳିଆକୁ ବୁହାଇନେଇ ବୀରସିଂହ ରାଜ୍ୟରେ ପହଂଚିଲା। ସେଠା ରାଜସଭାରେ ଯେମିତି ତ୍ରିଶିରାର ମୁଣ୍ଡ ଆଣିଛି ବୋଲି ଖବର ହେଲା ଲୋକେ ଯାଇ ରାଜଜେମା କମଳିନୀକୁ ଜଣାଇଲେ। କମଳିନୀ କହିଲା ମୁଣ୍ଡ ନ ଦେଖିଲେ କୋଉ ବିଶ୍ୱାସରେ ମୁଁ ତାକୁ ବାହାହେବି ? ଆଗ ମୁଣ୍ଡ ଆଣ ଦେଖେଁ, ତାପରେ ବରଣମାଳା ନେଇ ଯିବି। ସେଇଠୁ ଆସି ଲୋକ ଜଣେଇବାରୁ ବିଶ୍ୱଜିତ ସେ ଆଇନାଟି ଲୋକ ହାତରେ ଦେଇ ବାଗ ବରଗ ବତେଇ ଦେବାରୁ କମଳିନୀ ଅନାଇ ଦେଇ ତ୍ରିଶିରା ଅସୁରୁଣୀର ମୁଣ୍ଡ ଦେଖି ବିଶ୍ୱାସ କଲା ଓ ଜାକଜମକ କରି ତାକୁ ବିଶ୍ୱଜିତ ସଙ୍ଗରେ ତା' ବାପା ବାହାଦେଲେ। କିଛିଦିନ ପରେ କମଳିନୀ କନ୍ୟାସହ ବିଶ୍ୱଜିତ ଦାସରାଜା ଦେଶକୁ ଆସି ରାଜା ହୋଇ ରହିଲା। ଏବେ ବୁଝିଲୁ ଅବୋଲକରା। ସେଇଦିନରୁ ସେ ପଥର ରାଜସଭାଟି ସେଇଠି ଅଛି। ଏହା କହି ଗୋସେଇଁ ଛତୁଆ ଖାଇ ଉଠିଗଲେ। ଗପଟି ମୋତେ ବୋଉ କହିଥିଲା।

ଛେଳିର ଶୂଳିକଥା

ତହିଁ ଆରଦିନ ଗୋସେଇଁ ଅବୋଲକରା ଯାଇ ଶ୍ରୀବନ୍ତି ରାଜ୍ୟରେ ପହଞ୍ଚିଲେ। ସେ ଦେଶ ରାଜଧାନୀ ପାଖରେ ଗୋଟିଏ ଧର୍ମଶାଳା ଓ ପୋଖରୀ ଦେଖି ଗୋସେଇଁ କହିଲେ- ଅବଲୋକରା, ଆଜି ଏଇଠି ରହିବା। ତୁ ଟଙ୍କା ନେଇଯା; ସହରରୁ ରୋଷେଇ ସଉଦା କିଣିଆଣିବୁ। ଅବୋଲକରା ଗଣ୍ଠିଲି ରଖି ବଜାରରୁ ଯାଇ ଘଣ୍ଟାକବାଦେ ସଉଦା ନେଇ ଲେଉଟିଲା। ହେଲେ ମୁହଁଟା ଭାରିଭାରି। ଗୋସେଇଁ ମୃଦୁହସି ପଚାରିଲେ କ'ଣ ଦେଖିଲୁ କିରେ? ଅବୋଲକରା କହିଲା-ଗୋସେଇଁ, ବଜାରକୁ ଯାଇ ଦେଖିଲି ରାଜବାଟୀର ସିଂହଦ୍ୱାରରେ ଗୋଟିଏ ଛେଳି ଶୂଳିକାଠରେ ଚଢ଼ି ମେଁ ମେଁ ଡାକୁଚି ତାକୁ ମାରୁ ନାହାନ୍ତି। କି କାରଣ ପଚାରିଲି କେହି କିଛି କହିଲେ ନାହିଁ। କାହିଁକି ଛେଳିଟାକୁ ଶୂଳିକାଠରେ ଚଢ଼ାଯାଇଛି, ମୋତେ ନ କହିଲେ ଗୋସେଇଁ ମୁଁ ଏଇଠୁ ଫେରିଯିବି।

ଗୋସେଇଁ କହିଲେ, ମୁଁ ରୋଷେଇ ବଢ଼େଇ କହୁଛି। 'ପକା କମ୍ବଳ ରଅଖ ଛତା, ଅବୋଲକରାରେ ଶୁଣ ସେ କଥା।' ଅବୋଲକରା ବସିବାରୁ ଗୋସେଇଁ କହିଲେ, ଏ ନଗରର ନାମ ଶ୍ରୀବନ୍ତି। ଏଠାକାର ରାଜାଙ୍କ ନାମ ରଣଜିତ। ସେ ଯେପରି ଯୋଦ୍ଧା, ସେହିପରି ସୁନ୍ଦର ଓ ଧାର୍ମିକ ଥିଲେ। ତାଙ୍କର ତିନୋଟି ରାଣୀ-

ଚିତ୍ରାଙ୍ଗଦା, ପ୍ରେମଶୀଳା ଓ ସୁନନ୍ଦା। ତିନିରାଣୀଙ୍କୁ ଦେଖିବାକୁ ରମ୍ଭା, ମେନକା, ତିଳୋତ୍ତମା ପରି। ହେଲେ କାହାରି ସନ୍ତାନ ଆଦି ହୋଇନାହାନ୍ତି।

ରାଜା ଯେପରି ଯୁଦ୍ଧପ୍ରିୟ, ସେହିପରି ମନ୍ତ୍ରତନ୍ତ୍ର ସାଧନାରେ ପାରଖ ଥିଲେ। କାଳୀ ଛିନ୍ନମସ୍ତାଦି ସାଧନା ଶେଷକରି ଥରେ ମନ୍ତ୍ରୀଙ୍କ ଉପରେ ରାଜ୍ୟର ଦାୟିତ୍ୱ ଦେଇ ରାଣୀଙ୍କୁ ଘରେ ଛାଡ଼ି କେତେଜଣ ବିଶ୍ୱାସୀ କର୍ମଚାରୀ ଓ ଜଣେ ସେବକ ବାରିକଟୋକାକୁ ସଙ୍ଗରେ ଧରି ତୀର୍ଥ କରିବାକୁ ଏବଂ ସେହି ସଙ୍ଗରେ ଅଧିକ ତନ୍ତ୍ର ବିଦ୍ୟା ଶିଖିବାକୁ ବାହାରିଗଲେ।

ରାଜାବାଟରେ ତୀର୍ଥକରି ଯେଉଁଠି ଗୁଣିଆ ଅଛନ୍ତି ତାଙ୍କଠାରୁ ମାର ଉଚ୍ଚାର ଗାରେଡ଼ି, ବଶୀକରଣ, ବୀର ବେତାଳ ଇତ୍ୟାଦି ସାଧନ ଶିଖି ଚାଲିଲେ। ଏହି ପ୍ରକାର କରିଯାଇ ଶେଷରେ ପ୍ରାଗ୍‌ଜ୍ୟୋତିଷୀପୁରରେ ପହଞ୍ଚିଲେ। ସେଠରେ କାମାକ୍ଷା ଦେବୀଙ୍କ ମନ୍ଦିର ଓ ଆବାଳବୃଦ୍ଧବନିତା ସମସ୍ତେ ନାନା ରକମର ମନ୍ତ୍ରତନ୍ତ୍ରରେ ପାରଖ। ରାଜା ସେଠାକୁ ଯାଇ ଜଣେ ଅବଧୂତ ବାବାଜୀଙ୍କୁ ଗୁରୁ କରି ତାଙ୍କଠାରୁ ନାନାରକମର ମନ୍ତ୍ର ତନ୍ତ୍ର ସବୁ ଶିକ୍ଷା କଲେ। କିଛିଦିନ ପରେ ଅବଧୂତ ଶିଷ୍ୟମାନଙ୍କୁ କହିଲେ, ବତ୍ସ ! ତୁମର ଯାହା ଶିଖିବାର ମନ୍ତ୍ର ତନ୍ତ୍ର ସବୁ ଶିକ୍ଷା ହୋଇଗଲା। ବର୍ତ୍ତମାନ ତୁମେ ଦେଶକୁ ଯାଅ, କିନ୍ତୁ ଗଲାବେଳେ ଗୋଟିଏ କଥା ସ୍ମରଣ ରଖିଥିବ କଦାପି ପଛକୁ ଫେରି ଚାହିଁବ ନାହିଁ। ଯଦି ପଛକୁ ଲେଉଟି ଚାହିଁବ, ତାହାହେଲେ ତମେ ଯେତେ ସବୁ ମନ୍ତ୍ର ଶିଖିଚ ସେଗୁଡ଼ିକ ଆଉ ମନେ ରହିବ ନାହିଁ। ମୁଁ କାଲି ତୀର୍ଥକୁ ବାହାରିଯିବି। ତୁମେ ଆଜି ଚାଲିଯା। ଏକଥା ଶୁଣି ରାଜା ସାଙ୍ଗସେବକ ଧରି ବାହାରିଲେ।

ସେଠାରୁ କିଛି ଦୂର ଆସିଲେ କାଉଁରୀପୁର ପଡ଼େ। ତାକୁ ପାରହୋଇ ପଚିଶ କୋଶ ଆସିଲେ କୋଚ ରାଜ୍ୟ ପଡ଼ିଲା। ରଜା କୋଚ ରାଜ୍ୟ ଭିତରକୁ ଆସି ଗୋଟିଏ ଜାଗାରେ ବସାକଲେ। ସେଠାକୁ ଆସି ପରୀକ୍ଷା କଲେ ଗୁରୁ ଦବା ବିଦ୍ୟାଯାକ ମନେଅଛି କି ନାହିଁ। ଭାବି ଦେଖିଲା ବେଳକୁ ସବୁ ବିଦ୍ୟା ମନେପଡ଼ିଲା; କିନ୍ତୁ ପରକାୟ ଗତି ବିଦ୍ୟାଟି ଆଉ ମନେପଡ଼ିଲା ନାହିଁ। ସେ'ଟା ପାସୋରି ଯିବାରୁ ରାଜା ଭାବିତ ହୋଇ ଖଣ୍ଡିଏ ଚିଠି ଗୁରୁଙ୍କ ପାଖକୁ ଲେଖିଲେ, ସେ ମନ୍ତ୍ରଟି ଲେଖିଦେବାକୁ। ଚିଠିଟି ଲେଖି ଜଉମୁଦକରି ସେବକ ଟୋକା ବାରିକକୁ ଦେଇ କହିଲେ ଆରେ ପଦନ, ତୁ ଏ ଚିଠିଟି ନେଇ ଅବଧୂତ ଗୁରୁଙ୍କ ଆଶ୍ରମକୁ ଯା, ତାଙ୍କୁ ଦେଇ ସେ ଉତ୍ତର ଲେଖିଦେବେ ଘେନି ଆସିବୁ। ପଦନ ବାରିକ ଚିଠିଟା ନେଇ ଯୋଉବାଟେ ଆସିଥିଲେ ସେଇବାଟେ ଯାଇ ଗୁରୁଙ୍କୁ ଚିଠିଟା ଦେଲା। ଅବଧୂତଗୁରୁ ଚିଠି ଖୋଲି ପଢ଼ି ପୁଣି ପରକାୟଗତି ବିଦ୍ୟା ମନ୍ତ୍ରଟି ଲେଖି ସେଇ ଖାମରେ ଭରି ପଦନ ହାତରେ ଦେଲେ। ପଦନ ସେ ଚିଠିଧରି

ଆସୁଆସୁ ଭାବିଲା, ରଜା କ'ଣ ଏପରି ଚିଠି ଲେଖିଲେ ଯେ ଜଉମୁଦ ଲଗାଇଲେ। ହେଲେ ବାବାଜିତ ନୂଆମୁଦ ଦେଇନାହାନ୍ତି, ଚିଠିର ଉତ୍ତରଟା କ'ଣ ପଢ଼ି ଦେଖିବା। ସହଜେତ 'ନରାଣାଂ ନାପିତଧୂର୍ତ୍ତ' ବାରିକ ଜାତି ଚତୁର ବେଶି। ସେ ଚିଠିଟା ଯେମିତି ଖୋଲି ପଢ଼ିଚି ସେ'ଟା ଦେଖିଲା ପରକାୟ ପ୍ରବେଶ ମନ୍ତ୍ର। ତେଣୁ ସେ'ଟାକୁ ମନେମନେ ଘୋଷି ଶିଖିଦେଲା। ତାପରେ ଚିଠିଟା ମୁଦି ଆଣି ରଜାଙ୍କ ହାତରେ ଦେଲା। ରଜା ମନ୍ତ୍ରପାଇ ଖୁସିହେଲେ।

ତହିଁ ଆରଦିନ ରାଜା ସେଠାରୁ ବସାଛାଡ଼ି ରାଜ୍ୟ ଅଭିମୁଖେ ସାଙ୍ଗ ସେବକ ଧରି ବାହାରିଲେ। କିଛିବାଟ ଆସିଲା ପରେ ତ୍ରିପୁରୀ ପାହାଡ଼ ପଡ଼ିଲା। ଜଙ୍ଗଲ ବହୁତ ଦୂରଯାଏ ରହିଛି, ନଈ ଝରଣା କିଛି ନାହିଁ। ଜ୍ୟେଷ୍ଠମାସ ଖରାରେ ରାଜାଙ୍କୁ ବଡ଼ ଶୋଷ ଲାଗିବାରୁ ସେ ସାଙ୍ଗ ଲୋକଙ୍କୁ କହିଲେ ଶୋଷରେ ତଣ୍ଟି ଶୁଖିଯାଉଛି, ପାଣିଆଣ। ସାଙ୍ଗ ଲୋକେ ପାଣି ଖୋଜି ନପାଇ ଦେଖିଲେ ଗୋଟିଏ ପଥର ଫାଟ ଫାଙ୍କରେ ପାଣି ଦିଶୁଛି। ହେଲେ, ସେଠାରୁ ପାଣି ଆଣି ହେବନାହିଁ, ସେମାନେ ନିରାଶ ହୋଇ ଆସି ରାଜାଙ୍କୁ କହିବାରୁ ରାଜା କହିଲେ, ଦେଖିବା ଚାଲ। ସମସ୍ତେ ରାଜାଙ୍କୁ ସାଙ୍ଗରେ ନେଇ ସେ ଜାଗାକୁ ଗଲେ। ରାଜା ଦେଖିଲେ ସତରେ ବହୁତ ଦୂରରେ ପାଣି ଅଛି, ବାଟ ସଂକୀର୍ଣ୍ଣ। ସେଇଠୁ କି ଉପାୟରେ ପାଣି ପିଇବେ ଭାବୁ ଭାବୁ ଦେଖିଲେ ଗୋଟାଏ ଅହିରାଜ ସାପ ମରିପଡ଼ିଛି। ତାକୁ ଦେଖି ରାଜା ଭାବିଲେ, ଗୁରୁମନ୍ତ୍ର ବିଡ଼ିବାକୁ ଏହି ସହଜ ପନ୍ଥା। ଏହାଭାବି ସେ କହିଲେ- ଆଚ୍ଛା ଚାଲ ଆଗକୁ, ସେଇଠି ଦି'ଘଣ୍ଟା ବିଶ୍ରାମ କରି ପରେ ଯିବା। ସେନାସାଥୀଏ ଆଗକୁ ଯିବାରୁ ରାଜା ଗୋଟିଏ ଗଛମୂଳରେ ଶୋଇ ଏମାନଙ୍କୁ କହିଲେ, ମୁଁ ନିଜେ ନ ଜାଗିବାଯାଏ ମୋତେ ଡାକିବ ନାହିଁ। ଏହାକହି ସେଠାରେ ଶୋଇ ରହିଲେ ଓ ପରକାୟ ଗତିମନ୍ତ୍ର ବଳରେ ଯାଇ ମରା ସାପ ଦେହରେ ପଶି ପଥର ସନ୍ଧିକୂଅକୁ ଆଗେଇଗଲେ। ପଦନ ବାରିକ ତ ଚତୁର ଲୋକ, ସେ ଦେଖିଥିଲା ମରାସାପକୁ ଦେଖି ରାଜା କ'ଣ ଭାବୁଥିଲେ। ଅବିକା ମରାସାପଟା ବଞ୍ଚିଉଠି ପଥର ସନ୍ଧି କୂଅଆଡ଼କୁ ଆଗେଇଗଲା କାହିଁକି ? ନିଶ୍ଚୟ ରାଜା ପରକାୟ ଗତିମନ୍ତ୍ର ବଳରେ ସେ ସାପ ଦେହରେ ପଶି ପାଣି ପିଇବାକୁ ଯାଉଛନ୍ତି।

ଅବିକା ତାଙ୍କ ପିଣ୍ଡରେ ପ୍ରାଣନାହିଁ। ଏହାଭାବି ସେ ଆସି ରାଜାଙ୍କ ଦେହରେ ହାତମାରିଲା ବେଳକୁ ଶୀତଳ ଲାଗିଲା। ବାରିକ ଭାବିଲା ଏଇତ ସୁଯୋଗ,ଏହାଭାବି ସେ କିଛିଦୂର ଯାଇ ପଡ଼ିଗଲା। ତାକୁ ପଡ଼ିଯିବାର ଦେଖି ଅନ୍ୟ ସାଥୀମାନେ କ'ଣ ହେଲା କ'ଣ ହେଲା କହି ଦୌଡ଼ିଲେ। ପଦନ ଏଇ ସୁଯୋଗରେ ପରକାୟ ପ୍ରବେଶ ମନ୍ତ୍ର ଜପି ପିଣ୍ଡରୁ ବାହାରି ଆସି ରାଜା ପିଣ୍ଡରେ ପଶିଗଲା ଓ ଚହଇ ଶୁଣି ଉଠି ବସିଲା।

ରାଜା ସାପରୂପେ ପାଣିପିଇ ଆସି ଦେଖିଲେ ତାଙ୍କ ପିଣ୍ଡରେ ପଦନ ପଶିଛି ଓ ପଦନପିଣ୍ଡ ମରିପଡ଼ିଛି । ସେଇଠୁ ରାଜା ବିଚାର କଲେ-

"ପ୍ରଭୁଦ୍ରୋହୀ କୃତଘ୍ନ ଯେ ଚ ବିଶ୍ୱାସ୍ୟଘାତକାଃ
ସନରାଃ ନରକଂ ଯାନ୍ତି ଯାବତ୍‌ଚନ୍ଦ୍ର ଦିବାକରୌ"

ଯେଉଁ ଲୋକ ପ୍ରଭୁର ଅନ୍ନଖାଇ ତା ସଙ୍ଗରେ ବିଶ୍ୱାସଘାତକ କାର୍ଯ୍ୟକରେ, ସେ ଚନ୍ଦ୍ର ସୂର୍ଯ୍ୟ ଥିବାଯାକେ ନର୍କରେ ଘାଣ୍ଟି ହୁଏ । ଏଇ ନୀଚ ଜାତିର ଲୋକକୁ ବିଶ୍ୱାସୀ ଦୂତ ପଦ ଦେଇଥିଲି ବୋଲି ମୋର ଏହି ଅବସ୍ଥା ହେଲା । ଶାସ୍ତ୍ରରେ କହିଛି-

"ନୀଚ ଶ୍ଳାଘ୍ୟ ପଦଂ ପ୍ରାପ୍ତି ସ୍ୱାମିନାଂ ହନ୍ତୁ ମିଚ୍ଛତି'

ନୀଚ ଜାତିକୁ ଯେଉଁ ଲୋକ ଉଚ୍ଚ ପଦ ଦେବ, ସେହି ଲୋକକୁ ସେ ମାରିଦେବାକୁ ବସିବ । ହେଲେ ମୁଁ ରାଜାହୋଇ ବାରିକପିଣ୍ଡରେ କିପରି ପଶିବି ! ବରଂ ଏହି ସାପ ରୂପରେ ଆଗେଇବା ଭଲ । ଏହା ଭାବି ସେ ଆଗେଇଲେ ।

ଏଣେ ରାଜା ପିଣ୍ଡରେ ପଦନା ବାରିକ ପଶି ଶୀଘ୍ର ଉଠି ଆଦେଶ ଦେଲ । ଶୀଘ୍ର ଚାଲ । ତେଣେ ରାଜପୁରରେ ରାଣୀମାନେ ବଡ଼ ଭାବିତ ହେବେଣି । ତା' ଆଦେଶ ପାଇ ସମସ୍ତେ ଚାଲିଲେ, ସାପଟା ଚାଲିଲା । ବାରିକ ପିଣ୍ଡଟା ପଡ଼ି ରହିଲା ସେଇଠି ।

ପଦନା ବାରିକ ନକଲି ରାଜାହୋଇ ପାତ୍ରମିତ୍ରଙ୍କୁ ସଙ୍ଗରେ ନେଇ ଯାଇଁ ରାଜବାଟୀରେ ପହଞ୍ଚି ଆଗେ ଯାଇ ସିଂହାସନରେ ବସି ପଡ଼ିଲା । ରାଜବିଧି ଅନୁସାରେ ରାଜା ବାହାରୁ ଫେରିଲେ ଅଭ୍ୟର୍ଥନା ପାଇ ଆଗେ ଅନ୍ତଃପୁରକୁ ଯିବା କଥା । ଏ ବାରିକଟା ରାଜା ଖୋଳ ମଢ଼େଇ ହେଲା ବୋଲି କ'ଣ ବିଧିବିଧାନ ଜାଣିଚି ? ରାଣୀମାନେ ଦେଖିଲେ ଯେମିତି ରାଜା ଅନ୍ତଃପୁରକୁ ନଆସି ଆଗେ ଯାଇ ସିଂହାସନରେ ବସିଲେଣି, ସେଇଠୁ ତିନିରାଣୀ ଯାହା ବନ୍ଦାଣ ଥାଳି ସଜେଇ ଥିଲେ ତାକୁ ତୋଳିରଖି ବିଚାର କଲେ, ରାଜା କ'ଣ ତୀର୍ଥ କରିବାକୁ ଯାଇ ରାଜାନୀତି ଭୁଲି ବଦଳି ଗଲେ ? ଆଚ୍ଛା କିଛି ଦିନ ଦେଖାଯାଉ । ଏହା ଠିକ୍ କରି ଦାସୀ ହାତରେ ଖବର ଦେଲେ ରାଜାଙ୍କୁ କୁହ, ସେ ଏଇକ୍ଷଣି ରାଣୀହଂସପୁରକୁ ଆସିବେ ନାହିଁ । ଆମେ ପୁତ୍ରାୟନ ବ୍ରତ କରିଛୁ । ସେ ବ୍ରତ ଶେଷହେଲେ ତାଙ୍କୁ ଆମେ ଖବର ଦେଲେ ଅନ୍ତଃପୁର ଭିତରକୁ ଆସିବେ । ଦାସୀ ଏ ଖବର ଦେବାରୁ ନକଲି ରାଜା ହଉ କହି ରହିଲା ।

ପଦନା ତ 'ନୀଚ ବଂଶେ ଭବ ରାଜା' । ତା'ର ସାହସ କାହିଁ ସେ ରାଣୀଙ୍କ କଥା ଏଡ଼େଇ ଭିତରକୁ ଯିବ । ଏଣେ ଭଲ ଭଲ ବେଶ୍ୟାଙ୍କୁ ଅଣାଇ ମଦମାଂସ ଦାରୀ ନେଇ ଫୁର୍ତ୍ତି କଲା । ଶାସ୍ତ୍ରରେ ଅଛି-

"କପାଳ ଲିଖିତଂ ଭାଗ୍ୟଂ ନିନ୍ଦ୍ୟାନିନ୍ଦ୍ୟଂ ଶୁଭାଶୁଭଂ
ସାଧିତଂ ବିଧିନା ସର୍ବ ଗଳହସ୍ତେନ କର୍ମଣାଃ।"

ମନୁଷ୍ୟ ଭାଗ୍ୟରେ ବିଧାତା ଯାହା ଲେଖିଛି, ସେହି କର୍ମ କରିବାକୁ ପ୍ରକୃତି ତା ଗଳାରେ ଧକ୍‌କା ଦେଇ ପଠାଇବ। କଥାରେ ଅଛି- "ଦଇବ ଦଉଡ଼ି ମଣିଷ ଗାଈ, ଯେଣିକି ଟାଣିଲେ ତେଣିକି ଯାଇ"। ବାରିକଟାର ଯାହା ବରାଦ ଅଛି ସେହିପରି କାର୍ଯ୍ୟକରି ଚଳିଲା। ରାଜକାର୍ଯ୍ୟ କ'ଣ ଜାଣେନା। ପଢ଼ିଶୁଣି ଶିଖିଚି ଯେ ରାଜା କାର୍ଯ୍ୟ ଚଳାଇବ? ମନ୍ତ୍ରୀମାନଙ୍କୁ ସର୍ବେସର୍ବା କଲା। ତେଣେ ରାଜା ରଣଜିତ ସାପରୂପରେ ଅନେକ ଜଙ୍ଗଲରେ ବୁଲି ବୁଲି ଶେଷରେ ଦେଖିଲା ଗୋଟିଏ ଶୁଆପକ୍ଷୀର ମଲାପିଣ୍ଡ ପଡ଼ିଚି। ରାଜା ତାକୁ ଦେଖି ସାପ ଦେହରୁ ଯାଇ ଶୁଆ ଦେହରେ ପଶିଲେ। ଶୁଆ ରୂପରେ ବଞ୍ଚି ନାନା ଦେଶ ବୁଲି ବୁଲି ଶେଷରେ ଯାଇ କୋହ୍ଲଣପୁର ଜଙ୍ଗଲରେ ପହଞ୍ଚିଲେ। ନିକଟରେ ମେଘାସନ ପାହାଡ଼, ଶୁଆପକ୍ଷୀଙ୍କର ପ୍ରିୟସ୍ଥଳୀ ସେଟା। ସେଇ ବନସ୍ତରେ ପହଞ୍ଚି ରାଜା ଯେମିତି ଶୁଆପକ୍ଷୀ ଦଳରେ ମିଶିଲେ, ସେମାନେ ଦି'ଚାରିଦିନ ଯାଙ୍କର ମଧୁର ବ୍ୟବହାର ଓ ବିଚକ୍ଷଣତା ଦେଖି ତାଙ୍କୁ ଦଳପତି କରିନେଲେ।

ଥରେ ଗୋଟିଏ କାଉ ଆସି ସମିତିରେ ଗୁହାରି କଲା, ମୁଁ ତମ ଦଳରେ ଜଣେ ସଭ୍ୟ ହୋଇ ରହିବି। ଚାନ୍ଦାଚପଟ ସବୁ ସହିବି। ଦଳପତି ଶୁଆ କହିଲା, ନାଇଁ ନାଇଁ କୁଆ କୋଉଠି ଶୁଆ ହୋଇଛି।

କାକସ୍ୟ ଚଞ୍ଚୁ ଯଦି ସ୍ୱର୍ଣ୍ଣଯୁକ୍ତା ମାଣିକ୍ୟଯୁକ୍ତ ଚରଣ ଚୂଡ଼ସ୍ୟାତ୍ ଏକୈକ ପକ୍ଷେ ଗଜରାଜ ମୁକ୍ତା ତଥାପି କାକଃ ନୀଚ ଶୁକଭାଷା।'

କାକ ଚଞ୍ଚୁରେ ସୁନା ମଡ଼େଇ, ଚୂଡ଼ା ଚରଣରେ ମାଣିକ୍ୟ ଲଗେଇ, ଡେଣାରେ ଗଜମୋତି ଖଞ୍ଜିଲେ ବି କାକ ଶୁକ ହୋଇ ପାରେନା। ଯାକୁ ଦଳରେ ରଖିବା ଉଚିତ ନୁହେଁ। ହେଲେ ଅବିକା ତ ଗଣଭୋଟ ଯୁଗ। ଯିଏ ଧନ ଜନ ବଳରେ ବେଶି ଭୋଟ ପାଇବ ତାହାରି ଜୟ। କୁଆ ଏପାଖରେ ଶୁଆଦଳରୁ ବେଶି ପଟେଇ ରଖିଥିବାରୁ ବେଶି କୁଆକୁ ରଖିବାକୁ ମତଦେଲେ।

'ଶୁଆଙ୍କ ମତ ଶୁଣି ନୀରବ ଶୁକ, ମୂର୍ଖ ସଭାରେ ଯେ ପଣ୍ଡିତ ଲୋକ। ଦଳପତି ନୀରବରେ ରହିଲେ।

କୁଆ ଶୁଆଙ୍କ କୋଟରେ ରହିବାରୁ ସେଠାରେ ମଳମୂତ୍ର ତ୍ୟାଗ କଲା। କୁଆ ମଳ ମଞ୍ଜିରୁ ବରଗଛ ହୋଇ କୋଟର ମୁହଁରେ ଛାଇହବାରୁ ମୂର୍ଖଶୁଆ କହିଲେ, କାଉମିତ୍ରଙ୍କ ହେତୁ ଆମେ ତ ବଟ ଛାୟା ପାଇଲେ। କୋଟର ମୁହଁ ନିରାପଦ ହେଲା। ବରଗଛରୁ ଓର ଓହଳି ସେ ମାଟି ଆଡ଼କୁ ଆସୁଛି ତାଙ୍କୁ ତାଙ୍କର ଖିଆଲ ନାହିଁ।

କିଛିଦିନ ପରେ ଜଣେ କେଳା ଅଠାକାଣ୍ଡିଆ ନେଇ ଯାଇ ଦେଖିଲା ଉପରୁ ବର ଓରଟିଏ ଓହଳିଛି । ଉପର କୋଟରରେ କ'ଣ ଅଛି ଦେଖିବାକୁ ସେ ସେଇ ସାହାଯ୍ୟରେ ଉପରକୁ ଉଠି ଦେଖେ ଶୁଆମାନେ ଚରିବାକୁ ଯାଇଛନ୍ତି, ତାଙ୍କ ଛୁଆମାନେ ଓ ଡିମ୍ବଗୁଡ଼ିକ ରହିଛନ୍ତି ।

କେଳା ଖୁସିହୋଇ ଡିମ୍ବଗୁଡ଼ିକ ଆଣି ଛୁଆଗୁଡ଼ିକୁ ଥୋଇ ସେଠାରେ ଅଠାକାଣ୍ଡିଆ ବସେଇଆସିଲା । ସଞ୍ଜବେଳକୁ ଶୁଆମାନେ ଚରିବୁଲି ଆସି ଯେମିତି କୋଟରକୁ ପଶିଛନ୍ତି ପ୍ରତ୍ୟେକ ଅଠା କାଠିରେ ଲାଗିଗଲେ । ତା'ପରେ ଦେଖିଲେ ଡିମ୍ବଗୁଡ଼ିକ ନାହିଁ । ସେମାନେ କନ୍ଦା ବୋବାଳି କଲାରୁ ରଜା ଶୁଆଟି କହିଲା, ମୁଁ ତ ଭାଇ ତମରି ସଙ୍ଗରେ ବନ୍ଦୀ । ଆଗରୁ କହିଲି, ଦୁର୍ଜନ ସଙ୍ଗ ମେଳଣଂ ଅକାଳ ମୃତ୍ୟୁଲକ୍ଷଣଂ, ମୋକଥା ନମାନି କୁଆକୁ ଦଳରେ ରଖି ଆଜି ଏଇ ବିପଦରେ ସବୁ ପଡ଼ିଲେ । ଏଥିପାଇଁ କହନ୍ତି ଗୁରୁଜନଙ୍କ କଥା ନମାନି ଚଳିଲେ ବିପଦ ହୁଏ । ତେବେ ଅବିକା ଯୋଉ ବେଳ ପଡ଼ିଚି, ଏତେବେଳେ ଅଧୈର୍ଯ୍ୟ ନହୋଇ ମହତ୍ ରୀତିରେ ଚଳିବାକୁ ହେବ । ଶାସ୍ତ୍ରରେ ଅଛି-

"ବିପଦ ଧୈର୍ଯ୍ୟମଥାଭ୍ୟୁଦୟେ କ୍ଷମା
ସଦସି ବାକ୍‌ପଟୁତା ଯୁଧି ବିକ୍ରମା ।"

ଅର୍ଥାତ୍ ବିପଦବେଳେ ଧୈର୍ଯ୍ୟ ଧାରଣ, ସମ୍ପଦ କ୍ଷମତା ବେଳେ କ୍ଷମା, ସଭାରେ ବାକ୍ ପଟୁ, ଯୁଦ୍ଧରେ ବିକ୍ରମ ପ୍ରକାଶ କରିବା ବୁଦ୍ଧିମାନର କାର୍ଯ୍ୟ । ଏହି ପ୍ରକାର ବିଚାର କରି ସମସ୍ତେ ଛଟପଟ ହେଉଛନ୍ତି, ଏଇବେଳେ କେଳା ଆସି ସେଠାରେ ପହଞ୍ଚିଲା ଓ ଅଠା କାଠିରୁ ଶୁଆଗୁଡ଼ିକୁ ଛଡ଼ାଇ ତଳକୁ ଫୋପାଡ଼ିଲା । ତଳେ ପଡ଼ି କେତେକ ଶୁଆ ମରିଗଲେ । ବାକି ଯେତେକ ବଞ୍ଚିଲେ ସେଥିରେ ରାଜାଶୁଆଟି ରହିଲା । କୋରଡ଼ରୁ ଓହ୍ଲାଇ କେଳା ମଲା ଓ ବଞ୍ଚିଲା ଶୁଆଙ୍କୁ ଗୋଟିଏ ଜାଲଥଳିରେ ପୂରାଇ ଘରକୁ ଗଲା । ଘରେ କେଲୁଣୀକୁ କହିଲା, ତୁ ଏ ମଲାଶୁଆରୁ ଦିଗଣ୍ଡା କାଟି ଝୋଳ କର, ବାକି ବଞ୍ଚିଲା ଶୁଆକୁ ଜାଲ ପିଞ୍ଜରାରେ ରଖ, ପ୍ରତିଦିନ କିଛି କିଛି ଖାଇବା । ମୁଁ ଏ ମରାଶୁଆକୁ ହାଟରେ ବିକି ଚାଉଳ ଲୁଣ ଆଣେ । ଏହା କହି କେଳା ବାହାରି ଯିବାରୁ କେଲୁଣୀ ବଞ୍ଚିଲା ଶୁଆଙ୍କୁ ପିଞ୍ଜରାରେ ଭରିବାକୁ ଗଲା । ସେ ଦୁଇଟା ଶୁଆକୁ ପିଞ୍ଜରାରେ ଭରି ଯେମିତି ରାଜାଶୁଆଟିକୁ ଧରିଛି, ରଜାଶୁଆ କହିଲା ଆସ୍ତେକରି ଧର ରାତିଯାକ ବନ୍ଦିରେ ଥାଇ ମୋ ଦେହ ବଥା କରିଚି ।

କେଲୁଣୀ ଚଢ଼େଇ ମୁହଁରୁ ମଣିଷର ବୋଲି ଶୁଣି ଆଶ୍ଚର୍ଯ୍ୟ ହୋଇ ପଚାରିଲା ତୁ ବନ୍ଦିରେ ପଡିଲୁ କାହିଁକି ? ଶୁଆ କହିଲା, ମୁଁ ଗତ ଜନ୍ମରେ ରାଜା ଥିଲି । କିଏ

ଦୋଷୀ କିଏ ନିର୍ଦ୍ଦୋଷ ବିଚାର ହେବା ପୂର୍ବରୁ ସମସ୍ତଙ୍କୁ ବନ୍ଦିଘରେ ରଖୁଥିଲି, ତେଣୁ ମୋର ବନ୍ଦିହେବାକୁ ପଡ଼ିଲା। ତା'କଥା ଶୁଣି କେଲୁଣୀ ଚମକିଉଠି ପଚାରିଲା, ତା'ହେଲେ ତମକୁ ମୁଁ ପିଞ୍ଜରାରେ ବନ୍ଦି କରିବି। ସେ ପାଇଁ କ'ଣ ମୁଁ ବନ୍ଧା ହେବି ? ରାଜା ଶୁଆ କହିଲା ଅଲବତ୍। ଦେଇଥିଲେ ପାଇ। କେଲୁଣୀ ବିସ୍ମୟ ହୋଇ କହିଲା, ତା'ହେଲେ ତମ ସବୁଙ୍କୁ କ'ଣ କରିବି କହିଲ ? ଶୁଆ କହିଲା ସେଗୁଡ଼ିକୁ ଛାଡ଼ିଦିଅ, ମୋତେ ରଖ। ମୋତେ ନେଇ ସହରରେ ବିକ୍ରିକର, ଅନେକ ଟଙ୍କା ପାଇବ। ସେଇ ଟଙ୍କାରେ ଦି'ପ୍ରାଣୀ ସାରାଜୀବନ ବସି ଖାଇବ। ଶୁଆ କେତୋଟି ଖାଇ କ'ଣ ପାଇବ ?

ଶୁଆ କଥା ଶୁଣି କେଲୁଣୀର ଦୟାଜ୍ଞାନ ହେଲା। ସେ ସବୁ ଶୁଆଙ୍କୁ ଛାଡ଼ି ଦେଇ ରାଜା ଶୁଆଟିକୁ ପିଞ୍ଜରାରେ ରଖି ଖାଇବାକୁ ଦେଲା। କିଛି ସମୟ ବାଦେ କେଳା ଆସିବାରୁ ସବୁ କଥା ବୁଝାଇ କହିବାରୁ କେଳା ଖୁସିହୋଇ ତହିଁଆରଦିନ ରାଜା ଶୁଆକୁ ବିକିବା ପାଇଁ ନେଇଗଲା ସହରକୁ। କେଳା ଶୁଆକୁ ନେଇ ଗଲାବେଳେ ଶୁଆ କହିଲା, ତମକୁ କେହି ମୋତେ କିଣିବାକୁ ଦର ପଚାରିଲେ ତମେ କହିବ ସେଇ ଶୁଆକୁ ପଚାର, ତା' ମୂଲ୍ୟ ସେଇ କହିବ। କେଳା ହଉ କହି ରଜା ଶୁଆକୁ ନେଇଗଲା ସହରକୁ। ସହରରେ ଯଚେଇ କରିବାରୁ ଅନେକ ଆସି ମୂଲେଇଲେ। ଶୁଆ ତାର ମୂଲ୍ୟ ତିନିହଜାର କହିବାରୁ ଗହକିମାନେ ପଛେଇ ଗଲେ। ଶେଷକୁ ଜଣେ ସୌଦାଗର ଦାମ ପଚାରିଲା। କେଳା କହିଲା, ଶୁଆକୁ ପଚାରନ୍ତୁ। ଶୁଆକୁ ପଚାରିବାରୁ ଶୁଆ କହିଲା, ତିନିହଜାର ଟଙ୍କା। ସୌଦାଗର ଆଶ୍ଚର୍ଯ୍ୟ ହୋଇ ପଚାରିଲା, ଏତେ ଟଙ୍କା ଦେଇ ତୋତେ କାହିଁକି ନେବି ? ଶୁଆ କହିଲା, ତିନିହଜାର ଦେଇ ନେଲେ ଛଅହଜାର ପାଇବ। ଏହାଶୁଣି ସୌଦାଗର ତିନିହଜାର ଟଙ୍କା ଦେଇ ଶୁଆକୁ ନେଇ ସଦର ଦରଜାରେ ଟଙ୍ଗେଇ ରଖିଲା। ଶୁଆ ସେଠି ରହି ଯିଏ ଆସେ ଯାଏ, ତା' ସାଙ୍ଗରେ ଭଦ୍ରଭାବରେ କଥାବାର୍ତ୍ତା କହେ, ଆଗନ୍ତୁକଙ୍କ ଆସିବାର କାରଣ ପଚାରି ବୁଝେ।

ଦିନେ ସେଇବାଟେ ତିନୋଟି ବ୍ରାହ୍ମଣ ପାଟିତୁଣ୍ଡ କରି ରଜାକୁ ଗାଳିଦେଇ ଯାଉଥିବାର ଶୁଣି ଶୁଆ ସେମାନଙ୍କୁ ଘଟଣା କ'ଣ ପଚାରିଲା। ସେମାନେ କହିଲେ, ଆମେ ତିନିମିତ ଦୂରଦେଶକୁ ଅର୍ଜିବାକୁ ଯାଇଥିଲୁ। ସେଠରେ ଟଙ୍କାପଇସା ଯାହା ପାଇଲୁ ତାହାଦେଇ ସୁନା କିଣି ସେଥିରେ ଗୋଟିଏ ସୁନାରପେଣ୍ଟୁ ତିଆରି କରି ଆଣିଥିଲୁ। ସେଇ ପେଣ୍ଟୁଟି ଚୋରିଯିବାରୁ ଆମ୍ଭେମାନେ ରଜାଙ୍କ ପାଖକୁ ବିଚାର ପାଇଁ ଯାଇଥିଲୁ। ହେଲେ ରଜାଟା ଘଟଣା ଶୁଣି ବଲବଲ କରି ଚାହିଁଲା, କିଛି ବିଚାର କରିପାରିଲା ନାହିଁ। ମନ୍ତ୍ରୀ କହିଲେ, ନିଜ ଭିତରେ ବିଚାର କରି ନବ ଯା। କିହୋ ଆମଦ୍ୱାରା ଯଦି

ବିଚାର ହୁଅନ୍ତା ରାଇଜରେ ରାଜ୍ୟସରକାର ରହନ୍ତା କାହିଁକି ? ଏହାଶୁଣି ଶୁଆ କହିଲା ଆଚ୍ଛା ବସ, ବିଚାରଟା କରିଦେବା।

ଏକଥା ଶୁଣି ଏମାନେ ବସିବାରୁ, ଅନେକ ଲୋକ ଶୁଆ କ'ଣ ବିଚାର କରିଦେବ ଦେଖିବାକୁ ଆସି ଭିଡ଼ି କଲେ। ଶୁଆ ପଚାରିଲା- ତମେ ସେ ପେଣ୍ଡୁଟିକୁ ଧରିବା ଅବସ୍ଥାରେ କ'ଣ ଚୋର ଛଡ଼େଇ ନେଲା ? ତାଙ୍କ ଭିତରୁ ଜଣେ କହିଲା ନାହିଁ। ଆମେ ଆସିବାବେଳେ ରାତିହେଲେ ପହିଲା ପହରୁ ଖାଇପିଇ ଦୁଇଜଣ ଶୋଉ, ଜଣେ ପେଣ୍ଡୁ ଗଣ୍ଠିଲିଟି ଜଗି ବସେ। ସେ ପହରକ ବାଦ୍ ଆଉଜଣେ ଉଠି ଜଗେ। ଏ ଜଣକ ଶୁଏ। ତା' ପରପହରକୁ ସିଏ ଶୁଏ ଇଏ ଜଗେ। ଏମିତି ପାଳିକରି ଜଗି ଆସୁଥିଲୁ, ଥରେ କ'ଣ କାରଣରୁ କେଜାଣି ଗଣ୍ଠିଲି ଖୋଲି ଦେଖିଲା ବେଳକୁ ପେଣ୍ଡୁଟି ନାହିଁ। ତେଣୁ ଆମ ଭିତରୁ କିଏ ନେଲା ଠିକ୍ କରି ପାରୁନାହୁଁ। ଆମେ ଏପରି ବିଚାର ଚାହୁଁଚୁ, ଯୋଉଥିରେ କି ଆମର ବନ୍ଧୁତା ଅତୁଟ ରହିବ, ଅଥଚ ସୁନାର ପେଣ୍ଡୁଟି ପାଇବୁ।

ଏକଥା ଶୁଣି ଶୁଆ ଟିକିଏ ଭାବିଲା- ଆଚ୍ଛା ମୁଁ ଗୋଟିଏ ଗଳ୍ପ କହୁଛି ଶୁଣ। ତହିଁର ସାରାଂଶ ଉତ୍ତର ଦେବ, ଏହା କହି ଶୁଆ କହିଲା- ଗୋଟିଏ ଦେଶରେ ମଦନିକା ନାମରେ ଗୋଟିଏ ଧନୀର ଝିଅ ଗୁରୁ ଆଶ୍ରମରେ ରହି ପଢୁଥିଲା। ମଦନିକାର ଶିକ୍ଷା ଶେଷ ହେବାରୁ ସେ ଗୁରୁଙ୍କୁ ଭକ୍ତିନିଷ୍ଠା କରି ପଚାରିଲା ଗୁରୁଦେବ ! ମୋତ ତ ପଢ଼ିବା ଶେଷ ହେଲା, ଆପଣଙ୍କ ଗୁରୁଦକ୍ଷିଣା କ'ଣ ଦେବି କହନ୍ତୁ। ଗୁରୁତ ସାଧୁଲୋକ, ତାଙ୍କର ଧନଦୌଲତ କ'ଣ ହେବ ? ସେଥିପାଇଁ ସେ କହିଲେ ସରକାରତ ବାଳିକାମାନଙ୍କୁ ମାହାଳିଆରେ ପଢ଼ାଉଛନ୍ତି, ତୁ ଆମକୁ କ'ଣ ଦବୁ ? ଦବାକୁ କିଛି ନାହିଁ, ଯା। ହେଲେ ଧନୀ ଝିଅର ତ ଦିମାକ ବେଶି, ସେ ଗୁରୁଙ୍କୁ ପୀଡ଼ାପିଡ଼ିକରି କହିଲା ନାହିଁ ଆପଣ କ'ଣ ନେବେ କହନ୍ତୁ ମୁଁ ଦେବାକୁ ରାଜି ଅଛି। ଏମିତି ବାରେ ବାରେ କହିବାରୁ ଗୁରୁ ବିଗିଡ଼ିଗଲେ। ଶେଷକୁ କହିଲେ, ଆଚ୍ଛା ସତ୍ୟକର ଯାହା ମାଗିବି ଦେବୁ। ବାଳିକା ସୂର୍ଯ୍ୟକୁ ଚାହିଁ ସତ୍ୟ କଲା। ଗୁରୁ କହିଲେ, ତୁ ଅବିକା ଯା, ତୋ ବାହାଘର ସରିଲେ ସ୍ୱାମୀ ସହ ବାସ କରିବା ଆଗରୁ ଆଗ ଆମ ଆଶ୍ରମକୁ ଆସିବୁ। ସେହିବେଳେ ଯାହା ମାଗିବି ଦେଇଯିବୁ। ଏକଥାରେ ବାଳିକା ସତ୍ୟ କରି ଆସିଲା। କିଛିଦିନ ଉତ୍ତାରୁ ସେହି ବାଳିକାର ବିଭାଘର ହେଲା ଓ ସେ ମଧୁଶଯ୍ୟାକୁ ଯାଇ ସ୍ୱାମୀଙ୍କ ପାଖରେ ଗୁରୁଙ୍କଠାରେ ସତ୍ୟ କରିଥିବା କଥା କହିଲା। ସ୍ୱାମୀ ଦେଖିଲେ କନ୍ୟା ଯଦି ଗୁରୁଙ୍କଠାରେ ସତ୍ୟରକ୍ଷା ନକରିବ ତାହେଲେ କୁଳମୂଳ କିଛି ରହିବ ନାହିଁ। ତେଣୁ କହିଲେ, ଶୀଘ୍ର ଯାଇ ଗୁରୁଙ୍କଠାରୁ ସତ୍ୟରକ୍ଷା କରି ଆସ।

"ଆ ସମାପ୍ତେଃ ଶରୀରସ୍ୟ ଯସ୍ତୁ ଶୁଶ୍ରୂଷତେ ଗୁରୁ
ସ ଗଚ୍ଛତ୍ୟଞ୍ଜସା ବିପ୍ରୋ-ବ୍ରାହ୍ମଣଃ ପଦ୍ମ ଶାଶ୍ୱତମ୍।"

ବ୍ରାହ୍ମଣ, କ୍ଷତ୍ରିୟ, ବୈଶ୍ୟ ଯେ ହେଉ, ସେ ଯଦି ଗୁରୁ ଆଜ୍ଞା ପାଳି, ଗୁରୁଙ୍କୁ ସେବାକରି ଚଳେ ସେ ଦେହାନ୍ତରେ ବ୍ରହ୍ମାତ୍ମାରେ ଲୀନ ହୁଏ। ପତିଙ୍କଠାରୁ କନ୍ୟା ଏକଥା ଶୁଣି ବାସର ଘରୁ ଉଠି ଗୁରୁ ଆଶ୍ରମକୁ ଗଲା।

ଅନ୍ଧାର ଅଧରାତିରେ ଯାଉ ଯାଉ ବାଟରେ ଗୋଟିଏ ବାଘ ତାକୁ ଦେଖି ଖାଇବାକୁ ଆସିବାରୁ କନ୍ୟା କହିଲା, ତମେ ମୋତେ ଖାଇବାକୁ ଆସିଚ? ଆଚ୍ଛା ଏଇଠି ଅପେକ୍ଷା କରିଥାଅ, ମୁଁ ଗୁରୁଙ୍କଠାରୁ ସତ୍ୟପାଳି ଫେରି ଆସେ, ତୁମେ ମୋତେ ଖାଇବ। କନ୍ୟା କଥା ଶୁଣି ବାଘ ତାକୁ ଛାଡ଼ିଦେଲା। ସେଠାରୁ କିଛି ଦୂର ଯିବାରୁ ଜଣେ ବିଟପୁରୁଷ ତାକୁ ଦେଖି ଭୋଗ କରିବାକୁ ଆଗେଇଲା। ତାର ଭୋଗକର୍ମ ପାଇଁ ଆଗେଇବା ଦେଖି କନ୍ୟା କହିଲା ହେ ଜାରପୁରୁଷ! ତମେ ଏଇଠି ରହିଥାଅ, ମୁଁ ଗୁରୁଗୃହରୁ ସତ୍ୟପାଳି ଆସେ, ତମେ ମୋତେ ଭୋଗ କରିବ। ଏକଥା ଶୁଣି ଜାର ତାକୁ ଛାଡ଼ିଦେଲା। ପୁଣି କିଛି ଦୂର ଯିବାରୁ ଗୋଟିଏ ଚୋର ତାର ଅଳଙ୍କାର ନେବାକୁ ଲୋଭ କରି ଆସିବାରୁ କନ୍ୟା କହିଲା, ହେ ତସ୍କର! ତମେ ଏଇଠି ଅପେକ୍ଷା କରିଥା, ମୁଁ ଗୁରୁଙ୍କଠାରୁ ସତ୍ୟ ପାଳି ଆସେ, ତୁମେ ମୋର ଅଳଙ୍କାର ସବୁ ନେବ। ଏକଥା ଶୁଣି ଚୋର କନ୍ୟାକୁ ଛାଡ଼ିଦେଲା। କନ୍ୟା ଆଶ୍ରମରେ ପହଞ୍ଚି ଅନେକ ଡାକିବାରୁ ଗୁରୁ ଉଠି କନ୍ୟାକୁ ଚିହ୍ନି ନପାରି କିଏ କୋଉଥିପାଇଁ ଆସିଚ ପଚାରିବାରୁ କନ୍ୟା ପୂର୍ବ କଥା ଖୋଲି କହିଲା। ଗୁରୁ କନ୍ୟାର ସତ୍ୟନିଷ୍ଠା ଦେଖି ତା' ମୁଣ୍ଡରେ ହାତ ବୁଲେଇ ଆଶୀର୍ବାଦ କରି କହିଲେ, ତୋ ନିଷ୍ଠା ଦେଖି ମୁଁ ମୁଗ୍‌ଧ ହେଲି। ଯା ସ୍ୱାମୀ ସଂସାର କରି ସୁଖୀହୋଇ ମୋକ୍ଷଲାଭ କର। କନ୍ୟା ସେଠାରେ ଆଶୀର୍ବାଦ ଘେନିଆସି ଚୋର ପାଖରେ ପହଞ୍ଚି କହିଲା, ମୁଁ ଗୁରୁ ସତ୍ୟପାଳି ଆସିଲି। ତୁମେ ମୋ ଗହଣା ନିଅ।

କନ୍ୟା ସତ୍ୟନିଷ୍ଠା ଦେଖି ଚୋର ତାକୁ ଜୁହାର ହୋଇ କହିଲା, ମା! ତୋପରି ସତୀର ଗହଣା ନେଲେ ମୁଁ ଅଳପ ଦିନରେ ମରିଯିବି। ଗହଣା ମୋର ଲୋଡ଼ା ନାହିଁ, ତୁ ତୋ ବାଟରେ ଯା। କନ୍ୟା ସେ'ଠୁ ଆସି ଜାରକୁ ଭେଟି କହିଲା, ମୋତେ ଭୋଗ କରିବାକୁ ଚାହୁଁଥିଲ ଯେ, ଅବିକା ମୁଁ ଗୁରୁ ସତ୍ୟପାଳି ଆସିଛି, ମୋତେ ଭୋଗକର। ବିଟପୁରୁଷ କହିଲା, ନାଇଁ ମା! ତୋ ପରି ସତୀର ଦେହ ଛୁଇଁଲେ ମୁଁ ଜଳିଯିବି, ତୋ ବାଟେ ତୁ ଚାଲିଯା। କନ୍ୟା ସେଠୁ ଆସି ବାଘ ପାଖରେ ପହଞ୍ଚି ସେହିପରି କହିବାରୁ ବାଘ କହିଲା, ନାଇଁ ମା! ତୋପରି ସତୀ ନାରୀ ମୁଁ ଦେଖିନାଇଁ। ତୋତେ ଛୁଇଁଲେ ମୁଁ ଭସ୍ମ ହୋଇଯିବି। ତୋ ବାଟରେ ତୁ ଯା। କନ୍ୟା

ଫେରି ଆସି ପୁଣି ସ୍ୱାମୀ ପାଖକୁ ଗଲା। କହିଲ ଦେଖି ଏଇ ଚାରିଜଣଙ୍କ ମଧ୍ୟରୁ କିଏ ବେଶି ଧାର୍ମିକ ହେଲା ?

ଏ ତିନି ମିତ୍ରଙ୍କ ମଧ୍ୟରୁ ଦୁଇଜଣ ଭାବିତ ହେଉଛନ୍ତି। ଜଣେ ଆଗଭର ହୋଇ କହିଲା, ବେଶି ଧର୍ମ ଚୋରର। ଆଉ ଜଣେ କହିଲା ନାଇଁ, ଗୁରୁର ହେବ। ଆଉ ଜଣେ କହିଲା ବାଘର ନହେବ କାହିଁକି ? ଆଗ ଜଣକ କହିଲା ନାଇଁ, ଚୋରର ବେଶି ହେଲା ନା ! ଏହିପରି ଏକରାର ହେଲାବେଳେ ଶୁଆ କହିଲା, ଆପଣମାନେ ଦୂରକୁ ଯାନ୍ତୁ। ଏମାନେ ଦୂରକୁ ଯିବାରୁ ଜଣ ଜଣ କରି ପାଖକୁ ଡାକି କହିଲା, ମିତ କନକ ଦୁଇ ପାଇବ, କେହି କାହାକୁ ଅବିଶ୍ୱାସ କରିବ ନାହିଁ। ଏଇକଥା ଦୁଇଜଣଙ୍କୁ କହି ଯିଏ ଚୋରର ବେଶି ଧର୍ମହେଲା କହିଥିଲା, ସେ ଆସିବାରୁ ତାକୁ କହିଲା, ତୁ ସୁନାପେଣ୍ଡୁଟି କୋଉଠି ଥୋଇଛୁ ଆଣି ମୋ ପାଖରେ ଦେଇଯା, ନଦେଲେ ଦଣ୍ଡ ପାଇବୁ, ଦେଲେ ଚିରଦିନ ବନ୍ଧୁତା ରହିବ ଓ ଲୋକ ଲଜ୍ଜାରୁ ଉବୁରିଯିବୁ। ସେଇଠୁ ଭାବି ସେ କାଲି ଆଣିଦେବ କହିଗଲା ଓ ତହିଁଆରଦିନ ଲୁଚେଇ ରଖିଥିବା ସୁନାପେଣ୍ଡୁଟି ଶୁଆର ଜିମା ଦେଲା। ତହୁଁ ଶୁଆ ତିନିମିତ୍ରଙ୍କୁ ଡକାଇ ସୁନାର ପେଣ୍ଡୁଟି ଦେଇ କହିଲା, ଏଇ ତମର ସୁନାପେଣ୍ଡୁଟି ନିଅ, ମିତ କନକ ସବୁ ପାଇଲ, ଏବେ ଖୁସିହୋଇ ଘରକୁ ଯାଅ। ସେଇଠୁ ସେମାନେ ଚାଲିଗଲେ। ଶୁଆର ନ୍ୟାୟ ବିଚାର କଥା ସେଇଦିନ ବହୁଦୂରକୁ ବିଛୁରି ଗଲା।

ତୁଣ୍ଡ ବାଇଦ ତ ହଜାର କୋଶ ଯାଏ। ଶୁଆର ନ୍ୟାୟ ବିଚାର କଥା ସେଇଦିନ ଯାଇ ରାଣୀହଂସପୁରରେ ପହଞ୍ଚିବାରୁ ତହିଁଆରଦିନ ରାଣୀ ବିଚାର କରି ସୌଦାଗରକୁ ଡକାଇ ତା'ଠାରୁ ଦଶହଜାର ଟଙ୍କା ଦେଇ ଶୁଆଟିକି ମୂଲେଇ ନେଲେ। ସୌଦାଗର ତିନିହଜାର ଦେଇ ଦଶହଜାର ପାଇବାରୁ ଖୁସିହୋଇ ଶୁଆ ଦେଇ ବାହୁଡ଼ି ଗଲା।

ରାଣୀମାନେ ଶୁଆଟିକି ନେଇ ଦୁଧ, ଫଳ ଖୁଆଇ ଅନ୍ତଃପୁରରେ ରଖିଥାଆନ୍ତି। ଥରେ ସେ ଦେଶରେ ତିଆଡ଼ିଘରେ ଗୋଟିଏ ଗୋଳମାଳ ହେଲା। କଥା ହେଲା, ତିଆଡ଼ି ବଡ଼ ଗରିବ ବ୍ରାହ୍ମଣ। ତାଙ୍କର ସୋମନାଥ ନାମରେ ବାଇଶବର୍ଷର ପୁଅ ବୋଲି ଗୋଟିଏ। ସେ ବାପା ମାଆଙ୍କର ଦୁଃଖ କଷ୍ଟ ଦେଖି କହିଲା ବାପା ! ମୁଁ ଆପଣଙ୍କ କଷ୍ଟ ଆଉ ଦେଖିପାରୁନି। ଯାଉଛି ବିଦେଶରୁ ଯଦି କିଛି ପାରେ ରୋଜଗାର କରି ଆଣିବି। ଏହାକହି ସେ ବାପାମାଆଙ୍କଠାରୁ ବିଦାୟ ନେଇ ଦୂର ଦେଶକୁ ବାହାରିଗଲା। ସେ ଯିବାର ଜାଣି ଚାରିଦିନ ପରେ ଗୋଟିଏ ବ୍ରହ୍ମରାକ୍ଷସ ଅବିକଳ ତାହାର ରୂପ ଧରି ଆସି ଘରେ ପହଞ୍ଚିଲା। ତାକୁ ଦେଖି ବ୍ରାହ୍ମଣୀ କହିଲେ କିରେ ପୁଅ, ତୁ କହିଗଲୁ କିଛି ରୋଜଗାର କରି ଆଣିବାକୁ, ଚାରିଦିନ ନ ଯାଉଣୁ ଲେଉଟି ଆସିଲୁ ଯେ ?

ନକଲି ସୋମନାଥ କହିଲା ହଁ ଲୋ ! ମୁଁ ଏଇ କେତେ ଦିନରେ ଖାଇପିଇ ପନ୍ଦରଟଙ୍କା ଜମା କମେଇଥିଲି, ସେତକ ଦେଇ ଯିବାକୁ ଆସିଲି । ଏଇ ପନ୍ଦରଟଙ୍କା ନେ, ମୋତେ ଖାଇବାକୁ ଦେ । ପୁଅ କଥା ଶୁଣି ସରଳମନା ବ୍ରାହ୍ମଣୀ ଘରେ ଯାହାଥିଲା ଖାଇବାକୁ ଆଣିଦେଲେ । ହେଲେ ଏ'ଟା ତ ବ୍ରହ୍ମରାକ୍ଷସ ! ସେ ସ୍ୱାମୀ-ସ୍ତ୍ରୀ ଦୁଇଜଣଙ୍କର ଖାଦ୍ୟକୁ ଖାଇଦେଇ ଆହୁରି କୁମ୍ଭେ ପାଣି ପିଇଲା । ବ୍ରାହ୍ମଣୀ ଭାବିଲା ପୁଅ ବୁଲାବୁଲି କରିବାରେ ବେଶି ଭୋକ ଲାଗୁଥିଲା, ସେଇଥିପାଇଁ ଖାଇଦେଲା । ପୁଣି ସେମାନେ ଚାଉଳ ଆଦି କିଣି ରୋଷେଇ କରି ଖାଇଲେ । କିନ୍ତୁ ବ୍ରହ୍ମରାକ୍ଷସ ଯେଉଁ ପନ୍ଦରଟଙ୍କା ଆଣିଥିଲା, ତହିଁ ଆରଦିନ ତାରି ଖାଇବାକୁ କୁଳେଇଲା ନାହିଁ । ତା' ପରେ ବୁଢ଼ାବୁଢ଼ୀ ଉପାସ । ଦୁଇଦିନ ଉପାସ ପରେ ବୁଢ଼ୀ କହିଲା ଆରେ ପୁଅ ! ତୁ ଯାହା ଆଣିଲୁ, ସେ'ତ ତୋତେ କୁଳେଇଲା ନାହିଁ । ପୁଣି ତୁ ଘରେ ବସିଗଲୁ ଚଳିବା କେମିତି । ଏହାଶୁଣି ସୋମନାଥରୂପୀ ବ୍ରହ୍ମରାକ୍ଷସ କହିଲା, ଆଚ୍ଛା ମୁଁ ଯାଉଛି । ଏହାକହି ସେଦିନ ରାତିରେ ଗୋଟିଏ ସାହୁ ଗୋଦାମରେ ପଶି, ତା ଟଙ୍କା ବାକ୍ସ ଭାଙ୍ଗି, ଦୁଇଚାରିଶ ଟଙ୍କା, ଚାଉଳ ଡାଲି ବିରି ବସ୍ତା ଉଠାଇ ଆଣି ବ୍ରାହ୍ମଣୀ ପାଖରେ ଥୋଇଦେଲା । ପୁଣି ଯାଇ ବଣରୁ ଶାଳ, ତାଳ ଗଛ ଦିଗଣ୍ଡା ଆଣି ଜାଳ ପାଇଁ ପକେଇଦେଲା । ବ୍ରାହ୍ମଣୀ ଓ ବ୍ରାହ୍ମଣ ପୁଅର ଏମିତି କ୍ଷମତା ଦେଖି ଖୁସି ହେଲେ । ଏମିତି କରି ବ୍ରହ୍ମରାକ୍ଷସଟା ମାରୁଆଡ଼ି ଗୋଦାମରୁ ସବୁ ଟଙ୍କା ସଉଦା ବୋହି ଆଣିବାରୁ ଚାରିମାସ ମଧ୍ୟରେ ତିଆଡ଼ି କୋଠା ଖଣ୍ଡିଏ ତିଆରି ପାଇଁ ଯୋଗାଡ଼ କଲେ, ଗାଁବାଲା କହିଲେ ରୋଜଗାରୀ ପୁଅ, କରନ୍ତା ନାହିଁ ?

ଏମିତି ବର୍ଷେ ଗଲା । ବ୍ରହ୍ମରାକ୍ଷସ ସୋମନାଥ ରୂପଧରି ସେଇଠି ରହେ; ଖାଇପିଇ ନିଶ୍ଚିନ୍ତରେ ଥାଏ । ବର୍ଷକ ବାଦେ ପ୍ରକୃତ ସୋମନାଥ ଯିଏ, ସେ ବାରଯାଗାରେ ବୁଲି ବୁଲି କିଛି ରୋଜଗାର କରିନପାରି ପାଞ୍ଚଟି ଟଙ୍କା ଧରି ଆସି ଘରେ ପହଞ୍ଚ ଦେଖେ ତାଙ୍କର ସାବକ ଚାଳଘର ଆଉ ନାହିଁ । ସେ ଜାଗାରେ କୋଠା ଉଠିଚି । ସେ ଏହାଦେଖି ପିଣ୍ଡାରେ ବସି ମା'ବାପଙ୍କୁ ଡାକି ପାଞ୍ଚଟି ଟଙ୍କା ଦେବାକୁ ଗଲାବେଳେ ସେମାନେ ତାକୁ ଦୁର୍ ଦୁର୍ କରିବାକୁ ଲାଗିଲେ । କହିଲେ ତୁଟା ଗୋଟାଏ କେଉଁଠୁ କିଏ ଅଇଲୁରେ । ଆମପୁଅ ସୋମନାଥ ଘରେ ଶୋଇଛି । ତୁ ଗୋଟାଏ ନକଲି ସୋମନାଥ କେଉଁଠୁ ଆସି ଫିକର ଲଗଉଛୁ ଭାଗ୍ ଭାଗ୍ ଏଠୁ । ବ୍ରାହ୍ମଣୀ ତରବରରେ ଡାକିଲା ଆରେ ସୋମ, ଅଇଲୁରେ ଏଠିକି । ଏଇ ଛତରାଟା କେମିତି ତୋ ଚେହେରା ଜାଆଲ କରି ଆସି ଆମ ଘରେ ପଶିବାକୁ ବସିଚି । ବ୍ରାହ୍ମଣୀ ଡାକିବାରୁ ରାକ୍ଷସ ସୋମନାଥ ଆସି ପହଞ୍ଚିଲା । ଗାଁବାଲା ଦେଖିଲେ ଦିହେଁ ଦେଖିବାକୁ ଏକାରକମ । କୋଉଟି ଅସଲି, କୋଉଟି ନକଲି

ସେମାନେ ବାରି ପାରିଲେ ନାହିଁ। ତିଆଡ଼ି କହିଲେ, ସେଇଟା ଗୋଟାଏ ଦରିଦ୍ର, କୁଆଡୁ ଆସିଚି ମୋ ପୁଅଭଳି ଚେହେରା ମିଳିଚି ଦେଖି ମୋ ଘରେ ପଶିବାକୁ ବସିଚି। ଠକିବାକୁ ବାପ ମା' ବୋଲି ଡାକୁଚି। ସେ'ଟା କାହିଁକି ମୋ ପୁଅ ହେବ?

ବ୍ରାହ୍ମଣୀ ଦେଖିଲେ ଯୋଉ ପୁଅ ବେଶି ରୋଜଗାରୀ, ତାକୁ ନ ରଖି ଯୋଉଟା ବର୍ଷକରେ ପାଞ୍ଚଟଙ୍କା ଆଣିଚି, ତାକୁ କୋଉ ଅକଲରେ ସେ ପୁଅକରି ଥୋଇବେ। କଥାରେ ଅଛି- 'ହିତ ପୁଅ ବିତ୍ତ ଖାଏ, ପେଟ ପୁଅ ଚାହିଁଥାଏ। ପୁଣି ଶାସ୍ତ୍ରରେ ଅଛି-

"ଧନୈର୍ନିଷ୍କୁଳିନାଃ କୂଳୀନଂ ଭବନ୍ତି,
ଧନେରାପେଦୋମାନବା ନିସ୍ତରନ୍ତି।
ଧନେଭ୍ୟୋଽପରୋ ବାନ୍ଧବ ନାସ୍ତି ଲୋକେ,
ଧନାନ୍ୟର୍ଜୟଧ୍ୱଂ।"

ଧନ ଯିଏ ଅର୍ଜିପାରେ ସିଏ ସମସ୍ତଙ୍କର ପ୍ରିୟ ହୁଏ। ଏ ଦରିଦ୍ରଟାକୁ କିଏ ଘରେ ପୂରାଇବା ଦୂରେ ଥାଉ ଛାଞ୍ଚୁଣିଧରି ବାଡ଼େଇବାକୁ କହିଲେ। ଅସଲି ସୋମନାଥ ଯାଇ ପଞ୍ଚାୟତରେ ଫେରାଦ ହେବାରୁ ସେମାନେ କହିଲେ, ଏ ନିଷାପ ତ ଆମଦେଇ ହବ ନାହିଁ। ତମେ ଦିହେଁ ଏକାରକମ ଦିଶୁଛ। ତା' ଛଡ଼ା ତମକୁ ଯେଉଁଠି ବାପ ମା ଚିହ୍ନି ପାରୁନାହାନ୍ତି ଆମେ କୋଉ ନ୍ୟାୟ ବିଚାର କରିପାରିବୁ। ସୋମନାଥ ସେଠୁ ନିରାଶରେ କାନ୍ଦି କାନ୍ଦି ଫେରୁଥିବାର ଦେଖି ବୁଢ଼ୀଟିଏ କଥା କ'ଣ ପଚାରି ବୁଝିଲା, ପଞ୍ଚାୟତରୁ ବିଫଳ ହୋଇ ସୋମନାଥ କାନ୍ଦୁଚି। ବୁଢ଼ୀ ତା' ଉପରେ ବିଗିଡ଼ି କହିଲା ଓଲାଟା, ସେଠିକି ଯାଇଥିଲୁ କୋଉ ଅକଲରେ? ଆରେ! ସେଗୁଡ଼ାକ ପାଠ ପଢ଼ିଚନ୍ତି ନା କ'ଣ ତୋ ନିଶାପ କରିଦେବେ? କୋଉଟା ଭାଣ୍ଡୁଆ କୋଉଟା ଚୋର, କୋଉଟା ଟାଉଟର, କୋଉଟା ଗଞ୍ଜାଡ଼; ଏଗୁଡ଼ାକତ ଦଳକରି ବସିଛନ୍ତି। ନ୍ୟାୟ ଦର୍ଶନ ନାଁ ଶୁଣିଛନ୍ତି ନା ତୋ ନିଶାପ କରିଦେବେ? ଯା ଯା ରଜାଘର ରାଣୀ ପାଖକୁ ଯା, ସେମାନେ ଶୁଆଟିଏ ରଖି ଅଛିଡ଼ା ନ୍ୟାୟକୁ ଛିଡ଼ଉଛନ୍ତି। ତାଙ୍କର ପାଖକୁ ଯା। ବୁଢ଼ୀ କଥାରେ ସୋମନାଥର ହୋବ ହେଲା। ସେ ରାଣୀମାନଙ୍କ ପାଖରେ ଯାଇ ନିଶାପ ପାଇଁ ଫେରାଦ ହେଲା।

ରାଜା ବୋକାହେଲେ ବି ରାଣୀ ଅଛନ୍ତି ତ। ସେ ସୋମନାଥଠୁ ସବୁ ହାଲ ଶୁଣି ବଂଶକୁ ଡକେଇ ଦେଲେ। ଏମାନେ ନକଲି ସୋମନାଥକୁ ନେଇ ରାଣୀଙ୍କ ପାଖରେ ପହଞ୍ଚିବାରୁ ଶୁଆ ଏମାନଙ୍କୁ ପଚାରିଲା ସତକରି କହିଲ, ଏ ଦୁଇ ସୋମନାଥଙ୍କ ଭିତରୁ କୋଉଟି ତୁମର ପୁଅ।

ବ୍ରାହ୍ମଣ ବ୍ରାହ୍ମଣୀ ସେଇ ବ୍ରହ୍ମରାକ୍ଷସଟିକୁ ପୁଅ ବୋଲି ମାନିବାରୁ ଶୁଆ କହିଲା ଆଚ୍ଛା; ତମେ ସମସ୍ତେ କାଲିକି ଆସ। ଏମାନେ ଚାଲିଗଲେ।

ତହିଁ ଆରଦିନ ଶୁଆ କ'ଣ ବିଚାର କରିଦେବ ଦେଖିବାକୁ ଲୋକମାନେ ଭିଡ଼ କଲେ। ତିଆଡ଼ି ନକଲି ସୋମନାଥକୁ ନେଇ ଆସିଲେ। ସଭାହେଲା। ଶୁଆ ସଭାକୁ ଅଣାଯାଇ ଟଙ୍ଗାହେଲା। ଶୁଆ କହିଲା, ଗୋଟାଏ ନୂଆ କଳସ ଆଣ। ଗୋଟାଏ ନୂଆ କଳସ ଅଣାଗଲା। ଶୁଆ ସୋମନାଥକୁ ଡାକି କହିଲା, ତୁମେ ଦିହେଁ ତ ଏକା ରକମ ଦିଶୁଚ। ଦୁହେଁ ବ୍ରାହ୍ମଣଙ୍କ ପୁଅ ହେବାକୁ ଚାହୁଁଚ। କିନ୍ତୁ କାହାର ବାହାଦୁରି କିପରି ଆମକୁ ତ ଜଣାନାହିଁ। ଅବିକା ଯୋଉ ଯୁଗ ହୋଇଚି ଏଥିରେ ଯାହାର ବାହାଦୁରି ବେଶି ସେ ଆଦର ପାଉଚି। ତମ ଦିହିଁଙ୍କ ଭିତରୁ ଯିଏ କଳସରେ ପଶି ପାରିବ, ତାକୁ ଆମେ ବାହାଦୁରିଆ କହିବା, ସେଇ ପୁଅକୁ ନେଇ ବ୍ରାହ୍ମଣ ଯିବେ। ଯିଏ ନ ପାରିବ, ସେ ତାଙ୍କ ପୁଅ ହୋଇପାରିବ ନାହିଁ। ଏକଥା ଶୁଣି ଅସଲ ସୋମନାଥ କହିଲା- ମୁଁ ତ କଳସରେ ପଶିପାରିବି ନାହିଁ। ମଣିଷ ହୋଇ କଳସଟାରେ ପଶିବି କେମିତି। ତହୁଁ ନକଲି ସୋମନାଥକୁ ପଚାରିବାରୁ ସେ କହିଲା- ଏଟା ଏମିତି କୋଉ କଠିନ କାର୍ଯ୍ୟ ଯେ ପାରିବି ନାହିଁ। ଆଚ୍ଛା ଦେଖ ମୁଁ କଳସରେ କେମିତି ପଶି ପୁଣି ବାହାରି ଆସୁଚି। ଏହାକହି ସେ କଳସମୁହଁରେ ବାୟୁପରି ହୋଇ ଯେମିତି ପଶିଯାଇଚି, ଶୁଆ ଅନ୍ୟଲୋକଙ୍କୁ କହିଲା କଳସ ମୁହଁରେ ବିଣ୍ଡାଟାଏ ମାରିଦେବଟି। । ଜଣେ ଲୋକ କଳସ ମୁହଁରେ ଲୁଗାବିଣ୍ଡାଟି ମାରିଦେବାରୁ ବ୍ରହ୍ମରାକ୍ଷସ ଆଉ କଳସରୁ ବାହାରିଲା ନାହିଁ। ଶୁଆ ତିଆଡ଼ିଙ୍କୁ କହିଲା, ପୁଅକୁ ନେଇଯାନ୍ତୁ। ଲୋକ ଥକା ହେବାରୁ ଶୁଆ କହିଲା, କଳସ ମୁହଁ ଖୋଲି ଦେଖ ଏବେ।

କଳସ ମୁହଁ ଖୋଲି ଦେଖିଲାବେଳକୁ ତା' ଭିତରେ ହାଡ଼ଖଣ୍ଡେ ପଡ଼ିଛି। ସେଇଠୁ ବ୍ରାହ୍ମଣୀ ଡାକିଲେ କିରେ ସୋମନାଥ! ବଲବଲ କରି ଦେଖୁଚୁ କ'ଣ? ଘରକୁ ଆସ। ଏହାକହି ସେମାନେ ଚାଲିଗଲେ। ପ୍ରକୃତ ନ୍ୟାୟ କରିଥିବାରୁ ଶୁଆକୁ ଧନ୍ୟବାଦ ଦେଇ ବାହୁଡ଼ିଗଲେ।

ଶୁଆର ଏପରି ବିଚାର ବୁଦ୍ଧି ଦେଖି ଦିନେ ରାଣୀମାନେ ଦୁଃଖକରି ଶୁଆକୁ ପଚାରିଲେ- ଆରେ ଶୁଆ, ଆମ ସ୍ୱାମୀ ତୀର୍ଥକରି ଯାଇଥିଲେ। ସେଠାରୁ ଲେଉଟି ଏପରି ବୋକା ହୋଇ ବସିଛନ୍ତି କାହିଁକି କହିପାରିବୁ? ଶୁଆ କହିଲା- ତୁମ ସ୍ୱାମୀ ସିଏ ନୁହନ୍ତି। ତାଙ୍କ ପିଣ୍ଡରେ ପଦନ ବାରିକ ପଶି ରାଜ୍ୟପଦ ସହ ତୁମ୍ଭଙ୍କୁ ଭୋଗ କରିବାକୁ ବସିଚି। ରାଣୀ ପଚାରିଲେ- ତା' ହେଲେ ଆମେ କିପରି ସ୍ୱାମୀଙ୍କୁ ଲେଉଟାଇ ପାରିବୁ? ଶୁଆ କହିଲା, ତମେ ପଦନରଜାକୁ କୁହ ଆମ୍ଭ ବ୍ରତ ସରିଚି। ଏକ୍ଷଣି ଗୋଟିଏ ଛେଳିଆଣି ତାକୁ ତମେ ନିଜ ହାତରେ ତା' ବେକ ମୋଡ଼ି ମାରିବ। ପୁଣି ତାକୁ ବଞ୍ଚେଇ ଦେବ; ଆମେ ସେ ଛେଳିକି ନେଇ ଦେବୀପାଖରେ ବଳିଦେବୁ। ଏତକ

କରି ଦେଇ ପାରିଲେ ତୁମେ ଆମକୁ ଭୋଗ କରିବ। ଏତକ କରିଲେ ତୁମ ସ୍ୱାମୀକୁ ଲେଉଟି ପାଇବାର ସୁବିଧା ହୋଇଯିବ।

ଶୁଆ କଥା ମତେ ପଦନରଜାକୁ ଡାକି ରାଣୀମାନେ ଏକଥା କହିବାରୁ ସିଏ ଖୁସିହୋଇ କହିଲା, ଇଏ କୋଉ ବଡ଼ କଥାଟା ଯେ ପାରିବି ନାହିଁ? ସଙ୍ଗେ ସଙ୍ଗେ ଗୋଟିଏ ଛେଳି ମଗେଇ ଆଣି ତା ବେକକୁ ମୋଡ଼ି ନିଜେ ମାରିଦେଇ କହିଲା- ଦେଖ, ଛେଳି ମରିଚି। ଘଣ୍ଟାକ ପରେ ପୁଣି ବଞ୍ଚିଉଠିଲେ ତାକୁ ସଙ୍ଗେ ସଙ୍ଗେ ନେଇ ବଳି ଦେବ। ମୁଁ ଯାଉଛି ଟିକିଏ ବିଶ୍ରାମ କରେ, ଏହାକହି ସେ ଶୋଇବାକୁ ଗଲା। ଭାବିଲା, ଛେଳିଟା ଭିତରେ ପଶି ମୁଁ ତାକୁ ବଞ୍ଚେଇ ଦେବି। ତାକୁ ହାଣିଦେଲେ ମୁଁ ବାହାରି ଆସି ପୁଣି ମୋ ଘଟରେ ପଶି ରାଣୀଙ୍କ ଘେନି ଫୂର୍ତ୍ତି କରିବି। ଏହାଭାବି ଯାଇ ବିଛଣାରେ ଶୋଇ ଘଟ ବଦଳମନ୍ତ୍ର ଜପି ଆସି ମରାଛେଳି ଘଟରେ ପଶିବାରୁ ଛେଳିଟା ମେଁ ମେଁ ଡାକି ଉଠିଲା। ଏହା ଦେଖି ରାଜା ଶୁଆ ଦେହରୁ ବାହାରି ଯାଇ ନିଜ ପିଣ୍ଡରେ ପଶିଗଲେ। ତା' ପରେ ସଙ୍ଗେ ସଙ୍ଗେ ଉଠିଆସି ରାଣୀଙ୍କୁ କହିଲେ, ଶୀଘ୍ର ମଲା ଶୁଆଟିକୁ ପୋଡ଼ିଦିଅ। ସେମାନେ ଶୁଆ ପିଣ୍ଡଟିକୁ ପୋଡ଼ିଦେବାରୁ ରାଜା ହୁକୁମ ଦେଲେ; ଏ ଛେଳିଟାକୁ ନେଇ ସିଂହଦରଜା ପାଖରେ ଶୂଳିକାଠରେ ବସାଅ। ପାଇକମାନେ ସେହି ଛେଳିଟାକୁ ନେଇ ସିଂହ ଦରଜା ପାଖରେ ଶୂଳିରେ ବସାଇବାରୁ ରଜା ସଭାକରି ପୂର୍ବକଥା ସବୁ ପ୍ରକାଶ କଲେ। ପଦନ ବାରିକର କାର୍ଯ୍ୟକଥା ଶୁଣି ଲୋକେ ତାଜୁବ ହୋଇଗଲେ। ଲେଉଟିଲାବେଳେ ଛେଳିଟାକୁ ଗୋଇଠାଏ କରି କଷିଦେଇ ଓରମାନ ମେଣ୍ଟାଇ ଗଲେ। ରାଜା ପୂର୍ବଦେହ ଫେରିପାଇ ରାଜ୍ୟ ରାଣୀନେଇ ପୂର୍ବପରି ରାଜୁତିକଲେ। ପଦନ ଛେଳିଟା ସେଇଦିନଠାରୁ ଶୂଳିକାଠରେ ମେଁ ମେଁ ହଉଚି। ତା' ପାପ ସରୁ ନାହିଁ କି ସେ ମରୁନାହିଁ। ବୁଝିଲୁଟି ଅବୋଲକରା! ପଦନ ଛେଳିର ଶୂଳିରେ ଚଢ଼ିବା କଥା କହି ଗୋସେଇଁ ତା' ମୁହଁକୁ ଚାହିଁଲେ। ଅବୋଲକରା କହିଲା, ବଢ଼ିଆ ଗଳ୍ପଟିଏ। ଗୋସେଇଁ ହସି ହସି କହିଲେ, ଆରେ- କହିଜାଣିଲେ କଥା ସୁନ୍ଦର, ବାନ୍ଧି ଜାଣିଲେ ମଥା ସୁନ୍ଦର, ଗାଇ ଜାଣିଲେ ଗୀତ ସୁନ୍ଦର, ବାଇ ଜାଣିଲେ ବାଜା ସୁନ୍ଦର, ପଢ଼ିଜାଣିଲେ ପାଠ ସୁନ୍ଦର, ଗଢ଼ି ଜାଣିଲେ ନାଟ ସୁନ୍ଦର, ହବନାହିଁ କାହିଁକି। ଏ କଥାଟା ମୋ ଦେଠେଇ କହିଥିଲେ ମୋତେ।

■■

ଖଣିଗାତ କଥା

ସେଠାରୁ ଗୋସେଇଁ ଅବୋଲକରା ଦିହେଁ କିଛିବାଟ ଯିବାପରେ ଗୋଟିଏ ପାହାଡ଼ିଆ ଜାଗା ପଡ଼ିଲା। ଗୋସେଇଁ ଆଗରେ, ବାରିକ ପଛରେ ଚାଲିଛନ୍ତି। କିଛିଦୂର ଯିବାପରେ ଅବୋଲକରା ଗୋଟିଏ ପଥର ହାବୁଡ଼ି କଚାଡ଼ି ପଡ଼ିଲା। ହେଲେ ଉଠି ସେଠାରେ ଆଣ୍ଠୁ ଆଉଁଶି ହେଉ ହେଉ ମୁହଁ ପୋତି କ'ଣ ଦେଖିଲା। ଗୋସେଇଁ ତା'ର ପଡ଼ିଯିବା ଆବାଜ୍ ପାଇ ପଛକୁ ଚାହିଁ କହିଲେ ପଡ଼ିଗଲୁକିରେ ଅବୋଲକରା ? ଅବୋଲକରା କହିଲା ହଁ ଗୋସେଇଁ। ଆଣ୍ଠୁଗଣ୍ଠି ଛିଡ଼ିଗଲା। ହେଲେ ଗୋଟିଏ ପଥର ଓଲଟିଯିବାରୁ ଦେଖିଲି ମସ୍ତବଡ଼ କବାଟ ଗୋଟିଏ ବହୁତ ଦୂରଯାଏ ଦିଶୁଛି। ସେଟା ପୁଣି ପଥରରେ ବନ୍ଧା ହୋଇଛି। ଯାର କାରଣ କ'ଣ ଗୋସେଇଁ ନ ବତାଇଲେ ମୁଁ ଆଉ ଯିବି ନାହିଁ, ଏଇଠି ବସିଲି ଲେଉଟିବାକୁ। ଗୋସେଇଁ ବୁଢ଼ାଲୋକ। ଥରକୁଥର ଅବୋଲକରା ଏପରି କହିବାରୁ ବିରକ୍ତ ହୋଇ କହିଲେ ବେହିପୋ ରାଣ୍ଡିପୁଅକୁ ସାଙ୍ଗରେ ଆଣି ବଡ଼ ବିପଦରେ ପଡ଼ିଲିତ। ଯେଉଁଠି ଯାହା ଦେଖୁଚି ପଚାରୁଚି କାରଣ ବତାଅ। ହଉ କ'ଣ କରିବା, ଆଣିଛି ଯେତେବେଳେ କହିବାକୁ ହେବ। ଯା ଭାବି କହିଲେ ହେଇ ଆଗକୁ ଚାଲ। ସେଇଠି ଚୁଡ଼ା ଗଣ୍ଡାଏ ଖାଇ କଥା କହିବା। ଏହା କହି ସେ ଆଗେଇଲେ। ଆଗକୁ ଯାଇ ବରଗଛ

ମୂଳରେ ଗୋସେଇଁ କହିଲେ, "ରଖ ଗଣ୍ଠିଲି, ଖୋଲ ଛତା, ଅବୋଲକରାରେ ଶୁଣ ସେ କଥା"। ଅବୋଲକରା ଖୁସି ହୋଇ ବସିବାରୁ ଗୋସେଇଁ କହିଲେ- ପୂର୍ବକାଳରେ ହରିପୂଜା ନଗରୀରେ ବିଶ୍ୱମ୍ଭର ନାମରେ ଜଣେ ଚକୁଳିଆ ପଣ୍ଡା ରହୁଥିଲେ। ତାଙ୍କ ସ୍ତ୍ରୀଙ୍କ ନାଁ ବିନୋଦିନୀ। ବିଚରା ଗରିବ। ପଣ୍ଡା ବରଡ଼ାଛତା ଧରି ଗାଁ ବୁଲି ଭିକମାଗି ଆଣେ। ଯାହାମିଳେ ସେଥିରେ ପଣ୍ଡା-ପଣ୍ଡିଆଣୀ ଦିହେଁ ଚଳନ୍ତି। 'ଭିକ ଚାଉଳରେ ଅରୁଆ ଉସୁନା ବାର ବିଚାର କ'ଣ ଅଛି। ତା ଛଡ଼ା' ଗେରସ୍ତ ଭିକାରୀ ବାଞ୍ଝୀ ଭାରିଯା, ଯେତେ ମନ ତେଣେ ତୀର୍ଥ କରିଯା, ବୋଲି କଥାରେ ଅଛି, ଏ ଦିହେଁ ବେଶ୍ ହସ ଖୁସିରେ ଥାନ୍ତି। ଦିନେ ନଈକି ଗାଧୋଇ ଗଲାବେଳେ ପଣ୍ଡିଆଣୀକି ଦେଖି ଜଣେ ସ୍ତ୍ରୀଲୋକ ତା' ଗେରସ୍ତକୁ କହିଲା- ଟିକିଏ ରହିଯାଅ, ବାଞ୍ଝୀ ବ୍ରାହ୍ମଣୀ ମୁହଁ ଦେଖି ଗଲେ ଯଶ ହେବନି। କଥାଟା ବ୍ରାହ୍ମଣୀ କାନରେ ବାଜିଲା। ସେ ନଈରୁ ଆସି ରନ୍ଧାବଢ଼ା ନ କରି ମୁହଁମାଡ଼ି ଶୋଇ ପଡ଼ିଲା। ପାଞ୍ଚଟା ବେଳକୁ ଚକୁଳିଆପଣ୍ଡା ଭିକ ମାଗିଆଣି ଦେଖିଲେ ପଣ୍ଡିଆଣୀ ମୁହଁମାଡ଼ି ଶୋଇଚି। ସେଇଠୁ କ'ଣ ହେଲା ବୋଲି ପଚାରିବାରୁ ବ୍ରାହ୍ମଣୀ କହିଲା ବାରବର୍ଷ ହେଲା ବାହା ହୋଇ ଅଇଲି ପିଲାପିଲିର ମୁହଁ ତ ଦେଖିଲି ନାହିଁ। ପୁଣି ଆଜି ସେ ସାମଲଘର ବୋହୂ ମୋତେ ଦେଖି ତା' ଗେରସ୍ତକୁ କହିଲା ରୁହମ, ବାଞ୍ଝୀ ବ୍ରାହ୍ମଣୀଟା ଯାଉ, ଯିବ। ବାଞ୍ଝୀ ମୁହଁ ଦେଖିଗଲେ ଯଶ ହେବନାହିଁ। ମୁଁ ତ ଏ ଅପମାନ ଆଉ ସହିବି ନାହିଁ। ବାହାହୋଇ ଆସି ଦିନେ ଓଳିଏ ଭଲଖାଇ, ଭଲ ପିନ୍ଧି ତ ପାରିଲି ନାହିଁ। ପୁଣି ତମଭଳି ଅଣପୁରୁଷା ଘରେ ରହି ଅପମାନ ସହିବି ?

ପଣ୍ଡା କହିଲେ ସେ'ଟାତ ହାତର କଥା ନୁହଁ। କରିବା' ଆଜିକାଲି ଯୁଗରେତ ପିଲାପିଲିର ଝିଞ୍ଚଟ ନାହିଁ, ଆମେ ଭଲଅଛୁ କଥାରେ ଅଛି... ବାନ୍ଧି ଗଣ୍ଠି ଚଲରେ, ଦୁଇ ପରାଣୀ ଭଲରେ। ପୁଣି ତୋ ମୁଣ୍ଡରେ କାହିଁକି ଏ ପିଲା ବିଜୁଳି ମାରିଲା। ହଉ ରନ୍ଧା ରନ୍ଧିକର, କାଲି ଶିବପୂଜା କରି ଦେଖେ କ'ଣ ହଉଚି। ସେଇଠୁ ବ୍ରାହ୍ମଣୀ ଉଠି ଖାଇବାର ଯୋଗାଡ଼ କଲା।

ତହିଁଆରଦିନ ପଣ୍ଡା ଶିବପୂଜା କରି ପ୍ରାର୍ଥନା କରିବାରୁ ଶିବ ପ୍ରସନ୍ନ ହୋଇ କହିଲେ କି ବର ମାଗିବୁ ମାଗେ। ପଣ୍ଡା କହିଲେ- ସନ୍ତାନ ଦିଅ, ଶିବ ତ ସେତେବେଳେ ଗଞ୍ଜେଇ ଭୋଳରେ ଥାନ୍ତି, ଆଗପଛ ନ ଭାବି କହିଲେ ସାତ ସନ୍ତାନର ବାପା ମା' ହୁଅ। ହେଲେ ପୁଅ ଝିଅ କିଛି ବାଦ୍‌କରି କହିଲେ ନାହିଁ। ସେହିଦିନୁ ପଣ୍ଡିଆଣୀ ଗର୍ଭବତୀ ହେଲେ ଓ ସମୟ ହେବାରୁ ଗୋଟିଏ ଝିଅ ଜନ୍ମ କଲେ।

ନ ହଉଥିବ ନାଇଁ, ହେଲେ ତ ଆଉ ରକ୍ଷା ନାହିଁ। ପଣ୍ଡିଆଣୀ ବର୍ଷକିଆ ଅଇଣ୍ଠି ହେବାରୁ ନ'ବର୍ଷ ଭିତରେ ସାତଟି ଝିଅ ଜନ୍ମ କଲେ, ଝିଅଗୁଡ଼ିକ ରତୀ ସତୀ

ପରି ସୁନ୍ଦରୀ ସବୁ। ଗରିବ ଘରେ ପରବ ପରି ଝିଅଗୁଡ଼ିକ ସବୁବେଳେ ଖାଇବୁ ଖାଇବୁ ହେଉଥାନ୍ତି। ଥରେ ପଣ୍ଡା ପଣ୍ଡିଆଣୀଙ୍କି କହିଲେ- ଆହେ ! ବହୁଦିନରୁ ପିଠା ଖାଇବାକୁ ମନ ବଳୁଛି, କାଲି କିଛି ଚକୁଳି ପିଠା କରିବଟି। ପଣ୍ଡିଆଣୀ କହିଲେ- କରିଦେବାକୁ ମୁଁ କ'ଣ ମନାକରୁଛି ? ବିରି, ନଡ଼ିଆ, ଚାଉଳ ଆଣି ଦିଅ, କରିଦେବି। ତହିଁଆରଦିନ କୌଣସିମତେ ପଣ୍ଡା ବିରି ଦୁଇ ସେର, ଚାଉଳ ଛ' ସେର, ନଡ଼ିଆ ଗଣ୍ଡାଏ ଆଣିଦେଲେ। ପଣ୍ଡିଆଣୀ ସଜାଡ଼ି ତାକୁ ଚକୁଳି ପିଠା ତିଆରି କଲେ। ହେଲେ ଝିଅପିଲା ଗୁଡ଼ାକ ମା' ପିଠା ତିଆରି କରୁକରୁ ଚୁଲି ପାଖରେ ବସି ଖାଇଦେଲେ। ପଣ୍ଡା ପଣ୍ଡିଆଣୀଙ୍କ ପାଇଁ ଦୁଇଟି ଚକୁଳି ବଳିଲା।

ପଣ୍ଡିଆଣୀ ସେ ଦୁଇଟିକୁ ଥୋଇ ଭାବିଲେ ଏଇଲେ କ'ଣ କରିବି। ଝିଅପିଲା ଚକୁଳିଯାକ ଖାଇଗଲେ। ପଣ୍ଡା ଯୋଉ ବଦରାଗୀ ଲୋକ, ଅବିକା ଆସି ପିଠା ନ ପାଇଲେ ପିଟିଦେବ। ଏମିତି ଭାବୁଭାବୁ ଦେଖିଲେ ଆଗରେ ଷଣ୍ଢ ଗୋବର ପଡ଼ିଚି। ଷଣ୍ଢଟା କୋଉଠି ପାକଲାଧାନ ଖାଇ ଆସି ହଗିଚି ଯେ ସେଥିରେ ଖାଲି ଧାନ ବଲବଲ। ତାକୁ ଦେଖି ପଣ୍ଡିଆଣୀ ମନରେ ଭରସା ହେଲା। ସେ ଗୋଟେଇ ଆଣି ସେଥିରୁ ଦି'ଚାରିବୋଝ ନେଇ ପାଣିରେ ଧୋଇ ଧାନ ବାହାର କରିନେଇ ଅରୁଆ କୁଟି ସେଥିରୁ ମୋଟା ଚକୁଳି ଦି'ଗଣ୍ଡା କରି ତା' ଉପରେ ଆଗ ଚକୁଳି ଦୁଇଟା ଥୋଇଦେଲା ଅଳପ ଧନରେ ବିକଳ ମନ, ପଣ୍ଡିଆଣୀ ବସିଥାନ୍ତି।

ସଞ୍ଜବେଳକୁ ପଣ୍ଡା ଆସି ପଚାରିଲେ ପିଠା କରିଚ ? ଚାଲିବଟି ଦୁଇଟା ଦବ ଖାଇବାକୁ। ପଣ୍ଡିଆଣୀ କହିଲେ ଦେବି କ'ଣ, ଘରେ ଥୁଆ ହୋଇଚି ଖାଇବ ଯାଅ। ସେଇଠୁ ପଣ୍ଡା ଯାଇ ତରବର କରି ଗୋଡ଼ ହାତ ଧୋଇ ଆସି ଚକୁଳି ଖାଇବାକୁ ବସିଗଲେ। ଉପରୁ ଦୁଇଟା ଖାଇ ହସି ହସି କହିଲେ ବଢ଼ିଆ ଚକୁଳି କରିଛ ପଣ୍ଡିଆଣୀ। ତା'ପରେ ତଳୁ ଖଣ୍ଡିଏ ଖାଇଚନ୍ତି ପଣ୍ଡାଙ୍କର ଗୋଟିଏ କୋହଳ ଦାନ୍ତ ଗଳି ପଡ଼ିଲା। ଆଉ ଗୋଟିଏ ଖାଇବାରୁ ଯୋଡ଼ିଏ ଦାନ୍ତ ହରେଇ ବସିଲେ ପଣ୍ଡା। ତା'ପରେ ମୁହଁ ଧୋଉ ଧୋଉ ପଣ୍ଡିଆଣୀକୁ କହିଲେ ଆଗେଭଲ ଲାଗୁଥିଲା। ଏଗୁଡ଼ାକ କ'ଣ କରିଚୁ କ'ଣ ଦେଇ। ରାତିପାହୁ, ଯୋଉ ବାପଘରୁ ଏପରି ପିଠା କରିବା ଶିଖି ଆସିଚ ସେଇଠି ନେଇ ଛାଡ଼ି ଆସିବି। ଏକଥା ଶୁଣି ପଣ୍ଡିଆଣୀ ଭୟ କରି କହିଲେ, ମୋର ଦୋଷ କ'ଣ ? ଭଲ ପିଠା ଗୋଟାଏ ଚେଁ କଲାବେଳକୁ ତ ଝିଅଗୁଡ଼ାକ ଭେଁ କରି ଉଠି ଖାଇଗଲେ ସବୁ। ଶେଷକୁ ଷଣ୍ଢ ଲଣ୍ଡରୁ ଧାନଆଣି ପିଠା କଲାରୁ ସିନା କାଠପରି ହେଲା। ନୋହିଲେ ଆଗପିଠା କେମିତି ତୁଳାପରି ନରମ ହୋଇଥିଲା, କହିଲ।

ପଣ୍ଡା ଭାବିଲେ ଏ ପିଲାଗୁଡ଼ାକ ଯାହାହେଲେଣି ମଣିଷକୁ ଖୋଇପେଇ

ଦେବେ ନାହିଁ। ଏ ଗୁଡ଼ାକୁ ତଡ଼ିଦେଲେ ରକ୍ଷା। ଏହା ଭାବି ତହିଁଆରଦିନ ଝିଅ ପିଲାଙ୍କୁ କହିଲେ- ସବୁ ଖିଆପିଆ ସାରି ଆସ। ତମକୁ ଯାତରା ଦେଖେଇ ନେଇଯିବି। ଯାତରା କଥା କହିଲେ ତ ପିଲାଏ ଆତୁରା ହୋଇ ବାହାରନ୍ତି। ଏମାନେ ଯାତରା ନାଁ ଶୁଣି ଜାମା ଲୁଗା ମଡ଼େଇ ଗୁଲୁଗୁଲୁ ହୋଇ ବାହାରିଲେ।

ପଣ୍ଡା ସେଗୁଡ଼ିଙ୍କୁ ନେଇ ଅନେକ ଦୂର ଯିବାରୁ ଗୋଟିଏ ଜଙ୍ଗଲ ପଡ଼ିଲା। ଝିଅଗୁଡ଼ିକ କହୁଥାନ୍ତି ବାପା! ଯାତରା ଆଉ କେତେ ବାଟ ରହିଲା? ପଣ୍ଡା କହୁଥାନ୍ତି ଆଗକୁ ଚାଲ, ଅଳପ ଦୂର ଅଛି। ଏମିତି କହିଯାଇ ଯେମିତି ଘୋର ବନସ୍ତ ମଝିରେ ପହଞ୍ଚିଲେ ସେଇଠି ଗୋଟିଏ ଗଛମୂଳରେ ଝିଅଗୁଡ଼ିଙ୍କୁ ବସେଇ ପଣ୍ଡା କହିଲେ- ତମେ ଏଇଠି ବସିଥାଅ, ମୁଁ ଜଳଖିଆ ଆଣେ। ଏହା କହି ସେ ଏକବାରେ ଛୁ। ରାତି ଛ' ଘଡ଼ିବେଳକୁ ଆସି ଘରେ ପହଞ୍ଚି ଡାକିଲେ, ଆହେ ପଣ୍ଡିଆଣୀ ଦରଜା ଖୋଲ। ପଣ୍ଡିଆଣୀତ ଚାହିଁ ବସିଥାନ୍ତି। ପିଲାମାନେ କେତେବେଳେ ଆସିବେ। ପଣ୍ଡା ପହଞ୍ଚି ପିଣ୍ଡାରେ ବସି ମୁଣ୍ଡରେ ହାତ ଦେଇ କାନ୍ଦିଲେ ହିଁ, ହିଁ, ହିଁ। ପଣ୍ଡିଆଣୀ ଆକାବାକା ହୋଇ ପଚାରିଲେ- କିହୋ କ'ଣ ହେଲାକି? ପଣ୍ଡା କହିଲେ ଆମ ସାତଝିଅଙ୍କୁ ବାଘ ନେଇଗଲା ହିଁ, ହିଁ, ହିଁ, ହିଁ। ଏହାଶୁଣୀ ପଣ୍ଡିଆଣୀ ବାଡ଼େଇ କଚାଡ଼ି ହୋଇ ଆଲୋ ସୁମୀ, ଚେମୀ କାହିଁ ଗଲରେ, ଆଲୋ ମୋର ଜେମା, ଉଷୀ କାହିଁ ଗଲରେ, କହି କାନ୍ଦିବାକୁ ଲାଗିଲେ। ପଣ୍ଡା ମଧ୍ୟ ଅଣ୍ଡା ହୋଇ ଭାବିଲେ ରାଗ ମୁଣ୍ଡରେ କାମଟା ଭଲକରି ନାହାନ୍ତି। ବ୍ରାହ୍ମଣ ଜାତିରେ ଯୋଉ କନ୍ୟା ଅଭାବ, ଲୋକେ ଗଞ୍ଜାମରୁ ପାକିସ୍ଥାନ ଯାଏ ଦଉଡୁଛନ୍ତି, ଯୋଉ ସୁନ୍ଦରିଆ ଝିଅଗୁଡ଼ାକ ହୋଇଥିଲେ ବିକି ଦେଇଥିଲେ ବି ସାତହଜାର ଟଙ୍କା ହୋଇଥାନ୍ତା। ଏହି ପ୍ରକାର ଭାବି କାନ୍ଦିକୋଡ଼ି ହୋଇ ରହିଲେ।

ତେଣେ ବେଳ ବୁଡ଼ିଆସିଲା। ଝିଅଗୁଡ଼ିକ ବାପାଙ୍କୁ ଚାହିଁ ଚାହିଁ ସଞ୍ଜହୋଇ ଆସିବାରୁ, ସେଇ ବରଗଛ ଉପରକୁ ଉଠି ଡାଳରେ ବସି କାନ୍ଦିବାକୁ ଲାଗିଲେ। ଭୋକରେ ପେଟ ଜଳୁଛି। ବାଘଭାଲୁ ଦୌଡୁଚନ୍ତି। ସେଥିପାଇଁ ସେମାନେ ନୀରବରେ ବସି କାନ୍ଦୁଛନ୍ତି।

ଯୋଗକୁ ସେଦିନ ସେ ଦେଶର ରାଜା ଶିକାର କରିବାକୁ ଯାଇ ରାତି ହୋଇଯିବାରୁ ସେଇ ଗଛମୂଳରେ ଆଶ୍ରୟ ନେଲେ। 'ନିରାଶ୍ରୟମାଂ ଜଗଦୀଶ ରକ୍ଷ' ଭଳି ଭଗବାନ ତାଙ୍କୁ ନେଇ ସେଇଠି ଜୁଟେଇ ଦେଲେ। ରାଜା ଗଛମୂଳରେ ବସିଚନ୍ତି, ଏହିବେଳେ ଉପରୁ ଟୋପା ଟୋପା କରି ଲୁହ ବିନ୍ଦୁ ଝରି ପଡ଼ିଲା। ରାଜା ଭାବିଲେ ଉପରୁ କ'ଣ ପଡ଼ିଲା। ଚଢ଼େଇ ଜନ୍ତୁ ମୁତିଲେ ନା କ'ଣ। ଏହାଭାବି ଉପରକୁ ଆଲୁଅ ପକେଇ ଦେଖିଲେ ସାତଝିଅ ବସି କାନ୍ଦୁଛନ୍ତି। ରାଜା ଲୋକ ପଠେଇ ଝିଅଗୁଡ଼ିକୁ

ଓହ୍ଲାଇ ଆଣି କଥା କ'ଣ ପଚାରିବାରୁ ଝିଅମାନେ କହିଲେ ଆମେ ଚକୁଳିଆ ପଣ୍ଡାଙ୍କ ଝିଅ। ବାପା ଆମକୁ ପୋଷି ନ ପାରିବାରୁ ବଣରେ ଛାଡ଼ି ଯାଇଛନ୍ତି।

ରାଜା ଦେଖିଲେ ଝିଅଗୁଡ଼ିକ ଦେଖିବାକୁ ଅତି ସୁନ୍ଦରୀ। ବ୍ରାହ୍ମଣ ଜାତିର ଝିଅ, ବଡ଼ଟି ଯୁବତୀ ହେବାକୁ ଯାଉଚି। ତା ତଳଟି ବାଳା, ତା ତଳଟି କିଶୋରୀ। ଯଦିଓ 'ଆତ୍ମାନାଂ ସତତଂ ରକ୍ଷେ' କଥାକୁ ଭାବି ପେଟଦାଉ ପାଇଁ ପଣ୍ଡା ଛାଡ଼ିଗଲା, ଆମରତ ଧନର ଅଭାବ ନାହିଁ, ଆମେ ଏ ସାତ କନ୍ୟାଙ୍କୁ ନେଇ ରାଣୀ କରିବା। ଏହା ଭାବି ସୁଆରିରେ ଚଢ଼େଇ ସାତ ଭଉଣୀଙ୍କୁ ନେଇ ଯାକଯମକ କରି ବାହା ହେଲେ। 'କପାଳ ଲିଖନ କେ କରିବା ଆନ, ସୁକୃତ ଫଳଇ ଆସିଲେ ସୁଦିନ' କଥାପରି ଏମାନେ କୁଡ଼ିଆରୁ ଯାଇ ଗଡ଼ କୋଡ଼ରେ ବସି ରାଣୀ ହେଲେ। ରାଜା ସାତରାଣୀଙ୍କୁ ନେଇ ମଉଜରେ ଥା'ନ୍ତି... ଏମାନଙ୍କୁ ଦାସଦାସୀ ଖଟୁଥାନ୍ତି।

ଏମିତିକରି ଅନେକ ଦିନ ଗଲା। ହେଲେ ବଡ଼ ଛ'ଭଉଣୀଙ୍କର କାହାରି ପିଲାପିଲି ହେଲେ ନାହିଁ। ସେଥିପାଇଁ ରାଜାଙ୍କର ମନ ଦୁଃଖ। କେତେଦିନ ପରେ ସବା ସାନରାଣୀର ଗର୍ଭ ହେଲା, କଥାରେ ଅଛି- 'ଅନ୍ୟ ସଉତୁଣୀ ଲାଳେ ପାଳେ, ଭଉଣୀ ସଉତୁଣୀ ବିଷଦେଇ ଜାଳେ।' ଏଠି ସେମିତି ହେଲା ସାନ ଭଉଣୀର ଗର୍ଭ ହେବାରୁ ବଡ଼ ଛ' ଭଉଣୀ ବିଚାର କଲେ ଆମର ତ ପିଲା ହେଲେ ନାହିଁ, ସାନ ଅଳପ ଦିନେ ପୁଅ ମା' ହୋଇ ରାଜଲକ୍ଷ୍ମୀ ବୋଲାଇବ ଆମେ ଅନାଦରରେ ସଢ଼ିବା ସିନା। ଏମିତି ପାଞ୍ଚ କରୁ କରୁ ସାନ ରାଣୀର ଦଶମାସ ପୂରିଲା। ଗର୍ଭ ଯନ୍ତ୍ରଣା ବଢ଼ିଲା। ଯେଉଁଦିନ ପ୍ରସବ ହେବ ସେହିଦିନ ଏମାନେ ପାଞ୍ଚକରି ଗୋଟିଏ କାଠ କଣ୍ଢେଇ ପିତୁଳାଟି କରି ରଖିଲେ। ରାତି ବେଳକୁ ଯେମିତି ପ୍ରସବ ବେଳ ହେଲା... ଏମାନେ ପୋଖତୀ ଆଖିରେ ଅନ୍ଧପୁଟୁଳି ବାନ୍ଧି ବସାଇଲେ ଶୁଳିଆଣୀକୁ ଟଙ୍କା ଦେଇ ହାତ କଲେ। ଅଧରାତିରେ ପ୍ରସବ ହେଲା ପୁଅଟିଏ। ଏମାନେ ସେ ପୁଅଟିକୁ ପୋଖତୀ ପାଖରୁ କାଢ଼ିନେଇ ସେଠି କାଠ କଣ୍ଢେଇଟିକୁ ଥୋଇଦେଇ ଆସିଲେ। ଶୁଳିଆଣୀକୁ ଟଙ୍କାଦେଇ ଶିଖାଇ ଦେଇ ରାଜା ପଚାରିଲେ କହିବୁ ସାନରାଣୀ ଏଇ କାଠ କଣ୍ଢେଇଟି ଜନ୍ମ କରିଛନ୍ତି।

କିଛି ସମୟ ପରେ ସାନରାଣୀର ଚେତା ହେଲା। ରାଜା ମଧ୍ୟ ଆସି ପଚାରିଲେ କ'ଣ ହୋଇଛି, ଶୁଳିଆଣୀ ଦିହିଁଙ୍କି ସେ ପିତୁଳାଟି ଦେଖେଇ କହିଲା ରାଣୀ ଏଇ କାଠ କଣ୍ଢେଇଟି ଜନ୍ମ କରିଛନ୍ତି। ରାଜା ରାଣୀ ଦିହେଁ ମନ ଦୁଃଖରେ ରହିଲେ। ଏ ଛ'ରାଣୀ ଜନ୍ମିଥିବା ପୁଅଟିକୁ ଗୋଟେ ହାଣ୍ଡିରେ ପୁରାଇ ପୋଖରୀ ବନ୍ଧରେ ପୋତି ଦେଇ ଆସିଲେ। ରାଜାଙ୍କୁ ଦେଖିଲେ କହନ୍ତି, 'ରାଣୀ ଦେଇଛନ୍ତି କାଠ କଣ୍ଢେଇ, ରଜାଙ୍କର ଗେଲ ଯାଉଛି ବହି।'

ଏହିପରି ସାତ ବର୍ଷରେ ସାନରାଣୀ ସାତଟି ପୁଅ ଜନ୍ମକଲେ ଓ ସେମାନେ ସେହିପରି କାଠ କଣ୍ଢେଇ ରଖି ପୁଅଗୁଡ଼ିଙ୍କୁ ନେଇ ପୋଖରୀ ବନ୍ଧରେ ପୋତିଦେଲେ। ଏହାପରେ ସାନରାଣୀ ଗୋଟିଏ ଝିଅ ଜନ୍ମକଲେ। ତାକୁ ମଧ୍ୟ ଏମାନେ ପୂର୍ବପରି ପୋତିଦେଲେ। ଏହା ଦେଖି ସାନରାଣୀ ବଡ଼ ଦୁଃଖରେ ରହିଥାନ୍ତି। କଥାଗୁଡ଼ାକ ରାଜ୍ୟଯାକ ବିଛୁଡ଼ିଗଲା। ଯିଏ ଶୁଣିଲା ସିଏ କହିଲା- ବରଂ ବନ୍ଧ୍ୟା, ବରଂ ପୁଂସ୍ୟା ଅଥବା ନପୁଂସା ହେବା ଭଲ, ଏପରି ଅଲକ୍ଷଣୀ ଜନ୍ମ ହେବା ଉଚିତ୍ ନୁହେଁ। ରଜା ଏକଥା ଶୁଣି ତାଙ୍କ ମନରେ ମଧ୍ୟ କ୍ରୋଧ ଆସିଲା। ସେ ଅତି କୋପକରି ସାନରାଣୀଙ୍କୁ ରାଜପୁରୀରୁ ତଡ଼ିଦେଲେ। ଗନ୍ତାୟତଙ୍କୁ କହିଲେ- ଆଜିଠାରୁ ଏ ଅଲକ୍ଷଣୀ ଯାଇ ଘୋଡ଼ାଶାଳରେ ରହୁ, ଘୋଡ଼ାଶାଳ ସଫା କରୁ ତାକୁ ଦିନକୁ ଅଧସେରେ ଲେଖାଏଁ ଚାଉଳ ଦେବ। ଏହା କହି ସାନରାଣୀଙ୍କୁ ଘରୁ ତଡ଼ିଦେଲେ। ଡଗର ତାଙ୍କୁ ନେଇ ଘୋଡ଼ାଶାଳରେ ଛାଡ଼ିଦେଇ ଆସିଲା। ରାଣୀ କର୍ମ ଆଦରି ଈଶ୍ୱରଙ୍କୁ ଦୁଃଖ ଜଣାଇ ଘୋଡ଼ାଶାଳ ସଫାକରି ରହିଥାଏ। ତା'ର ଏ ଅବସ୍ଥା ଦେଖି ବଡ଼ ରାଣୀମାନେ ଖୁସି ହେଉଥାନ୍ତି।

ମଣିଷ ଭାଗ୍ୟରେ କ'ଣ ଅଛି କେହି କହିପାରିବେନି। ଆଜି ଯେ ରାଜେନ୍ଦ୍ରସନେ କାଲି ସେ ଭିକାରୀ। ଦରିଦ୍ର ପଣ୍ଡାଝିଅ ବନବାସିନୀରୁ ରଜାଙ୍କର ପ୍ରିୟବତୀ ରାଣୀ, ପରେ ଘୋଡ଼ାଶାଳ ନିକାଣୀରୁ କ'ଣ ହେବେ କିଏ କହିବ। ନିୟତିର ବରାଦ 'କାହାର ଆୟତନାହିଁ ଏ ଜଗତେ, ନିୟତିକୁ ନେବ ନିଜ ଇଚ୍ଛାପଥେ' ପଦକୁ ଭାବି ରାଣୀ ଘୋଡ଼ାଲଣ୍ଡୀ ସଫା କରି ବଞ୍ଚୁଥାଏ। ତେଣେ ତା'ର ସାତପୁଅ ଓ ଝିଅଟି ପୋତା ହୋଇଥିବା ଜାଗାରେ ସାତଟି ଅର୍ଜ୍ଜୁନଗଛ ଓ ଗୋଟିଏ ପାଟଳୀଗଛ ହୋଇ ଉଠିଲେ। ରାଣୀ ଘୋଡ଼ାଶାଳକୁ ଯିବା ବର୍ଷକ ଭିତରେ ସେ ଗଛ ବଢ଼ି ବଢ଼ି ଉଠି ସେଥିରେ ସୁନାଫୁଲ ଫୁଟିଲା। ରାତି ପାହିଲା ବେଳକୁ ସୁନାର ଫୁଲଗୁଡ଼ିକ ଝଡ଼ି ଗଛ ମୂଳରେ ପଡ଼ିଥାଏ। ବାଟୋଇମାନେ ଗୋଟାଇ ନେଇ ହାଟରେ ବିକି ହଜାର ହଜାର ଟଙ୍କା ପାଆନ୍ତି। କ୍ରମେ ଏକଥା ଦେଶଯାକ ଚହଲି ଗଲା। ଲୋକମାନେ ସୁନାଫୁଲ ନବାକୁ ସକାଳେ ଆସି ଭିଡ଼ ଜମେଇଲେ।

ମାଳି ଏକଥା ଯାଇ ରାଜାଙ୍କୁ ଜଣେଇବାରୁ ରାଜା ସେ ଗଛ ଜଗିବାକୁ ପାଇକ ପଠାଇ ଦେଲେ। ସେମାନଙ୍କୁ ହୁକୁମ ଦେଲେ ତମେ କଡ଼ା ପହରା ଦେଇ ରହିବ, ଯେପରି ଅନ୍ୟ କେହି ଗୋଟିଏ ବି ସୁନାଫୁଲ ନେଇ ନଯାଏ। ମାଳିଙ୍କୁ କହିଲେ ସକାଳେ ଯେତେ ସୁନାଫୁଲ ଝଡ଼ିବ ସେ ସବୁକୁ ଆଣି ତୁମେ ଆମଠାରେ ଜମା ଦେବ। ରଜାଙ୍କର ହୁକୁମ ପାଇ ମାଳି ଓ ପାଇକମାନେ ଯାଇ ବଗିଚାକୁ ଜଗି

ରହିଲେ। ମାଳିମାନେ ଗଛମୂଳରେ ଜଗି ବସିବାରୁ ଗଛର ଫୁଲତକ ସବୁ ବିଚାର କଲେ-

"ଆମେ ସାତଭାଇ ସାତ ଅରଜୁନ, ଭଉଣୀ ପାଟଳୀ ଫୁଲ
ଆମ ବାପାଙ୍କର ମାଳି ଆସିଛନ୍ତି; ଦେବା କି ନ ଦେବା ବୋଲ"

ଅର୍ଜୁନ ଡାଳରେ କଢ଼ିଗୁଡ଼ିକ ଏକଥା କହିବାରୁ ପାଟଳୀ ଗଛର କଢ଼ି କହିଲା-
'ଭାଇରେ ମଞ୍ଚେରହୁ ମୂଳ, ଆମର ସ୍ୱର୍ଗେ ଲାଗୁ ଡାଳ
ଆମେ ଥାଉ ଥାଉ ଆମର ମା' ପୋଛେ ଘୋଡ଼ାଶାଳ।'

ଏକଥା ଶୁଣି ଆଠଟିଯାକ ଗଛ ଏକବାରେ ପଚାଶ ହଜାର ହାତ ଆକାଶକୁ ବଢ଼ିଗଲେ। ଫୁଲବି ଗୋଟିଏ ଝଡ଼ିଲା ନାହିଁ। ମାଳିମାନେ ଆଙ୍କୁଡ଼ି ନଳଯୋଡ଼ି ବଢ଼େଇ ବି ଫୁଲ ଗୋଟିଏ ଝଡ଼େଇ ପାରିଲେ ନାହିଁ।

ଉପାୟରେ ହତାଶ ହୋଇ ଶେଷକୁ ଯାଇ 'ଏକଥା ରାଜାଙ୍କୁ ଜଣେଇ ଦେଲେ। ରଜା ଯେମିତି ଶୁଣିଲେ ଗଛଗୁଡ଼ାକ ମଣିଷ ପରି କଥା କହି, ବିଚାର କରି ଆକାଶକୁ ବଢ଼ିଗଲେ ବୋଲି, ତାଙ୍କୁ ବଡ଼ ବିସ୍ମୟ ଲାଗିଲା। ବିଦୂଷକ ପୁଣି କହିଲା- ହଜୁର ରାଜା, ପ୍ରଜା, ଭାଇ, ଭାଉଜ, ପୁଅ, ଭାର୍ଯ୍ୟାସିନା ଷଡ଼ଯନ୍ତ୍ର କରନ୍ତି ମଣିଷ ବୋଲି। ଅବିକା ଗଛ ଗୁଡ଼ାକ ବି ଷଡ଼ଯନ୍ତ୍ର କରୁଚନ୍ତିନା ମଣିଷ ପରି। ଅସମ୍ଭବ, ଅସମ୍ଭବ ମହାରାଜ। 'ଶିଳାଭାସତି ପାଣିୟାଂ ଗୀତଗାବନ୍ତି ବାନରାଃ' କୋଉଠି ହୋଇଛି ? ପଥର ପାଣିରେ ଭାସେ, ମାଙ୍କଡ଼ ଗୀତ ଗାଏ କେବେ ଦେଖିଛନ୍ତି ? ଗଛଗୁଡ଼ାକ କଥା କହି ଆକାଶକୁ ବଢ଼ିଯିବେ କିପରି ? ହଜୁର ଭଲକରି ତଦନ୍ତ କରନ୍ତୁ। ଏ ବେହିପୋ ଗାଲୁଆ ଗୁଡ଼ାକ, ମିଛକଥା କହୁଛନ୍ତି।

ରାଜା ସେଦିନ ରାତିରେ ପୁଣି ବିଶ୍ୱାସୀ ବର୍କନ୍ଦାଜ୍ ପଠାଇ ଗଛମୂଳ ଜଗାଇଲେ ଓ କହିଲେ ସକାଳେ ସୁନା ଫୁଲ ଝଡ଼ିଲେ ସବୁ ତମେ ଘେନି ଆସିବ। ବର୍କନ୍ଦାଜ୍‌ମାନେ ଯୋହୁକୁମ୍ କହିଯାଇ ଗଛମୂଳ ଜଗି ରହିଲେ। ତାଙ୍କୁ ଦେଖି ରାତିରେ ଗଛଗୁଡ଼ାକ କହିଲେ-

"ଆମେ ସାତଭାଇ ସାତ ଅରଜୁନ, ଭଉଣୀ ପାଟଳୀ ଫୁଲ,
ଆମ ବାପାଙ୍କର ସେନା ଆସିଛନ୍ତି ଦେବାକି ନଦେବା ବୋଲ"।

ଏହାଶୁଣି ପାଟଳୀ ଗଛ କହିଲା-

"ଭାଇରେ ମଞ୍ଚେରହୁ ମୂଳ ଆମର ସ୍ୱର୍ଗେ ଲାଗୁ ଡାଳ
ଆମେ ଥାଉ ଥାଉ ଆମର ମା' ପୋଛେ ଘୋଡ଼ାଶାଳ।"

ଏହା କହିବାରୁ ଆଠଟିଯାକ ଗଛର ଡାଳ ସୁନାଫୁଲରେ ହସି ହସି ପୂର୍ବପରି ଆକାଶକୁ ଉଠିଗଲେ। ରାତିପାହିବାରୁ ବର୍କନ୍ଦାଜମାନେ ଅନେଇଲେ ଗଛ ଡାଳଗୁଡ଼ିକ ଦୃଷ୍ଟି ପାରେଇ ଆକାଶକୁ ବଢ଼ିଯାଇଛନ୍ତି। ସେମାନେ ଏ ଆଶ୍ଚର୍ଯ୍ୟ ଦେଖି ଶୁଣି ଆସି ରାଜାଙ୍କୁ ଜଣେଇ ଦେଲେ। ରାଜା ଏ ଖବର ପାଇ ବଡ଼ ଭାବିତ ହେଲେ। ବିଦୂଷକ କହିଲେ ହଜୁର। ବର୍କନ୍ଦାଜଗୁଡ଼ାକର କଥାଶୁଣି ଭାବୁଚନ୍ତି କ'ଣ? ସେଗୁଡ଼ାକ ତ ଧରିଆଣ କହିଲେ ବାନ୍ଧି ଆଣନ୍ତି, ତାଙ୍କ ଦେହି ଏ କାର୍ଯ୍ୟହେବ? ମନ୍ତ୍ରୀତ ସର୍ବେସର୍ବା, ତାଙ୍କୁ ପଠାଉନାହାନ୍ତି। ରାଜା କହିଲେ ଠିକ୍ କହିଚ ବିଦୂଷକ, ଆଜି ମନ୍ତ୍ରୀ ଯାଆନ୍ତୁ। ତହୁଁ ସେ ମନ୍ତ୍ରୀଙ୍କୁ ଡାକି ପୂର୍ବପରି ହୁକୁମ୍ ଦେଲେ।

ମନ୍ତ୍ରୀ ବିଚରା ନ କରିବେ ଚାରା କାହିଁ। ରାଜା ଆଜ୍ଞା ମାନି ଦରଓ୍ୱାନୀ କରିବାକୁ ବାଧ୍ୟ ସେ। 'ପୁଣି କଲେ କୁଳ କୁଟୁମ୍ବକୁ ଲାଜ ନକଲେ କୁଳ ଭାସି ଯାଉଚି' ନିରୁପାୟ ହୋଇ ସେ ଖୁଣ୍ଟିଆକୁ ସାଙ୍ଗକରି ଗଛମୂଳେ ଜଗି ବସିଲେ। ରାତି ବେଶି ହେବାରୁ ଯାଙ୍କୁ ଦେଖି ସୁନାର ଫୁଲ ଫୁଟିଥିବା ଡାଳ କହିଲେ-

"ଆମେ ସାତଭାଇ ଅରଜୁନ ଭଉଣୀ ପାଟଳୀ ଫୁଲ,
ଆମ ବାପାଙ୍କର ମନ୍ତ୍ରୀ ଆସିଚନ୍ତି ଦେବାକି ନଦେବା ବୋଲ"

ଏକଥା ଶୁଣି ପାଟଳୀ ଗଛ କହିଲା-

"ଭାଇରେ ମଞ୍ଜେ ରହୁ ମୂଳ ଆମର ସ୍ୱର୍ଗେ ଲାଗୁ ଡାଳ
ଆମେ ଥାଉ ଥାଉ ଆମର ମା' ପୋଛେ ଘୋଡ଼ାଶାଳ।"

ଏହାଶୁଣି ଆଠଟିଯାକ ଡାଳ ଯାଇ ପୂର୍ବପରି ଆକାଶରେ ଲାଗିଲା। ମନ୍ତ୍ରୀ ଦେଖି ଅବାକ୍ ହୋଇ ଆସି ରାଜାଙ୍କୁ ଘଟଣା ସବୁ ଜଣାଇଦେଲେ।

ଏକଥା ଶୁଣି ରାଜା ବଡ଼ ବିସ୍ମିତ ହୋଇ ଭାବିବାରୁ ବିଦୂଷକ କହିଲା ହଜୁର! ମନ୍ତ୍ରୀଙ୍କ କଥା ଶୁଣି ଭାବୁଚନ୍ତି କ'ଣ? ଏ' ତଭୋଟିଆ ମନ୍ତ୍ରୀ ନୁହଁନ୍ତି ଯେ ମିଛସତ ଯୋଡ଼ି ଫଳେଇ ନେଇ ପଳେଇ ଯିବାକୁ ବସିଚନ୍ତି। ପାଠୁଆ ମନ୍ତ୍ରୀ ମିଛ କହିବେ କାହିଁକି। ଏ ସନ୍ଦେହ ହଉଚି ଯଦି ନିଜେ ଦେଖି ବିଡ଼ି ଆସୁ ନାହାନ୍ତି। କଥାରେ ଅଛି-

"ଯାହା ନଦେଖିବେ ଦୁଇ ନୟନେ ପରତେ ନଯିବ ଗୁରୁ ବୟାନେ।

ରାଜା କହିଲେ- ଠିକ୍ କହିଚ, ଆଜି ରାତିରେ ମୁଁ ନିଜେ ଯାଇ ବୁଝିବି, ଏହା କହି ସେଦିନ ରାତିକି ରାଜା ନିଜେ ମନ୍ତ୍ରୀ ଖୁଣ୍ଟିଆଙ୍କୁ ନେଇ ଗଛ ମୂଳରେ ଜଗି ବସିଲେ। ଅଧରାତି ହେବାରୁ ଗଛ ଗୁଡ଼ିକ ପୂର୍ବପରି ବିଚାର କଲେ।

"ଆମେ ସାତଭାଇ ସାତ ଅରଜୁନ, ଭଉଣୀ ପାଟଳୀ ଫୁଲ
ଫୁଲ ପାଇଁ ବାପା ନିଜେ ଆସିଚନ୍ତି ଦେବାକି ନଦେବା ବୋଲ"

ଏକଥା ଶୁଣି ପାଟଳୀ ଗଛର ଡାଳଟି ଉତଳା ପରି ଦୋହଲି କହିଲା...

"ଭାଇରେ ମଞ୍ଜେ ଥାଉ ମୂଳ ଆମର ସ୍ୱର୍ଗେ ଲାଗୁ ଡାଳ

ଆମେ ଥାଉଁ ଥାଉଁ ଆମରି ମା' ପୋଛେ ଘୋଡ଼ାଶାଳ"।

ଏକଥା ଶୁଣି ଚାହୁଁ ଚାହୁଁ ମୁହୂର୍ତ୍ତକ ଭିତରେ ଗଛର ଅଗ ଯାଇ ପଚାଶ ହଜାର ହାତ ଉଚ୍ଚ ଆକାଶରେ ଲାଗିଲା। ଗଛଗୁଡ଼ିକର କଥା ଶୁଣି ଓ ରୀତି ଦେଖି ରାଜା ବଡ଼ ଭାବିତ ହେଲେ। କିଛି ସମୟ ପରେ ମନ୍ତ୍ରୀଙ୍କୁ କହିଲେ- ମନ୍ତ୍ରୀ! ଏଥିରେ କିଛି ଗୂଢ଼ ରହସ୍ୟ ଅଛି। ନୋହିଲେ ଏ ଗଛଗୁଡ଼ିକ ମୋତେ ଦେଖି ବାପା ବୋଲି କହିଲେ କାହିଁକି। ଆଉ ଆମର ମା' ପୋଛେ ଘୋଡ଼ାଶାଳ, କଥା କହୁଛନ୍ତି କାହିଁକି ? ମନ୍ତ୍ରୀ ଚିନ୍ତା କରି କରି କହିଲେ ଆଛା ସେ ଯୋଉ ରାଣୀଙ୍କି ହଜୁର ଘୋଡ଼ାଶାଳ ପୋଛଉଚନ୍ତି ତାଙ୍କୁ ଡକାଇ ବୁଝିଲେ ହୁଅନ୍ତା ନାଇଁ ? ମନ୍ତ୍ରୀଙ୍କ କଥା ଶୁଣି ରଜାଙ୍କର ଖିଆଲ ହେଲା। ସେଇଠୁ ସେ ଖୁଣ୍ଟିଆ ଓ ମନ୍ତ୍ରୀଙ୍କୁ ପଠାଇ ଘୋଡ଼ାଶାଳରୁ ସାନ ରାଣୀଙ୍କୁ ଡକାଇ ନେଲେ।

ସାନରାଣୀ ଯିବାରୁ ରାଜା ତାଙ୍କୁ ପଚାରିଲେ ଆମର ଏହି ଆଠଟି ଗଛର ସୁନାଫୁଲ ଫୁଟି ଝଡୁଚି। ବାଟୋଇମାନେ ଗୋଟେଇ ନେଇ ଯାଉଚନ୍ତି। ଆମେ ଆସିବାରୁ ଗଛ ଗୁଡ଼ିକ ଆକାଶକୁ ବଢ଼ିଯାଇ କାହିଁକି ଏପରି କହୁଚନ୍ତି, ତମେ ଏ ସମ୍ବନ୍ଧେ କିଛି କହିପାରିବ- ସାନରାଣୀ କହିଲେ, ମୁଁ ତ ଘୋଡ଼ାଲଣ୍ଡି ସଫା କରିବା ଲୋକ, ଗଛ ଗଣ୍ଡି କ'ଣ କହୁଚି ମୁଁ ଜାଣିବି କିପରି ? ଯିଏ ଗଛ ହୋଇ କଥା କହୁଚନ୍ତି, ଆପଣ ତାଙ୍କୁ ପଚାରନ୍ତୁ ସେମାନେ ହୁଏତ ତାଙ୍କ କଥା କହିପାରିବେ।

ଏହାଶୁଣି ରାଜା କହିଲେ- ତୁମେ ସେ ଗଛରୁ ସୁନାଫୁଲ ତୋଳିଆଣ। ରାଣୀ କହିଲେ ମୁଁ ତ ଅଲକ୍ଷଣୀ ବୋଲି ରାଜ୍ୟରେ ଚହଳ ପଡ଼ିଛି ଏବଂ ଆପଣ ମୋତେ ଘରୁ କାଢ଼ିଦେଇ ଘୋଡ଼ାଶାଳ ସୁତରା କରଉଚନ୍ତି, ମୁଁ ପୁଣି ସୁନାଫୁଲ ତୋଳିବାକୁ ଯିବି କିପରି ? ଯାହାକୁ ଏତେ ଲୋକ ପାରୁନାହାନ୍ତି, ମହାରାଜା ନିଜେ ମଧ୍ୟ ପାରିଲେ ନାହିଁ, ତାକୁ ଯଦି ଏ ଅଲକ୍ଷଣୀ ଛୁଏଁ ଆଉ କ'ଣ ରହିବ ? ରାଜା କହିଲେ- ମୁଁ ରାଜା, ମୋ ଆଦେଶ ତୁମେ ମାନି ଚଳିବାକୁ ବାଧ୍ୟ। ଯାଅ ଫୁଲତୋଳି ଦେଖ କ'ଣ ହେଉଚି। ଏ କଥା ଶୁଣି ସାନରାଣୀ ଯାଇ ଯେମିତି ଗୋଟିଏ ଅର୍ଜ୍ଜୁନ ଗଛକୁ ଛୁଇଁଚି, ସଙ୍ଗେ ସଙ୍ଗେ ସେ ଗଛଟି ଗୋଟିଏ ଯୁବକ ରୂପ ଧରି ଆସି ଆଗେ ରାଣୀଙ୍କି ଓ ପରେ ରାଜାଙ୍କୁ ପ୍ରଣାମ କରି ଛିଡ଼ା ହେଲା। ତା'ପରେ ରାଣୀ ଯାଇ ଆର ଗଛଟିକୁ ଯେମିତି ଛୁଇଁଛନ୍ତି ସେ ମଧ୍ୟ ସେହିପରି ସୁନ୍ଦର ଯୁବକଟିଏ ହୋଇ ଆସି ଆଗେ ରାଣୀଙ୍କି ପ୍ରଣାମ କରି ପରେ ରାଜାଙ୍କୁ ପ୍ରଣାମ କରି ମୁହଁ ପୋତି ଛିଡ଼ାହେଲା। ଏହି ପ୍ରକାର ରାଣୀ ସାତଟି ଅର୍ଜ୍ଜୁନ ଗଛକୁ ଛୁଇଁବାରୁ ସେ ସାତଟି ଯୁବକ ପାଲଟି ଆସି ରାଣୀ ରାଜାଙ୍କୁ ପ୍ରଣାମ କରି

ଛିଡ଼ାହେଲେ । ତାପରେ ରାଣୀ ଯାଇ ପାଟଳୀ ଗଛଟିକୁ ଛୁଇଁବାରୁ ସେ ଗୋଟିଏ ଉର୍ବଶୀ ପରି ସୁନ୍ଦରୀ କନ୍ୟା ହୋଇ ଆସି ରାଣୀ ରଜାଙ୍କୁ ପ୍ରଣାମ କରି ମୁହଁ ପୋତି ଛିଡ଼ା ହେଲା ।

ରଜା, ମନ୍ତ୍ରୀ ଓ ରାଣୀ ଗଛରୁ ମଣିଷ ହେବାର ପୁଅଝିଅଙ୍କୁ ଦେଖି ଅବାକ୍ ହେଲେ । ରଜା ବିସ୍ମିତ ହୋଇ ପଚାରିଲେ ତୁମ୍ଭେମାନେ କିଏ କେଉଁ କାରଣରୁ ଗଛ ହୋଇଥିଲ, ପୁଣି ରାଣୀ ଛୁଅନ୍ତେ କାହିଁକି ମଣିଷ ହେଲ ସେ କଥା କହୁ ? ଏହାଶୁଣି ବଡ଼ ପୁଅ ଯେଉଁଟି ଆଗେ ମଣିଷ ହୋଇଥିଲା । ସେ ଆଗେଇ ଆସି କହିଲା, ବାପା ! ଆପଣ ଆମର ପିତା, ଇଏ ଆମର ଜନନୀ । ଆମେ ଜନ୍ମ ହେବା ସଙ୍ଗେ ସଙ୍ଗେ ବଡ଼ମା'ମାନେ ମା'ଙ୍କୁ ହିଂସାକରି ମା'ଙ୍କ ଆଖିରେ ଅନ୍ଧପୁଟୁଳି ବାନ୍ଧିଦେଇ ଆମକୁ ନେଇ ପୋଖରୀ ବନ୍ଧରେ ପୋତିଥିଲେ । ଶୂଳିଆଣୀକୁ ଟଙ୍କାରେ ବଶକରି କାଠକେଣ୍ଟେଇ ମା' ଜନ୍ମ କରିଛି ବୋଲି ଦେଖେଇ ଆପଣଙ୍କୁ ଭୁଲାଇଥିଲେ । ଏହିପରି ଆମ ସାତଭାଇ ଓ ଭଉଣୀ 'ପାଟଳୀ'କୁ ନେଇ ସେମାନେ ଜିଅନ୍ତା ଶିଶୁକୁ ପୋତି ଦେଇଥିଲେ । ଆପଣ ମଧ୍ୟ ଅବୁଝାମଣା ରଜା, ପାଳବିଣ୍ଡା ମନ୍ତ୍ରୀକୁ ନେଇ ବିଚାର ନକରି ମା'ଙ୍କୁ ଘରୁ ତଡ଼ି ଘୋଡ଼ାଶାଳ ପୋଛଉଚନ୍ତି । ଆଚ୍ଛା ବାପା ! ମଣିଷ କୋଉଠି କାଠ କଣ୍ଢେଇ ଆଠଥର ଜନ୍ମ କରେ ? ତାଙ୍କ କଥାରେ ରଜା ନୀରବ ରହିଲେ । ବିଦୂଷକ କହିଲେ ସତେ ତ । ହଜୁରଙ୍କର କ'ଣ ମୁଣ୍ଡ ବିଗିଡ଼ିଥିଲା ନା କ'ଣ ? ଯେତେ ସବୁ ରଜା ଅବୁଝା, ପିଲାଏ ତ ଠିକ୍ କହିଛନ୍ତି । ତେଲିଗଣ୍ଡି ଘୋଡ଼ା ବେଇବା କଥାପରି ଏଟା ହେଲା ହେ ।

ମଝିଆଁ ପୁଅ କହିଲା ଦିନେ ରାତିରେ ହରପାର୍ବତୀ ଆସି ଯୋଗକୁ ସେଇଠି ବସିବାରୁ ଜଗତ ଜନନୀଙ୍କର ଦୟା ହେଲା । ସେ ଶିବଙ୍କୁ ଆମର ସବୁ ଘଟଣା କହିବାରୁ ଶିବ କହିଲେ- ଏଗୁଡ଼ିକ ଅବୋଧ ଶିଶୁ ନିର୍ଦ୍ଦୋଷୀ । ତେଣୁ ଏମାନେ ଗଛ ହୋଇ ସୁନାର ଫୁଲ ଫୁଟାନ୍ତୁ । ଯେତେବେଳେ ଏହାଙ୍କର ଜନନୀ ୟାଙ୍କୁ ପରଶ କରିବେ ସେତେବେଳେ ଏମାନେ ମନୁଷ୍ୟ ହୋଇଯିବେ । ଏହା କହି ଶିବ ଏହି ଯାଗାରେ କୋଉ ଦବେଇ ସିଞ୍ଚିଦେଲେ କେଜାଣି ଆମେ ଗଛହୋଇ ଉଠିଲୁ । ଅବିକା ଆମର ମା' ଆମକୁ ଛୁଇଁବାରୁ ଆମେ ନରରୂପ ପାଲଟିଲୁ । ରାଜା ଖୁସିହୋଇ ପୁଅ ଝିଅଙ୍କର ଶିର ଚୁମ୍ବନ କରି କହିଲେ ବାପା ! କାଳସ୍ୟ କୁଟିଳା ଗତିଃ । ସ୍ୱୟଂ ଜଗତ୍‌କର୍ତ୍ତା ରାମଚନ୍ଦ୍ର ମଧ୍ୟ କାଳର କୁଟିଳ ଗତିରେ ଭୁଲି ମାୟାମୃଗ ପଛରେ ବୁଲିବାକୁ ପଡ଼ିଥିଲା- "ହେମ କୁରଙ୍ଗୀ ନାଚ ପୂର୍ବବାର୍ତ୍ତା ନଶ୍ରୁୟତେ ବେଦ ପୁରାଣ ଶାସ୍ତ୍ରେ । ତଥାପି ଦୃଷ୍ଟ୍ୱା ରଘୁନନ୍ଦନସ୍ୟ, ବିନାଶ କାଳେ ବିପରୀତ ବୁଦ୍ଧିଃ" ସେହିପରି ମୋର ବୁଦ୍ଧିଭ୍ରମ ହେତୁ ତୁମର ମା'ଙ୍କୁ

ଶାସ୍ତି ଦେଇଛି। ବର୍ତ୍ତମାନ ସମସ୍ତେ ରାଜପୁରୀକୁ ଚାଲ। ଏହାକହି ରାଜା ସମସ୍ତଙ୍କୁ ନେଇଗଲେ, ରାଣୀଙ୍କି ନେଇ ସିଂହାସନରେ ବସାଇଲେ।

ତହିଁଆରଦିନ ସଭାକଲେ, ବଡ଼ରାଣୀଙ୍କୁ ଦରବାରକୁ ଡକାଇ ତାଙ୍କ କୃତ କର୍ମର ଶାସ୍ତି ପାଇଁ ଗୋଟିଏ ଗାତ ଖୋଳାଇ ସେହି ଗାତରେ ତଳେ କଣ୍ଟା ଉପରେ କଣ୍ଟା ଦେଇ ଛ'ରାଣୀ ପୋତିଦେଲେ। ବୁଝିଲୁ ଅବୋଲକରା। ଛ'ରାଣୀ ଯୋଉ ଗାତରେ ପଶି ମରିଥିଲେ ଏଇଟା ସେଇ ଗାତ। ଏହାକହି ଗୋସେଇଁ, ଝୁଲାରେ ଅଙ୍ଗୁଳି ପୂରାଇଲେ। ଏ ଗପଟି ୪୩ ବର୍ଷ ଆଗେ ମୋ ଦେଠେଇ କୁନ୍ତଳାଦେବୀ ମୋତେ କହିଥିଲେ।

■■

କୃତ୍ତିବାସଙ୍କ କୀର୍ତ୍ତିକଥା

ତା'ପରଦିନ ସକାଳେ ଗୋସେଇଁ ଅବୋଲକରା ଦିହେଁ ଦକ୍ଷିଣ ଦିଗକୁ ତୀର୍ଥ କରିବାକୁ ବାହାରିଲେ। କିଛିଦୂର ଯିବାପରେ ଦୟାନଦୀ ପଡ଼ିଲା। ନିକଟରେ ପାଟଳୀଶିଖା ପାହାଡ଼। ଦୟାନଦୀ କୁଳୁକୁଳୁ ହୋଇ ବହି ଚାଲିଛି। ନଈଟିର ଜଳ ବଡ଼ ପରିଷ୍କାର ଦେଖି ଗୋସେଇଁ କହିଲେ ଅବୋଲକରା ! ଆଜି ବଡ଼ ଖରା ହେଲାଣି ଏଇ ନଈକୂଳ ଧର୍ମଶାଳାରେ ରହିଯିବା। ତୁ ଟଙ୍କାଟିଏ ନେଇଗଲୁ ପାଖରେ କୋଉଠି ବଜାର ପାଇବୁ ତ ରୋଷେଇ ସଉଦା କରି ଆଣିବୁ। ଅବୋଲକରା ଗଣ୍ଠିଲି ରଖି ଟଙ୍କା ଧରି ବଜାର ଆଡ଼େ ଗଲା। କିଛିଦୂର ଯିବାପରେ ଦେଖିଲା ଗୋଟିଏ ଜାଗାରେ ଛୋଟ ଛୋଟ ପଥର କେତେଗୁଡ଼ିଏ ଜମାହୋଇ ଗୋଟିଏ ପାହାଡ଼ ଆକାର ହେଲାଣି। ସେଇ ବାଟରେ ଯୋଉ ବାଟୋଇ ଯାଉଚନ୍ତି ସେମାନେ ଛୋଟ ପଥରଟିଏ ଗୋଟେଇ ନେଇ ସେଇ ଜାଗାରେ ଥୋଇ ଜୁହାର ହୋଇ ଯାଉଚନ୍ତି। ସେଠୁ ଦେଖି ହାଟ ସଉଦା ଆଣି ଅବୋଲକରା କହିଲା ଗୋସେଇଁ ! ତମେ ରୋଷେଇ ଖାଉଥା ମୁଁ ଘରକୁ ଯାଉଚି।

ଗୋସେଇଁ ଶୁଣି ବିରକ୍ତ ହୋଇ କହିଲେ ଆରେ ! ପୁଣି କୋଉଠି କ'ଣ ଦେଖିଲୁ ନା କ'ଣ ? ଅବୋଲକରା କହିଲା ହଁ ଗୋସେଇଁ। ବଜାରକୁ ଯିବାବେଳେ ଦେଖିଲି ବାଟୋଇମାନେ

ଗୋଟିଏ ବଉଳ ଗଛମୂଳରେ ଖଣ୍ଡିଏ କରି ଛୋଟ ପଥର ଥୋଇ ଜୁହାର ହୋଇ ଯାଉଚନ୍ତି। ଜାଗାଟି ଗୋଟିଏ ପାହାଡ଼ ଭଳି ହୋଇଗଲାଣି ପଥର ପଡ଼ି ପଡ଼ି। ମୁଁ ଯାହାକୁ ତା'ର କାରଣ କ'ଣ ପଚାରିଲେ ସମସ୍ତେ କହିଲେ କାରଣ ଆମେ ଜାଣୁନା, ବିଧି ଅଛି ବୋଲି ସମସ୍ତେ ପଥରଟି ପକାନ୍ତି, ଆମେ ବି ପକାଉ। କାରଣ କେହି ଜାଣନ୍ତି ନାହିଁ। ତମେ ଯଦି ଗୋସେଇ ତା'ର କାରଣ ନ ବତେଇବ ତା'ହେଲେ ତମ ଗଣ୍ଠିଲି ରହିଲା ମୁଁ ଲେଉଟୁଚି।

ଅବୋଲକରା କଥା ଶୁଣି ଗୋସେଇଁ ବିରକ୍ତ ହୋଇ କହିଲେ ଆଚ୍ଛା ପୁତଖାଇ ପୁଅକୁ ଆଣି ମୁଁ ତ ବଡ଼ ବିପଦରେ ପଡ଼ିଲି। ଖାଲି କ'ଣ ହ୍ୟାପୋ ଅବୋଲକରା ନାଁ ପାଇଚି। ଏହା ଭାବି କହିଲେ କ'ଣ ଆଉ କରିବା। ହଉରେ- ପକା କମ୍ବଳ ରଅଖ ଛତା, ଅବୋଲକରାରେ ଶୁଣ ସେ କଥା। ଅବୋଲକରା ବସିବାରୁ ଗୋସେଇଁ କହିଲେ ଏ ଜାଗାଟି ନାଁ ଅଭୟ ନଗର। ଏଠାରେ ଅନେକ ଦିନ ଆଗେ କୃତିବାସ ନାମରେ ଜଣେ ବ୍ରାହ୍ମଣ ପଣ୍ଡିତ ରହୁଥିଲେ। ତାଙ୍କ ବାପା ପଣ୍ଡିତ ଥିବାରୁ କୃତ୍ତିବାସଙ୍କର ନାନା ବିଦ୍ୟାରେ ଜ୍ଞାନ ଥିଲା। ପିଲାଦିନେ ନାଟ ଦଳ ଗଢ଼ି ସେଥିରେ ସବୁବେଳେ ଲାଗିଲେ। ତେଣୁ ତାଙ୍କ ଜମିଜମା ଯାହାଥିଲା ତାକୁ ବିକି କିଣି ଖାଉଥିଲେ। ସାଧାରଣ ଲୋକ ଓ ଟିକିଏ ଓଲା ଧରଣର ସେ ଥିଲେ। ହେଲେ ନାନା ଶାସ୍ତ୍ରରେ ତାଙ୍କର ଜ୍ଞାନ ଥିଲା; ତଥାପି ଉଦାର ଉଦାସ ଭାବରେ ସେ ରହୁଥିଲେ।

ପାଟଳୀ ନାମରେ ତାଙ୍କର ଗୋଟିଏ ପରମା ସୁନ୍ଦରୀ ସ୍ତ୍ରୀ ଥିଲେ। ସେ ଯେପରି ରୂପସୀ, ସେହିପରି ବୁଦ୍ଧିମତୀ ଥିଲେ। ସେ ସତୀଙ୍କୁ ଆଖପାଖରେ ଲୋକ ଦେବୀପରି ମଣୁଥିଲେ। ଦୁଇପ୍ରାଣୀଯାକ ବଡ଼ ଉପକାରୀ। କେହି କେହି କୃତ୍ତିବାସକୁ ବୋକା ବୋଲି କହନ୍ତି। ଏକଥା ଶୁଣି ମଧ୍ୟ ସେ ନିଜର ମହତ ଗୁଣ ଧରି ରହିଥାନ୍ତି। ଯେଉଁଦିନ ଯାହା ଜୁଟେ ଖଟିଖାଟି ଆଣି କୁଟୁମ୍ବ ପୋଷନ୍ତି। ଚୋରି ମିଛକୁ ଶତ୍ରୁ ଭାବି, ଉଦାରି ଚରିତାନାଂ ତୁ ବସୁଦେବ କୁଟୁମ୍ବକମ୍, ନୀତିରେ ସମସ୍ତଙ୍କୁ ସମାନ ମଣି ଦୁଃଖେ କଷ୍ଟେ ଦିନ କଟାନ୍ତି। ତାଙ୍କର ଏହି ଉଦାରତାର ସୁଯୋଗ ନେଇ ବହୁତ ଖଳ ଦୁଷ୍ଟ ଲୋକ ଆସି ତାଙ୍କ ପାଖରେ ଜୁଟନ୍ତି। ତଥାପି ସେ ଚନ୍ଦନ ଯେପରି-

"ମୂଳଂ ଭୁଜଙ୍ଗୈଃ ଶିଖର ବିହଙ୍ଗୈଃ
ଶାଖାଂ ପ୍ଲବଙ୍ଗୈଃ କୁସୁମାନି ଭୃଙ୍ଗୈଃ
ସମ୍ୱେଷ୍ଟତା ଦୁଷ୍ଟଗଣୈଃ ସମନ୍ତାତ୍
ତଥାପି ଚନ୍ଦନ ସୁଶୀତଳୋଽପି।"

ମୂଳରେ ସର୍ପ, ଅଗରେ ପକ୍ଷୀ, ଡାଳରେ ବାନର, ଫୁଲରେ ଭ୍ରମର ଦ୍ୱାରା

ଆବେଷ୍ଟି ହେଲେ ମଧ୍ୟ ସେ ତା'ର ମହତ ଗୁଣ ସୁଶୀତଳତା ଓ ସୁବାସ ଦାନ କରିବା ଛାଡ଼େ ନାହିଁ। ସେହିପରି କୃତ୍ତିବାସ ମଧ୍ୟ ଚଳୁଥାନ୍ତି। ଥରେ ଆଖପାଖରୁ କେତେକ ଲୋକ ତୀର୍ଥକରି ବାହାରିଲେ। ଏହା ଦେଖି ବ୍ରାହ୍ମଣଙ୍କ ମନ ଛଟପଟ ହେଲା। ସେ ଘରେ ଆସି କେବଳ ମୁଣ୍ଡ କୁଣ୍ଡେଇ ହେବାରେ ଲାଗିଲେ। ତାଙ୍କୁ ଏପରି କରିବାର ଦେଖି ବ୍ରାହ୍ମଣୀ ପଚାରିଲେ କିହୋ ! କ'ଣ ଏତେ ଭାବୁଚକି ? ହରଘଡ଼ି ମୁଣ୍ଡ କୁଣ୍ଡେଇ ହଉଚ ଯେ। ବ୍ରାହ୍ମଣ କହିଲେ ଆହେ ! ସେ ଗାଁ ଏ ଗାଁ କରି ବହୁତ ଲୋକ ଗୋଦାବରୀ ଆଦି ତୀର୍ଥ କରିବାକୁ ଯାଉଚନ୍ତି, ଆମର ଯଦି କିଛି ଟଙ୍କା ପଇସା ଥାନ୍ତା ଆମେ ଯାନ୍ତେ ନାଇଁ ? ପାଟଳୀ କହିଲେ ଟଙ୍କା ପଇସା କ'ଣ ମନ୍ଦିର ମଣ୍ଡୁରାରେ ବସି ମନ୍ଦିରା ବଜାଇଲେ ଢାଳିହୋଇ ପଡ଼ିବ। ହାତ ନ ଖଟିଲେ ପେଟ ଉପାସ ବୋଲି କଥା ଅଛି। ତୁମେ ଖଟିବ ନାହିଁ, ଜୁଟିବ କୁଆଡ଼େ ? 'ଧନ ଅର୍ଜିଲେ ଧର୍ମକରି, ଧର୍ମେ ପ୍ରାପତ ନରହରି' ପରା। ଧନ ନ ଅର୍ଜି ତୀର୍ଥ କରି ପୁଣ୍ୟ ପାଇବ କିପରି ? ଏକଥା ଶୁଣି କୃତ୍ତିବାସ କହିଲେ ସତ କହିଚ ବ୍ରାହ୍ମଣୀ। ମୁଁ କାଲି ସକାଳୁ କୋଉଠି କିଛି ଟଙ୍କା ପଇସା ରୋଜଗାର ହେବ କି ନାହିଁ ଦେଖିବାକୁ ଯିବି। ଏହା କହି ରହିଲେ।

ରାତି ପାହିବାରୁ ବ୍ରାହ୍ମଣ ଉଠି ଗାଧୁଆ ସ୍ନାନ କରି ଚିତା ପଇତା ହୋଇ ବାହାରିଗଲେ। କିଛିଦୂର ଯିବାପରେ ଦେଖିଲେ ଜଣେ ସୌଦାଗର ତା'ର ଶଗଡ଼ ବୋଝାଇ କରି ଆଗରେ ଦଶଟା ପଛରେ ଦଶଟା ନେଇ ମଝିରେ ସୁଆରି ଚଢ଼ି ଯାଉଚି। ତାକୁ ଦେଖି ବ୍ରାହ୍ମଣ ଭାବିଲେ ଏଇ ଯୋଉ ସୌଦାଗର ଯାଉଛି ୟାକୁଇ ପଚାରିଲେ ଏ ମୋତେ ନିଶ୍ଚୟ କିଛି ଟଙ୍କା ରୋଜଗାର କରିବାର ଉପାୟ ବତେଇ ଦେବ। ଏହା ଭାବି ସେ ଯାଇ ସୌଦାଗରଙ୍କ ସଙ୍ଗରେ ଦେଖାକରି ଆସିଥିବାର କାରଣ ଜଣାଇଲେ। ତାଙ୍କ କଥା ଶୁଣି ସୌଦାଗର କହିଲେ ଆମର କାର୍ଯ୍ୟ ନ କଲେ ଆମେ କାହାକୁ କଣା କଉଡ଼ିଟିଏ ବି ଦେଉନାହିଁ। ତେବେ ତମେ ଯଦି କହୁଚ ଆମ ସାଙ୍ଗରେ ଚାଲ, ଆମେ ହେଇଟି, ଆଗରେ ମାସେ ପକ୍ଷେ ରହୁବୁ। ସେଠି ତୁମର ଯୋଗ୍ୟତା କ'ଣ ଅଛି ବିଡ଼ିବା, ତା'ପରେ ତମର ଦରମା ଠିକ୍ କରି ଦେବା। ସୌଦାଗରଙ୍କ କଥାରେ କୃତ୍ତିବାସ ସେଠାରେ କିଛି ଦିନ ରହି ନାନା ରକମ ହିସାବ ପତ୍ର କରୁଥାନ୍ତି। ମନ ତାଙ୍କର କାର୍ଯ୍ୟରେ ଏତେ ନିବିଷ୍ଟ ଥାଏ ବାହାର ଘଟଣା ସହିତ ଆଦୌ ସମ୍ବନ୍ଧ ରହେ ନାହିଁ। ତାଙ୍କର କାର୍ଯ୍ୟ କରଣ ଦେଖି ସୌଦାଗର ବଡ଼ ସନ୍ତୁଷ୍ଟ ହୋଇଥାନ୍ତି। ପ୍ରତିଦିନ ସଞ୍ଜବେଳକୁ ତାଙ୍କୁ ଗୋଟିଏ ଲେଖାଁ ଟଙ୍କା ଦିଅନ୍ତି। ଦିନେ ସେଇ ନିକଟ ଦେଇ କେତେଗୁଡ଼ିଏ ଲୋକ ଗୋଟିଏ ଶବ ନେଇ ଦାହ କରିବାକୁ ଯାଉଥାନ୍ତି। ସେମାନଙ୍କୁ ଦେଖି ସୌଦାଗର ପଚାରିଲେ ଦାଶେ ! ଏତେ ଗୁଡ଼ିଏ ଲୋକ କାହିଁକି

ହରିବୋଲ ଦେଇ ଯାଉଛନ୍ତି। ଦାଶେ କହିଲେ ସେମାନେ ମଶାଣିକୁ ଯାଉଛନ୍ତି ଶବଦାହ କରିବାକୁ। ସୌଦାଗର ତାଙ୍କୁ କହିଲେ, ଆଚ୍ଛା ଆପଣ ଯାଇ ତାଙ୍କୁ ପଚାରି ଆସନ୍ତୁ ଯୋଉ ଶବକୁ ସେମାନେ ଦାହ କରିବାକୁ ନେଇ ଯାଉଛନ୍ତି ସେ ମରିଯାଇଛି ନା ତରି ଯାଇଛି। ସୌଦାଗର କଥା ଶୁଣି କୃତ୍ତିବାସ ଶ୍ମଶାନ ଯାତ୍ରୀଙ୍କ ପାଖକୁ ଗଲେ। ତାଙ୍କ ନିକଟ ହେବାରୁ ଦେଖିଲେ ଗୋଟିଏ ଦରବୁଢ଼ା ପୁରୁଷର ଶବରେ ଫୁଲ ଲୁଗା ସଜେଇ ସଜେଇ ସେମାନେ ନେଇ ଯାଉଚନ୍ତି। ବ୍ରାହ୍ମଣ ଯାଇ ସେମାନଙ୍କୁ କହିଲେ ହେ ଭାଇମାନେ ! ଟିକିଏ ରହିଯିବଟି। ବ୍ରାହ୍ମଣ ଅନେକ ଦୂରରୁ ଦୌଡ଼ି ଆସୁଥିବାରୁ ସେମାନେ ଲକ୍ଷ୍ୟ କରିଥିଲେ। ଇଏ ଡାକିବାର ଶୁଣି ଟିକିଏ ଚାଲି ମଠ କରି ପଚାରିଲେ କଅଣ କହୁଚନ୍ତି ? କୃତ୍ତିବାସ ପଚାରିଲେ ଆପଣମନେ କ'ଣ ନେଇ ଯାଉଚନ୍ତି। ସେମାନେ କହିଲେ ଦେଖୁଚତ ଶବ ନେଇ ଯାଉଛୁ ଶ୍ମଶାନକୁ। ପଚାରୁଚୁ କ'ଣ ? କୃତ୍ତିବାସ କହିଲେ ବୁଝିଲି ଯେ, ହେଲେ ସେ ଲୋକଟା ମରିଯାଇଚି ନା ତରି ଯାଇଛି ? ତାଙ୍କ ଭିତରୁ ଦି'ଚାରିଜଣ ଟୋକାଲୋକ ଏକଥା ଶୁଣି ଆଖି ଲାଲ କରି ଆସି କହିଲେ ହ୍ୟାପୋ ଅପଯଶିଆ ବ୍ରାହ୍ମଣକୁ ଦବୁ ଯେ ଦି ପାହାର କସି, ବୋପାକୁ ମଉସା ବୋଲି ଡାକୁଥିବ। ହ୍ୟାପୋ ଚୁତୁରା ଆସିଛି, ପଚାରିବାକୁ ଲାଜ ଲାଗୁ ନାହିଁ।

ତାଙ୍କ କଥା ଶୁଣି ବ୍ରାହ୍ମଣ ଦଶହାତ ପଛେଇ ଆସି ଛିଡ଼ା ହେଲେ। ଭାବିଲେ ହ୍ୟାପୋ ମୂର୍ଖଗୁଡ଼ାକ ଚଣ୍ଡାଳ ହୋଇ ଯାଇଚନ୍ତି, ଦି' ଡାଙ୍ଗ କସି ଦେଲେ ମୋ ପିଠିରେ ପଡ଼ିବ କିଏ ? ତା' ଛଡ଼ା ପଇତା ମାରୁ ହେବ, ପିଠି ସୁଖସରିବ। ଟୋକାଗୁଡ଼ାକଙ୍କ ଯୋଉ ମକମକିଆ ବଳ ବୟସ। ଏହା ଭାବି ରାମ ରାମ କହି ପଛେଇ ଗଲେ। ସୋମାନଙ୍କର ସଙ୍ଗୀ ଜଣେ ଦରବୁଢ଼ା ଲୋକ ପଛେଇ ପଛେଇ ଆସୁଥିଲେ। ବ୍ରାହ୍ମଣଙ୍କୁ ନୀରବରେ ଭୀରୁପରି ଛିଡ଼ା ହେବାର ଦେଖି ପଚାରିଲେ କ'ଣ ପଚାରୁଥିଲେ ଗୋସେଇଁ ? ବ୍ରାହ୍ମଣ କହିଲେ ପଚାରୁଥିଲି ଲୋକଟା ମରିଗଲା ନା ତରିଗଲା ? ସେ କଥା ଶୁଣି ଲୋକଟି ଟିକିଏ ଭାବି କହିଲା- ନାଇଁ, ଲୋକଟା ମରି ଯାଇଛି ? ତା'ର ତିନିପୁଅଯାକ କୋକେଇ କାନ୍ଧେଇ ଚାଲିଚନ୍ତି ପରା। ଏହା ଶୁଣି ଗୋସେଇଁ ଲେଉଟି ସୌଦାଗରଙ୍କୁ କହିଲେ- ନାହିଁ ମହାଜନେ ! ଲୋକଟା ମରିଯାଇଚି ବୋଲି କହିଲେ ତାକୁ ନେଇ ତା'ର ତିନିପୁଅ ଓ ଭାଇମାନେ ପୋଡ଼ିବାକୁ ଯାଉଚନ୍ତି। ଏହା ଶୁଣି ସୌଦାଗର ସେଦିନ ଯୋଡ଼ିଏ ଟଙ୍କା ଦେଇ ତାଙ୍କୁ ବିଦାୟ ଦେଲେ।

ପ୍ରତିଦିନ ଆସିବା ସମୟଠାରୁ କିଛି ଡେରି ହୋଇଯିବାର ଦେଖି ପତିବ୍ରତା ପାଟଳୀ ଦେବୀ ସ୍ୱାମୀଙ୍କ ବାଟଚାହିଁ ରହିଥାନ୍ତି। ଏହିବେଳେ ବ୍ରାହ୍ମଣ ଆସି ତାଙ୍କ ହାତରେ ଟଙ୍କା ଯୋଡ଼ିଏ ଦେଲେ। ହେଲେ ମୁହଁଟିରେ କିପରି ଏକ ବିରସ ପଡ଼ିଚି। ସ୍ୱାମୀଙ୍କ

ମୁହଁର ଭାବ ଦେଖି ପାଟଳୀ ପଚାରିଲେ କିଗୋ! ଆଜି କ'ଣ ହେଇଚି କି ତମର। ଗୋଟିକରୁ ଯୋଡ଼ିଏ ଟଙ୍କା କିମିତି କୁଆଡୁ ଆଣିଲ? କୃତ୍ତିବାସ ଉଦାସ ମୁହଁରେ କହିଲେ ଆଜି ସୌଦାଗରଟା ମୋତେ ଏମିତି ଅକାଳିଆ କାର୍ଯ୍ୟକୁ ପଠାଇଲା ଯେ ଦି'ପଦ ଗାଳି ଶୁଣିବାକୁ ପଡ଼ିଲା ହେ। ପାଟଳୀ ପଚାରିଲେ କ'ଣ କରିବାକୁ ପଠାଇଲା କି? ଆହେ, ଦଶଜଣ ଲୋକ ଗୋଟିଏ ମଡ଼ାନେଇ ପୋଡ଼ିବାକୁ ଯାଉଚନ୍ତି। ତାଙ୍କୁ ଦେଖି ସୌଦାଗରଟା ମୋତେ କହିଲା- ଗଲ ଦାଶେ! ତାଙ୍କୁ ପଚାରି ଆସିବ ଯୋଉ ମଡ଼ାଟାକୁ ସେମାନେ ପୋଡ଼ିବାକୁ ନଉଚନ୍ତି ସେ'ଟା ମରି ଯାଇଚି ନା ତରି ଯାଇଚି? ହ୍ୟାପ ଓଲୁଟା ବୁଝୁନି ଯେ ମଣିଷ ନ ମଲେ ତାକୁ କ'ଣ ପୋଡ଼ିବାକୁ ନିଅନ୍ତି। କ'ଣ କରିବି ଟଙ୍କାଟିଏ ଦଉଚି ଯେତେବେଳେ ତା' କଥା ମାନି ପଚାରିବାକୁ ଗଲି। ପାଟଳୀ କହିଲେ ଗଲତ ପୁଣି ଗାଳି ଶୁଣିଲ କାହିଁକି? ଆହେ, ସିଏ କ'ଣ ଗାଳିଦେଲା। ବେଶି ଟଙ୍କାଟିଏ ଦେଲାଟି। ତା'ହେଲେ କିଏ ଗାଳିଦେଲା କହୁଚ? ସେଇ ଯୋଉ ମଶାଣିକୁ ନଉଥିଲେ ମ। ମୁଁ ଯେମିତି ଯାଇ ତାଙ୍କୁ ପଚାରିଲି ଭାଇ! ମଡ଼ାଟା ମରି ଯାଇଚି ନା ତରି ଯାଇଚି, ଆଉ ସମ୍ଭାଳେ କିଏ। ତାଙ୍କ ଭିତରୁ ଯୋଡ଼ାଏ ଟୋକା ଯୋଉ ରୂପ ଧରି ମୋତେ ବାଡ଼େଇବାକୁ ତଡ଼ି ଆସିଲେନା ଆଉ ଲୋକ ହୋଇଥିଲେ ଲୁଗା ଖରାପକରି ଥା'ନ୍ତାଟି। ମୁଁ ବୋଲି ସମ୍ଭାଳି ଅଇଲି। ତା'ପରେ କ'ଣ ହେଲା? ହବ ଆଉ କ'ଣ, ତାଙ୍କ ଭିତରୁ ବୁଢ଼ାଟିଏ ଆସି ଟୋକାଙ୍କ ଉପରେ ବେଜାର ହେଲା। ହେଲେ ଅମାନିଆ ଟୋକା କ'ଣ ମାନିବାକୁ ଚାହିଁଲେ। ମୁଁ ଦଶପାଦ ପଛେଇ ଅଇଲାରୁ ରକ୍ଷା ନା। ଯା ହେଉ ବୁଢ଼ାଟି କହିଲା ଲୋକଟା ମରି ଯାଇଚି। ତା' ପୁଅ ପୁତୁରାମାନେ ତାକୁ ପୋଡ଼ିବାକୁ ନଉଚନ୍ତି। ସେଇକଥା ଆସି ସୌଦାଗରକୁ କହିବାରୁ ସେ ଅଧିକା ଗୋଟିଏ ଟଙ୍କା ଦେଇଚି। ଏ କଥା ଶୁଣି ପାଟଳୀ କହିଲେ- ତମେ ସେମିତି କଥା କୋଉ ଅକଲରେ ପଚାରିବାକୁ ଯାଉଥିଲ। କିହେ, ତମେ ତ ପଚାରିଥାନ୍ତ ଯାହାଙ୍କୁ ଦାହ କରିବାକୁ ନଉଚ ତାଙ୍କର ପୁଅ ଝିଅ ଅଛନ୍ତି କି ନାହିଁ। ଯଦି ଜାଣିଥାନ୍ତ ପୁଅ ଝିଅ ଅଛନ୍ତି, ବୁଝିଥାନ୍ତ ଲୋକଟି ମରି ଯାଇଚି। ଯଦି ପୁଅ ଝିଅ ନାହାନ୍ତି ଜାଣିଥାନ୍ତ, ତାହାହେଲେ ଲୋକଟା ତରି ଯାଇଚି। ଏତିକି ତମର ଅକଲ ହେଲା ନାଇଁ, ଗାଳି ଶୁଣିବା କଥା କହିଲ।

ପାଟଳୀଙ୍କ କଥା ଶୁଣି ଦାଶେ ଟିକିଏ ଭାବିନେଇ ହସି ହସି କହିଲେ ସତ ସତ ବ୍ରାହ୍ମଣୀ। ତମେ ଯାହା କହିଚ ଠିକ୍ କଥା। ମୋର ଏତେ ଅକଲ ଆସିବ କାହୁଁ ଯେ ପଚାରିବି। ମୋ ମା' ଯଦି ତମପରି ମଣିଷ ହୋଇଥାନ୍ତା ତାହାହେଲେ ସିନା ସାଧାରଣ କଥା ଶିଖେଇଥାନ୍ତା। ସେ'ଟାତ ଓଲି ଥିଲା, ଓଲା ପୁଅକରି ଥୋଇ ଯାଇଛି। ଶାସ୍ତ୍ରରେ ଅଛି ପରା-

'କଥା ଛଳେନ ବାଳାନାଂ ନୀତିସ୍ତଦିହ କଥ୍ୟତେ'

ମା' ମାନେ କଥା କହିବା ଭିତରେ ପିଲାମାନଙ୍କୁ ନୀତିଶିକ୍ଷା ଦେଇଥାନ୍ତି। ଆଚ୍ଛା ହଉ ଏବେ ଚାଲ, ଗଣ୍ଡାଏ ଖିଆପିଆ କରିବାକୁ ଦବ। ପୁଣି କିଛିଦିନ ପରେ ସୌଦାଗର ଦେଖିଲେ କେତୋଟି ଗାୟାଳ ପିଲା ଗୋରୁପଲ ନେଇ ଚରାଇବାକୁ ଯାଉଚନ୍ତି। ତାଙ୍କୁ ଦେଖି ସୌଦାଗର କହିଲେ କୃତ୍ତିବାସେ! ଆପଣ ଯାଇ ଏଇଯୋଉ ଗାୟାଳ ପିଲା ଗୋରୁ ନେଇ ଯାଉଚନ୍ତି ତାଙ୍କୁ ପଚାରି ଆସନ୍ତୁ ଗାଈ ଗୋରୁ ପଲର ମୁଣ୍ଡ ଅଛିକି ନାହିଁ। ଯଦି ନାହିଁ କରିବେ ତାହାହେଲେ ଲେଉଟି ଆସିବ, ଯଦି ଅଛି କହନ୍ତି, କେତୋଟି ଅଛି ବୁଝି ଆସିବ।

ଏକଥା ଶୁଣି ଦାଶେ ଟିକିଏ ବିରକ୍ତ ପ୍ରକାଶ କଲେ, ହେଲେ ସେଦିନ ଟଙ୍କାଟାଏ ଜାଗାରେ ଦୁଇଟଙ୍କା ପାଇଚନ୍ତି। ସେ ଲୋଭରେ ଆଉ ଚାକିରିର ମୋହ ହେତୁ ପ୍ରତିବାଦ ନକରି 'ଆଚ୍ଛା' କହି ବାହାରିଗଲେ। ଯାଉ ଯାଉ ଭାବିଲେ ଲୋକଟାକୁ କ'ଣ ଭୂତ ଧରିଛିକି। ଅକଳିଆ କଥା କହି ପଠାଉଚି ମୋତେ। ଏମିତି ଭାବି ଭାବି ଯାଇ ଦେଖିଲେ ପିଲାଗୁଡ଼ାକ ଗୋରୁ ଗୋଠକୁ ବିଲକୁ ଛାଡ଼ି ଦେଇ ବଉଳ ଗଛ ମୂଳରେ ଗୋଟି ଡାବଳ ଖେଳୁଚନ୍ତି, ବାକି ପଞ୍ଚାଏ କିତିକିତି ଖେଳରେ ବ୍ୟସ୍ତ ଅଛନ୍ତି। ଏଇବେଳେ କୃତ୍ତିବାସ ଯାଇ ପଚାରିଲେ ହଇରେ ପିଲା ଟିକିଏ ରହିବଟି। ପିଲାଙ୍କ ଭିତରୁ ଯେଉଁମାନେ ଦେଖୁଥିଲେ ସେ କହିଲେ କ'ଣ କହୁନା, ନ କହି କ'ଣ ପଳଉଚ? ତହୁଁ କୃତ୍ତିବାସ ପଚାରିଲେ ଆଚ୍ଛା ତମର ଏଇ ଗାଈ ଗୋରୁ ମୁଣ୍ଡ ଅଛି? ସେଇଠୁ ସେ ପିଲା କହିଲେ ମୁଣ୍ଡ ନାଇଁ ତ କ'ଣ ଗାଣ୍ଡିରେ ଚରୁଚନ୍ତି? ଆଉ ଗୋଟିଏ 'ଗୁଟିଡାବଳିଆ ପିଲା କହିଲା ଆରେ ଦେଖୁଚୁ କ'ଣ ବା, ଡାବଳ ଦେଇତ ଗୋଟାଏ ଗୁଟି ତା' ଉପରକୁ କଷି ଦବୁ ଯେ ଦାଦିକୁ ବୋପା ଡାକି ପଳେଇବ, ଚତୁରିଆଟାକୁ କହୁଚୁ କ'ଣ? ଦାଶଙ୍କୁ ଆଉଜଣେ କହିଲା ଆରେ ହେ ଛ' ଦଉଡ଼ିଆ ବ୍ରାହ୍ମଣ ବୁଢ଼ା! ତୁ ଗୁରୁ ନ ଦେଖିଚୁ ବୋଲି କ'ଣ ଗୋରୁ ଦେଖିନୁ। ଯା, ଯା, ନୋହିଲେ ଏଇ ପାଞ୍ଚଣକୁ ଅନେଇ କଥା କହ। ଆଉ ଗୋଟିଏ ପିଲା କହିଲା କହୁଚୁ କ'ଣ ବା ମାରଣା ଷଣ୍ଢଟାକୁ ତ ଲଗେଇ ଦବୁ ସେ ବୁଝେଇ ଦବ ମଜା।

କୃତ୍ତିବାସ ଦେଖିଲେ ଏ ଯୋଉ ଖେଚଡ଼ା ପିଲା, ୟାଙ୍କର ତ ଗୁରୁ ଲଘୁ ଜ୍ଞାନ ନାହିଁ। ତାଙ୍କ ଖେଳ ଝୁଙ୍କରେ ରହିଚନ୍ତି। ବେଶି କଥା କହିଲେ ଯଦି ଦି'ଡାଙ୍ଗ କସି ଦିଅନ୍ତି ବା ମାରଣା ଷଣ୍ଢକୁ ହୁରୁଡ଼େଇ ଦିଅନ୍ତି କରିବି କଅଣ। ଭଲେ ଭଲେ ନିଜ ଇଜ୍ଜତ ନେଇ ପଳାଇବା ଭଲ। କଥାରେ ଅଛି 'ଆରେ ସଖୀ ଆପଣା ମହତ ଆପେ ରଖି' ଏଇ ଚିନ୍ତାକରି ଯାଇ ସୌଦାଗର ପାଖରେ ପହଞ୍ଚିଲେ। ମୁହଁଟି ବିରସିଆ ଦିଶୁଥାଏ।

ସୌଦାଗର କୃତ୍ତିବାସଙ୍କ ମଉଳିଆ ମୁହଁ ଦେଖି ପଚାରିଲେ ପିଲାଏ କ'ଣ କହିଲେ, ଆପଣ ବୁଝି ଆସିଲେ କ'ଣ ଦାଶେ ?

କୃତ୍ତିବାସ ଦାସେ ମୁହଁ ଭାରି କରି କହିଲେ ଆପଣ ଯୋଉ ଅକଳିଆ କଥା କହି ବୁଝି ଆସିବାକୁ ପଠେଇଲେ ଆଜ୍ଞା ! ଭାଗ୍ୟ ବଳରୁ ବଞ୍ଚି ଅଇଲି, ନୋହିଲେ-। ସୌଦାଗର ମୁରୁକି ହସି କହିଲେ ପିଲାଏ ଶୁଣି ରାଗିଲେ କି ? ଦାଶେ କହିଲେ- ରାଗିଲେ କ'ଣ ଆଜ୍ଞା, ଏକବାରେତ ନିଆଁବାଣ ପାଲଟି ଗଲେ। କହିଲେ ଆରେ ହେ ଚତୁରା ବ୍ରାହ୍ମଣ ! ମୁଣ୍ଡ ନାହିଁତ କ'ଣ ସେଗୁଡ଼ା ଗାଣ୍ଠିରେ ଚରୁଚନ୍ତି ? ଗୋଟାଏ ପିଲା କହିଲା ଆରେ ମାରଣା ଷଣ୍ଢଟାକୁ ତ ହୁରୁଡ଼େଇ ଦବୁ ବୁଢ଼ା ଦାଦିକୁ ବୋପା ଡାକି ପଳେଇବ। ଆଉ ଗୋଟାଏ ପିଲା ପାଞ୍ଚଣ ଦେଖେଇ କହିଲା ୟାଙ୍କୁ ଚିହ୍ନିଚୁନା। ସିଧାବାଟ ଦେଖି ପଳା ! କୁହନ୍ତୁ ନାଇଁ ଆଜ୍ଞା, ଯୋଉ-

ବାଧାଦେଇ ସୌଦାଗର କହିଲେ ବୁଝିଲି। ଆଚ୍ଛା ଅବିକା ଆପଣ ଘରକୁ ଯା'ନ୍ତୁ। ଏହାକହି ସୌଦାଗର ଯୋଡ଼ିଏ ଟଙ୍କା ତାଙ୍କୁ ଦେଇ ବିଦାୟ କଲେ। କୃତ୍ତିବାସ ଟଙ୍କା ଦୁଇଟି ଧରି ଘରକୁ ଆସିଲାବେଳେ ଭାବି ହଉଥାନ୍ତି, ମନ ଦୁଃଖରୁତ ସୁଖ ମିଳିଲା, ପୁଣି ଘରେ ବ୍ରାହ୍ମଣୀ ଶୁଣି କ'ଣ କହୁଚି ଦେଖାଯାଉ। ଏମିତି ଭାବି ଭାବି ଘରେ ଯାଇ ପହଞ୍ଚିଲେ।

ପ୍ରତିଦିନଠାରୁ ଆଜି ସଅଳ ପହଞ୍ଚିବାରୁ ସ୍ୱାମୀଙ୍କୁ ଦେଖି ପାଟଲୀ ଚମକି ଉଠିଲେ। ପାଖକୁ ଆସି ପଚାରିଲେ କିହୋ ! ଆଜି କ'ଣ ହେଲାକି ! ମୁହଁ ବିରସିଆ ଦିଶୁଚି, ପୁଣି ଏତେ ସଅଳ ଆସିଲଣି ଯେ। କୃତ୍ତିବାସ ଟଙ୍କା ଯୋଡ଼ିକ ତାଙ୍କ ହାତକୁ ଦେଇ କହିଲେ କୁହନା ବ୍ରାହ୍ମଣୀ, ସୌଦାଗରଟା ଆଜି ଯୋଉ ବେବାଗରେ ମୋତେ ପକେଇଥିଲା, ତୁମେ ଟଙ୍କା ନେଲ କ'ଣ ତା ବଦଳରେ ଶଙ୍ଖା ଖୋଲି ହୋଇଥାନ୍ତ। ପାଟଲୀ ବିସ୍ମିତ ହୋଇ ପଚାରିଲେ ପୁଣି କ'ଣ କହିଥିଲେ ସେ ? କୃତ୍ତିବାସ କହିଲେ ଆଜି ସେହି ରକମ ଅକଳିଆରେ ପୁଣି ପକାଇ ଥିଲାଟି। ହ୍ୟାପୋ ବଣିଆ ହେଲେ ଯାହା ହୁଏ। ପାଠ ପଢ଼ିଛି, ଧନ ଅଛି, ବଳ ଅଛି ଦିହରେ, ସବୁଗୁଡ଼ାକ ଅକାର୍ଯ୍ୟରେ ଲଗାଉଚି ପରା। ଶାସ୍ତ୍ରକଥା ଶୁଣିନାହଁ-

"ବିଦ୍ୟା ବିବାଦାୟ ଧନମ୍ମଦାୟ,
ବଳଂ ବପୁଷା ପର ପୀଡ଼ନାୟ"

ଅକୁଳୀନ ଲୋକର ବିଦ୍ୟା ହେଲେ ବିବାଦ କରିବାରେ ଲାଗେ, ଧନହେଲେ ନାରୀ, ଦାରୀ, ମଦ, ମାଂସ ବିଳାସରେ ଲାଗେ। ବଳ ହେଲେ ଅପରକୁ ପୀଡ଼ାଦେବା, ଗୁଣ୍ଡାଗିରିରେ ଲାଗେ। ଏହି ତିନୋଟି ଯାହା ପାଖରେ ଏକତ୍ର ହୋଇ ରହିବ, ସେ ଯେ

କୌଣସି ଲୋକ ସଙ୍ଗରେ ଶତ୍ରୁତା କରି ପୀଡ଼ା ଦିଏ। ପାଟଲୀ କହିଲେ ତାହାତ ବୁଝିଲି, ହେଲେ ତମକୁ ଆଜି କ'ଣ ବରାଦ କଲେ କୁହ। କୃତ୍ତିବାସ କହିଲେ ଆଜି ଗୋଠେ ଗାଈ ନେଇ ଗାୟାଳ ପିଲା ଯାଉଥିଲେ। ତାଙ୍କୁ ଦେଖି ମଦୁଆଟାର ଯେ କୋଉ ମରଜି, ଗଜେଇଲା, କହିଲା ଦାଶେ! ଗଲ ସେଇ ଗାୟାଳଙ୍କୁ ପଚାରି ଆସିବ ତାଙ୍କ ଗୋରୁ ପଲରେ ମୁଣ୍ଡ ଅଛି କି ନାଇଁ। ଥିଲେ, କେତୋଟି ବୁଝି ଆସିବ। ବେହିପୋ ମୂର୍ଖଟାର ଏତିକି ଅକଲ ନାଇଁ ଯେ ଗୋରୁଙ୍କର ମୁଣ୍ଡ ନଥିଲେ ଚରାବୁଲା କରନ୍ତେ କେମିତି? ମୋତେ ପଚାରିବାକୁ ପଠେଇ ଦେଲା ପରା। ପାଟଲୀ କହିଲା ତମେ ଯାଇ କ'ଣ ପଚାରିଲ? ଆହେ ମୁଁ ଚାକିରିକି ଚାହିଁ ଯାଇ ଗାୟାଳ ପିଲାଙ୍କୁ ପଚାରିଲି। ସେଗୁଡ଼ାକ ଯୋଉ ଅପମାନ ଦେଲେ ନା, କ'ଣ କହିବି ବ୍ରାହ୍ମଣୀ। ଭାଗ୍ୟରୁ ଆଗରୁ ଚାଣକ୍ୟ ବୁଢ଼ା ମନା କରିଛି "ବଞ୍ଚନଂ ଚାପମାନଂ ଚ ପ୍ରତିମାନ୍ନ ପ୍ରକାଶୟତେ" ଅପମାନ ହେବା କଥା ନ କହିବାକୁ ନୋହିଲେ-"। "ଅନ୍ୟ ଲୋକଙ୍କୁ ସିନା କହିବ ନାହିଁ ମୋତେ କ'ଣ କହିବ ନାଇଁ? ଆହେ, ମୁଁ ଯେମିତି ଯାଇ ପଚାରିଲି ହଇରେ ପିଲେ, ତୁମ ଗୋରୁପଲ ଗୋଠରେ ମୁଣ୍ଡ ଅଛି? ଥୋକେ କହିଲେ ମୁଣ୍ଡ ନାଇଁତ କ'ଣ ଗାଣ୍ଡିରେ ଚରୁଛନ୍ତି। ଗୋଟିଏ ବାଲୁଙ୍ଗା ପିଲା କହିଲା ଚତୁରିଆ କଥା କହିବୁତ ମାରଣା ଷଣ୍ଢକୁ ହୁରଡ଼େଇ ଦେବି ଯେ ବୋପାକୁ ଦାଦି ଡାକି ପଳେଇବୁ। ଆଉ ଗୋଟାଏ ଦୋଷୀ ପିଲା ପାଞ୍ଚଣ ଦେଖେଇ ଶାସେଇଲାଟି।

ପାଟଲୀ ଲୋଟିଏ ପାଣି ଆଣି ଗୋଡ଼ ଧୋଇବାକୁ ଦେଇ କହିଲେ- ଅନିକାଳ ପାଖେଇଲାଣି, ପୁଣି ସେମିତି ଗାଳି ଶୁଣିବା ବୁଦ୍ଧିକରି ଯାଇଥିଲନା। କିହୋ! ତମେତ ଯାଇ ଗାୟାଳ ପିଲାଙ୍କୁ ପଚାରିଥାନ୍ତ ତମ ଗୋଠରେ ଅଣ୍ଡିରା ଷଣ୍ଢ କେତେ ଅଛନ୍ତି।

ସେମାନେ ତମକୁ ଗୁରୁମଣି ଗୋରୁ ଗଣି ବତେଇଥାନ୍ତେ। ତାହା ନକରି ତମେ ଏମିତି ଅକଲିଆ କରି ପଚାରୁଥିଲ କେମିତି? ଗାଈ ମାଈ ଏମାନଙ୍କର ମୁଣ୍ଡ କାହିଁ ଏକଥା କ'ଣ ଜାଣି ନଥିଲ। ଗାଈ ମାଈ ଗୁଡ଼ିକ ଧରଣୀ ପରି ଧରିବେ। ବେଶିହେଲେ ଦଶଟାରୁ କୋଡ଼ିଏଟା, ଅଣ୍ଡିରା ପୁରୁଷର କୋଟି କୋଟି ସୃଷ୍ଟି କରିବାର କ୍ଷମତା ଅଛି। ସେଇଥିପାଇଁ ତାଙ୍କୁ କହନ୍ତି ମୁଣ୍ଡ। ରାଣ୍ଡ ଘରକୁ ନିମୁଣ୍ଡିଆ ବୋଲି କହନ୍ତି- ଏକଥା କ'ଣ ଶୁଣି ନଥିଲ ତମେ? ପାଟଲୀଙ୍କ କଥା ଶୁଣି କୃତ୍ତିବାସ ମୁଣ୍ଡ କୁଣ୍ଢେଇ କହିଲେ ସତ ଗୋ ବ୍ରାହ୍ମଣୀ! ସବୁ ଜାଣେ, ଅଥଚ ଏଇ ଅକଲ ଟିକକ କାର୍ଯ୍ୟବେଳେ ଆସେନାହିଁ। ଏଇଟା ମୋର ବଦଖୋଇ।

ତହି ଆରଦିନ କୃତ୍ତିବାସ ହସ ହସ ମୁହଁ କରି ଯାଇ ସୌଦାଗର ପାଖରେ ପହଞ୍ଚିବାରୁ ସୌଦାଗର ପଚାରିଲେ କିହୋ କୃତ୍ତିବାସ! ମୁହଁଟି ବଡ଼ ହରଷ ଦିଶୁଛି

ଯେ। ଘରଣୀ ଘରେ ପିଠା ପଣା କରିଥିଲେ ନା କ'ଣ? କୃତ୍ତିବାସ କହିଲେ ନାଇଁ ଆଜ୍ଞା! ଆପଣ ଯେ ଏତେ ଗହନରୁ କଥା କହି ପାରନ୍ତି ମୁଁ କ'ଣ ଜାଣିଥିଲି କି। ଯୋଡ଼ାକ ଯାକ ସିନା ଘରଣୀ ମୋତେ ବୁଝେଇ ଦେଲେ। ନୋହିଲେ ତ- ମୃଦୁହସି ସୌଦାଗର ପଚାରିଲେ କ'ଣ ବୁଝେଇଦେଲେ ସେ। ଆଜ୍ଞା, ପହିଲା କଥାଟି ବୁଝେଇଲା- ଯୋଉ ଲୋକ ପୁଅ ଝିଅ ଥାଇ ମରିଯାଏ ସେ ମରିଗଲା, ଯାହାର ବଂଶରେ ଆଉ କେହି ପୁଅ ଝିଅ ରହିଲେ ନାଇଁ, ସେ ତରିଗଲା। ଦ୍ୱିତୀୟ କଥାଟି ବୁଝେଇ ଦେଲା, ପୁରୁଷ ଅଣ୍ଡିରାକୁ ମୁଣ୍ଡ କହନ୍ତି, ଗୋରୁ ପଲରେ ଷଣ୍ଢ ହେଉଛି ମୁଣ୍ଡ। ପୁରୁଷ ନଥିବା ମାଇକିନା ଘରକୁ ନିମୁଣ୍ଡିଆ ଘର କହନ୍ତି। ସେଇ କଥାଗୁଡ଼ାକୁ କାଲିଠୁ ବୁଝି ଭାବି ମୋ ମନ ଖୁସି ହେଉଚି- ଆପଣଙ୍କ ଠେଇଁ ଏତେ ବୁଦ୍ଧି, ଏତେ ଗୁମରରୁ କଥା ଆଣି କହିପାରନ୍ତି।

କୃତ୍ତିବାସଙ୍କ କଥା ଶୁଣି ସୌଦାଗରଙ୍କ ମୁହଁରେ କିପରି ଗୋଟିଏ ଭାବଛାୟା ପଡ଼ିଗଲା। ସେ କିଛି ସମୟ ମଉନ ରହି କହିଲେ ଦାଶେ! ଆପଣଙ୍କ ଘରଣୀ ମହୀୟସୀ, ଆପଣ ଏକ ମହୀୟାନର ଉଦାରଚେତା। ଆପଣଙ୍କର ସଙ୍ଗପାଇ ମୁଁ ଧନ୍ୟ ହୋଇଚି। ମୋ'ର ଏଇ କେତେଦିନ ସଙ୍ଗତରୁ ଧନଜନର, ବିଦ୍ୟା ବଳର ଅହମିକା ଖସି ଯାଇଚି। ବିଷୟ କୁଟିଳ-ବିଷମ ଚିନ୍ତା ମୁଣ୍ଡରୁ ଓହ୍ଲାଇ ହୋଇ ଯାଇଚି। ହେଜ ଆସିଛି-

"ହ୍ୱିୟତେ ହି ମତିସ୍ତାତ ହୀନୈଃ ସହ ସମାଗମାତ୍
ସମୈଶ୍ଚ ସମତା ବିଶିଷ୍ଟୈଶ୍ଚ ବିଶିଷ୍ଟତାମ୍"

ହୀନଲୋକ ସଙ୍ଗତରୁ ହୀନତା ମିଳେ, ସମାନ ଲୋକ ସଙ୍ଗତରୁ ସାମ୍ୟ ମୈତ୍ରୀ ମିଳେ, ବହୁଗୁଣ ବିଶିଷ୍ଟ ଲୋକର ବୈଶିଷ୍ଟ୍ୟ ଲାଭ ହୁଏ। ସୁତରାଂ ମୁଁ ଥରେ ଆପଣଙ୍କ ଘରଣୀ ମହୀୟସୀଙ୍କୁ ଦେଖା କରିବାକୁ ଚାହେଁ, ତାଙ୍କ ଅନୁମତି ଜାଣିବାକୁ ମୋ ମନ ଅଧୀର ହୋଇ ଉଠିଲାଣି। ଆପଣ ଯା'ନ୍ତୁ, ତାଙ୍କୁ ମୋର ଇଚ୍ଛାକଥା ଜଣାଇ ମତାମତ ଜାଣି ଆସନ୍ତୁ। ସୌଦାଗରଙ୍କର ଏକଥା ଶୁଣି କୃତ୍ତିବାସ ଲେଉଟିଲେ। ଘରେ ଆସି ବ୍ରାହ୍ମଣୀଙ୍କୁ ସବୁ କଥା କହିବାରୁ ପାଟଳୀ କହିଲେ ସାଙ୍ଗରେ ଘେନି ଆସିଲ ନାଇଁ, କିଓଁ! ତମେ ମୋ' ମତ ନବାକୁ କୋଉ ଅକଲରେ ଆସୁଥିଲ, ପତିପତ୍ନୀ ପରା ଗୋଟିଏ ଅଙ୍ଗ। କୃତ୍ତିବାସ ପୁଣି ମୁଣ୍ଡ କୁଣ୍ଡେଇ କହିଲେ ଓଃ ଏଇ ସାମାନ୍ୟ କଥାଟା ମୁଣ୍ଡକୁ ଆସିଲା ନାହିଁ। କିନ୍ତୁ ବ୍ରାହ୍ମଣୀ! ସିଏ ଯୋଉ ବଡ଼ଲୋକ ତାଙ୍କୁ ଡାକିଆଣି ବସେଇବୁ କୋଉଠି, ଖାଇବାକୁ ଦବୁ କ'ଣ? ପାଟଳୀ କହିଲେ- ଆମର ଯାହା ଅଛି ତାହା ଦବୁଁ। ସିଏ କ'ଣ ବିଶ୍ୱରୂପୀ କୃଷ୍ଣଙ୍କଠାରୁ ବେଶି ବଡ଼। ସିଏତ ପୁଣି ସୁଦାମା ଦରିଦ୍ର ଘରେ ଯାଇ ଖୁଦଭଜା ଖାଇଥିଲେ। କୃତ୍ତିବାସ କହିଲେ ସତକହିଚ ବ୍ରାହ୍ମଣୀ।

ସେଇ ଭଗବାନଙ୍କୁ ସ୍ମରଣ କରି ସୌଦାଗରଙ୍କୁ ଡାକି ଆଣିବା । ପାଟଳୀ ଅଭିମାନ କରି କହିଲେ ଯା, ଯା ସୌଦାଗରଙ୍କୁ ତ ଡାକିବାକୁ ଯିବ, କୃଷ୍ଣଙ୍କୁ ଡାକି କ'ଣ ହବ? ଡାକିଲେ ସେ କ'ଣ ଆସିବେ, ନା ତମ ଘର ସଜେଇ ଦେବେ । କୃତ୍ତିବାସ କହିଲେ କ'ଣ କହୁଚ ବ୍ରାହ୍ମଣୀ ! କୃଷ୍ଣଙ୍କୁ ଡାକିଲେ କ'ଣ ଆମରି ଦୁଃଖ ଦୂର ହେବ ନାହିଁ । ପାଟଳୀ କହିଲେ ଥାଉ ଥାଉ, ଆଉ କୁହନା, ଯିଏ ନିଜର ପୁଅ ଝିଅ-ଜ୍ଞାତି କୁଟୁମ୍ବଙ୍କୁ ମାରି ନିଜ ଘର ବୁଡ଼େଇ ଦେଇ ଯାଇଚି, ସିଏ ଉଠେଇ ଦବ ତୁମ ଘର । ଛାଡ଼, ତମେ ସୌଦାଗର ପୁଅକୁ ଡାକି ଆଣିବାକୁ ଯିବଟି । ଏହା କହି ସେ ଯୋଗାଡ଼ ସଜାଡ଼ କରିବାକୁ ଗଲେ । ଏଣେ କୃତ୍ତିବାସ ସୌଦାଗରଙ୍କୁ ଡାକି ଆଣିବାକୁ ବାହାରି ଗଲେ ।

କୃତ୍ତିବାସଙ୍କୁ ପଠାଇ ସୌଦାଗର ଉତ୍କଣ୍ଠିତ ହୋଇ ତାଙ୍କୁ ଚାହିଁ ତମ୍ବୁ ପାଖରେ ବୁଲୁଥାନ୍ତି । ଏଇବେଳେ କୃତ୍ତିବାସ ପହଞ୍ଚି କହିଲେ ଆଜ୍ଞା ମୋ'ର ଭୁଲ ହୋଇଗଲା । ଆପଣଙ୍କୁ ସାଙ୍ଗରେ କାହିଁକି ନେଇ ଗଲିନି ବୋଲି ବ୍ରାହ୍ମଣୀ ବଡ଼ ବେଜାର ହେଉଛି, ଆପଣ ଅବିକା ଚାଲନ୍ତୁ । ସିଏ ଆପଣଙ୍କୁ ଦେଖିବା ପାଇଁ ବାଟ ଚାହିଁ ବସି ରହିଚି । ତାଙ୍କ ଆଗ୍ରହ ଦେଖି ଶୁଣି, ସୌଦାଗର ତାଙ୍କ ସାଙ୍ଗରେ ଆସି ପହଁଚିଲା ବେଳକୁ ପାଟଳୀ ଦେବୀ 'ଆଶା, ବୋଲି ଗୋଟିଏ ପଡ଼ୋଶୀ ଝିଅକୁ ଡକାଇ ତାଙ୍କ ପାଇଁ ପାଣି ପିଢ଼ା ଯୋଗେଇଚନ୍ତି । ନିଜେ ଦରଜା ପାଖରେ ଅପେକ୍ଷା କରି ରହିଛନ୍ତି । ସୌଦାଗର ଦୂରରୁ ଦେଖିଲେ ଯେପରି ଦରିଦ୍ର କୁଟୀରେ ସତ୍ୟଦେବୀ ଅନ୍ନପୂର୍ଣ୍ଣା ଛିଡ଼ା ହୋଇଛନ୍ତି, ଭକ୍ତକୁ ଦର୍ଶନ ଦେବା ପାଇଁ ରୂପ ଲାବଣ୍ୟର ଝଟକ ଖଣ୍ଡେ ଦୂରକୁ ଚହଟୁଚି । ହସ ହସ ମୁଖରୁ ଝରି ପଡୁଚି ମଧୁଧାରା । ଚାହାଣୀରେ ମମତା, ଠାଣିରେ କରୁଣା, ପାଦତଳେ ଲୋଟି ପଡୁଚି ମାତୃମୟୀଙ୍କ ସ୍ନେହ ପ୍ରୀତି ପବିତ୍ରତା । ମୁହଁକୁ ଚାହିଁଲେ ଉଦ୍ଧତ ମୁଣ୍ଡ ବି ନଇଁପଡ଼ିବ ।

ଦୂରରୁ ଲକ୍ଷ୍ୟକରି ଚିହ୍ନି ଆସି ସୌଦାଗର ତାଙ୍କ ପାଦଧରି ପ୍ରଣାମ କଲେ । ପାଟଳୀ ଦେବୀ ତାଙ୍କୁ ଉଠାଇ ଦେଇ କହିଲେ ବାପା ! ଶୁଦ୍ର ପିଲାଟି ପାଣି ଆଣି ଥୋଇଛି, ଗୋଡ଼ ଧୋଇ ବସ । ବାଧ୍ୟ ଛାତ୍ରଟି ପରି ସୌଦାଗର ଗୋଡ଼ଧୋଇ ପିଢ଼ାରେ ବସିଲେ । ବ୍ରାହ୍ମଣ ଖଣ୍ଡିଏ ପଥରର ରେକାବିରେ କେତେ ଖଣ୍ଡି ଛୁଞ୍ଚିପତ୍ର ପିଠା ଗିଲାସେ ଦୁଧ ଆଣି ଖାଇବାକୁ ସୌଦାଗରଙ୍କୁ ଅନୁରୋଧ କଲେ । ମା ହାତରୁ ଖାଦ୍ୟଖାଇ ସନ୍ତାନ ଖୁସି ହେବାପରି ସୌଦାଗର ଖାଇ ତୃପ୍ତ ହେଲେ । ତା'ପରେ କହିଲେ ମା ! ମୁଁ ଦାଶଙ୍କଠାରୁ ଆପଣଙ୍କ ନାଁ, ଗୁଣ ଓ ବୁଦ୍ଧି ବିଷୟରେ ଶୁଣିଛି । ଦାରିଦ୍ର୍ୟ ଦୁଃଖ ସେ ଆପଣମାନଙ୍କ ଗୁଣରୁ ବିଚଳିତ କରିପାରିନାହିଁ, ଏଇଥିପାଇଁ ମୁଁ ଖୁସି ହୋଇଚି । ବର୍ତ୍ତମାନ ମୁଁ ଆପଣମାନଙ୍କ ଦର୍ଶନ ପାଇ ଦୁଇ ହଜାର ଟଙ୍କା ଦଉଚି ରଖନ୍ତୁ । ଯାହା ଭଲ ବୁଝିବେ

ସେହିପରି କାର୍ଯ୍ୟରେ ଲଗାଇବେ। ଏହାକହି ସୌଦାଗର ଦୁଇ ହଜାର ଟଙ୍କାର ସୁନା ମୋହର ସେ ସ୍ୱାମୀ ସ୍ତ୍ରୀ ଦୁଇଜଣଙ୍କ ଆଗରେ ଥୋଇ ଦେଇ ପୁଣି ଭୂମିଷ୍ଠ ପ୍ରଣାମ କଲେ। ପାଟଳୀ ଦେବୀ କହିଲେ ନାଇଁ ବାପା ! ଆମେ ଗରିବ ଲୋକ। 'ଦରିଦ୍ରକୁ ଲକ୍ଷେ ଟଙ୍କା ପକ୍ଷେକୁ ନିଅଣ୍ଟ' ବୋଲି କଥା ଅଛି। ଆପଣ ଏ ଟଙ୍କାକୁ ନେଇଯାନ୍ତୁ। ସୌଦାଗର କହିଲେ ନା' ଯାହାକୁ ମୁଁ ଆପଣଙ୍କ କାର୍ଯ୍ୟରେ ଲଗାଇବେ ବୋଲି ଦେଇଚି ତାକୁ ଆଉ ଫେରାଇ ନେବି ନାହିଁ। ଆପଣ ମାନଙ୍କର ଦାରିଦ୍ର୍ୟ ଜୀବନ ବୋଲି ଯାହାକୁ କହୁଛନ୍ତି ତା' ଭିତରେ ଯେ ଏତେ ସରଳତା, ସୌହାର୍ଦ୍ଦ୍ୟ, ଉଦାରତା ରହିଛି, ମୋର ଜଟିଳ କୁଟିଳ ଜୀବନରେ ତାହା ଅନୁଭବ କଲିଣି। ତା'ଛଡ଼ା ଆପଣମାନଙ୍କର ଯେଉଁ କରୁଣା ମୁଁ ପାଇଲିଣି, ସେଥିରୁ ମୋର ଦୁଇଲକ୍ଷ ଲାଭ ହେବ। ଶାସ୍ତ୍ରରେ ଅଛି-

"ବିତ୍ତେନ କିଂ ବିତରଣଂ ଯଦି ନାସ୍ତି ଦୀନେ
କିଂ ସେବୟା ଯଦି ପରାକୃତୟା ନ ଯନ୍ତଃ।"

ଧନ ଆୟକରି ସେ ଧନରୁ ଯଦି ଦୀନ ଦୁଃଖୀ ନ ପାଆନ୍ତି, ସେବା ମନୋଭାବ ନେଇ ଯଦି ପରୋପକାର, ପର ଯତ୍ନ କରି ନ ହୁଏ ତେବେ ସେ ଧନ ଜୀବନରେ ମହତ୍ତ୍ୱତା କ'ଣ ଅଛି ? ଆପଣମାନେ ଏ ଟଙ୍କାକୁ ଯଥେଚ୍ଛା ବ୍ୟବହାର କରନ୍ତୁ। ଏହା କହି ସୌଦାଗର ବିଦାୟ ନେଲେ, ହେଲେ ସେ ଧନକୁ ସେମାନେ ସୁଖ ଭୋଗରେ ଲଗାଇ ପାରିଲେ ନାହିଁ। ଆଖ ପାଖରେ ଲୋକ ଯେମିତି ଜାଣିଲେ କୃତ୍ତିବାସ ଦାଶେ ଦୁଇ ହଜାର ଟଙ୍କା ପାଇଛନ୍ତି, ସେଇଠୁ କିଏ ଧର୍ମପୁଅ, କିଏ ଧର୍ମଝିଅ, କିଏ ଧର୍ମଭାଇ, କିଏ ଧର୍ମବାପା ଏହି ପ୍ରକାର ସମ୍ବନ୍ଧକରି ଅଳ୍ପ ଦିନ ଭିତରେ ତାଙ୍କୁ ଯୋଉ ଦଶା ଥିଲା ସମଦଶା ଦେଇଦେଲେ। ମଲା ବେଳକୁ ତାଙ୍କର ମାହାର୍ଦ୍ଦ ସମ୍ବନ୍ଧୀୟ ଜ୍ଞାତି ଥିଲେ ଚାରିଶହ। ହେଲେ ତାଙ୍କର ନାମ ବହୁ ଦୂରକୁ ବିଖ୍ୟାତ ହୋଇଥିଲା। ପଥରୁ ଶୁଣି ପଥୁକୀମାନେ ତାଙ୍କୁ ଦେଖିବାକୁ ଆସୁଥିଲେ ସେ ମରିଯିବାରୁ ତାଙ୍କ ସ୍ମୃତିପାଇଁ ପଥୁକୀମାନେ ପଥରୁ ଶୁଣି ପଥର ଖଣ୍ଡିଏ ଖଣ୍ଡିଏ ତାଙ୍କ ସମାଧି ଉପରେ ଦେଇଯାନ୍ତି। ବହୁତ ଦିନ ହୋଇଗଲା, ହେଲେ ସେ ସ୍ମୃତି ନିଭୁନାହିଁ। ଏବେ ବି ମୂଳ କାରଣ ନଜାଣି ବାଟୋଇମାନେ ବିଧିରକ୍ଷା କରି ଚଳୁଛନ୍ତି। ଅବିକା ସେ ସମାଧିର ନାମ ହୋଇଛି ପଥରଶୁଣି। କେତେ ତାଙ୍କୁ ବନଦେବା ବୋଲି କହୁଛନ୍ତି। ବୁଝିଲୁ ଅବୋଲକରା ! ସେ ହେଉଛି ସେହି ସ୍ମୃତିପୀଠ। କୃତ୍ତିବାସଙ୍କ କୀର୍ତ୍ତୀ କଳାପରୁ ମାତ୍ର ଦୁଇଟି ଶୁଣିଲୁ। ଆଉ ଶୁଣିଲେ ଶହେରାତି ନିଅଣ୍ଟ ହେବ। ଏହାକହି ଗୋସେଇଁ ଶୋଇବାକୁ ଗଲେ।

ଲମ୍ୱାନାକୀ କଥା

ତା'ପରଦିନ ଗୋସେଇଁ ଅବୋଲକରା ଦିହେଁ ଯାଇ ମାଳବ ଦେଶରେ ପହଞ୍ଚିଲେ। ଯାଉ ଯାଉ ବାଟରେ ଗୋଟିଏ ସୁନ୍ଦର ବଗିଚା ଦେଖିଲେ। ତା' ଭିତରେ ପୋଖରୀ ଓ ଧର୍ମଶାଳା ଅଛି। ଗୋସେଇଁ କହିଲେ ଅବୋଲକରା: ଆଜି ରାତିଟା ଏଇଠି ରହିଯିବା। ତୁ ଟଙ୍କା ଗୋଟିଏ ନେଇ ସଉଦା କରିଆଣିବୁ ଯା। ଅବୋଲକରା ଗଣ୍ଠିଲି ରଖି ଟଙ୍କା ନେଇ ସହରକୁ ଗଲା। ସଞ୍ଜବେଳକୁ ସଉଦା ଆଣି ଥୋଇ ନିଜର ଲୁଗାପଟା ଗଣ୍ଠିଲି ବାନ୍ଧିବାକୁ ଲାଗିଲା। ଗୋସେଇଁ ପଚାରିଲେ କିରେ ତୋ ଲୁଗା ବାନ୍ଧୁଚୁ କାହିଁକି ? ଅବୋଲକରା କହିଲା ଗୋସେଇଁ ମୁଁ ସହରକୁ ଯାଇ ଦେଖିଲି ଗୋଟିଏ କାଚଘରେ ଗୋଟିଏ ଅଠରବର୍ଷି ସୁନ୍ଦରୀ ଝିଅର ମଡ଼ା ରଖାଯାଇଚି। ଝିଅଟାର ଚାରିହାତ ଲମ୍ୱା ହେଇଚି ହେଲେ ତା' ନାକଟା ଦଶହାତ ଲମ୍ୱା। କାଚଘର ପାଣିରେ ପୂରାଇ ସେ ମଡ଼ାଟାକୁ ରଖି ଲୋକ ଜଗିଛନ୍ତି। କାରଣ ପଚାରିବାରୁ ଗୋରଖା ଦରୁଆନଟା କହିଲା ନାହିଁ। ପୁଣି ଖଇନି ଦଳି ମୋ ନାକ ଆଗରେ ଏମିତି ତାଳି ପିଟି ଝାଡ଼ିଲା ଯେ ମୁଁ ଛିଙ୍କି ଛିଙ୍କି ହାଲିଆ ହୋଇଗଲି। ସେହି ଲମ୍ୱାନାକୀ ଝିଅ ମଡ଼ା କାରଣ ନ ବତେଇଲେ ମୁଁ ତ ଯିବିନାହିଁ ଗୋସେଇଁ। ତମ ବାଟ ତମେ ଦେଖ, ମୋ ବାଟ ମୁଁ ଦେଖୁଚି।

ଗୋସେଇଁ ଝୁଲାମାଳ ଥୋଇ କହିଲେ ହ୍ୟାପୋ ଆଣ୍ଠୁକୋଡ଼ି ପୁଅତ ବେଶ୍ ଧମକାଇ କଥା ଶୁଣୁଚି। ହଉ କ'ଣ କରିବା, ନ କହିଲେ ମନୁଆଟା ଯଦି ପଳାଇ ଯିବ ତ ମୁସ୍କିଲ। ଏହା ପାଞ୍ଚି କହିଲେ ହଉରେ-

"ଖୋଲ ଗଣ୍ଠିଲି ଟେକ ମଥା,
ଅବୋଲକରାରେ ଶୁଣ କଥା।"

ଅବୋଲକରା ବୋଲମାନି ବସିବାରୁ ଗୋସେଇଁ କହିଲେ- ଏ ଦେଶର ନାଁ ମାଳବ। ଯାକୁ ଲାଗି ବସ୍ତର ବୋଲି ରାଜ୍ୟଟିଏ ଅଛି। ସେ ଦେଶରେ ଜଣେ ସୌଦାଗରଙ୍କର ସିଲାନାରୁ ସିଲେଟ୍ ଯାଏ ବୋଇତ ଚଳୁଥିଲା। ବଣିଜ କରି ବହୁତ ଧନରତ୍ନ ରଖିଥିଲେ ସୌଦାଗର। ବୁଢ଼ାର ତିନିପୁଅ, ବଡ଼ଟି ଯୋଗ୍ୟ, ମଝିଆଁଟି ଚଳିବା ଭଳି। ହେଲେ ସାନ ବୋଲି ଯୋଉଟି ସାଧବାଣୀର ଗେହ୍ଲାପୁଅ, ସେଇଟି ଗୋଟିଏ ଦଣ୍ଡା ବାଲୁଙ୍ଗା। ପାଠ ନ ପଢ଼ିଲା ନାହିଁ, ଆଠ ପହର ଟଙ୍କା ଚାହିଁଲା। ଷୋହଳ ବର୍ଷଯାଏ ପଢ଼େଇବାକୁ ସୌଦାଗର ବହୁ ଚେଷ୍ଟାକଲା, ଟୋକା କହିଲା ବାହା ହବାକୁ ମନ ହେଲାଣି, ପଢ଼ିବି କ'ଣ ? ବୁଢ଼ୀ ବି ବୁଢ଼ାକୁ କହିଲା ହେ ! ନିଶ ଉଠିଲେ ପାଠ ପରା ବିଷ ହୁଏ। ପୁଅ ଆଉ କି ପାଠ ପଢ଼ିବ ? ବରଂ ତା' ପାଇଁ ବୋହୂଟିଏ ଦେଖ। ବୁଢ଼ା ଭାବିଲା ସତକଥା, 'ନିଶ ଉଠା ପାଠ ଛତୁ ଫୁଟା କାଠ' ଏଗୁଡ଼ାକ ଅକାମି, ହେଲେ ଯୋଉ ପୁଅର ମା'କୁ ପୋଷିବାର କ୍ଷମତା ନାହିଁ ତାକୁ ମାଇପ ଆଣି ଦବ କେମିତି ? ଏହା ଭାବି ନୀରବ ରହିଲେ।

ହେଲେ ଯୋଉ ଗୋଟିକ ମା'ର ଗେହ୍ଲା ପୁଅ ସେ କ'ଣ ବା ଅଜାଙ୍କୁ ଡରି ଚଳିବ। ଘରୁ ଟଙ୍କା ଚୋରି କରି ଖାସି, ଦାସୀ, ଦାରୀ, ମଦ ଖାଇ ବୁଲିଲା। ତା' ରୀତି ଦେଖି ଲଫଙ୍ଗା ଟୋକା ସାଙ୍ଗ ହେଲେ। ଘରୁ ଗହଣା ନେଇ ବିକି ଦେଲା। ଏପରି ଦେଖି ବୁଢ଼ା ତାକୁ ଗାଳି ଫଜିତ ନକରି ଭାବିଲେ-

"ଲାଳୟେତ୍ ପଞ୍ଚ ବର୍ଷାଣି ଦଶ ବର୍ଷାଣି ତାଡ଼ୟେତ୍
ପ୍ରାପ୍ତେଷୁ ଷୋଡ଼ଶ ବର୍ଷେ ପୁତ୍ରଂ ମିତ୍ର ବଦାଚରେତ।"

ବୋଲି ଶାସ୍ତ୍ରରେ ଅଛି। ଷୋଳବର୍ଷ ପୁଅକୁ ହେଲାଣି, ଏବେ ବନ୍ଧୁ ଭଳି ବ୍ୟବହାର କରିବାକୁ ହେବ। ଏହା ଭାବି ଦିନେ ତିନି ପୁଅକୁ ଡାକି କହିଲା ହଇରେ ! ମୁଁ ତ ବୁଢ଼ା ହେଲିଣି କାଲି ଯିବି। ତୁମେ ଗୁଡ଼ାକ ହମେସା ଘରପଶା ହୋଇ ଚାଲାଖ ଚତୁର ହେଲନାଇଁ। ମୁଁ ମଲେ ଏ ଥାଟକୁ ସାଇତି ସମ୍ଭାଳି ଚଳିବ କେମିତି। କଥାରେ ଅଛି-

'ବିଦେଶ ଘୂରନା ଆଚ୍ଛା
ଯୁଆନ ମରନା ଆଚ୍ଛା,

ତୁମେ ତିନିଭାଇ ଆଜିଠୁ ବିଦେଶକୁ ଯାଅ, ବର୍ଷକ ପରେ କିଏ କେତେ ଅର୍ଜି ଆଣିବ ଦେଖିବା। ନୋହିଲେ ବସି ଖାଇଲେ ଦରିଆ ବାଲି ନିଅଣ୍ଟ ବୋଲି କଥା ଅଛି। ଏ ଧନ କେତେଦିନ କୁଳେଇବ।

ଏକଥା ଶୁଣି ବଡ଼ ଦି'ଜଣ ବିଚାର କଲେ କ'ଣ କରିବା ଆଉ। ବାପା କହୁଛନ୍ତି ଯେତେବେଳେ ଚାଲଯିବା ଯିଏ ଯାହା ପାରିବା ଆଣିବା। କଥା ଶୁଣି ସାନର ହଲକ ଶୁଖିବାକୁ ବସିଲା, ହେଲେ କରିବ କଅଣ? ଭାଇମାନଙ୍କ ସାଙ୍ଗରେ ନାକ କାନ ମଳି ଦଳି ବାହାରିଗଲା।

ତିନିଭାଇ ଏକ ସଙ୍ଗରେ କିଛି ଦୂର ଯିବାପରେ ଗୋଟିଏ ତ୍ରିଛକ ବାଟ ପଡ଼ିଲା। ସେଇଠି ବଡ଼ଭାଇ କହିଲା, ଏଇଠୁ ତିନି ଭାଇ ତିନିବାଟରେ ଯିବା। ଯିଏ ଯୋଉ ବାଟରେ ଯିବ ଆଗେ ଯାଅ ମୁଁ ପଛକୁ ଯିବି। ଏହାଶୁଣି ସାନକୁ ମଝିଆଁ କହିଲା ତୁ ଆଗେ ଯା, ତା' ପରେ ମୁଁ, ମୋ ପରେ ଭାଇ ଯିବେ। ସାନ ସେଇଠୁ ଅନେକ ଭାବି ଉତ୍ତର ବାଟରେ ଗଲା। ମଝିଆଁ ଗଲା ପୂର୍ବକୁ। ବଡ଼ଲାଗି ରହିଲା ଦକ୍ଷିଣବାଟ-ସେ ସେଇ ବାଟରେ ଗଲା।

ଏହିପରି ବଡ଼ ଆଉ ମଝିଆଁ ଦୁହେଁ ଦୁଇ ଦିଗକୁ ଯାଇ ବାଣିଜ୍ୟ ପାଇଁ ଚେଷ୍ଟା କଲେ। ଆଗେ ଚାକିରି କରି କିଛି ପଇସା କମେଇ ଜଣେ କଲା ପରିବା ବେପାର, ଜଣେ କଲା ମାଛ ବେପାର। ଏହିପରି କରି କିଛି କିଛି ଟଙ୍କା ବାପା ପାଖକୁ ପଠାଇଲେ। ସାନଟା କିନ୍ତୁ ଯାହା ଅର୍ଜିଲା ପେଟକୁ ନିଅଣ୍ଟ ହେଲା। ଅର୍ଜିବା ଖାଇ କେତେବେଳେ କେମିତି ଚୋରିକରି ବି ଖାଇଲା। ଶେଷକୁ କୋଉଠି କେମିତି ଧରା ପଡ଼ିଲା, ଧରିବା ଲୋକ ଛେଚି ଦେଲେ ଗଣ୍ଡାକେତେ। ଅଇଣ୍ଠା ଗୋଇଠା ଖାଇ କେତେ ଜାଗା ବୁଲି ବୁଲି ଏକବାରେ ହାଲିଆ ହୋଇ ପଡ଼ିଲା। କିନ୍ତୁ ଘରକୁ ଆସିବାର ଜୁ ନାହିଁ। ବାପା ତ କହିଛି, ଅର୍ଜି ଲୋଡ଼ି ନିଜେ ଚଳ। କରିବ କ'ଣ? ଏକ୍ଷଣି ସିନା ଠେଲା ପଡ଼ିଚି, ନୋହିଲେ ତ ଗେହ୍ଲା ହୋଇ ଘରେ ଥିଲା। ଏମିତି ନ ଖାଇ ନ ପିଇ ଭଗବାନଙ୍କୁ ଡାକି ଚାଲିଲା। ମନରେ ଦୃଢ଼ତା କଲା, କୀଟପତଙ୍ଗ ପାଇଁ ଯଦି ବଞ୍ଚିବାକୁ ଭଗବାନ ଦାନା ଦେଇଚନ୍ତି, ମୋ ପାଇଁ ବି ଦେଇଥିବେ। ଯଦି ପାଇବି ତ ଖାଇବି ନଇଲେ ତାକୁଇ ଡାକି ମରିଯିବି। ଏମିତି ଦୃଢ଼ମନ ଧରି ଆଗେଇ ଗଲା। କିଛିଦୂର ଯିବାପରେ ଦେଖିଲା ଜଣେ ସାଧୁ ବସି ଧ୍ୟାନ କରୁଚନ୍ତି। ତାଙ୍କ ପାଖରେ ଯାଇ ବସିବାରୁ ସାଧୁ ଧ୍ୟାନ ଭାଙ୍ଗି ପଚାରିଲେ କ'ଣ ଚାହଁ? ଏ ଟୋକା ତାଙ୍କୁ ସବୁକଥା କହିଗଲା। ତା କଥା ଶୁଣି ସାଧୁ କହିଲେ ଠିକ୍ ନାକ ସିଧା ଚାଲି ଯା, ଆଗରେ ନୃସିଂହ ଦେବଙ୍କ ମନ୍ଦିର ଭେଟିବୁ। ସେଇଠି ବହୁତ ଜ୍ଞାନୀ ବୁଢ଼ା ଅଛନ୍ତି, ସେହିମାନେ ତୋତେ

ଅର୍ଥନୀତିରେ ବୁଦ୍ଧି ଦେବେ। ଆମେ ଧର୍ମ ଅର୍ଜିବା ଲୋକ, ଧନ ଅର୍ଜିଲା କଥା ଜାଣୁନାହିଁ। ସେଇଠୁ ସେ ନାକ ସିଧାକରି ଆଗେଇ ଗଲା।

ଏହିପରି ଦୃଢ଼ତା ଧରି ବହୁ ବାଟ ଗଲା। କେତେ ପାହାଡ଼ କେତେ ନଦୀ, ହାତୀ ବାଘ ଭାଲୁ ବାରହା ସବୁ ଭେଟିଲା, ପାରେଇ ଗଲା। ଏକାଗ୍ରତା ଥିବା ହେତୁ କେହି କିଛି କଲେ ନାହିଁ। ଏହିପରି ଯାଇ ଯାଇ ଶେଷକୁ ଦେଖିଲା ଆଗରେ ଗୋଟିଏ ବଡ଼ ନଦୀ ଖର ସୁଅରେ ହାତୀ ଘୋଡ଼ା ଭାସି ଭାସି ଯାଉଛନ୍ତି। ଏଣେ ବର୍ଷା ବି ହେଉଛି। ଚାରିଆଡ଼େ ଅନ୍ଧାର, ସାପ କହୁଛି ମୁଁ ବଡ଼। ବେଙ୍ଗ କହୁଛି ମୁଁ ବଡ଼। ହେଲେ ଟୋକାର ଏକାଗ୍ରତା ଅଛି। ସେ ସାଧୁଙ୍କ କଥାମାନି ନାକ ସିଧା ନଦୀ ଭିତରେ ପଶିଗଲା। ପାଣି ସୁଅ ବେଶି ବଢୁଚି। ଭଞ୍ଜେତ କହିଚନ୍ତି-

'ନାରୀ, ନଦୀ, ନିଆଁ, ନାଗ, ନରେଶଙ୍କୁ ନିରନ୍ତରେ ଥିବ ଦକା
ନିମିଷ ମାତ୍ରକେ ଉପ୍ରୋଧ ଛାଡ଼ି ଏ ନିରତେ ପାରନ୍ତି ଡକା'।

ନଦୀ କ'ଣ ଡରିବ ଯାକୁ। ସୁଅ ତୋଡ଼ିରେ ଭସେଇ ନେଲା ବହୁତ ଦୂର। ହେଲେ ଟୋକା ତା' ଦୃଢ଼ତା ଛାଡୁନାହିଁ। ଏମିତି କିଛି ଦୂର ଭାସିଯିବା ପରେ ଦେଖିଲା ଗୋଟିଏ କଦଳୀ ଗଛ ଭାସି ଆସୁଛି। ଆକୁଳରେ କୁଟା ଖିଅର ଭରସା କରି ଟୋକା ତାକୁ ଯାବୁଡ଼ି ଧରି ଚଢ଼ିଲା ତା' ଉପରେ। କଦଳୀ ଗଛତ ବୁଡ଼େ ନାହିଁ। ତା' ଉପରେ ଚଢ଼ି ଟୋକା ଯାଉ ଯାଉ ଦେଖିଲା ଗୋଟାଏ ନ ଦେଖିବା ଫଳ ଭାସି ଆସୁଚି। ତାକୁ ଦେଖି ଖାଇବ ବୋଲି ସେ ହାତ ବଢ଼େଇ ଉଠେଇ ନେଲା। ଏତେ ତ ଭୋକରେ ପେଟ ଜଳୁଚି। ତିନି ଦିନର ଉପାସକୁ ଆହାର ମିଳିଛି ଆମ୍ଭଙ୍କୁ। ଏହାଭାବି ଯେମିତି ଫଳଟାକୁ ନେଇ ଶୁଙ୍ଘିଚି ଆଉ ସମ୍ଭାଳେ କିଏ? ତା ନାକଟା ଏକବାରେ ଦଶହାତ ବଢ଼ିଗଲା।

ନାକ ବୋଲି ଯୋଉ ଚିଜ, ସେଟା ବଢ଼ିଗଲେ କାହାର ବା ମନଦୁଃଖ ହୁଏନାହିଁ। ଟୋକା ନାକଟି ଧରି କାନ୍ଦି କାନ୍ଦି ବୁଲିଲା। ଏଇବେଳେ ପାଖ ଦେଇ ଆଉ ଗୋଟିଏ ଫଳ ଭାସି ଆସିଲା। ତାକୁ ଦେଖି ଟୋକା ଧରିଆଣି ଭାବିଲା ଏଟାକୁ ଶୁଙ୍ଘି ଦେଖେ। ଯା ଭାବି ସେଟାକୁ ନେଇ ଯେମିତି ନାକ ପାଖରେ ଲଗେଇଚି, ପୂର୍ବପରି ତା ନାକଟା ହୋଇଗଲା। ସେଇଠୁ ଖୁସି ହୋଇ ସେ ଭାବିଲା ଆରେ ଯାଙ୍କଠେଇ ଏମିତି ଗୁଣ ଅଛିନା। ଏ ଯୋଡ଼ାକ ତ ମୋର ବଡ଼ କାମରେ ଲାଗିବ, ଏକଥା ବିଚାରି କଦଳୀ ଭେଳା ସାହାଯ୍ୟରେ ଆସି ନଦୀ କୂଳରେ ପହଞ୍ଚିଲା।

କଥାରେ ଅଛି 'ଯାହାକୁ ରଖିବେ ଅନନ୍ତ, କି କରିପାରେ ବଳବନ୍ତ' ସେହି ପ୍ରକାର ଭଗବାନ ତାକୁ ଉଦ୍ଧାର କରିଦେଲେ। ଏଣୁ ଟୋକା ଫଳ ଦୁଇଟିକୁ ଯତ୍ନରେ

ରଖି ଯାଉଥାଏ। ଶେଷରେ ଯାଇ ସହରରେ ପହଞ୍ଚିଲା। ସେଠିଯାଇ ଏଣେତେଣେ ବୁଲାବୁଲି କରୁ କରୁ ସଞ୍ଜବେଳକୁ ଯାଇ ରଜାଘରେ ହାଜର। ସେଠି ତ ସବୁବେଳେ କଡ଼ା ପହରା କରିବ କ'ଣ ? ଏମିତି ଭାବୁ ଭାବୁ ସଞ୍ଜପରେ ରଜା ଉଆସରେ ବାଇନାଚ ଆରମ୍ଭ ହେଲା। ଲୋକେ ସବୁ ଠେଲାପେଲା କରି ବାଇ ନାଚ ଦେଖିବାକୁ ଛୁଟିଲେ। ପାଇକ ଜଣେ ଅଚିହ୍ନା ଲୋକ ଦେଖି କହିଲା ଆରେ ହେ ତୁ କିଏ କୋଉଠୁ ଅଇଲୁରେ। ଆଉ ଜଣେ ପାଇକ କହିଲା ଛାଡ଼, ସେ'ଟା ଗୋଟିଏ ଦରିଦ୍ର, କିଏ କୋଉଠୁ ଆସି ବାଇନାଚ ଦେଖିବାକୁ ଯାଉଚି, ତାକୁ ପୁଣି କଟକଣା। ଏମିତି ଶୁଣି ଟୋକା ଭିତରକୁ ଯାଇ ବାଇନାଚ ଦେଖିବ କ'ଣ, ଖୋଲା ମେଲା ପାଇ ଏକବାରେ ଯାଇ ରାଣୀ ହଂସପୁରରେ ହାଜର। ସେଠାକୁ ଯାଇ ଛାତକୁ ଯିବାର ସିଡ଼ି ଉପରେ କେତେଗୁଡ଼ାଏ ପୁରୁଣା ଗଦି ରେଜେଇ ଦେଖି ସେଇଥିରେ ଲୁଚି ରହିଲା।

ଏଣେ ତ ଭୂପାଳିଆଣୀ ବାଇ ଆସି ନାଚୁଚି। ରଜା ପ୍ରଜାଠାରୁ ଅମଲା ଫଉଜ ମଉଜରେ ବ୍ୟସ୍ତ, ପାଟରାଣୀଠାରୁ ପାଟରାଣୀ ଯାଏ ହସ କୁରୁଳି ପକାଉଚନ୍ତି। ବାଇ ନାଚ ବାଇ ବଢ଼େଇଲାଣି ସମସ୍ତଙ୍କର। ମଦ ପିଆରେ ମସଗୁଲ ରଜା ମନ୍ତ୍ରୀ। ଯେତେ ନିଶା ବଢ଼ିଲା ସେତେ ନିଶା ବଢ଼ିଲା। ରଜା ଉଠି ଢୋଳେଇ ଢୋଳେଇ ଶୋଇବାକୁ ଗଲେ। ରଜା ଯିବାରୁ ମଜା ଭାଜିଲା। ମନ୍ତ୍ରୀଙ୍କୁ ହୁକୁମ ହେଲା। ବାଈକୁ ରାଜା ଉଆସରେ ଶୁଆଇ ରଖ। ନିଶା କମିଲେ ରାଜା ତା' ସଙ୍ଗରେ କଥା କହିବେ। ସେଇଠୁ ବାଈ ଝିଅଟି ଯାଇ ଗୋଟିଏ ଘର ବାରଣ୍ଡାରେ ଶୋଇଲା।

ଗଭୀର ରାତି ହବାରୁ ସବୁ ଲୋକ ଶୋଇ ପଡ଼ିଲେ। ଏଇବେଳେ ଟୋକା ଆସି ଦେଖିଲା ରାଜା ରାଣୀ ନିଶା ନିଦରେ ଶୋଇ ଘୁଙ୍ଗୁଡ଼ି ଛାଡୁଛନ୍ତି। ତହୁଁ ନାକବଢ଼ା ଫଳଟିକୁ ନେଇ ଏ ଟୋକା ରାଣୀ ନାକ ପାଖରେ ଶୁଙ୍ଘେଇଲା। ପୁଣି ରଜା ନାକ ପାଖରେ ଶୁଙ୍ଘେଇଲା। ଦେଖୁ ଦେଖୁ ରଜା ରାଣୀଙ୍କ ନାକ ଯାଇ ଓରା ଶେଣିରେ ଲାଗିଗଲା। ସେଇଠୁ ଟୋକା ହସି ହସି ଦେଖିଲା ବାରଣ୍ଡାରେ ଗୋଟିଏ ଖଟରେ ସୁନ୍ଦରୀ ବାଈଟି ଶୋଇପଡ଼ିଚି। ତାକୁ ଦେଖି ଟୋକା କହିଲା ମଲା ମଲା ଏଇଦିନରୁ ରୂପର ପସରା ବୁଲେଇ, ଚାହାଣି ଠାଣିରେ ଛଇ ଚଲେଇ, ଇଏତ ରଜା ମନକୁ ଭୁଲେଇଲାଣି। ପୁଣି ବେଶିଦିନ ଗଲେ ଏ ଟୋକୀ ଧନୀକୁ ପଟେଇ ଖଟେଇ ସବୁ ଲୁଟ କରିନେବ, ଯାକୁ ପାନେ ଭଲକରି ଦବେଇ ଦବା। ଯା ଭାବି ଫଳଟିକୁ ବାଈର ନାକ ପାଖରେ ଲଗେଇଦେଲା, ଦେଖୁ ଦେଖୁ ବାଈଟାର ନାକ ବଢ଼ିଗଲା ଏହେଁ। ଟୋକା ହସି ହସି କହିଗଲା ଶୋଇଥା' ଲୋ ଗାନେୱାଲୀ।

ଏହା କହି ଯାଇ ଦେଖିଲା ରଜାଙ୍କର ଚଉଦ ବର୍ଷ ଝିଅ ଜେମାଦେଈ ସଖୀଙ୍କୁ

ଘେନି ଶୋଇଚି। ଟୋକା ଯାଇ ସେମାନଙ୍କ ନାକରେ ବି ଶୁଙ୍ଘେଇ ଦେଲା। ସେଗୁଡ଼ିକର ନାକ ବି ବଢ଼ିଯାଇ କୋଣ୍ଟେ ମୋଟର ଦଶହାତିଆ ହୋଇଗଲା। ଏଇପରି ନାକ ପର୍ବ ସାରି ଟୋକା ଆସି ଦେଖଇଲା ଦରୁଓ୍ୱାନ ପାଇକଟା ଢୋଳଉଚି। ଟୋକା ତା' ନାକରେ ବି ଶୁଙ୍ଘେଇ ଦେଲା। ସେଠୁ ଯାଇ ଗୋଟିଏ ଗୁଡ଼ିଆ ଦୋକାନ ପିଣ୍ଡାରେ ଶୋଇ ରହିଲା।

ରାତି ପାହିବା ବେଳକୁ ରାଜବାଡ଼ି ହୁଲସ୍ଥୁଲ। ରାଜାରାଣୀଙ୍କ ନାକ ଲାଗିଚି ଓରାରେ। ରାଜା କହୁଛନ୍ତି 'କି ହେଲାରେ,' ରାଣୀ କହୁଚନ୍ତି 'କହିତ ନୁହଁଇ ଭାରତୀରେ' ଏମିତି ହୋହଲ୍ଲା ହୋଇ ପଡ଼ିବାରୁ ମନ୍ତ୍ରୀ ଆସି ଦେଖିଲେ ପାଇକ ନାକ ଦଶହାତ। ରାଜା ନାକ ବାରହାତ ରାଣୀଙ୍କର ନାକ ଚୌଦହାତ ବଢ଼ିଯାଇଛି। ବାଇ ନାକ ଦଶହାତ ଓ ଜେମା ନାକ ଲାଗିଚି ଉପର ମହଲାରେ। ନାକ ହଲାରେ ରାଜବାଟୀ ଦୁଲୁକୁଚି। ମନ୍ତ୍ରୀ ଖବର ପାଇ ଯାଇ ରାଜାଙ୍କୁ ମୁଲାକାତ କରିବାରୁ ରାଜା କହିଲେ ମନ୍ତ୍ରୀ! କ'ଣ ହେଲା, କ'ଣ କରିବା, ନାକ ରୋଗତ ଏମିତି ଅଛି ବୋଲି ଶୁଣା ନଥିଲା, ଖାଲି କ'ଣ ମୋ'ରି ନାକ- ରାଣୀ ନାକ ଏକବାରେ ଓରାରେ ଲାଗିଚି। ନାକ ପୁଡ଼ାରେ ମଇଁଷି ଗଳିଯିବା ଭଳି ହେଲାଣି, ତା'ପାଇଁ ତ ବେଶି ଚିନ୍ତା। ମନ୍ତ୍ରୀ କହିଲେ ଜେମା ନାକ ଆହୁରି ବଢ଼ିଚି ଆଜ୍ଞା। ଏକଥା ଶୁଣି ରାଜା ଶିହରି ଉଠିଲେ। ହେଲେ, ନାକ ଭାରି ପାଇଁ ଉଠିବାର ଯୁ ନାହିଁ। ରାଣୀ ଏଁ ହେଁ ଉଠିଲା ବେଳକୁ ନାକଟା ଓରାରେ ଠେସି ଲାଗିଲା। ରାଜା କହିଲେ, ମନ୍ତ୍ରୀ କ'ଣ କରିବା। ଏଟା ଦେଖୁଚି ଦଇବ ଭିଆଣ। ନହେଲେ ବିବାକ ଲୋକେ ନାସା ରୋଗରେ ବିନାଶ ହୁଅନ୍ତେ। ତମେ ଯାଅ, ରାଜ୍ୟରେ ଯୋଉଠି ଗୁଣିଆ, ବଇଦ, ତୁଟୁଳିଆ ମୁଟୁଳିଆ ଯିଏ ଅଛି ଆଣି ଆମକୁ ଏ ସର୍ବନାସିଆ ରୋଗରୁ ମୁକ୍ତ କର। ରାଜକୋଷ ଖୋଲିଦିଅ, ପରଓ୍ୱା ନାହିଁ। ମନ୍ତ୍ରୀ ବିଚରା ବଡ଼ ବ୍ୟସ୍ତ ହେଲେ। ସେ'ଠୁ ଆସି ଘୋଷଣା କଲେ ରାଜା ରାଣୀଠାରୁ ରାଜବଂଶ ଯାକ ଯୋଉ ନାକ ବଢ଼ିବା ରୋଗରେ ପଡ଼ିଚନ୍ତି ତାଙ୍କୁ ସେଥିରୁ ଯିଏ ଭଲକରି ଦେବ ସେ ଲକ୍ଷେ ଟଙ୍କା ପାଇବ।

ମନ୍ତ୍ରୀଙ୍କର ଘୋଷଣା ଶୁଣି ଦେଶ ବିଦେଶରୁ ବଇଦ ଗୁଣିଆ କେଳା, ମୁକୁଳିଆ ତୁଟୁକିଆ ଯାଏ ଯୋଉଠି ଥିଲେ ଯଶ ଧନ ଲୋଭକରି ସବୁ ଆସିଲେ। ହେଲେ ସେ ନାକକୁ ଭଲ କରିବ କିଏ ? କିଏ କହିଲା ଦଇବୀ ରୋଗ, କିଏ କହିଲା ରାଜବଂଶ ଏଇ ରୋଗରେ ବୁଡ଼ିଯିବ। ଏମିତି କୁହାକୁହି ହୋଇ ପଳାଇଲେ ସବୁ। ରାଣୀ ସେମିତି କହୁଥାନ୍ତି ଏଁ ହେଁ ମଲି ମଲି। ରଜା କହୁଥାନ୍ତି ହଁ ହଁ ଗଡ଼ିଗଲି। ହେଲେ କଥାରେ ଅଛି-

"ବିଲକୁ ସଲଖେ ହଳ, ଲଙ୍ଗଳ ଲୋ
ହିଡ଼କୁ ସଲଖେ କୋଡ଼ି,

ଛଚିନ୍ଦ୍ରା ଫଳକୁ ଗୋଡ଼ି ସଳଖଇ
ଖଳକୁ ସଳଖେ ବାଡ଼ି।"

ସେହିପରି ସେ ରୋଗକୁ ଭଲ କରିବାକୁ ସେଇ ରକମ ବଇଦ ଦରକାର ନା, ଗଲି ଗଲି କହିଲେ ଉଠିପାରିବ।

ଏମିତି ସବୁ ଚାରିଆଡ଼େ ଲୋକ ଛୁଟାଛୁଟି କରୁଥିବାର ଦେଖି ସାଧବ ପୁଅ ଟୋକା ଯାଇ ଖବର ଦେଲା ମନ୍ତ୍ରୀ ସାଙ୍ଗରେ ଦେଖା କରିବ। ଜଣେ ଅର୍ଦ୍ଦଳୀ ଯାଇ ଜଣେଇବାରୁ ମନ୍ତ୍ରୀ କହିଲେ ଡାକିଆଣ। ଟୋକା ଫଳ ଯୋଡ଼ିକୁ କୁଞ୍ଚରେ ମୋଡ଼ି ରଖି ଯାଇ ପହଞ୍ଚିଲା। ମନ୍ତ୍ରୀ କହିଲେ କଥା କ'ଣ ? ସାଧବ ଟୋକା କହିଲା ରଜା ରାଣୀ ଓଗେର ଯୋଡ ନାକବଢ଼ା ରୋଗରେ ଗଡ଼ୁଛନ୍ତି ମୁଁ ତାଙ୍କୁ ଅଧଘଣ୍ଟାରେ ଭଲ କରିଦେବି। ମୁଁ ଯାହା ମାଗିବି ତାହା ଦେବାକୁ ହେବ, ଅବଶ୍ୟ ସେ'ଟା ତାଙ୍କ ପାଖରେ ଅଛି। ସେଥିରେ ଯଦି ରାଜା ରାଣୀ ରାଜି ହୁଅନ୍ତି ପଚାରି ଆସ। ଏକଥା ଶୁଣି ମନ୍ତ୍ରୀ ତାଙ୍କୁ ସଙ୍ଗରେ ନେଇଯାଇ ରାଜାଙ୍କ ପାଖରେ ଜଣେଇଲେ। ରାଜାଙ୍କରତ ନାକ ଜ୍ୱାଳାରେ କଣ୍ଠାଗ୍ରତ ପ୍ରାଣ। ସେ ଉପର ମୁହଁ ସେମିତି ହୋଇ କହିଲେ ହଉରେ ଟୋକା। ତୁ ଯାହା ମାଗିବୁ ଥିଲେ ନିଶ୍ଚୟ ପାଇବୁ, ଆଗ ଆମକୁ ଭଲ କଲୁ। ସାଧବ ପୁଅ କହିଲା ନାଇଁ ଆଗ ସତ୍ୟ କର, ତୁମ ଜେମାକୁ ମୋ ସାଙ୍ଗରେ ବାହାଦବ। ଏକଥା ଶୁଣି ରାଣୀ କହିଲେ ହଉପଛେ ବାହାଦେବା; ଆଗେ ଆମକୁ ଏଥିରୁ ବଞ୍ଚା। ଇଲୋ ବୋଉ ! ମରିଗଲି, ମରିଗଲି, ହେଁ, ହେଁ, କହି ରାଣୀ ପୁଣି କାନ୍ଦି ଉଠିଲେ, ରଜା କହିଲେ ନାସା ରୋଗର କରାମତି ଏମିତି ନା ମନ୍ତ୍ରୀ ! ଆଚ୍ଛା ହଉରେ ଟୋକା। ଜେମାକୁ ତୋତେ ବାହାଦେବୁ, ଆଗେ ଆମକୁ ଭଲକର। ମନ୍ତ୍ରୀ କହିଲେ ଶାସ୍ତ୍ରରେ ଅଛି-

ଆତ୍ମାନାଂ ସତତଂ ରକ୍ଷେ ଦାରୈରପି ଧନୈରପି।

ହଜୁର ଆଗେ ବଞ୍ଚିଯାନ୍ତୁ। ରଜା କହିଲେ ମନ୍ତ୍ରୀ ପାଣି ଆଣ ମୁଁ ସତ୍ୟ ନିର୍ବନ୍ଧ କରି ଟୋକାହାତକୁ ଟେକିଦିଏ। ମନ୍ତ୍ରୀ ପାଣିଆଣିବାକୁ ଗଲେ। ରାଣୀ ପଚାରିଲେ ଟୋକା ତୁ କାଳିଆ ନା ଗୋରାରେ। ଟୋକା କହିଲା ତମ ଝିଅର ନାକମୁଖ କେମିତି ? ରାଣୀତ ଶୁଣିଲେଣି ଜେମା ନାକ ତଳ ମହଲାରେ ଲାଗିଛି ବୋଲି। ଆଉ କହିବେ କଅଣ ଚୁପ୍ ହେଲେ।

ଏଣେ ମନ୍ତ୍ରୀ ପାଣି ଆଣି ଦେବାରୁ ରଜା କନ୍ୟା ଦେବେ ବୋଲି ସ୍ୱୀକୃତ କରି ଟୋକା ହାତକୁ ଟେକି ଦେଲେ। ପାଣି ପାଇବାରୁ ସାଧବ ପୁଅ କହିଲା ମନ୍ତ୍ରୀ ମହାଶୟ ! ଖଣ୍ଡିଏ ଚଦର ମୋତେ ଦେଇ ତମେ ଏଠୁ ପଳାଅ। ମନ୍ତ୍ରୀ ଚଦର ଖଣ୍ଡିଏ ଦେଇ ବାହାରି ଆସିବାରୁ ଟୋକା ସେ ଖଣ୍ଡକୁ ନେଇ ରଜାଙ୍କ ଆଖିରେ ଘୋଡ଼ାଇ

ଦେଇ ଫଳଟିକୁ ନାକ ପାଖରେ ଧରି ଶୁଙ୍ଘେଇଲା, ସେହି ସାଥିରେ ଯାହି ତାହି କରି ମନ୍ତ୍ର ପଢ଼ିଲା। ପାଞ୍ଚ ମିନିଟ୍ ଗଲାରୁ ଦେଖିଲା ରାଜାଙ୍କ ନାକ ଛୋଟ ହୋଇ ଆସୁଚି। ସେଇଠୁ ରାଣୀ ପାଖକୁ ଯାଇ ସେମିତି କଲା, ତା ପରେ ଯାଇ ଜେମାଦେଈକି ଭଲ କଲା। ରାଜା ରାଣୀ ଭଲ ହୋଇ ଉଠି ଜେମା ନାକ ଦେଖିବାକୁ ଗଲାବେଳକୁ ତା' ନାକ ତଳ ମହଲାରୁ ଓହ୍ଲେଇଲାଣି, ଟୋକା ପାଇକ ତାକୁ ଭଲ କରୁଚି।

ମନ୍ତ୍ରୀ ତଳକୁ ଆସି ଟୋକାକୁ ଧରି ଏକବାରେ ଜେମାପୁରକୁ ନେଇଗଲେ। ସେଇଠି ନାହାକ ବ୍ରାହ୍ମଣ ସବୁ ଥାନ୍ତି। ବାହାଲଗ୍ନ ବି ସେଦିନ ଥାଏ। ଜେମା ସାଙ୍ଗରେ ବାହାଘର କାର୍ଯ୍ୟ ଆରମ୍ଭ ହେଲା। ରାଣୀ କନକାଞ୍ଜଳି କାର୍ଯ୍ୟ ସାରି ତଳକୁ ଆସି ଦେଖିଲେ ବାରଣ୍ଡାରେ ନାଚଓ୍ୱାଲୀ ବାଈ ଶୋଇଚି। ତା ନାକ ଲାଗିଚି ଦୋତାଲାକୁ। ସେଇଠୁ ରାଣୀ ଯାଇ କହିଲେ ବାପା ଜୁଆଇଁ! ଏତେ ଲୋକଙ୍କୁ ଭଲ କଲୁ। ବାଈ ଝିଅଟିର ମନ୍ଦ କରିବୁ କାହିଁକି ବାପା ? ତା ନାକଟା କମେଇ ଦେ। ଜେମା ବି କହିଲା। ସେଇଠୁ ସାଧବ ପୁଅ ବେଦୀକି ଯାଇ ଯାଉ ଲେଉଟି ଆସି ଦେଖିଲା ବେଳକୁ ବାଈ ଝିଅଟା ଆଉ ଏ ପୁରରେ ନାହିଁ, ନିଃଶ୍ୱାସ ପ୍ରଶ୍ୱାସ ରହି ଯାଇଚି। ମଲାଟାକୁ ଆଉ କରିବ କଅଣ। ରାଜା ତାକୁ ରାଜବାଟୀରୁ ଉଠାଇ ଦେଲେ; ପୁରୋହିତ ତ୍ୱରିତ ଶୁଦ୍ଧି କାର୍ଯ୍ୟ କରି ବାହାଘରରେ ଲାଗିପଡ଼ିଲେ।

ରଜା ବିଭାକାର୍ଯ୍ୟ ସାରି ଆସି ଗୋଟିଏ କାଚର ଘର ତିଆରି କରାଇ ସେଥିରେ ରସାୟନ ଔଷଧ ଭରି ସେଥିରେ ସେ ବାଈଝିଅଟିର ଶବଟିକୁ ରଖେଇ ଦେଲେ। ସେଇ ଦିନରୁ ସେମିତି ସେ ଝିଅଟାର ଦିହ ରହିଚି କାଚ ଘରେ। ଏଣେ ରଜା ଝିଅକୁ ବାହା ହୋଇ ଟୋକା ବାପା ପାଖକୁ ଖବର ଦେଲା। ହେଲେ ବୁଢ଼ା ପୁଅ ବୋହୂ ଆଣିବାକୁ ଗଲାନାହିଁ। ସାଧବାଣୀ ବୁଢ଼ୀ, ବୁଢ଼ା ଉପରେ ବେଜାର ହୋଇ ପୁଅଭାଇକି ପଠାଇ ପୁଅବୋହୂଙ୍କୁ ଶଙ୍ଖୋଳି ଆଣିଲା। ବୁଢ଼ା ପୁଅବୋହୂଙ୍କୁ ଦେଖି ଗରଗର ହୋଇ କହୁଥାଏ ପେଟ ପୋଷିବାର କ୍ଷମାତ ନାହିଁ ପୁଣି ରଜାଝିଅକୁ ବାହାହୋଇ ବୋହୂ ଆଣିଚି। ସ୍ନୋ ପାଉଡ଼ର ପାଇଁ ଧନ କାହିଁ ? ବୁଢ଼ା ପାଟିକୁ ବୁଢ଼ୀ ଚାପି ଧରି କହିଲା ତୁମେ ଚୁପ୍ ରହିବଟି ଆଗ। ବୁଝିଲୁଟି ଅବୋଲକରା କାଚଘରେ ଲମ୍ବାନାକୀର ଘଟଣା ସବୁ ? ଏହା କହି ଗୋସେଇଁ ଶୋଇପଡ଼ିଲେ। ଅବୋଲକରା ତାଙ୍କ ଗୋଡ଼ ଚିପି ଦେଉଥାଏ। ଏ ଗପଟିକୁ ମୁଁ ଅକ୍ଷୟ କୁମାର ବେନାର୍ଜିଙ୍କ କାହାଣୀରୁ କେତେକ ପଢ଼ିଥିଲି।

ଆଠ ଓଲାଙ୍କ ପଥର କଥା

ଅବୋଲକରାକୁ ନେଇ ଗୋସେଇଁ ତାମିଲନାଦରେ ପହଞ୍ଚିଲେ। ସେଠାକାର ଲୋକ ଗୁଡ଼ାକ କଳା ମୁଗୁନି ପଥର ଭଳି। ଯେମିତି ରୂପ, ସେମିତି ବେଶ, ସବୁ କାର୍ଯ୍ୟ ଅପରିଷ୍କାର। ତେଣୁ ଗୋସେଇଁ ଗୋଟିଏ ଶିବ ମନ୍ଦିର ପାଖରେ ବସି କହିଲେ ଅବୋଲକରା! ଆଜି ଏଇଠି ରହିବାରେ, ତୁ ବଜାରକୁ ଯାଇ କିଛି ସଉଦା କରି ଆଣେ। ଏଇଠି ଗଣ୍ଡିଏ ରୋଷେଇ କରି ଖାଇ ଶୋଇବା। ଏ କଥା ଶୁଣି ଅବୋଲକରା ଗଣ୍ଠିଲି ରଖି ଟଙ୍କାଟିଏ ଧରି ହାଟ ଆଡ଼େ ଗଲା। ସେଠାରୁ ରୋଷେଇ ସଉଦା କରି ଫେରିଲା ବେଳକୁ ଦେଖିଲା ନଈକୂଳ ବଉଳଗଛ ମୂଳରେ ଆଠଟା ପଥର ମୂର୍ତ୍ତି ଥୁଆ ହୋଇଚି ତାଙ୍କୁ ଦେଖି ବାଟୋଇଙ୍କୁ କାରଣ ପଚାରିବାରୁ ସେମାନେ ଯା କଥା ବୁଝି ନପାରି ଲଣ୍ଡେ ଏଡ୍ଡୁ କହି ଚାଲିଗଲେ। ଅବୋଲକରା ସେଠାରୁ ଭାଗି ଆସି କହିଲା ଗୋସେଇଁ ତୁମେ ସଉଦା ରଖ, ମୁଁ ଏଇଠୁ ଲେଉଟ ବାଟ ଧରୁଚି। ଗୋସେଇଁ କହିଲେ ଆରେ କ'ଣ ଦେଖିଲୁକି? ଅବୋଲକରା କହିଲା ମୁଁ ଆସିବା ବେଳେ ବଉଳମୂଳ ନଈକୂଳରେ ଦେଖିଲି ଆଠଟା ପାଷାଣ ମୂର୍ତ୍ତି ବସିଛନ୍ତି। ତାଙ୍କୁ ସେମିତି ଭାବରେ ବସି ଥିବାର ଦେଖି ଯେତେ ବାଟୋଇଙ୍କୁ କାରଣ ପଚାରିଲେ ସେମାନେ ଲଣ୍ଡେ ଏଡ୍ଡୁ କହି

ଚାଲିଗଲେ। ତା'ର କାରଣ ଯଦି କହିବ ଗୋସେଇଁ ମୁଁ ରହିବି, ନୋହିଲେ ଲଣ୍ଡେ ଏଡୁଙ୍କୁ ପଚାରି ପଚାରି ବାହୁଡ଼ିବି।

ଏହା ଶୁଣି ଗୋସେଇଁ ଭାବିଲେ ଏ ଚୁଲିପଶାକୁ ଆଣି ତ ଭୁଲ୍ କରିଛି। କରିବି ଆଉ କଅଣ, ଏହାଭାବି କହିଲେ ଆଚ୍ଛା, 'ପକା ଆସନ ପୋତ ଛତା ଅବୋଲକରାରେ ଶୁଣ ସେ କଥା।' ଅବୋଲକରା ଠିକ୍ ହୋଇ ବସିବାରୁ ଗୋସେଇଁ କହିଲେ-

ଏ ଦେଶର ସୀତାବାଞ୍ଜି ବୋଲି ଗୋଟିଏ ଗାଁ ଥିଲା। ସେ'ଠି ରଘୁଶୁକ୍ଳ ବୋଲି ଜଣେ ବ୍ରାହ୍ମଣ ଥା'ନ୍ତି। ତାଙ୍କର ବହୁତ ଦିନ ଯାଏ ପିଲା ପିଲି କିଛି ହେଲେ ନାହିଁ। ସେଥିପାଇଁ ବ୍ରାହ୍ମଣୀର ମନକଥା ମନରେ ମରେ। ଦିନେ ବ୍ରାହ୍ମଣ ତାଙ୍କ ବନ୍ଧୁ ସଙ୍ଗରେ ଆଳାପ କରୁ କରୁ କୌଣସି କଥାରେ ଦାୟିକା ଦେଇ କହିଲେ ବନ୍ଧୁ-

'କି ସଙ୍ଗମେନ ତନୟୋ ଯଦି ନେକ୍ଷଣୀୟ
କିଂ ଯୌବନେନ ବିରହୋ ଯଦି ବଲ୍ଲଭାୟଃ'।

ଅର୍ଥାତ୍ ଯଦି ସ୍ତ୍ରୀ ସଙ୍ଗକରି ସନ୍ତାନ ସୃଷ୍ଟି ନହେଲା କିମ୍ବା ଯଦି ଯୌବନ ଲାଭ କରି ପ୍ରିୟା ବା ପ୍ରିୟାର ବିରହ ହେଲା, ତେବେ ସେ ସଙ୍ଗମର, ସେ ଯୌବନର ମୂଲ୍ୟ କ'ଣ? ଏ କଥା ପଦକ ସିନା ବନ୍ଧୁଙ୍କୁ କହିଲେ ସେ, ହେଲେ ବ୍ରାହ୍ମଣୀ ଛାତିରେ ବିନ୍ଧିଗଲା ତୀର ପରି। ସେଇଠୁ ସେ ବ୍ରାହ୍ମଣକୁ କହିଲା ଦେଖ, ଆମର ବାହାଘର ଅନେକ ଦିନ ହେଲା, ହେଲେ ପିଲାପିଲି ହବାପାଇଁ ତମେ ଆଦୌ ଚେଷ୍ଟା କଲ ନାହିଁ। ଗୋଟିଏ ପିଲା ହେବାକୁ ଲୋକେ କୋଟି କୋଟି ଟଙ୍କା ଖର୍ଚ୍ଚ କରିଛନ୍ତି। ତମେ ଶିବ ମୁଣ୍ଡରେ ବି ଦିନେ ହେଲେ ବି ବେଲପତ୍ର ଦି'ଟା ଓ ଜଳ କୁମ୍ଭେ ଦେଲ ନାହିଁ। ମୁଁ କ'ଣ ତମରି ସେବାକରି ଦିନ କଟାଇବାକୁ ଏଠିକି ଆସିଥିଲି?

ଏକଥା ଶୁଣି ବ୍ରାହ୍ମଣ ଭାବିଲେ ବ୍ରାହ୍ମଣୀର କଥା ଅନୁଚିତ ନୁହେଁ।

ପୁତ୍ରହୀନଂ ଗୃହଶୂନ୍ୟଂ ଦିକ୍ଶୂନ୍ୟଂଚାନ ବାନ୍ଧବା
ବିଦ୍ୟାହୀନଂ ଆତ୍ମଶୂନ୍ୟଂ ସର୍ବଶୂନ୍ୟଂ ଦରିଦ୍ରତା।

ଏହା ଭାବି କହିଲେ, ଆଚ୍ଛା ବ୍ୟସ୍ତ ହୁଏନା, କାଲିଠୁ ମୁଁ ଶିବପୂଜା କରୁଚି। ଏହା କହି ତହିଁଆରଦିନଠାରୁ ଶିବାଷ୍ଟକ ପଢ଼ି ଶିବପୂଜା କଲେ। ସେଇ ସାଙ୍ଗରେ ବରୁଣେଇ ଠାକୁରାଣୀଙ୍କ ପୂଜା କଲେ। ଦିନେ ବ୍ରାହ୍ମଣ ଏପରି ଭାବରେ ଡାକିଲେ ଯେ ସେ ଦିନ ଯାଇ ରାତି ହେଲାଣି ବୋଲି ଖିଆଲ ନାହିଁ।

ସଞ୍ଜ ହେବାରୁ କୈଳାସ ପୁରୀରେ ଗଞ୍ଜାପର୍ବ ଆରମ୍ଭ ହେଲା। ଉମା ବସି ଭାଙ୍ଗ ବାଟୁଥାନ୍ତି। ଶିବ ଗଞ୍ଜା ଚିଲମଟା ମୁହଁରେ ଲଗେଇଛନ୍ତି, ମାତ୍ର ଏଇବେଳେ

ବରୁଣେଇ ଯାଇ କାନ୍ଦି କାନ୍ଦି ପହଞ୍ଚିଲେ। ଶିଳପୋତାଟା ଧୋଉ ଧୋଉ ଉମା ପଚାରିଲେ କିଲୋ ବରୁଣେଇ କ'ଣ ହେଲାକି ତୋର? ବରୁଣେଇ ସେମିତି ସକେଇ କାନ୍ଦଣା ଶୁଣେଇ କହିଲେ କ'ଣ ହେଲା? ତମକୁ କ'ଣ ଅଜଣା ଅଛି। ମୋ ଭକ୍ତ ଶିବପୂଜା କରି ମୋତେ ପୂଜାକରି କେତେଦିନ ହେଲା ଥକି ଗଲାଣି। ସେଥିରେ ଶିବ ଟିକିଏ ହେଲେ ଶୁଣୁନାହାନ୍ତି। ମୁଁ ମାଇପି ଲୋକଟା, ତାଙ୍କୁ ପୁଅ ଦେବି କେମିତି? ଉମା କହିଲେ ଠିକ୍ ତ, ଆମେ ସିନା ମାଇପି ଲୋକ ପେଟରେ ଭରି କୋଡ଼ରେ ଧରିବୁ, ହେଲେ ମୂଳ ବୀଜ ଆମ ପାଖରେ କାହିଁ? ଆଚ୍ଛା ତୁ ରହ, ମୁଁ କହି ଦଉଚି। ବରୁଣେଇ ଦେଖିଲେ କଥାଟା ବେଶ୍ କାଟ୍ କରୁଚି। ଏଇଥିପାଇଁ ବୁଦ୍ଧିଆ ଲୋକ, ମନ୍ତ୍ରୀଙ୍କୁ ନକହି ମନ୍ତ୍ରୀଆଣୀଙ୍କୁ ଧରୁଚନ୍ତି। ଉମା ସିଦ୍ଧି ଗୋଳେଇ ରଖି ଉଠି ଯାଉଥିଲେ। ଶିବ କହିଲେ କିହୋ! ଭାଙ୍ଗ ଭାଣ୍ଡଟା ଦେଇଯାଉନଯେ, ଉମା ବିଗିଡ଼ି ଉଠି କହିଲେ ତମକୁ ଆଉ ଭାଙ୍ଗ ଦିଆଯିବ ନାହିଁ। ଏଇ ଭାଙ୍ଗଖିଆ ତମର ଯେତେ ସବୁ ବିଗାଡୁଚି। ଏଇବେଳେ ଗଣେଶ ନାକ ବଢ଼େଇ ଦଉଥିଲେ ଭାଙ୍ଗ ଭାଣ୍ଡ ଆଡ଼କୁ। ଶିବ କହିଲେ ହାଁ, ହାଁ, ସର୍ବନାଶ୍। ଏ ପୁଅର ଯେଉଁ ନାକ, ସେ' କି ଭାଙ୍ଗଭାଣ୍ଡ ନଫିଙ୍ଗି ରଖିବ। ଆଣ ଆଣ ହାଣ୍ଡିଟା ଦେଇଯାଅ। ଉମା ଗଣେଶଙ୍କୁ କାଖେଇ ନେଲେ। ଭାଙ୍ଗ ହାଣ୍ଡିଟା ନଦେଇ ଚାଲିଯାଉଥିଲେ। ଶିବ କହିଲେ କିହୋ! ଆଜି ତମର କ'ଣ ହୋଇଛି କି? ଉମା କହିଲେ ସେଇ ଯେ ସୀତାବାଞ୍ଜୀ ଗାଁର ବ୍ରାହ୍ମଣଟି ତମକୁ ଡାକି ଡାକି ଆଜି ଦିନଯାକ ନଖାଇ ନପିଇ ଭୋକ ଉପାସରେ ପଡ଼ିଚି, ତାକୁ ହବା ନ ହବା କିଛି ଗୋଟାଏ କହୁନା ତାକୁ କହି ନ ଆସିଲେ ଭାଙ୍ଗ ଫାଙ୍ଗ ପାଇବ ନାହିଁ। ଏହା କହି ସେ ଭାଙ୍ଗ ହାଣ୍ଡିଟାକୁ ନେଇଗଲେ। ଶିବ ଦେଖିଲେ ଉପାୟ ନାହିଁ। ଖିଆପିଆ ଏକବାରେ ବନ୍ଦ। କହିଲେ ହଉ ହଉ, ସରକାର ଯେତେବେଳେ ତମ ଯୁଗ କରି ଦେଇଚି, କରିବା କ'ଣ। ଏହା କହି ବାସୁଆ ଷଣ୍ଢଟିକୁ ଡାକି ତା' ପିଠି ଉପରେ ବସି ସୀତାବାଞ୍ଜୀରେ ପହଞ୍ଚିଲେ। ରାତି ସେତେବେଳକୁ ପାହେ ପାହେ। ବ୍ରାହ୍ମଣଟାର ପିତ୍ତ ଉଗାର ଉଠିଲାଣି। ତାକୁ ଦେଖି ଶିବ ପଚାରିଲେ କିରେ ବେଟା। କ'ଣ ଚାହୁଁ? ବ୍ରାହ୍ମଣ କହିଲେ, ପୁଅ ଚାହେଁ। ଶିବ ତ ଭାଙ୍ଗ ଖାଇ ନାହାନ୍ତି, ମୁଣ୍ଡ ଠିକ୍ ଥିଲା। ପଚାରିଲେ କେତୋଟି ପୁଅ ନବୁ? ଗୋଟିଏ ନା ଆଠୋଟି? ଗୋଟିଏ ଯଦି ନଉ ସେ ଗୋଟିଏ ପ୍ରାଣୀ ପୋଷିବ। ଆଠୋଟି ନେଲେ ସେଗୁଡ଼ିକ ଓଲା ହେବେ।

ବ୍ରାହ୍ମଣ ଭାବିଲା ଏକା ଆଖି ଆଖି ନୁହେଁ, ଏକା ସାକ୍ଷୀ ସାକ୍ଷୀ ନୁହେଁ, ପୁଅ କରିବ ଯୋଡ଼ି, ମାଇପ କରିବ ଗାରୀ' ବୋଲି କଥା ଅଛି। ଗୋଟିଏ ନେଇ କୋଉ କାର୍ଯ୍ୟରେ ଲାଗିବ, ଆଠୋଟି ଯଦି ମାଗି ମାଗି ଆଣିବେ ତ ଆଠସେର। ଗୋଟିକ

ପୁଅ କେତେ ଆଣିବ। ଏହା ଭାବି କହିଲା ମୋର ଆଠୋଟି ଚାହି। ଶିବ ତଥାସ୍ତୁ କହି ଚାଲିଲେ। ବ୍ରାହ୍ମଣ ଘରକୁ ଆସି ବ୍ରାହ୍ମଣୀକୁ କହିବାରୁ ସେ କହିଲା ତମେ ଏମିତି ଓଲାବୁଦ୍ଧି କଲ କାହିଁକି? କିହୋ ତମେ କ'ଣ ଜାଣିନାହଁ ଶହେ ଓଲା ପୁଅଠାରୁ ଗୋଟିଏ ବୁଦ୍ଧିଆ ପୁଅ ଭଲ। ଗୋଟିଏ ଚାନ୍ଦ ଅନ୍ଧାର ରାତିକି ଆଲୁଅ କରେ। କୋଟିଏ ତାରା କ'ଣ କରନ୍ତି।

'ବରମେକ ଗୁଣୀ ପୁତ୍ରୋ ନ ଚ ମୂର୍ଖ ଶତୈରପି,
ଏକ ଚନ୍ଦ୍ରସ୍ତମୋହନ୍ତି ନ ତ ତାରା ଗଣେରପି।'

ହଉ, ମୂଳରୁ ନଥିବାରୁ ଯା ହଉ କହି ରହିଲେ। କିଛିଦିନ ବାଦେ ଯୋଡ଼ି ଯୋଡ଼ି କରି ଯାଆଁଳା ପୁଅ ଚାରି ଯୋଡ଼ା ହେଲେ। ସେ ଗୁଡ଼ାକ ଏକବାରେ ଓଲା। ଯୁଆଡ଼େ ଚାହିଁଥିବେ ସେଇଆଡ଼େ। ଯାହା କହିଲେ କରିବେ ତା'ର ଓଲଟା, ହେଲେ ବାପ ମା' ଯେତେବେଳେ କରିବେ ଆଉ କ'ଣ। ପାଳି ପାଳି ବଢ଼ାନ୍ତି। ଆଖ ପାଖ ଲୋକ ସେ ଗୁଡ଼ାଙ୍କୁ ଦେଖି ବିରକ୍ତ ହୁଅନ୍ତି। କଥାରେ ଅଛି-

"ଅଶନ ବସନ ଶଯ୍ୟା ରମଣୀ
ସନ୍ତାନ ରହିତେ ଏ ପାଞ୍ଚ ଜାଣି।
ଆପଣାକୁ ସିନା ଅଟଇ ଭଲ
ଅପରକୁ କାହା ବିଷର ତୁଲ।"

ଏମିତି କରି ପୁଅଗୁଡ଼ାକ ବଡ଼ ହେବାରୁ ତାଙ୍କରି ଚିନ୍ତାରେ ବୁଢ଼ାବୁଢ଼ୀ ମରିଗଲେ।

ବୁଢ଼ା ବୁଢ଼ୀ ଯିବାରୁ ଯୋଉଠି ଯାହା ଥିଲା ଏଗୁଡ଼ାକ ବସି ଖାଇଦେଲେ। ବୁଦ୍ଧିଆ ଲୋକ ବି ଠକେଇ ନେଲେ। ତା'ପରେ ଠ, ଠା, ଠି। ଦିନେ ଆଠଓଲା ବିଚାର କଲେ, କରିବା କ'ଣ? ବଡ଼ କହିଲା ଆମର ତ ପୁଅ ମାଇପର ଝମିଲା ନାହିଁ। ଚାଲ ମୂଲଲାଗି ଖାଇବା, ଏହା କହି ସେମାନେ ଯାଇ ଗୋଟିଏ ଘୋଡ଼ା ବେପାରି ବଣିଆ ଘରେ ପହଞ୍ଚିଲେ। ବଣିଆ ଦେଖିଲା ଓଲାଙ୍କୁ ରଖିବା ଭଲ ଖଟିବେ ବେଶି, ନେବେ କମ। ଏହା ଭାବି କହିଲେ ତମେ ଆମର ଘୋଡ଼ା ହେପାଜତ ପାଇଁ ରୁହ। ତାଙ୍କୁ ଖୁଆଇ ଯତ୍ନ କରିବ। ଖାଇ ପିଇ ମଇନା ଓ୍ୱାରି ଦି'ଟଙ୍କା କରି ଦବୁ। ଏଗୁଡ଼ାକ ହଉ କହି ରହିଲେ। ହେଲେ ଘୋଡ଼ାଙ୍କ ଯତ୍ନ କ'ଣ ଜାଣନ୍ତି ଯେ କରିବେ। ଘୋଡ଼ାଦାନା ବୁଟ ଚଣା ସବୁ ନିଜେ ଖାଇ ଦିଅନ୍ତି। ଦିନେ ବେପାରୀ ଯାଇ ଘୋଡ଼ା ତନଖି ଦେଖିଲା ବେଳକୁ ଭଲ ଘୋଡ଼ାଯାକ ବୁଢ଼ାପରି ଦିଶୁଛନ୍ତି। ବେପାରୀର ପାଞ୍ଚଟଙ୍କା ପାଞ୍ଚ ପାହିକି ଖସିଲାଣି। ସେ'ତ ମୁଣ୍ଡରେ ହାତଦେଇ ବସିପଡ଼ିଲା। ଓଲାମାନେ

ପଚାରିବାରୁ କହିଲା ଯାହାତ କରିବାର କଲଣି, ଏଣିକି ଘୋଡ଼ାଙ୍କୁ ଏମିତି ଖାଇବାକୁ ଦେବ ଯେ ସବୁବେଳେ ଯେପରି ତାଙ୍କ ପେଟ ଉଚ୍ଚ ରହେ। ଓଲାଏ ହଉ କହିଲେ।

ସେଦିନ ସଞ୍ଜବେଳକୁ ଓଲାଏ ବିଚାର କଲେ କ'ଣ କରିବା। ଯେତେ ଖାଇବାକୁ ଦେଲେ ତ ଏ ଘୋଡ଼ା ଗୁଡ଼ାକ ଗାଣ୍ଡିବାଟେ ହଗି ସବୁ ଲଣ୍ଡି କରି କାଢୁଛନ୍ତି। ପେଟ ଉଚ୍ଚା ରହିବ କେମିତି। ମଝିଆଁ କହିଲା ଆରେ ରୁହ। ଏ ଘୋଡ଼ା ଗୁଡ଼ାକ ଆମକୁ ଓଲା ଭାବିଚନ୍ତି ନା କ'ଣ। ଗୋଟିଏ କରି ବାଉଁଶ କିଳା କରିବଟି। ଘୋଡ଼ାଙ୍କ ମଳ ଦରଜାରେ ମାରିଦେବା। ଦେଖିବା କେମିତି ହଗି ଦଉଚନ୍ତି ସବୁ। ଏ କଥାଟା ସମସ୍ତଙ୍କ ମନକୁ ପାଇଲା। ସେମାନେ ଗୋଟିଏ ଲେଖାଁ ବାଉଁଶ କିଳା ବାଗେଇ ଘୋଡ଼ାଙ୍କୁ ଖାଇବାକୁ ଦେଇ ତାଙ୍କ ମଳ ଦ୍ୱାରରେ ସେ କିଳାକୁ ବାଡ଼େଇ ଦେଲେ। କିଳା ବାଡ଼େଇ ଦେବାରୁ ଘୋଡ଼ାଗୁଡ଼ିକ ଛଟପଟ ହୋଇ ମରିଗଲେ। ବେପାରୀ ଖବର ପାଇ ଆସି ଦେଖିଲା ସବୁ ପାଞ୍ଚରେ ଛୋଞ୍ଚ ଦିଆସରିଛି। ସେ ଓଲାଙ୍କ ଉପରେ ମୁଣ୍ଡ ବାଡ଼େଇ ତାଙ୍କୁ ତଡ଼ି ଦେଲା। ହିଂସକୁଟିଆ ଲୋକ ଓଲାଙ୍କ ଚତୁରତା ଦେଖି ବହେ ହସିଲେ।

"ସେ'ଠୁ ଓଲା ଗଲେ ଖରେ। ଯାଇ ପହଞ୍ଚିଲେ କଣ୍ଟାବାଞ୍ଜିରେ। କଣ୍ଟାବାଞ୍ଜିରେ କିଷାଣ ଦାସ। ଓଲାଙ୍କୁ ଦେଖି ବୋଇଲା ଆସ। ଚାଷ ମୋ'ର ଆଠବାଟି। ଖାଇ ରହିବ ଖଟି ଖାଟି। ଶୁଣି ଓଲା ରାଜି ହେଲେ। ତା' ଘରୁ ଖାଇ କାମ କଲେ। ଦିନେ ଦାସେ ନେଇ ଓଲା, ବିଲ ବାଛିବା ପାଇଁ ଗଲା। ବିଲ ଚହ୍ନେଇ ବୋଇଲା ବାଛ, ଏଇଟା ଘାସ ଏଇଟା ଗଛ।"

ଓଲାଏ ପଚାରିଲେ କାହାକୁ ରଖିବୁ କାହାକୁ ଉପାଡ଼ି ବିଣ୍ଡା ମାରିବୁ। ଦାସେ କିଆରୀରେ ପଶି କେତୋଟି ଧାନ ଗଛ ଧରି ଦେଖେଇ କହିଲେ ଏଗୁଡ଼ିକୁ ରଖିବ, ଆଉ ଯାହା ସବୁ ଉପାଡ଼ି ବିଣ୍ଡା ମାରିଦେବ। ଏମିତି ଦେଖେଇ ସେ ଅନ୍ୟ ବିଲ ଦେଖିବାକୁ ଗଲା। ସେ'ଠୁ ଉପର ଓଳିକୁ ଓଲା କେତେ ବାଛିଲେ ଦେଖିବାକୁ ଯାଇ ଦେଖେ ଯେଉଁ କେତୋଟି ଗଛ ସେ ଦେଖେଇ ଦେଇଥିଲା ସେଇତକ ରଖି ଆଉ ଯେତେ ଧାନ ବାଲୁଙ୍ଗା ଉପାଡ଼ି ପଡ଼ିଆ କରି ଥୋଇଛନ୍ତି। ଏହା ଦେଖି ତ ଦାସ ମୁଣ୍ଡରେ ଘାସ ହାତ ବାଡ଼େଇ ହେଲା। ଶେଷକୁ କହିଲା ତମ ଦେଇ ବିଲବଛା ହବନାଇଁ। ତମେ ଟେକାଏ କରି ଘାସ କାଟି ନେଇଯାଅ। ସେଇଠି ଓଲାଏ ଘାସ କାଟିବାକୁ ଗଲେ।

ସେଦିନ ଦାସ ଘରେ ଦାସ ମା ବୁଢ଼ୀ, ବୋହୂଙ୍କ ସଙ୍ଗରେ କଳିକଜିଆ କରି ଘରୁ ବାହାରି ଯାଇ ଗୁହାଳ ଘର କୋଣରେ ଚୁପ୍ ହୋଇ ବସିଥାଏ। ବୋହୂବି ରାଗରେ ଖୋଜି ନଥାନ୍ତି। ଏଇବେଳେ ଓଲାଏ ଟେକାଏ କରି ଘାସ ମୁଣ୍ଡାଇ ଆସି ଦାସଙ୍କୁ

ପଚାରିଲେ ଘାସ କେଉଁଠି ରଖିବୁ? ଦାସ କହିଲେ ବଡ଼ ଗୁହାଳକୋଣରେ ରଖିଦିଅ। ସେମାନେ ଗୁହାଳ କୋଣକୁ ଯାଇ ଦେଖିଲେ ବୁଢ଼ୀ ବସିଚି। ତାକୁ ପଚାରିଲେ ଆଲୋ ବୁଢ଼ୀ! ତୁ ତ କୋଣ ଆବୋରି ବସିଲୁ ଘାସ ରଖିବୁ କେଉଁଠି? ଏମିତି ଦି' ଚାରିଥର ପଚାରିଲେ। ବୁଢ଼ୀ ରାଗତ କମି ନଥାଏ ସେ କହିଲା, ଆରେ ଅଲ୍ଲଆଇସାଏ! ମୋରି ମୁଣ୍ଡରେ ରଖୁନା। ତହୁଁ ଏମାନେ ଆଠଚେକା ଘାସ ବୁଢ଼ୀ ମୁଣ୍ଡରେ ଥୋଇ ଦେଇ ଗଲେ।

ରାତି ବେଶୀ ହେବାରୁ ଦାସ ମା' ବୁଢ଼ିକି ନଦେଖି ବୋହୂଙ୍କୁ ପଚାରିଲା ବୁଢ଼ୀ କାହିଁ? ବୋହୂ କହିଲେ କେଜାଣି ଆମେ କହି ପାରିବୁ ନାଇଁ। ସିଏ ଆମ ସାଙ୍ଗରେ କଜିଆ କରି ପଳେଇଚି। ଦାସ ଚାରିଆଡ଼େ ଖୋଜି ନପାଇ ଓଲାଙ୍କୁ ପଚାରିବାରୁ ଏମାନେ କହିଲେ ଗୁହାଳ ଘର କୋଣରେ ଘାସ ମୁଣ୍ଡେଇ ଯୋଉ ବୁଢ଼ୀ ବସିଚି ସେଇ ତୁମ ମା' ହେବକି ଦେଖିଲେ। ଦାସ ଯାଇ ଘାସ ଉଠାଇ ଦେଖେ ତ ବୁଢ଼ୀ ଏକବାରେ ଖତମ୍। ସେଇଠୁ ତାଠୁଁ ଘାସ କାଢ଼ିଆଣି ଭାବିଲା ଅବିକା ଯୋଉ ପୋଲିସ ହୋଇଚନ୍ତି ଜାଣିଲେ ରକ୍ଷା ନାହିଁ। ଯା ଭାବି ଓଲାଙ୍କୁ କହିଲା ଯାହାତ କଲଣି ମନ ବୁଝୁଚି, ଅବିକା ବୁଢ଼ୀକୁ ଏଇ ରାତାରାତି ନେଇଯାଅ ବଣରେ ପୋତି ଦେଇ ଆସିବ। ଏକଥା ଶୁଣି ଆଠ ଓଲାଯାକ ଶାବଳ ଗଇଁତି ନେଇ ହେଁସରେ ବୁଢ଼ୀଙ୍କୁ ଗୁଡ଼େଇ କାନ୍ଧେଇ ନେଇ ଦୌଡ଼ିଲେ। ଯାଉ ଯାଉ ବାଟରେ ମେଘ ତୋଫାନ ବର୍ଷା ହେଲା। ଏମାନେ ଅତରଛା ଦୌଡ଼ିଲେ। ଯାରି ମଧ୍ୟରେ ହେଁସରୁ ବୁଢ଼ୀଟା କୋଉଠି ଗଳିପଡ଼ିଛି କାହାକୁ ମାଲୁମ୍ ନାଇଁ। ଶେଷରେ ବର୍ଷା ଛାଡ଼ିବାରୁ ଗାତ ଖୋଳି ବୁଢ଼ୀକୁ ପୋତିବା ପାଇଁ ହେଁସ ଖୋଲିଲା ବେଳକୁ ଖାଲି ହେଁସ, ବୁଢ଼ୀ ନାହିଁ। ପୁଣି କୁହାକୁହି ହେଲେ ଆରେ ବୁଢ଼ୀଟା କୁଆଡ଼େ ପଳେଇଲା, ତାକୁ ପୋତିବାକୁ ଆଣିଲୁ ସେଥିପାଇଁ ସେ ପଳାଇଲାନା କ'ଣ? ଆଚ୍ଛା ଖୋଜ, ଗଲା କୁଆଡ଼େ। ଏମିତି କହି ଏପାଖ ସେପାଖ ଖୋଜି ନ ପାଇବାରୁ ଜଣେ କହିଲା ଆଚ୍ଛା ମୁଁ ଡେଙ୍ଗା ଗଛରେ ଚଢ଼ି ଦେଖେଁ, ଯୋଉଠି ଯାଉଥିବ ଦେଖାଯିବ। ଯା କହି ଗଛରେ ଚଢ଼ି ଅନେଇଲା ବେଳକୁ ଅନେକ ଦୂରରେ ଗୋଟିଏ ବୁଢ଼ୀ କଅଁଳ ଖରାରେ ତା' ନାତୁଣୀ ଘରକୁ ଯାଉଚି। ସେଇଠୁ ସେ କହିଲା ଇଁ ଇ ଇ ଇ- ଓଲା ଭାଇଏ କହିଲେ କ'ଣ କିରେ। ସେ କହିଲା ହେଇ, ବୁଢ଼ୀଟା ବାଡ଼ିଧରି ପଳଉଚି। ତାହା ଶୁଣି ଅନ୍ୟ ଭାଇ ଚାରିଟା ଦୌଡ଼ି ଦୌଡ଼ି ବୁଢ଼ୀଟାକୁ ଧରି ଆଣିଲେ। ସେ ବୁଢ଼ୀ ଯେତେ କହିଲା ଆରେ, ମୁଁ ତମ ବୁଢ଼ୀ ନୁହଁରେ, ମୋତେ ଛାଡ଼ି ଦିଅରେ। ଆରେ ହେ ବାଡ଼ିପଡ଼ା! ମୋତେ ଛାଡ଼ରେ। ହେଲେ ଛାଡୁଚି କିଏ, ଓଲାଏ କହିଲେ ରହ ବୁଢ଼ୀ କୁଆଡ଼େ ପଳାଉଚୁ, ଲୋକ ଆମକୁ ଓଲା ବୋଲି ଭାବନ୍ତି

ବୋଲି ତୁ ବି ଓଲା ମଣିଲୁ । ଏହା କହି ବୁଢ଼ୀକୁ ଆଣି କହିଲେ ଚାଲାକି କରି ପଳାଉଥିଲୁ ନାଇଁ ? ଆଚ୍ଛା ରହ, ଦେଖିବା ଆଉ କୁଆଡ଼େ ପଳେଇବୁ । ଏହା କହି ଓଲାଏ ବୁଢ଼ୀଟାର ବେକ ମୋଡ଼ି ଭାଙ୍ଗି ଗାତରେ ପୂରେଇ ଦେଲେ । ତା'ପରେ କଣ୍ଟା ଦେଇ ମାଟି ପକେଇ ପୋତି ଦେଇ ଆସିଲେ ।

ସେଠାରୁ କିଛି ଦୂର ଆସି ଦେଖିଲେ ବାଟରେ ଦାସ ମା' ବୁଢ଼ୀଟା ହେଁସରୁ ଖସି ପଡ଼ିଛି । ସେଇଠୁ କହିଲେ ଆରେ ଏ ବୁଢ଼ୀଟାକୁ ଏତେ ଶକ୍ତକରି ପୋତି ଆସିଲୁ ଏଇ ପୁଣି ପଳେଇ ଆସି ଏଠି ପଡ଼ିଲାଣିନା । ଆଚ୍ଛା ବଜାତ ବୁଢ଼ୀତ ଇଏ । ଏହା କହି ପୁଣି ଗୋଟାଏ ସେଠାରେ ବେଶୀ ଗହିରିଆଗାତ ଖୋଳି ବୁଢ଼ୀଟାକୁ ପୋତି ଦେଇ ଆସି ଦାସ ଘରେ ପହଞ୍ଚିଲେ । ସେମାନେ ଆସିବାରୁ ଦାସ ପଚାରିଲେ ପୋତିଦେଇ ଆସିଚନା ? ଓଲାଏ କହିଲେ ଆହେ ସେ ବୁଢ଼ୀଟା ଇମିତି ବଜାତ୍‌ନା । ଆମେ ତାକୁ ରଖି ଗାତ ଖୋଳୁଚୁ ବୁଢ଼ୀ ହେଁସରୁ ବାହାରି ଚଲ୍ । ଗୋଡ଼େଇ ଗୋଡ଼େଇ ପାଇଲୁ । ଧରିଆଣି ବେକମାଡ଼ି ଭାଙ୍ଗି ପୋତିଦେଇ ଆସିଲୁ । ଆସି ଅଧବାଟରେ ହେଇଚୁ, ପୁଣି ଦେଖିଲୁ ବଦମାସ ବୁଢ଼ୀଟା ଆସି ବାଟରେ ପଡ଼ିଚି । ସେଇଠୁ ତାକୁ ଏମିତି ଗହିରା ଗାତ କରି ପୋତିଦେଇ ଆସିଚୁ ଯେ, ଆଉ ବୁଢ଼ୀ କ'ଣ ତା' ବୋପା ବି ବାହାରି ପାରିବ ନାହିଁ ।

ଓଲାଙ୍କ କଥା ଶୁଣି ଦାସ ମୁଣ୍ଡରେ ହାତଦେଇ ବସିଲା । ତା'ପରେ ଭାବିଲା ଏଗୁଡ଼ାକ କୋଉଠୁ କାହା ବୁଢ଼ୀକୁ ଧରି ଆଣି ଜୀଅନ୍ତା ମଣିଷଟାକୁ ପୋତି ଦେଇଚନ୍ତି ବୋଧେ । ମୋ ବୁଢ଼ୀଟିକୁ ତ ମାରିଲେ । ପୁଣି କାହା ବୁଢ଼ୀଟାକୁ ମାରିଦେଇ ଆସିଛନ୍ତି । ୟାଙ୍କୁ ଆଉ ରଖିବି ନାହିଁ । ଏହାଭାବି ଆଠଜଣଙ୍କୁ ଅଠୋଟି ଟଙ୍କା, ଆଠସେର ଚାଉଳ ଦେଇ କହିଲେ ଓଲାଏ ! ତୁମ ବାଟ ତୁମେ ଦେଖ । ମୁଁ ତୁମକୁ ଘରେ ରଖିବି ନାହିଁ ।

ସେଇଠୁ ଓଲାମାନେ ଟଙ୍କା ଚାଉଳ ଧରି ଆସିଲେ । ଆସୁ ଆସୁ ଭୋକ ଲାଗିବାରୁ ଗୋଟିଏ ପୋଖରୀ ପାଖରେ ବରଗଛଟିଏ ଦେଖି ତା'ରି ମୂଳରେ ରୋଷେଇ ବସେଇଲେ । ଭାତ ତରକାରୀ ହେଲା ସିନା ଖାଇବେ କୋଉଥିରେ, ପତର କାହିଁ ? ତାଙ୍କ ଭିତରୁ କିଏ କହିଲା ତୁ ପତର ଆଣିବୁ ଯା, କିଏ କହିଲା ତୁ ଆଣିବୁ ଯା, ଏମିତି କରି ତାଙ୍କ ଭିତରେ ଠେଲା ପେଲା ହେଲେ । ବଡ଼ କହିଲା, ଆଚ୍ଛା ଚୁପ୍ କରି ସମସ୍ତେ ବସ । ଯିଏ ଆଗେ କଥା କହିବ ସେଇ ପତର ଅଣିବାକୁ ଯିବ । ଏ କଥା ସମସ୍ତଙ୍କ ମନକୁ ପାଇବାରୁ ଆଠଜଣଯାକ ଚୁପ ହୋଇ ବସି ରହିଲେ । ଏଇବେଳେ ଜଣେ ଟାଉଟର ସେଇବାଟେ ଯାଉଥିଲା । ସେ ଦେଖିଲା ରୋଷେଇ କରି ଟୋକାଗୁଡ଼ାକ ନ ଖାଇ ଚୁପ୍ ହୋଇ ବସିଚନ୍ତି କାହିଁକି, ଏମିତି ଏମାନେ ବକ ଧ୍ୟାନ ପରି କରୁଛନ୍ତି ସେ

ଲକ୍ଷ୍ୟ କଲା। ଅନେକ ବେଳଯାଏ ଦେଖି ଯେତେ ପଚାରିଲା କେହି କିଛି କହିଲେ ନାହିଁ। ସେଇଠୁ ଟାଉଟରଟା ଭାତ ତରକାରୀରୁ ଆଣି ପେଟେ ଖାଇଲା। ତଥାପି ଏଗୁଡ଼ାକ ଦେଖି ବି କିଛି କହୁ ନାହାନ୍ତି ଜାଣି, ଚୂଲିରୁ ନିଆଁ ଖୁଣ୍ଟା ଗୋଟିଏ ଆଣି ଜଣ ଜଣକୁ ଚେଙ୍କାଏ କରି ଲଗାଇ ଦେଲା। ହେଲେ ବଡ଼ ସାତ ଜଣ କିଛି ନକହି ସହିଗଲେ ସାନ ଦିହରେ ଡବଲ ଚେଙ୍କା ବସିବାରୁ ସେ କହିଲା ଇଲୋ ବୋଉ! କିରେ! ସମସ୍ତଙ୍କୁ ଚେଙ୍କେ ମୋତେ ଦିଚେଙ୍କା କାହିଁକି? ମୁଁ କି ତୋ ଶତ୍ରୁ, ସେଇଠୁ ଆର ସାତଜଣ କହିଲେ, ତୁହି ଯା ପତର ଆଣିବୁ। ଆଗେ ତୁ କଥା କହିଚୁ। ଏହା କହି ଯେମିତି ଆଠଜଣଯାକ ଉଠିଲେ, ଟାଉଟର ଛୁ। ସେମାନେ ପତ୍ର ଅଣାଇ ଦେଖିଲେ ଆଉ ଭାତ ତିଅଣ ନାହିଁ। ସେଇଠୁ ଭୋକ ଉପାସରେ ଆଗେଇଲେ।

କିଛିବାଟ ଯିବାପରେ ଦେଖିଲେ ଗୋଟିଏ ଗଛ ମୂଳରେ ଜଣେ ସାଧୁ ଧ୍ୟାନରେ ବସିଛନ୍ତି। ଏମାନେ ଠରାଠରି ହୋଇ ପଚାରିଲେ ଆରେ ଏ ଲୋକଟା କାହିଁକି ଏମିତି ବସିଚି। ସିଏ କହିଲା ଆରେ ତୁ କହୁନୁ, ସେଟା ସେମିତି ବସିଚି କାହିଁକି। ଏମିତି ପଚରା ପଚରି ହୋଇ କେହି କିଛି ବୁଝିପାରିଲେ ନାହିଁ। ଏହିବେଳେ ସେଇ ବାଟଦେଇ ପଞ୍ଚାଏ ହାଟୁଆ ଯାଉଥିଲେ। ତାଙ୍କୁ ଦେଖି ଏମାନେ ଯାଇ ପଚାରିଲେ ଭାଇ! ଏଇ ଲୋକଟା ଏମିତି ବସିଚି କାହିଁକି? ଏ'ଟା କିଏ? ହାଟୁଆ କହିଲେ ସେ ଜଣେ ଋଷି, ବସିଚନ୍ତି ଧ୍ୟାନରେ, ଏକାଗ୍ରରେ।

ଏକଥା ଶୁଣି ଆଠ ଓଲାଙ୍କର ରାଗ ବଢ଼ିଲା। ସେମାନେ କହିଲେ ଏଇ ଋଷିବାରୁ ଆମର ଏ ଦଶା। ଦାସ ମା ବୁଢ଼ୀ ଋଷି ବସି ଘାସ ମୁଣ୍ଡେଇବାରୁ ଆମେ ତଡ଼ା ପାଇଲୁ ସିନା। ନୋହିଲେ ଯୋଉ ଓଲୁଅ ଆମ୍ବିଳ ଦଉଥିଲା ସେ। ତାଙ୍କ ଭିତରୁ ଜଣେ କହିଲା, ଏଇ ଋଷି ଯୋଗୁ ଆମେ ଆଜି ବାଟ ବୁଲା। ଆଉ ଜଣେ କହିଲା, ଯାକୁ ଛାଡ଼ିବା ନାହିଁ। ଆଉ ଜଣେ କହିଲେ ଆବେ। ଚାହିଁଚ କ'ଣ? ବାଡ଼ା ସେ'ଟାକୁ। ସେ ଭାଇଟା ଯାଇ ଯେମିତି ଋଷିଙ୍କ ପିଠିରେ ବିଧାଏ କଷି ଦେଇଚି, ଋଷି ଆଖି ଖୋଲି ଦେଖିଲେ। ତାଙ୍କ ଦୃଷ୍ଟି ପଡ଼ିବା ସଙ୍ଗେ ସଙ୍ଗେ ଏ ଆଠ ଓଲା ଆଠଟି ପଥର ପିତୁଳା ପାଲଟି ଯିଏ ଯେମିତି ଥିଲା, ସେମିତି ବସି ରହିଲେ। ବୁଝିଲୁରେ ଅବୋଲକରା ଆଠ ଓଲାଙ୍କ ପଥର ହେବା କଥା। ଏହା କହି ଗୋସେଇଁ ଖାଇବାକୁ ଗଲେ। ଏ ଗପଟି ମଦନ ସ୍ୱାଇଁଠାରୁ ଶୁଣିଥିଲି।

■■

ରଥଙ୍କ ଘଟସୂତ୍ର କୀର୍ତ୍ତି

ତହିଁ ଆରଦିନ ଗୋସେଇଁ ଅବୋଲକରା ଦିହେଁ ଦକ୍ଷିଣକୁ ତୀର୍ଥଯାତ୍ରା କରିଗଲେ। କବେରୀ ନଦୀ କୂଳରେ ସୁନ୍ଦର ଧର୍ମଶାଳାଟିଏ ଦେଖି ଗୋସେଇଁ କହିଲେ ଅବୋଲକରା! ଆଜି ଏଇଠି ରହିଯିବାରେ। ତୁ ଆଠଅଣା ପଇସା ନେଇ ଯା, ହାଟରୁ କିଛି ପରିବା ଡାଲି କିଣି ଆଣିବୁ। ଆଉ ସବୁ ଅଛି। ଗଣ୍ଡାଏ ରୋଷେଇ କରି ରାତିଟା ଚଳିଯିବା। ଏ କଥାରେ ଗଣ୍ଠିଲି ରଖି ଅବୋଲକରା ଆଠଅଣା ପଇସା ନେଇ ସଉଦା କିଣିବାକୁ ଗଲା। ଗୋସେଇଁ ସନ୍ଧ୍ୟା କରି ଉଠୁଚନ୍ତି। ଅବୋଲକରା ଡାଲି ପରିବା ଥୋଇଦେଲା ତା' ଲୁଗାପଟାତକ ବନ୍ଧାବନ୍ଧି କରିବାରୁ ଗୋସେଇଁ ପଚାରିଲେ କିରେ! ଲୁଗାପଟା ବାହିଲୁଣି କାହିଁକି?

ଅବୋଲକରା କହିଲା, ଆଜି ମୁଁ ପଳେଇବି ଗୋସେଇଁ। ବଜାରକୁ ଯାଇ ଦେଖିଲି ଗୋଟିଏ ପଥର ଚାନ୍ଦିନୀରେ ଲେଖାଅଛି- 'ଏହା ରଥଙ୍କର ଘଟସୂତ୍ର କୀର୍ତ୍ତି।' କାରଣଟା ଯେତେ ଲୋକଙ୍କୁ ପଚାରିଲେ ସମସ୍ତେ କହିଲେ କହି ପାରିବୁ ନାହିଁ, ସେଇଟା ବୁଝିବାକୁ ଯିବି। ତମେ ଯଦି କହିବ ତ ରହିବି, ନୋହିଲେ ଅନ୍ୟ କାହାକୁ ପଚାରି ବୁଝିବାକୁ ଯିବି।

ଗୋସେଇ କହିଲେ ବେହିପୋ ଭଣ୍ଡାରିଟା ମୋତେ ତ

ଆଛା ଧମକାଇଲା ହେ। ହଉ କ'ଣ କରିବା, ଗୋଡ଼ ହାତ ଚିପିଚାପି ଦେଇ ବୋକଚା ବୋହୁଛି ଯେତେବେଳେ କଥାଟା କହିଦେବା। ଏହାଭାବି କହିଲେ ହଉରେ- 'ପକା କମ୍ବଳ ରଅଖ ଛତା, ଶୁଣ ଅବୋଲକରା ସେ କଥା। ଅବୋଲକରା ଖୁସୀ ହୋଇ ବସିବାରୁ ଗୋସେଇଁ କହିଲେ-

ଏ ଦେଶର ନାମ ମହାବଳେଶ୍ୱର। ଏଠାରେ ଆଗେ ଜଣେ ବ୍ରାହ୍ମଣ ରହୁଥିଲେ, ତାଙ୍କ ନାଁ ଠାକୁର ରଥ। ତାଙ୍କୁ କେହି ଠାକୁରଥେ କେହି ରଥେ ଆପଣେ ବୋଲି ଡାକନ୍ତି। ନାଁଟି ସାଙ୍ଗରେ ରଥଙ୍କ କାର୍ଯ୍ୟରେ ମେଳଥାଏ ଷୋଳପଣ। ତାଙ୍କର ଜମିବାଡ଼ି ବୋଇଲେ ଛ'ଗୁଣ୍ଠ-ଖାଇବାକୁ ଦୁଇପ୍ରାଣୀ। ପୁଅ ଝିଅ ନିଜେନିଜେ ହେଲେ ବ୍ରାହ୍ମଣୀଙ୍କର ମାଛ ନୋହିଲେ ଭୋଜନ ହୁଏ ନାହିଁ। ରଥଙ୍କର ତ ବିନା ଗଞ୍ଜାରେ ସଞ୍ଜେ ଚଳେନା। ଏପରି ଖର୍ଚ୍ଚକୁ ରଥେ ବେଶ୍ ଚଳେଇ ନିଅନ୍ତି। ବେଶରେ ନାମାବଳୀ, ହାତରେ ଚୁମୁଟା, ପାଦରେ କଠଉ, ପହରଣ କପାବସ୍ତ୍ର। ଜ୍ୟୋତିଷରୁ ଦଶ, ବ୍ୟାକରଣରୁ ପାଞ୍ଚ, ଚାଣକ୍ୟ ଶ୍ଳୋକ କେତୋଟି ମୁଖସ୍ଥ କରିଥାନ୍ତି। ସେଇଥିରେ ଟାଉଟରି କରି ଦିନ ଚଳିଯାଏ। ଏ ଦେଶ ତାଙ୍କର ଆଗରୁ ନଥିଲା। ଥରେ ଗୋଟିଏ ବିଧବା ବ୍ରାହ୍ମଣୀ ଦାଣ୍ଡରେ ପତର ଜାଳି ପୋଡ଼ପିଠା କରୁଥିଲା। ରଥ ଦୂରରୁ ଲକ୍ଷ୍ୟ କରୁଥିଲେ। ବ୍ରାହ୍ମଣୀ ଯେମିତି ପିଠାଟି ଓଲଟେଇ ଦେଇ ସେଠାରୁ ଦୂରେଇ ଗଲା, ରଥ ଗୋଟିଏ ଖଣ୍ଡିଆ ପିକା ନେଇ ସେ ନିଆଁରେ ସୁଲୁକେଇଲେ। ତାଙ୍କୁ ଏପରି କରିବାର ଦେଖି ବ୍ରାହ୍ମଣୀ ହାଁ, ହାଁ କରି ଆସିଲା ବେଳକୁ ରଥ ପିଠାଟିକୁ ଟିପୁଚନ୍ତି। ବ୍ରାହ୍ମଣୀ ତ ଶୁଦ୍ଧଚାରିଣୀ ବିଧବା। ରଥ ଏପରି କରୁଥିବାର ଦେଖି ପଚାରିଲେ ହଇରେ ତୁ ମୋ ପିଠାଟିକୁ ଛୁଇଁ ଦେଲୁ। ଆରେ ତୁ କୋଉ ଜାତିର ପୁଅରେ? ରଥଙ୍କର ତ ସେତେବେଳେ ଭୋକରେ ପେଟ ପୋଡ଼ି ଯାଉଚି। କହିଲେ ମୁଁ ବଢ଼େଇଘର ପୁଅ। ଏହା ଶୁଣି ବିଧବାର ଦିହ ବିନ୍ଧି ହେଲା। ସେ କହିଲା ତୁ ନିର୍ବଂଶିଆ ବଢ଼େଇଟା ମୋ ପିଠାକୁ ଛୁଇଁଦେଲୁ। ଆଛା, ମୁଁ ଆଜି ଉପାସ ରହୁଚି, ତୁ ସେ ଛୁଆଁ ପିଠାକୁ ନେଇ ଯା। ରଥେ ପିଠାଟି ଆଣି ନିଶ୍ଚିନ୍ତରେ ଖାଇଲେ। ଘରେ ଆସି ବ୍ରାହ୍ମଣୀ ପାଖରେ କହିବାରୁ ସେ ଛାଞ୍ଚୁଣୀ ଧରି ଗୋଡ଼େଇଲା। ସେଇ ଦିନଠୁ ରଥେ ନକଲ ସାଧୁବେଶ ଧରିଚନ୍ତି ଓ ବାର ଜାଗାରେ ବୁଲି, ବାର ଲୋକଙ୍କୁ ଠକେଇ ଜୀବିକା ନିର୍ବାହ କରୁଚନ୍ତି।

ଦିନେ ରଥେ ଝୁଲାମାଳା, ରୁଦ୍ରାକ୍ଷ, ଚିମୁଟା ଧରି ଯାଇ ଦି' କୋଶ ବାଦେ ବେଣୀପୁର ଗାଁରେ ପହଞ୍ଚିଲେ। ସେଠୁ ଜଗୁ ବିଶ୍ୱାଳ ବୋଲି ଗୋଟିଏ ଖଣ୍ଡାୟତ ଘର। ଠକ ରଥେ ଯାଇ ତାହାର ପିଣ୍ଡାରେ ବସି-

ନବ ନୀରଦ ନିନ୍ଦିତ କାନ୍ତି ଧରଂ
ନବ କିଶୋର ନାଗର ରୂପ ବରଂ।
ନୀଳ ଅମ୍ବୁଜ ବଙ୍କିମ ନେତ୍ର ଯୁଗଂ
ଭଜ କୃଷ୍ଣ ଗୋବିନ୍ଦ ଶ୍ରୀ ନନ୍ଦ ସୁତଂ।

ଶ୍ଳୋକ ପଢ଼ିବାକୁ ଲାଗିଲେ। ଜଗୁ ବିଶ୍ୱାଳଙ୍କ ସ୍ତ୍ରୀ ଆବାଜ ପାଇ ସ୍ୱାମୀଙ୍କୁ କହିଲେ, କିଏ ଜଣେ ସାଧୁ ଆସି ଶ୍ଳୋକ ବୋଲୁଛନ୍ତି, ଦେଖିଲ। ଜଗୁ ଆସି ଦେଖିଲେ ତପୋବନରୁ ଆସିବା ପରି ସାଧୁ ଜଣେ। ତାଙ୍କୁ ଦେଖି ସେ ଲମ୍ବ ହୋଇ ଗୋଡ଼ତଳେ ପଡ଼ିଗଲା। ତାଙ୍କର ଚୌଦବର୍ଷୀ ସୁନ୍ଦରୀ ଝିଅକୁ ଘେନିଆସି ଘରଣୀ ମଧ୍ୟ ଦଣ୍ଡବତ ହେଲେ। ସେଦିନ ରାତିରେ ଠକ ସନ୍ନ୍ୟାସୀଙ୍କର ରହଣୀ ବ୍ୟବସ୍ଥା ସେଇଠି ହେଲା।

ସଞ୍ଜ ପରେ ଗଞ୍ଜା ପର୍ବ ସାରି ରଥେ ରୋଷେଇ ପର୍ବ ଆରମ୍ଭ କଲେ। ସେଇବେଳେ ଜଗୁ ସ୍ୱାମୀ ସ୍ତ୍ରୀ ଓ ଏକାମାତ୍ର ଝିଅକୁ ନେଇଆସି ଠାକୁରଥଙ୍କଠୁଁ ଜ୍ଞାନଗର୍ଭ ଭାଷଣ ଶୁଣିଲେ। ରଥେ ଦୁର୍ଯ୍ୟୋଧନର ଉରୁଭଙ୍ଗଠାରୁ, ହୀରାକୁଦ ବନ୍ଧଯାଏ ଯୋଡ଼ି ଗପ କହୁଥାନ୍ତି। ତା' ଭିତରୁ ଗୋଟିଏ କରି ଶ୍ଳୋକ ଲଗାଇଥାନ୍ତି। ଆମେ ଜନ୍ମେ ଜନ୍ମେ ଦେଶ ଦେଶର ହିତକରି ଆସିଚୁ। ଲୋକନାଥ ଦେଉଳ କୋଣାର୍କ ମନ୍ଦିର ଆମରି ମତରେ ହୋଇଛି। ମୁଁ ଜାତିସ୍ମର, ଆଗେ ଥିଲି ମୁଁ ଗୋବିନ୍ଦ ପାଟଯୋଷୀ, ବଡ଼ ଦେଉଳର ନକ୍‌ସାଠାରୁ ଗୁଣ୍ଡ, ମାଣ, ବାଟି, ଆମରି ସୃଷ୍ଟି। ପୁଣି ଶିବେଇ ସାନ୍ତରା ହୋଇ କୋଣାର୍କ କଲୁ। ଶେଷକୁ ମହତାବ ହୋଇ ପାରାଦ୍ୱୀପ ବନ୍ଦର କରିବୁ। ଏମିତି ଆକାଶ କର୍ଯ୍ୟାଁକୁ ଚିଲିକା ଇଲିଶି ଯୋଡ଼ି କହିବାରୁ ସେ ବିଶ୍ୱାଳ ବଂଶର ବିଶ୍ୱାସୀ ହେଲେ। ସେଠାରେ ତିନିଦିନ ରହଣୀ ହେଲା ରଥଙ୍କର।

ଦିନେ ଜଗୁ ସ୍ତ୍ରୀ ଓ ଜଗୁ ବିଚାର କରି କହିଲେ ଆପଣତ ବାଣପୁରଠୁ ବାରାଣସୀ ଯାଏ ବୁଲୁଛନ୍ତି। ଯଦି କୋଉଠି ସୁବିଧା ଘରବର ଦେଖନ୍ତି ତ ଆମର ଗୋଟିଏ ମାତ୍ର ଝିଅ ପାଇଁ ଦେଖିବେଟି। ମୁଁ ତ ଆମର ଏକା ଲୋକ, ଚାଷ ଘର, ଝିଅ ଭାର୍ଯ୍ୟା ଛାଡ଼ି ଟିକିଏ କୁଆଡ଼େ ଯାଇ ପାରୁନି। ଯଦି ଆପଣ ସୁବିଧାରେ ଯୋଗାଡ଼ କରିଦେବେ, ମୁଁ ଆପଣଙ୍କୁ ପଚିଶଟି ଟଙ୍କା ଦେବି। ଏକଥା ଶୁଣି ଠାକୁରଥେ କହିଲେ କେତେ ବଡ଼ ବଡ଼ କାର୍ଯ୍ୟ କରିଦେଲି, ଇଏବା କୋଉ ଛାରରେ। ତମେ ନିଶ୍ଚିନ୍ତ ହୋଇ ଛାତିରେ ଛେପ ପକାଇ ବସି ରୁହ। ମୁଁ ଏଇ ଭିତରେ ଠିକ୍ କରି ଦଉଚି। ହେଲେ ଦେବା ନବା କଥାଟା କହିଥା। ବିଶ୍ୱାଳେ କହିଲେ ମୁଁ ଚାଷୀଲୋକ, ଚଷା ବସା ଖାଇ ଯାହା ବଳିଚି ସବୁ ଝିଅକୁ ଦେବି। ତେବେ ପାଞ୍ଚ ହଜାର ଭିତରେ ସବୁତକ ହେବ। ହଁ ବୟସ ଯେପରି ବେଶୀ ନ ହୁଏ। ରଥେ ଟିକିଏ ଭାବି କହିଲେ

ଖୁବ୍ କମ୍ ବୟସର ହେଲେ ଅପାକଳ ଟୋକାଟା ବୋକା ହବ। ଧନ ସମ୍ପଦ ଉଡ଼େଇ ଦେବ; ତେଣୁ କେବେହେଲେ କଚା ବୟସୀକୁ ଗୁରୁତ୍ୱ ଦବନାଇଁ। ବିଶ୍ୱାଳେ ! ଲଙ୍କା ଯେତେ ପାକଳ ହେବ ରାଗ ବଢ଼ିବ ସେତେ। ବିଶ୍ୱାଳ ଭାବିଲେ କଥାଟା ସତ, ସେ'ତ ନିଜେ ଟୋକାବେଳେ କେତେ ଧନ ଉଡ଼େଇଚନ୍ତି। ସେଥିପାଇଁ କହିଲେ, ପାଗଳ ହେଲେ ବିଶ୍ୱାଳ! ତମ ଝିଅ ଆମ ଝିଅ କ'ଣ ସମାନ ନୁହନ୍ତି। ଆଚ୍ଛା ମୁଁ ଯିବି, ବାଟଖର୍ଚ୍ଚ-। ଏତିକି କହିବାରୁ ବିଶ୍ୱାଳ ଦଶଟି ଟଙ୍କା ଦେଇ କହିଲେ ଆଜ୍ଞା ଠିକ୍ କରି ଦିଅନ୍ତୁ ମୁଁ ଆଉ ପଚିଶ ଦେବି। ଠାକୁରଥ ସେଠାରୁ ଦଶଟଙ୍କା ନେଇ ଆସିଲେ।

"ସେଠୁ ରଥେ ଗଲେ ଖରେ, ଯାଇ ପହଞ୍ଚିଲେ ରାମ ନଗରେ। ରାମନଗର ମଦନ ସ୍ୱାଇଁ। ଟଙ୍କା ଧାନରେ କଳନା ନାଇଁ। ଭାର୍ଯ୍ୟା ତିନିଯୋଡ଼ା, ରାତି ପାହିଲେ କଳି ଝଗଡ଼ା। ତେର ପୁଅ କାଢ଼ନ୍ତି ବାଡ଼ି। ଷୋଳନାତି ଟାଣନ୍ତି ଦାଢ଼ି। ବୁଢ଼ା ବୟସ ବାଆସ୍ତରି। ପୁଣି ଲୋଡ଼ା ନୂଆ ସ୍ତିରୀ। ସେ ପାଇଁ ତା'ର ଦୋଘରା ଘର, ଚାକର ନେଇ ରହେ ସେଠାରେ। ସେ'ଠି ଯାଇ ମିଳିଲେ ରଥେ, ଜଗୁ ବିଶ୍ୱାଳଙ୍କ ପ୍ରସ୍ତାବ ମତେ।"

ଠକୁରଥତ ଆଗରୁ ସୋଇଁଙ୍କ ବାହା ହବା ଇଚ୍ଛା ଜାଣିଥିଲେ। ସେ'ଠି ଯାଇ କହିଲେ: ଆଜ୍ଞା! ଆପଣଙ୍କ ପାଇଁ ଯୋଉ ପାତ୍ରୀ ଯୋଗାଡ଼ କରିଚି ସାରା ଓଡ଼ିଶାରେ ନାଇଁ ନଥିବ। ଏକବାରେ ଚୌଦବର୍ଷ ବାଳା। ରଥଙ୍କ କଥା ଶୁଣି ସ୍ୱାଇଁ ବଡ଼ ଖୁସୀ ହେଲେ, ତା'ଛଡ଼ା ବୁଢ଼ା କାଳକୁ ତ ବାଳା ବେଶି ବଳ ଦିଅନ୍ତି। ତେଣୁ ସେ ଖୁସୀ ହୋଇ କହିଲେ କେତେ କ'ଣ ଦବାକୁ ହବ କହ ରଥେ। ରଥ କହିଲେ, କନ୍ୟା ବାପର ବେଶୀ ଦାବୀ ନୁହେଁ ଆଜ୍ଞା! ତିନିଶ ପଚିଶ ନବ। ତା ଶଳା ନବ ଦେଢ଼ଶ। ନୋହିଲେ ସେ'ଟା ଯୋଉ ଟାଉଟର, ଭଉଣୀକୁ ଶିଖେଇ ଭାଙ୍ଗିଦେବ, ମୋ' ପରିଶ୍ରମ ପାଇଁ ଯାହା ଦେବେ ଆଜ୍ଞା! ସେ'ଟା ଆପଣଙ୍କ ଖୁସୀ। ତେବେ ସେ ଟାଉଟର ଟଙ୍କାଟା ଆଗେ ପାଇଲେ ତା ମୁହଁ ବାନ୍ଧିବାକୁ ହବ। ନହେଲେ ସିଏ ଯୋଉ ଟାଉଟର, ଠାକୁର ଖଟୋଳି ସବୁ ଖାଏ, ସେଇଠୁ ସୋଇଁ ଘରୁ ଆଣି ଦେଢ଼ଶହ ଟଙ୍କା ଟାଉଟର ପାଇଁ, ପୁଣି ଦଶଟଙ୍କା ରଥଙ୍କ ଖର୍ଚ୍ଚ ପାଇଁ ଦବାରୁ ରଥ ଚଳିଲେ। ସୋଇଁ କହୁଥାନ୍ତି ପୁଅ ନାତି ତ ଘରୁ ତଡ଼ିଚନ୍ତି। ଜମି ଜମା ସବୁ ଆଗରୁ ତାଙ୍କୁ ଦେଇ ଦେଇଚି। ବାକି ଦି'ମାଣେ, ଟଙ୍କାତକ ସବୁ ଯିବ ବାହାଘରେ। ପରେ ଚଳିବା କେମିତି। ସେଇ କଥା ଭାବୁଚି, ରଥ ସେତେବେଳକୁ ପଥରେ।

ସେଠାରୁ ଟଙ୍କା ଧରି ଆସି ଠାକୁରଥେ ଜଗୁ ବିଶ୍ୱାଳ ଘରେ ପହଞ୍ଚିବାରୁ

ବିଶ୍ୱାଳ ସ୍ୱାମୀ ସ୍ତ୍ରୀ ଦିହେଁ ବଡ଼ ଆଗ୍ରହରେ ଦୌଡ଼ି ଆସିଲେ। ରଥ ଗୋଡ଼ ଧୋଇ ଆସନରେ ବସି ଆଖି ମୁଦି ଟିକିଏ କୃଷ୍ଣ କୃଷ୍ଣ ଭଜି ହେବାରୁ ବିଶ୍ୱାଳ ପଚାରିଲେ ବଡ଼ ତୁରନ୍ତ ଲେଉଟିଲେ ଆଜ୍ଞା ! ଖବର କିଛି ପାଇଚନ୍ତି ? ରଥ କହିଲେ କନ୍ୟାଦାୟ ବୋଲି ଯୋଉକଥା, ତା ଛଡ଼ା ତମେ ଦି'ପ୍ରାଣୀ ଯେମିତି ବ୍ୟସ୍ତ ହେଲ, ତୁରନ୍ତ ବ୍ୟବସ୍ଥା ନକରି ଚାରା କାହିଁ? ଯା ହଉ ପାତ୍ର ତ ଠିକ୍ ହେଲା। ଅବିକା ତମେ ଝିଅ ଦେଲେ ହେଲା। ଜଗୁ ବିଶ୍ୱାଳ କହିଲେ ଦବା ପାଇଁ ତ ଆପଣଙ୍କୁ ଧରିଚୁ, ଯେ, ବାହା-ବିବାହ, ମାମଲା-ଝାମିଲା- ଏ ଗୁଡ଼ାକ ପରା ସେହି ସେଥିରେ: ଆଛା ତମେ ନିୟମ ସୁକୃତ କରିବଟି।

ଜଗୁ ବିଶ୍ୱାଳ କହିଲେ କିପରି ପାତ୍ର ଠିକ୍ କଲେ। ଆପଣ ଆଗ କହନ୍ତୁ। ରଥ କହିଲେ ସେମିତି ହବନାହିଁ। ମୁଁ ତୁଳସୀ ମାଳ ଧରି ନିମୟ କରି ପାତ୍ର କଥା କହିବି। ତୁମେ ସେଇ ମାଳି ଧରି ଝିଅ ଦେବ। କଥା କହିବ। ଏଥିରେ ରାଜି ଥିଲେ ତୁଳସୀ ମାଳ ନିଅ, ଧରି କୁହ। ବିଶ୍ୱାଳ ଦେଖିଲେ ସାଧୁବାବା ଯେତେବେଳେ ଏତେ ଦୃଢ଼କରି କହୁଚନ୍ତି, ଏଥିରେ ଅବିଶ୍ୱାସ କ'ଣ ଅଛି। ସେ କହିଲେ ହଉ କହନ୍ତୁ।

ସେଇଠୁ ରଥେ ଝୁଲାରୁ ମାଳ କାଢ଼ି ଧରି କହିଲେ ମୁଁ ଯାହା କହୁଛି ଧର୍ମକୁ ସାକ୍ଷୀ ରଖି କହୁଛି। ପାତ୍ରଙ୍କ ନାଁ ମଦନ ସୋଇଁ, ବୟସ ଏଇ ଧର ଆମ ତମ ବୟସ ହୋଇପାରେ, ରୂପରଙ୍ଗ ଅବିକଳ କୃଷ୍ଣଙ୍କ ପରି ମଦନ ମୋହନ। ଯାନ ବାସନ ଅଚଳନ୍ତି। ଗୋରୁ ଗାଈ ଘରେ ଅଧେ, ବାହାରେ ଅଧେ। ଝିଅ ଯାଉ, ଯେତେ ଖୁସି ସେତେ ଖାଉ, ଘର ବୋଇଲେ ଚନ୍ଦ୍ର ସୂର୍ଯ୍ୟଙ୍କୁ ଦେଖିବ ବସି। ବିଦ୍ୟାରେ କୁମାର ସମ୍ଭବର ସବୁ ତଥ୍ୟ ଜାଣନ୍ତି। ଆଉ କ'ଣ ଚାହଁ? ଜଗୁ ଏବଂ ତା'ର ସ୍ତ୍ରୀ ଭାରି ଖୁସୀ ହେଲେ। ପ୍ରସ୍ତାବ ଶୁଣି ଜଗୁ ସ୍ତ୍ରୀ କହିଲେ କିହୋ! ତମେ ସୁକୃତଟା କରି ଦଉନା। ରଥେ କହୁଥାନ୍ତି କର, କର, ଶୁଭସ୍ୟ ଶୀଘ୍ରଂ। ଜଗୁ ତୁଳସୀ ମାଳ ଧରି ଝିଅ ଦେବାର ସତ୍ୟପାଠ କଲା। ତହିଁ ଉତ୍ତାରୁ ରଥେ ଜଳଖିଆ ସାରି ପାଞ୍ଜି ଦେଖିଲେ, କହିଲେ ଫଗୁଣ ତେରଦିନ ଭଲ ଲଗ୍ନ ଅଛି। ସେଇଦିନ ମୁଁ ବର ଘେନି ପହଞ୍ଚିବି। ତମେ ସବୁ ଠିକ୍ କରି ଝିଅ ମଙ୍ଗୁଳା ସାରିଥିବ। ଏ କଥାରେ ଜଗୁ ରାଜି ହେବାରୁ ରଥେ କହିଲେ ଆମର ଦାବି ପାଉଣା ଗଣ୍ଡାକ ଦବଟି ବାପା? ଜଗୁ ଘରୁ ପୁଣି ପଚିଶଟି ଟଙ୍କା ଆଣି ରଥଙ୍କୁ ଦେଇ ଲମ୍ୱହୋଇ ଦଣ୍ଡବତ ହେଲା। ରଥ ପୁଣି ଚାଲିଲେ।

ଫଗୁଣ ତେର ଦିନ। ରଥ ମଦନ ସ୍ୱାଇଁଠାରୁ ସବୁ ଟଙ୍କା ଆଗ ବୁଝିନେଇ ଦି'ଘଣ୍ଟା ବାଦେ କହିଲେ ଏଇଟା ଅମୃତ ବେଳ, ଏଇକ୍ଷଣି ଅନୁକୂଳ କର। ରଥଙ୍କ କଥାରେ ସ୍ୱାଇଁ ଜୋଇଁ ବେଶ ହୋଇ ନୋଇଁ ନୋଇଁ ଆସି ସୁଆରିରେ ବସିଗଲେ।

ବର ଆସିବାକୁ ଚାହିଁ ଜଗୁ ବିଶ୍ୱାଳେ ବସିଥାନ୍ତି। ବନ୍ଧୁବାନ୍ଧବ ସବୁ ଉଭା। ରଥ ସୁଆରିରେ ବରନେଇ ପହଞ୍ଚିବାରୁ ସେମାନେ ଭାବିଲେ ବୋଧହୁଏ ବର ବାପ ହେବ। ଜଗୁ ରଥଙ୍କୁ ପଚାରିଲେ ବାବାଜୀ ! ବର କାହିଁ ? ରଥ ସୋଇଁ ବୁଢ଼ାକୁ ଦେଖେଇ କହିଲେ ଏଇପରା ବର। ବେଶ ଦେଖି ଚିହ୍ନି ପାରିନା। ଏକଥା ଶୁଣି ବିଶ୍ୱାଳଙ୍କ ମୁଣ୍ଡରେ ଯେପରି ବ୍ରଜପାତ ହେଲା। ବିଶ୍ୱାଳୁଣୀତ କାନ୍ଦି କୋଡ଼ି ହୋଇ ଲୁହଲାଳ, ଝିଅଟାକୁ ମୂର୍ଚ୍ଛା ଧରିଲା।

ଏହାଦେଖି ବନ୍ଧୁବାନ୍ଧବ ପଡ଼ିଶାଏ ଅବାକ୍ ହୋଇ ପଚାରିଲେ ଆଜ୍ଞା ଏହାର ରହସ୍ୟ କ'ଣ ବତେଇବଟି ? ରଥେ ଉଠି କହିଲେ ବିଶ୍ୱାଳ, ସତ୍ୟ କରିଚି ୟାଙ୍କୁଇ ଝିଅ ବାହାଦବ। ଜଗୁ ବିଗିଡ଼ି ଉଠି କହିଲା ସାଧୁ ମିଛ କହୁଚ ? ୟାଙ୍କୁ ଝିଅ ଦେବି କହିଥିଲି କେବେ ? ରଥ କହିଲେ ଆଜ୍ଞା ଆପଣମାନେ ଭଦ୍ରଲୋକ, ପଞ୍ଚପରମେଶ୍ୱର, ଆମ ସତ୍ୟ ସୁକୃତ କରି କହିବା କଥା ମୁଁ କହୁଛି ଶୁଣନ୍ତି, ତାକୁ ପଚାରି ବୁଝିଛି, ସେ ଏଥିରେ ଶୁଣି ମତ ଦେଇଛି କି ନାହିଁ। ଭଦ୍ରଲୋକମାନେ ଜଗୁର ମତ ନେଇ ଶୁଣିଲେ। ରଥ କହିଲେ ବର ଦେଖିବାକୁ ଶ୍ରୀକୃଷ୍ଣପରି ମଦନ ମୋହନ ! ବୟସ ତମ ଆମ ବୟସ ହବ। ଯାହା ବାସନ ଅଚଳନ୍ତି। ଘର ଭିତରେ ବସି ଚନ୍ଦ୍ର ସୂର୍ଯ୍ୟ ଦେଖି ହବ। ଝିଅ ଯାଉ, ଯେତେ ଖୁସି ସେତେ ଖାଉ। ଗୋରୁ ଗାଈ, ଘରେ ଅଧେ ବାହାରେ ଅଧେ। ବିଦ୍ୟା ବୋଇଲେ କୁମାର ସମ୍ଭବର ସବୁ ତଥ୍ୟ ଜାଣନ୍ତି। କହିଛି କି ନାଇଁ। ଭଦ୍ରଲୋକ ପଚାରିବାରୁ ଜଗୁ କହିଲା ହେଁ, ଏ କଥା କହିଛନ୍ତି। ସେଇଠୁ କହିଲେ ଆଜ୍ଞା, ଆପଣ ପାଞ୍ଚଜଣ ବୁଝନ୍ତି। ବୟସ ଜଗୁର ପଇଁତ୍ରିଶ ଆମର ଅଠତ୍ରିଶ ମିଶି ତେସ୍ତରି ହେଲା। ବରଙ୍କ ବୟସ ବାସ୍ତରି। ଏଥିପାଇଁ କହିଥିଲି, ବୟସ ବୋଇଲେ ତମ ଆମ ବୟସ ହେବ। ରୂପରଙ୍ଗ କୃଷ୍ଣଙ୍କ ପରି ମଦନମୋହନ ମୂର୍ତ୍ତି। ଦେଖନ୍ତୁ ହରଙ୍କ ରଙ୍ଗ କଳା, ନାମ ମଦନ ସ୍ୱାଇଁ। ଘରେ ଯାନ ବାସନ ଅଚଳ ଅର୍ଥାତ୍ ବରଙ୍କ ଘରେ ଖଣ୍ଡେ ଦଦରା ସୁଆରି ପଡ଼ିଚି। ବାସନ ବୋଇଲେ ମାଟି ବାସନ ସବୁ। ଗୋଟିଏ ବୁଢ଼ୀ ଗାଈ ଅଛି, ସେ ଦ୍ୱାରବନ୍ଧ ପାରେଇ ଯାଇ ପାରେନା। ପଛରୁ ଉଠେଇ ନଦେଲେ ପଛ ଦି'ଗୋଡ଼ ବାହାରେ ରୁହେ। ଘର ଛପର ଜାଗା ଜାଗା ଉଡ଼େଇ ନେଇଥିବାରୁ ରାତିରେ ଚନ୍ଦ୍ର, ଦିନରେ ସୂର୍ଯ୍ୟ ଦେଖାଯାନ୍ତି। ଦୁଇମାଣ ବିଲରୁ ଯାହା ମିଳିବ ଦି'ପ୍ରାଣୀ ଜାଉପାଣି କରି ଖାଇ ଚଳିବେ। ସେ ପାଇଁ କହିଚି ଝିଅ ଯାଉ, ଯେତେ ଖୁସି ସେତେ ଖାଉ। ବରବୁଢ଼ା ପୁଅଜନ୍ମ କରିବାର ଓସ୍ତାଦ୍। ସେ ପାଇଁ କହିଚି କୁମାର ସମ୍ଭବ କାବ୍ୟ ନୁହେଁ ପୁଅଜନ୍ମର ସବୁ ଜାଣେ। ମୋ କଥାରେ କୋଉଠି ଗଲତି ଅଛି ଆଜ୍ଞା ! ପଞ୍ଚାଏତ କହିଲେ ନାଇଁ, ତମ କଥା ସବୁ ସତ; ଜଗୁ

ସତ୍ୟ କରିଛି ଯେତେବେଳେ ଝିଅ ଦବାକୁ ବାଧ୍ୟ। ଏହାକହି ପଞ୍ଚାୟତ ଭଦ୍ର ଲୋକମାନେ ଚାଲିଗଲେ।

ଜଗୁର ଝିଅ ସବୁ ଶୁଣୁଥିଲା। ଯେତେବେଳେ ବୁଝିଲା ସେଇ ବୁଢ଼ାକୁ ବାହା ଦେବେ। ସେଇଠୁ ଯାଇ ସେ କୂଅ ଭିତରକୁ ଡେଇଁ ପଡ଼ିଲା। ମା' ତାକୁ ଡାକି ଡାକି ଯାଇ ସେ'ବି ଡେଇଁ ପଡ଼ିଲା ସେଇ କୂଅକୁ। ମଦନ ସ୍ୱାଇଁ ବାହା ନହୋଇ ଲେଉଟି ଗଲା। ରଥ ଚଳିଲେ ଘରକୁ। ଜଗୁ ବିଶ୍ୱାଳେ ସ୍ତ୍ରୀ ଆଉ ଝିଅର ମରିବା ଦେହକୁ କୂଅରୁ କାଢ଼ି କୂଅଟାକୁ ପୋତିଦେଲେ। ତା' ଉପରେ ଖଣ୍ଡିଏ ପଥର ଖପାଇ ସେଥିରେ ଲେଖିଦେଲେ ଏହା ରଥଙ୍କ ଘଟସୂତ୍ର କିର୍ତ୍ତି। ବୁଝିଲୁ ଅବୋଲକରା ! ସେହିଦିନୁ ସେ କୂଅ ମୁହଁରେ ସେହି ପଥରଟି ଖପାହୋଇ ରହିଛି। ଏହା କହି ଗୋସେଇଁ ଖାଇବାକୁ ଗଲେ। ଏ ଗଳ୍ପଟି ମୁଁ ଜନାର୍ଦ୍ଦନ ମାଷ୍ଟରଙ୍କଠାରୁ ଶୁଣିଥିଲି।

■■

ପୁଅର ରକ୍ତରୁ ମିତ୍ରର ମୁକ୍ତି

ଗୋସେଇଁ ଅବୋଲକରା ଦିହେଁ ତା'ପରଦିନ କିଛିବାଟ ଗଲା ପରେ ଗୋଟିଏ ସହର ପାଖରେ ଧର୍ମଶାଳାଟିଏ ଦେଖି ରହିଲେ। ଗୋସେଇଁ କହିଲେ ଅବୋଲକରା ! ଆଜି ରାତିଟା ଏଇଠି ରହିଯିବା ତୁ ଟଙ୍କାଟିଏ ନେଇଯା, ସହରରୁ ପେଣାଏ କଦଳୀ କିଛି ବୁଟଛତୁ ଆଣିବୁ। ଆଜି ରାତିଟା ସେଥିରେ ଚଳିଯିବା। ଏହା ଶୁଣି ଅବୋଲକରା ଗଣ୍ଠିଲି ଆଉ ଟଙ୍କା ନେଇ ସହରକୁ ଗଲା। କିଛି ସମୟ ବାଦେ ଅବୋଲକରା ମୁହଁ ଗେରା ଗେରା କରି ଛତୁଆ କଦଳୀ ଥୋଇ କହିଲା ଏଇଠି ଥାଅ ଗୋସେଇଁ ମୁଁ ଘରକୁ ଫେରୁଚି।

ଗୋସେଇଁ କହିଲେ ପୁଣି କ'ଣ ତୋ ମୁଣ୍ଡରେ ଭଅଁର ବାହାରିଲାନା କ'ଣରେ ? ଆରେ ପୁଣି କୋଉଠି କିଛି ଦେଖିଲୁ କି ? ଅବୋଲକରା କହିଲା ହଁ ଗୋସେଇଁ! ବଜାରକୁ ଯାଇ ଦେଖିଲି ପଞ୍ଚାଏ ଲୋକ ଭିଡ଼କରି ଛିଡ଼ା ହୋଇଛନ୍ତି। କ'ଣ ହଉଚି ଦେଖିବାକୁ ଯାଇ ଦେଖିଲା ବେଳକୁ ଆହା ! କ'ଣ କରିବି ଗୋସେଇଁ ଗୋଟିଏ ଯୁବକ ଦି' ଦିନର ପୁଅ ପିଲାଟିଏ ଆଣି ଗୋଟାଏ ପଥର ମୂର୍ତ୍ତିରେ ବାଡ଼େଇ ମାରିଦେଲା। ହେଲେ ସେ'ତ ଯୋଉ ରକ୍ତ ହୁଃ, ସେଗୁଡ଼ାକ ପଥର ଦେହରେ ଲାଗିବାରୁ ସେ ମୂର୍ତ୍ତିଟା ଗୋଟିଏ ଯୁବକ ହୋଇଗଲା। ପୁଣି ସେଇ ଯୁବକଟି ସେଇ ମରାପିଲାଟାକୁ ଧରି

ଛାତିରେ ଯାକିବାରୁ ସେ ପିଲାଟି ବି ବଞ୍ଚି ଉଠିଲା। ଏହାର କାରଣ ମୋତେ ନ ବତେଇଲେ ମୁଁ ତ ଯିବି ନାଇଁ ଗୋସେଇଁ।

ଗୋସେଇଁ ବିରକ୍ତ ହୋଇ କହିଲେ ଆରେ ଆଣ୍ଠୁକୋଡ଼ି ପୁଅ। ସବୁ କଥା ମୋତେ ଜଣାଅଛି ଯେ ତୋତେ କହୁଥିବି? ଆଛା, ଖିଆ ପିଆ କରି ବସ, ତା'ପରେ କଥା କହିବା। ଏହାକହି ଦିହେଁ ଖିଆପିଆ କରି ଗୋସେଇଁ ଶୋଇବାରୁ ଅବୋଲକରା ତାଙ୍କ ଗୋଡ଼ ଚିପି ଦେଲା। ଗୋସେଇଁ କହିଲେ-

'ଦଅଳ ଆଖି ଟେକ ମଥା,
ଅବୋଲକରାରେ ଶୁଣ ସେ କଥା'

ଅବୋଲକରା ଆଖି ମଳି ବସିବାରୁ ଗୋସେଇଁ କହିଲେ ଏ ଦେଶର ନାମ କାଞ୍ଚି। ଏଠି ଶ୍ରୀଚନ୍ଦନ ବୋଲି ଜଣେ ରାଜା ଥିଲେ। ରାଜାଙ୍କର ପୁଅ ନାହିଁ, ମନ୍ତ୍ରୀଙ୍କର ବି ପୁଅ ନାହିଁ। ଥରେ ସାକ୍ଷୀଗୋପାଳଙ୍କଠାରେ ଅଧ୍ୟା ପଡ଼ିବାରୁ ଗୋପାଳ ହୁକୁମ ଦେଲେ ଉଠିଯା। ମନ୍ଦିର ଦ୍ୱାରେ ଯାହା ପାଇବୁ ତାକୁ ନେଇ ଖାଇଦେବୁ। ସେଇଥିରେ ତୋ ମନବାଞ୍ଛା ପୂରିବ।

'ଯାହାର ଆଜ୍ଞାରେ ପର୍ବତ, ଜଳେ ଭାସଇ ସୋଲବତ' ତାଙ୍କ ଆଦେଶ କି ବିଫଳ ହେବ? ରାଣୀ ସେଠୁ ଉଠି ଆସି ଦେଖିଲେ ମନ୍ଦିର ଦୁଆରେ ଗୋଟିଏ ପଇଡ଼ ପଡ଼ିଚି। ସେଇଟାକୁ ଆଣି ରାଜାଙ୍କୁ ଦେଖେଇ ଗୋପାଳଙ୍କ ଆଦେଶ କଥା କହିବାରୁ ରାଜା ମନ୍ତ୍ରୀ ବିଚାରି କହିଲେ ଗାଧୁଆ ପାଧୁଆ କରି ଶ୍ରୀଗୋପାଳଙ୍କ ମନ୍ଦିରକୁ ପୂଜା ସାମଗ୍ରୀ ପଠାଇ ତା'ପରେ ଫଳର ଜଳ ଖା'ନ୍ତୁ। ରାଣୀ ସେହିପରି କରି ପଇଡ଼ଟି କାଟି ପାଣିତକ ପିଇଦେଲେ। ଖୋଳଟାକୁ ଫୋପାଡ଼ି ଦେବାରୁ ସେ ଗୋଟିକୁ ମନ୍ତ୍ରୀ ଗୁପ୍ତକରି ଘେନି ଆସିଲେ।

ମନ୍ତ୍ରୀଙ୍କ ସ୍ତ୍ରୀ ତ ବନ୍ଧ୍ୟା। ମନ୍ତ୍ରୀ ସେଇ ଖୋଳଟି ଆଣି ସ୍ତ୍ରୀଙ୍କୁ କହିଲେ ଗୋଡ଼ଧୋଇ ଆସି ଏଥିରେ ଥିବା ଶଶତକ ଶ୍ରୀଗୋପାଳଙ୍କ ନାମ ନେଇ ଖାଇଦିଅ। ଦେଖିବା କ'ଣ ହଉଚି। ମନ୍ତ୍ରୀଆଣି ମନ୍ତ୍ରୀଙ୍କ କଥାମାନି ସେପରି କଲେ।

କିଛିଦିନ ବାଦେ ରାଣୀଙ୍କର ଓ ମନ୍ତ୍ରୀ ଭାର୍ଯ୍ୟାଙ୍କର ଗର୍ଭ ହେଲା। ମାସ ହେବାରୁ ଦିହେଁ ଏକାଦିନେ ଦୁଇଟି ସୁନ୍ଦର ପୁଅ ଜନ୍ମ କଲେ। ରଜା ପୁଅର ଜନ୍ମ ଉତ୍ସବ ହେଲା। ମନ୍ତ୍ରୀ ପୁଅକୁ ଲୁଚେଇ ରଖିଲେ। ଦିହେଁ ଦୁଇ ଜାଗାରେ ବଢୁଥାନ୍ତି। ରଜାପୁଅ ନାମ ରତ୍ନାକର। ମନ୍ତ୍ରୀ ମେଳ ରଖି ନିଜ ପୁଅ ନାଁ ଗୁଣାକାର ଦେଲେ। ଦିହେଁ ଦି' ଜାଗାରେ ବଢ଼ିବଢ଼ି ଉପନୟନାଦି କାର୍ଯ୍ୟ ସାରିଲେ।

ଦିନେ ରାଜା ମନ୍ତ୍ରୀ କିଛି ଗୋଟାଏ ଗୁପ୍ତ ମନ୍ତ୍ରଣା ନେଇ ନିରୋଳାରେ ବୁଲୁ

୧୩୨ | ଅଭୟ ଚରଣ ମହାନ୍ତି

ବୁଲୁ ମନ୍ତ୍ରୀପୁଅ ସେଇବାଟେ ଆସି ଡାକିଲା ବାପା: ତା ଡାକ ଶୁଣି ରଜା କହିଲେ କ'ଣ କିରେ। ଆରେ ତୁ କିମିତି ଏଠିକି ଆସିଲୁ ରତ୍ନାକର ?

ବାଳକଟି କହିଲା ମୁଁ ରତ୍ନାକର ନୁହେଁ। ମୋ ନାଁ ଗୁଣାକର। ଏକଥା ଶୁଣି ରାଜା ବିସ୍ମୟ ହେବାରୁ ମନ୍ତ୍ରୀ ମୃଦୁ ହସି କହିଲେ ସେ ରାଜକୁମାର ନୁହେଁ, ଆମ ପୁଅ ଗୁଣାକାର। ରାଜା ଦେଖିଲେ ଗୁଣାକାରକୁ ଦେଖିବାକୁ ଅବିକଳ ରତ୍ନାକର ଭଳି। ସେଇଠୁ ମନ୍ତ୍ରୀଙ୍କୁ ପଚାରିବାରୁ ମନ୍ତ୍ରୀ କହିଲେ ଯୋଉଦିନ ରତ୍ନାକର ଜନ୍ମ ସେଇଦିନ ଏ ଗୁଣାକାର ଜନ୍ମ ହୋଇଛି। ଏସବୁ ଗୋପାଳଙ୍କ ବରାଦ୍ ଆଜ୍ଞା। ରାଜା କହିଲେ ପୁଅକୁ ଦଶବର୍ଷ ହେଲାଣି, ଆମକୁ ଦେଖେଇ ନାହିଁ ମନ୍ତ୍ରୀ। ହଉ ଆଜି ମୁଁ ଗୁଣାକାରକୁ ନେଇଯାଉଚି। ରତ୍ନାକର, ଗୁଣାକାର ଏକ ସଙ୍ଗରେ ରହି ପଢ଼ିବେ। ମନ୍ତ୍ରୀ କରିବେ କ'ଣ। ରାଜା ଆଦେଶକୁ ଅପିଲ ଅଛି ନା ସ୍ୱର୍ଗକୁ ଯିବାର ନିଶୁଣୀ ଅଛି ? ହଉ ଯାଉ ବୋଲି କହିଦେଲେ। ସେଇଠୁ ରାଜା ଗୁଣାକାରକୁ ନେଇ ରତ୍ନାକର ସଙ୍ଗରେ ବନ୍ଧୁତା କରେଇ ଦେଲେ। ଦିହେଁ ମଇତ୍ର ହୋଇ ରାଜବାଡ଼ିରେ ରହି ଖାଇ ପଢ଼ନ୍ତି। ଏମିତି କରି ଦିହିଁଙ୍କୁ ସତର ବର୍ଷ ହେଲା।

ଦିନେ ଦୁଇ-ମିତ୍ର ଗୋଟାଏ ଜାଗାରେ ବସି ବିଚାର କଲେ। ରତ୍ନାକର କହିଲା ମଇତ୍ର ! କିଛି ଭଲ ଲାଗୁନାହିଁ କାହିଁକି। ଗୁଣାକାର କହିଲା ଚାଲ ମଇତ୍ରେ କୁଆଡ଼େ ଟିକିଏ ବୁଲାବୁଲି କରି ଆସିବା। ବୁଢ଼ାଙ୍କ ଅନ୍ତେ ଆଉତ ସୁବିଧା ମିଳିବ ନାହିଁ। ଦୁଇଜଣ ସେଇ ବିଚାର କରି ତହିଁ ଆରଦିନ ଦୁଇଟି ଘୋଡ଼ା କିଛି ଟଙ୍କା ସୁନା ଧରି ଚିଠି ଲେଖିଦେଇ ଘରୁ ବାହାରି ଗଲେ।

ଘୋଡ଼ା ଚଢ଼ି ବନେ ଚଳନ୍ତି କୁମାର
ଦେଖନ୍ତି ପାହାଡ଼ ପଶୁ ପକ୍ଷୀ ଅସୁମାର।
କାହିଁ ଗଡ଼େ ଅଜଗର କେଉଁଠି କୁମ୍ଭୀର
ଫୁଲ ଫଳ ଧରି ବନ ଦିଶଇ ରୁଚିର।
ନାହିଁ କେ ଜନ ମାନବ ପଥେ ଲାଗେ ଭୟ
ପତ୍ରପାତେ କୁଳାପରି ମଣନ୍ତି ଉଭୟ।
କାଠି ପଡ଼ିବା ଶବଦକୁ ମଣନ୍ତି ସେ ଢିଙ୍କି
ପକ୍ଷୀ ଡେଣାପିଟି ଗଲେ ଉଠନ୍ତି ଚିହିଙ୍କି।
ଏପରି ଭୟରେ ବେନି ମିତ୍ର ଯାନ୍ତି ଚଳି
ଅଗମ୍ୟ ବନେ ନ ଦିଶେ ଦିଗ ପଥାବଳି।
ଅନୁମାନେ ଘୋଡ଼ା ଚଢ଼ି ଚଳନ୍ତି କୁମାର

କ୍ରମେଣ ମାଡ଼ି ଆସିଲା ରାତି ଅନ୍ଧକାର।
ଗତି ଜାଣି ମିତ ବେନି ଏକବୃକ୍ଷ ଡାଳେ
ଅଶ୍ୱବାନ୍ଧି ଆରୋହିଲେ ଯାଇ ବୃକ୍ଷଡ଼ାଳେ।
ବଢ଼ିଲା ଅନ୍ଧାର ବେଶି ନିଶା ଅଧବେଳେ
ଦୂରରୁ ଆଲୋକ ଜ୍ୟୋତି ଆଣିଣ ଉଜ୍ଜ୍ୱଳେ।
ଦେଖୁଦେଖୁ ସେ ଆଲୋକ ହୋଇଲା ନିକଟ
ସର୍ପମଣି ଆଲୋକ ସେ ଜାଣିଲେ ଦି'ମିତ୍ର।
ଫଣା ଶିରେ ମଣି ଧରି ଆସି ବୃକ୍ଷମୂଳେ
ଅଶ୍ୱ ବେନିକୁ ଭକ୍ଷଣ କରି ସର୍ପ ଚଳେ।
ଶିରୁ ମଣି ତଳେ ଥୋଇ ପାଖ ସରୋବରେ
ଜଳପାନ କଲା ମଣି ରଖି ଲାଞ୍ଜ ଘେରେ।
ମଣି ଦେଖି ଗୁଣାକାର ବୃକ୍ଷରୁ ଓହ୍ଲାଇ
ଦେଲା ମେଞ୍ଚାଏ କାଦୁଅ ମଣିରେ ପକାଇ।"

ମଣି ଗୁପ୍ତ ହେବାରୁ ସବୁ ଅନ୍ଧକାର ହୋଇଗଲା। ପାଣି ପିଇସାରି ଅଜଗରଟା ଉଠି ଦେଖେ ସବୁ ଅନ୍ଧାର। ମଣିହରା ଫଣୀଟି ଦୁର୍ବଳ ହୋଇ ଗର୍ଜନ କଲା। ସେତେବେଳକୁ ଗୁଣାକାର ମୂଷା ଭଳି ଗଳି ଗଳି ସେଠାରୁ ଯାଇ ବହୁତ ଦୂରରେ ଗୋଟିଏ ଗଛରେ ଚଢ଼ି ଦେଖୁଥାଏ। ବହୁତ ବେଳଯାଏ ଦୁର୍ବଳ ଅଜଗରଟା ଏପାଖ ସେପାଖ ମୁହଁ ବୁଲେଇ ମଣି ଖୋଜି ଆଉ ଚାଲି ପାରିଲା ନାହିଁ। ସେହି ଜାଗାରେ ଗୋଟାଏ ମେଘ ଗର୍ଜନ ଭଳି ରଡ଼ି ଛାଡ଼ି ଢଳି ପଡ଼ିଲା।

ରାତି ସେତେବେଳକୁ ପାହି ଆସିଲାଣି। ଗୁଣାକାର ଭାବିଲା ସାପଟା ମରିଗଲା ନା କ'ଣ? ଆଉ ଶବ୍ଦ କରୁ ନାହିଁତ। ଏହାଭାବି ସେ ଧୀରେ ଧୀରେ ଆସି ଦେଖିଲା ସାପଟା ପାହାଡ଼ ପରି ପଡ଼ିଚି। ତାକୁ ଦେଖି ଗୁଣାକାର ଭାବିଲା କେଜାଣି ବାବା-

"ମଣିନାଭୂଷିତଃ ସର୍ପଃ କିମ୍ ସୌ ନ ଭୟଙ୍କରଃ"

ମଣି ଘେନି ବୁଲୁଥିଲେ ବି ସାପକୁ ବିଶ୍ୱାସ ନାହିଁ। ପୁଣି ଏ'ଟା 'ଅଜଗରକୁ ଦାତାରାମ' ମୁହଁରେ ପଡ଼ିଲେ ଗିଳିଦେବ। ପଛଆଡ଼ୁ ଯାଇ ଦେଖିବା। ଏହାଭାବି ପଛଆଡ଼େ ଗୋଟାଏ ଗଛରେ ଚଢ଼ି ତୀରଟା ତା ମୁଣ୍ଡକୁ ମାରିବାରୁ ଦୁର୍ବଳ ସାପଟା ମରିଗଲା। ତାକୁ ମାରି ଗୁଣାକାର କାଦୁଅରୁ ମଣିଟି ଉଠାଇ ସେହି ପୋଖରୀରେ ଧୋଇବାରୁ ମଣି ଆଲୁଅରେ ଦେଖିଲା ସେଇ ପୋଖରୀ ଭିତରେ ଗୋଟାଏ ପାହାଡ଼ିଆ

ସିଢ଼ି ଦେଖା ଯାଉଛି। ତାକୁ ଦେଖିବାରୁ ମଣି ସାହାଯ୍ୟରେ ପାଣିରେ ବୁଡ଼ି ସେଇ ସିଢ଼ିଦେଇ ଗୁଣାକାର ବହୁତ ତଳକୁ ଓହ୍ଲାଇ ଗଲା। ସେଠାରେ ଯାଇ ଦେଖିଲା-

"ମଣିମୟପୁର ଦିଶଇ ରୁଚିର ଅଳକା ନଗରୀ ଜିଣି
ମାରାଗ ମାଣିକେ ସେପୁର ଗଠନ ଅଛି ଏକ ବାଳାମଣି।
ରତନ ପଲଙ୍କେ ଶୋଇଛି ଷୋଡ଼ଶୀ ଉରୁବଶୀ ରୂପ ଜିଣେ
କଜଳ-ଅଜଡ଼ା-ସଜଡ଼ା ଜୁଡ଼ା ତା ଯୁବକ ମନକୁ କିଣେ।
ବର୍ତ୍ତୁଳ ମୁଖ ତା ନତ ବୁକୁପରେ ରତନ ମାଳିକା
ବିଛୁରାଇ ଦେଇ ତେରଛା ଚାହାଣୀ ହାଣିଲା ଦେଖି ବାଳିକା।"

ତା' ଆଖି ବାଣରେ ଗୁଣାକାର ନ ଟଳି ପଚାରିଲା ତୁମର ପରିଚୟ କ'ଣ, ଏଇ ନିର୍ଜନ ପୁରୀରେ ଏକା ରହିଚ କାହିଁକି ? କନ୍ୟା ଉଠି ବସି ପଚାରିଲେ ଆଗେ ତୁମ ପରିଚୟ ଦିଅ। ତା'ପରେ ମୁଁ ପରିଚୟ ଦେବି।

ସାଧାରଣତଃ ସୁନ୍ଦରୀ ଝିଅଙ୍କ କଥାରେ ତ ଯୁବକଙ୍କର ଦୁର୍ବଳତା ଆସେ। ସେଠାରେ ସେମିତି ଗୁଣାକାର କହିଲା ମୁଁ କାଞ୍ଚି ରାଜାଙ୍କ ମନ୍ତ୍ରୀ ପୁଅ। ମୋ ନାଁ ଗୁଣାକର, ଏଥର ତମ ନାଁ କୁହ। କନ୍ୟା ମୁରୁକି ହସି କହିଲା ମୋ ନା ମଣିମାଳା, ଆମର ଏ ନଗରୀ ନାଁ-ମଣିଜଙ୍ଗ। ମୋ ବାପାଙ୍କ ନାଁ ହେଲା ମଣିଚୂଳ। ସିଏ ଗୋଟିଏ ତପସ୍ୱିନୀକୁ ନ ଜାଣି ରାଣୀ କରି ଆଣିବାକୁ ବାହାରିବାରୁ ତାହାରି ଅଭିଶାପରେ ସାପ ହୋଇ ଆମ ବଂଶକୁ ଖାଇଛନ୍ତି। କେବଳ ମୋତେ ସ୍ନେହକରି ବଞ୍ଚାଇଛନ୍ତି। ଏଇକ୍ଷଣି ସେ ବାହାରୁ ବୁଲି ଆସି ତମକୁ ଗିଳି ଦେବେ। କିନ୍ତୁ ତମକୁ ଦେଖି ମୋ ମନ ଅଧୀର ହଉଚି, ବଞ୍ଚେଇବି କିମିତି ? ତମେ ଏଠାକୁ କିପରି ଆସିଲ ?

ଗୁଣାକର କହିଲା ଆମେ ଦୁଇମିତ୍ର ବିଦେଶକୁ ବୁଲି ଆସିଥିଲୁ। ରାତି ହେବାରୁ ଗୋଟାଏ ଗଛରେ ଚଢ଼ି ରହିଥିଲୁ। ଏଇବେଳେ ଗୋଟାଏ ଅଜଗର ସାପ ଆସି ଘୋଡ଼ା ଦି'ଟାକୁ ଗିଳି ଦେଲା। ତେଣୁ ମୋର ରାଗ ହେଲା, ମୁଁ ଦେଖିଲି ଅଜଗରଟା ମୁଣ୍ଡରୁ ମଣି କାଢ଼ି ରଖି ପାଣି ପିଇବାକୁ ଗଲା। ମୁଁ କୌଶଳ କରି ତା'ର ଏଇ ମଣିଟାକୁ ନେଇ ଯିବାରୁ ସାପଟା କୋଡ଼ି କଚାଡ଼ି ହେଲା। ତେଣୁ ମୁଁ ତାକୁ ତୀର ବିନ୍ଧି ମାରିଦେଲି। ସେ ମଣିଟିକୁ ନେଇ ପୋଖରୀ ଜଳରେ ଧୋଇଲା ବେଳେ ଗୋଟିଏ ସିଢ଼ି ବାଟ ଦିଶିଲା। ସେହି ବାଟ ଧରି ଏଠାକୁ ଆସିବାରୁ ତୁମକୁ ପାଇଲି।

ତା' କଥା ଶୁଣି ମଣିମାଳା ବଡ଼ ଖୁସି ହେଲା। କହିଲା, ସେଇ ଅଜଗର ହଉଚି ମଣିଚୂଳ ରାଜା, ମୁହିଁ ତାଙ୍କର ଝିଅ। ଯିଏ କୁକର୍ମ କଲା ସିଏ ମଲା। ବାପା ହେଲେ ମୁଁ କ'ଣ ସାପଟା ମୁହଁରୁ ଉବୁରି ଥାନ୍ତି। ଦିନେ ସେ ମୋତେ ବି ଗିଳିଥାନ୍ତା,

ଯା ହଉ ତୁମେ ମୋତେ ଉଦ୍ଧାରିଲ। ମୁଁ ତୁମକୁ ବରଣମାଳା ଦେବି। ଏହା କହି ସେ ବେକରୁ ଗୋଟିଏ ରତ୍ନମାଳୀ ବାହାର କଲାବେଳକୁ ଗୁଣାକର କହିଲା ଥାଉ, ଥାଉ। ତମେ ରଜାଝିଅ ହୋଇ ମନ୍ତ୍ରୀ ପୁଅକୁ ବାହାହବ କାହିଁକି ? ମୋର ଗୋଟିଏ ରଜାପୁଅ ବନ୍ଧୁ ଅଛି। ମୁଁ ତାକୁ ଆଣି ଦଉଛି, ତୁମେ ତାଙ୍କୁ ବିଭା ହବ।

ଏ କଥାରେ ମଣିମାଳା ଆହୁରି ଖୁସି ହୋଇ କହିଲା ସିଏ କାହାନ୍ତି। ଗୁଣାକାର କହିଲା ଥୟଥର। ମୁଁ ଯାଇ ତାଙ୍କୁ ଆଣି ଦଉଚି। ଏହା କହି ସେ ମଣି ଧରି ତାହାରି ଆଲୁଅରେ ଆସି ରତ୍ନାକରକୁ ସେଠାକୁ ନେଇଗଲା। ମଣିମାଳା ଯେମିତି ରତ୍ନାକରକୁ ଦେଖିଲା ଖୁସି ହୋଇ ବରଣମାଳା ଦେବାକୁ ଗଲାବେଳେ ରତ୍ନାକର କହିଲା ବରଣମାଳା ଦିଅ ଆପତ୍ତି ନାହିଁ ହେଲେ ବାହାଘର ଲଗ୍ନବାର ବୁଝି ଆମ ଘରେ ହେବ। ମନ୍ତ୍ରୀ ପୁଅ ବି ସେଇକଥା କହି ବୁଝେଇ ଦେଲା। ସେ ରତ୍ନାକର ପାଖରେ ସବୁ ଘଟଣା କହି ତାକୁ ଏଠାକୁ ନେଇ ଆସିଚି।

ମଣିମାଳା ସେଥିରେ ଓଜର କଲା ନାଇଁ। ଭାବିଲା ଅବିକା ଯୁବକମାନେ ତ ସ୍ତ୍ରୀ ପୋଷିବା ପାଇଁ ଅକ୍ଷମ ଭାବି ବାହା ହବାକୁ ମଂଗୁ ନାହାନ୍ତି। ପୁଣି ଯଦି ମୁଁ ବେଶି ଜିଗର କରେ ଏ ପଳେଇ ପାରନ୍ତି। ଏହା ଭାବି ତାଙ୍କରି କଥା ଅନୁସାରେ ବରଣମାଳା ଦେଇ ରହିଲା।

ଏ ଦୁଇମିତ୍ର ଦେଖିଲେ ଜାଗାଟା ନିରୋଳିଆ। ସେଇଠି କିଛି ଦିନ ରହି ପରେ କନ୍ୟା ଘେନି ଘରକୁ ଆସିବେ ଠିକ୍ କଲେ। କନ୍ୟା ବି ସେମାନଙ୍କର ଭଲ ଚର୍ଚ୍ଚା କଲା। ଏମିତି କରି ଚାରିଦିନ ଯିବାରୁ ଦିନେ ଏ ଦୁଇଜଣ ଶୋଇଛନ୍ତି ଭୋରୁ କନ୍ୟା ସେହି ମଣିଟିକୁ ଧରି ସେଇ ପୋଖରୀ ଜଳର ଉପରକୁ ବାହାରି ଆସିଲା। ଘାଟ ଉପରେ ମଣିଟିକୁ ରଖି ପାଣିରେ ବୁଡ଼ି ଗାଧୋଇଲା। ସେତିକି ବେଳେ ରଜନୀ ବୋଲି ମାଲୁଣୀଟିଏ ଫୁଲ ତୋଳିବାକୁ ଯାଇ ଦେଖିଲା ଗୋଟିଏ ଅପୂର୍ବ ସୁନ୍ଦରୀ କନ୍ୟାଟିଏ କ'ଣ ଗୋଟିଏ ଆଲୁଅ ଧରି ଆସି ତୁଠରେ ଥୋଇ ଗାଧୋଉଚି। ଏହା ଦେଖିବାକୁ ଯାଇ ଦେଖେତ ରାଜକନ୍ୟା ପାଣିରୁ ଉଠିଆସି ଘାଟ ଉପରେ ଥିବା ସେ ମଣିକୁ ମୁଠାଇ ପୁଣି ପାଣିରେ ବୁଡ଼ି ଚାଲିଗଲା। ହେଲେ କନ୍ୟା ରୂପ ମଣି ଆଲୋକରେ ଏପରି ଝଲସି ଗଲା ଯେ ମାଲୁଣୀ ଆଖି ମୁଦି ହୋଇଗଲା।

ଠିକ୍ ଏହି ସମୟରେ ସେ ଦେଶର ଯୁବକ ରାଜା ପ୍ରାତଃ ଭ୍ରମଣ କରିବାକୁ ଆସି ସେହି ପୋଖରୀ ପାଖରେ ପହଞ୍ଚିଲା ବେଳକୁ ମଣିମାଳା ରୂପର ଝଲକ ଦେଇ ପୋଖରୀରେ ବୁଡ଼ିଗଲା। ତାକୁ ଦେଖି ରଜାଙ୍କ ମୁଣ୍ଡରେ ଗୋଟିଏ ବିଜୁଳି ତରଙ୍ଗ ଭଳି କ'ଣ ଖେଳିଗଲା। ଶାସ୍ତ୍ରରେ ଅଛି-

"ନୂନମାଜ୍ଞା କରସ୍ତସ୍ୟାଃ ସୁଭ୍ରବୋ ମକର ଧ୍ୱଜଃ
ସତସ୍ତନେତ୍ର ସଂଚାର ସୂଚିତେଷୁ ପ୍ରବର୍ତ୍ତତେ"

ରୂପସୀ ଯୁବତୀର ଆଦେଶ ପାଳନ ଭୃତ୍ୟ ଅଟେ ମକରଧ୍ୱଜ। ସେମାନଙ୍କ ଆଖି ଇସାରା ମାତ୍ରେ କାମ ସକ୍ରିୟ ହୋଇଉଠେ। ଏଠି ସେମିତି ରାଜା ଦେହରେ କାମଜ୍ୱାଳା ଏପରି ହେଲା ଯେ ରାଜା ଏକବାରେ ପାଗଳ ହୋଇ ବୁଲିଲା। ରଜାଙ୍କୁ ପାଗଳ ହେବାର ଦେଖି ରାଜମାତା ବଡ଼ ବ୍ୟସ୍ତ ହେଲେ। ମନ୍ତ୍ରୀ ଅନେକ ଗୁଣିଆ ବଇଦ ଅଣେଇ ଭଲ କରି ପାରିଲେ ନାହିଁ। ଦେହ ରୋଗକୁ ସିନା ଔଷଧ ଦେଇ ଭଲ କରିବେ, ମନ ରୋଗକୁ ପାରୁଛନ୍ତି କୋଉଠି। ଏକ ପ୍ରକାର ସବୁ ମୂଳ ବଟିକା ଔଷଧ ଆସିବା ଅକାଟ ହେଲା। ଶେଷକୁ ରାଜମାତା ଘୋଷଣା କଲେ ଯିଏ ମୋ ପୁଅକୁ ଭଲ କରି ଦେବ, ତାକୁ ମୋ ରାଜ୍ୟରୁ ଚାରିଅଣା ଭାଗ ଦେବି। ଏଇ ଘୋଷଣା ଚାରିଆଡ଼େ ମନାଦି ଜଣାଇ ଦେଲା।

ସେଦିନ ରଜନୀ ମାଲୁଣୀ ତ କନ୍ୟାକୁ ଦେଖିଲା ବେଳେ ରଜାଙ୍କୁ ସେଠି ଦେଖିଥିଲା। ସେଇଠୁ ସେ ରାଜା ପାଗଳ ହୋଇଛନ୍ତି ଏ କଥା ସେଇ ଏକା ଜାଣେ। ମହାଦିରୁ ଘୋଷଣା ଶୁଣି କହିଲା ରଜାଙ୍କୁ ମୁଁ ଭଲ କରିଦେବି। ଏହା କହି ସେ ଆଠଟି ଚତୁରୀ ସଖୀ ନେଇ ଯାଇ ସେ ପୋଖରୀ ପାଖରେ ଲୁଚି ରହିଲା। ସେଦିନ ରାତି ଶେଷକୁ ମଣିମାଳା ଯେମିତି ମଣି ଘେନି ଆସି ପୋଖରୀ ଘାଟ ଉପରେ ରଖି ପାଣିରେ ବୁଡ଼ି ଗାଧୋଇବାକୁ ପଶିଲା, ରଜନୀ ଦୌଡ଼ିଯାଇ ମଣିଟିକୁ ମୁଠାଇ ଘେନି ଆସିଲା। ଆଉ ସଖୀଙ୍କୁ କହିଲା, ଗୋଟିଏ ସୁନ୍ଦରୀ ଝିଅ ଏଇ ପୋଖରୀରୁ ବାହାରି ଆସିଲେ, ତାକୁ ଧରି ଆଣିବ। ମୁଁ ଯାଉଚି ସୁଆରି ପଠାଇ ଦେବି। ଏହା କହି ସେ ଆସିବାରୁ କିଛି ସମୟ ପରେ ମଣିମାଳା ଉଠି ଦେଖେ ସବୁ ଅନ୍ଧାର, ମଣି ନାହିଁ। ତା' ମୁଣ୍ଡ ଚକ୍ରପରି ଘୂରିଗଲା। ଏଇବେଳେ ଆଠଜଣ ମାଇପେ ଯାଇ ଝିଅଟିକୁ ଘେରି ଧରିନେଲେ। ରଜନୀକୁ ସୁଆରୀରେ ବସାଇ ତାକୁ ରାଜ ବାଡ଼ିକି ନେଇଗଲେ। ରାଜାଙ୍କ ପାଗଳା ଆଖି ଯାହାକୁ ଖୋଜୁଥିଲା ତାକୁ ଦେଖିବା ମାତ୍ରେ ଭଲ ହୋଇଗଲା। ରଜା ହସି ହସି କହିଲେ ସୁନ୍ଦରୀ! ମୋତେ ପାଗଳ କରି କୁଆଡ଼େ ଲୁଚିଥିଲ? ରାଜାଙ୍କ ଭଲ କଥା କହିବାର ଶୁଣି ସମସ୍ତେ ଖୁସି ହେଲେ। ରଜନୀ ମନ୍ତ୍ରୀଙ୍କୁ କହିଲା- ମନ୍ତ୍ରୀ ମଣିମା! ଜରୁରୀ ମୋ ପାଉଣା ଗଣ୍ଡାକ ଦିଅନ୍ତୁ ତ। ତା'ପରେ ମୁଁ ଭଗିଆ ଅମିନକୁ ଡକେଇ ରାଜଇ ଭାଗ କରେଇବି। ମନ୍ତ୍ରୀ ତାକୁ ଶହେଟି ଟଙ୍କା ଆଗେ ଦେଇ ବିଦା କଲେ।

ମଣିମାଳା ଦେଖିଲା ଏଠି ଛଳ କରିବା ଛଡ଼ା ଉପାୟ ନାହିଁ। ଏହା ଭାବି ଏମାନଙ୍କର ବାହାଘର ଯୋଗାଡ଼ ହଉଚି ଜାଣି ରାଜମାତାଙ୍କୁ କହିଲା ମୁଁ ବାର ବର୍ଷିଆ

ଗୌରୀ ବ୍ରତ କରିଚି। ନଅବର୍ଷ ଗଲାଣି। ଆଉ ବାକି ତିନିବର୍ଷ। ଏଇ କେଇଟା ଦିନ ଅପେକ୍ଷା କରିବାକୁ କୁହନ୍ତୁ। ତା'ପରେ ବାହାଘର ହବ। ରାଜମାତା ରଜାଙ୍କୁ ସେ କଥା କହିବାରୁ ରଜା କହିଲେ ହଉ, ତିନିଟା ବର୍ଷ କାଲି ପରି ଚାଲିଯିବ। ଏମିତି କହି ବାହାଘର ବନ୍ଦ କଲେ। ମଣିମାଳା ଦାସୀ ଘେନି ଉପର ମହଲାରେ ରହିଥାଏ।

ତେଣେ ରତ୍ନାକର ଗୁଣାକରଙ୍କ ଅକାଳ ନିଦ ଭାଜିବାରୁ ଉଠି ଦେଖିଲେ ମଣିମାଳା ନାହିଁ। ରତ୍ନାକର କାନ୍ଦି ପକାଇଲା। ଗୁଣାକର କହିଲା ଥୟ ଧର ମଇତ୍ର, ଖୋଜି ଦେଖେଁ। ମୁଁ ନ ଆସିବା ଯାଏ ନିଶ୍ଚିନ୍ତରେ ଥିବ। ମୁଁ ଯେମିତି ହେଉ ମଣି ଓ ମଣିମାଳାକୁ ଆଣି ଦେବି। ଏହା କହି ଗୁଣାକର ଯାଇ ଗଡ଼ଚଣ୍ଡୀ ଠାକୁରାଣୀଙ୍କୁ ପୂଜା କଲା ଓ ତାଙ୍କ ପାଖରେ ଆରାଧନା କରି ପଡ଼ି ରହିଲା। ରାତିକି ଦେବୀଙ୍କ ପାଖକୁ ତାଙ୍କ ସାଙ୍ଗମାନେ ତ ଆସିବାର ବାଟ ନାହିଁ। ଗୁଣାକରଟା ଦୁଆର ମାଡ଼ି ଶୋଇଚି। ବେଶି ରାତି ହବାରୁ ଦେବୀଙ୍କର ଗୋଟିଏ ସାଙ୍ଗ ତରାଶୁଣୀ ଦେବୀ ଆସି ଦେଖିଲା ଟୋକାଟା ଦ୍ୱାର ଅଟକେଇ ପଡ଼ିଚି। ସେଇଠୁ ସେ ବିରକ୍ତ ହୋଇ ଡାକିଲା, ଚଣ୍ଡୀ ! ଗଡ଼ ଚଣ୍ଡୀମା, ଆହେ ଏ ଟୋକା ଯେ ବାଟ ଅଟକାଇ ପଡ଼ିଚି, ଯାକୁ ଆଡ଼େ ଉଠେଇ ଦିଅ। ନୋହିଲେ ଆମେ ଯିବା ଆସିବା କରିବୁ କିମିତି ? ସେଇଠୁ ଗଡ଼ଚଣ୍ଡୀ ଆସି ପଚାରିଲେ କିରେ, କ'ଣ ଚାହୁଁ? ଗୁଣାକର କହିଲା ତୁ ତ ସବୁ ଜାଣୁ। ମୁଁ ଯୋଉ ମଣିଚୂଳକୁ ମାରି ମଣି ଆଣିଥିଲି ତାକୁ ନେଇ ମଣିମାଳା କୁଆଡ଼େ ଯାଇଥିଲା। ଝିଅଟାକୁ ବୋଧେ ବାଘ ଭାଲୁ କିଏ ଖାଇ ଦେଇଚି। ବଣଟାରେ ବୁଲାବୁଲି କରୁକରୁ ବାଘ ଅଜଗର ଯିଏ ଗିଳିଥାଉ ପଛେ, ମୋ ମଣି ଖଣ୍ଡକ କିମିତି ପାଇବି ବତେଇ ଦେ।

ଦେବୀ ଗୁଣାକରର ନିଷ୍ଠା ଦେଖି ହସି ହସି କହିଲେ ନାଇଁରେ, ସେ କନ୍ୟା ମରି ନାଇଁ। ତାକୁ ମଞ୍ଜୁଷା ରଜା ଧରିନେଇ ରଖିଚି। ମୁଁ ତୋତେ ଏଇ ଅଦୃଶ୍ୟ କଳାମନ୍ତ୍ର ଦଉଚି ନେ। ମନ୍ତ୍ର ପଢ଼ି ଏ କଳା ଆଖିରେ ଲଗାଇ ଦେଲେ ଉଡ଼ି ପାରିବୁ, ବୁଡ଼ି ପାରିବୁ, ଯହିଁ ମନ ତହି ଚଢ଼ିଯିବୁ ସବୁ ଦେଖିବୁ। ତୋତେ କେହି ଦେଖିବେ ନାହିଁ। ଆଉ ଗୋଟିଏ କଥା ଶୁଣି ଯା, ମଞ୍ଜୁଷାରେ ଯୋଉ ରଜନୀ ମାଲୁଣି ଅଛି ସେହି ମଣିଟାକୁ ନେଇ ପେଡ଼ିରେ ରଖିଚି। ତା'ର ଗୋଟିଏ ପୁଅ ଥିଲା। ସେ ଦଶବର୍ଷ ହେଲା କୁଆଡ଼େ ପଳେଇଚି। ସେଇଠିକି ଯା ସବୁ କାର୍ଯ୍ୟ ହେବ। ଏହା କହି ଦେବୀ ଅଦୃଶ୍ୟ ହେଲେ।

ଏଇବେଳେ ଅଇଲେ ଚଣ୍ଡୀ ବୋଲି ଠାକୁରାଣୀଟିଏ। ପହଞ୍ଚି କହିଲା ଉଠିଲୁ ଉଠିଲୁରେ ଟୋକା। ଭିତରକୁ ଯିବି। ସେଇଠୁ ଗୁଣାକର ଆସି ରତ୍ନାକରକୁ କହିଲା ମଇତ୍ର। କନ୍ୟାର ସନ୍ଧାନ ପାଇଚି। ମୁଁ ଯାଉଚି ତାରି ପାଇଁ। ତୁମେ ଭାବନା ନ କରି

ନିଶ୍ଚିନ୍ତରେ ରୁହ। ଏହା କହି ସେ ମନ୍ତ୍ର ବଳରେ ପୋଖରୀ ପାଣି ଭିତରୁ ଆସି ଉପରେ ପହଞ୍ଚିଲା।

ସେଠୁ କିଛି ଦୂର ଯାଇ ଦେଖିଲା ଗୋଟାଏ ବିରାଟ ପାହାଡ଼। ତାକୁ ଦେଖି ଗୁଣାକର ବାଟ ଭୁଲି ଯିବାରୁ ସେ ଗିରିଙ୍କୁ କହିଲା ହେ ମେରୁ ରାଜା ! ମୋତେ ବାଟ ଦେଖାଇ ଦିଅ। ମୁଁ ନିୟମ କରୁଛି ପ୍ରତିଦିନ ସକାଳେ ଉଠି ତୁମ ନାମକୁ ସ୍ମରଣ କରିବି। ସେଇଠୁ ଗିରି ତାକୁ ପ୍ରସନ୍ନ ହେଲେ। ଗୁଣାକର ଦେଖି ପାରିଲା ଆଗରେ ସହର। ମଞ୍ଜୁଷା ରାଜଧାନୀ। ସେଠୁ ସେ ଗିରିଙ୍କ ନାମ ଦେଲା ନିୟମଗିରି। ନିୟମ ପାଳି ଚଳିବ, ପ୍ରତିଜ୍ଞା କରି ଆଗେଇଲା।

ସହରରେ ପଚାରି ଯାଇ ରଜନୀ ମାଲୁଣୀ ଘରେ ପହଞ୍ଚି ଡାକିଲା ମା ! ମୁଁ ଅଇଲିଣି। ଦଶବର୍ଷ ହେଲା ଯାଇ ବହୁତ ଜାଗା ବୁଲି ଦେଖିଚି। ଏଥର ଘରେ ରହିବି। ଆଉ କୁଆଡ଼େ ଯିବିନାହିଁ।

ମାଲୁଣୀ ଭାବିଲା ଦଶବର୍ଷ ହେଲା ବାର ଜାଗାରେ ବୁଲି ପୁଅର ରୂପ ରଙ୍ଗ ବଦଳି ସୁନ୍ଦର ହୋଇଚି। ହଜିଲା ପୁଅ ଖୋଜି ଆସିଚି। ସେଇଠୁ ସେ କୋଟିନିଧି ପାଇଲା ପରି ହୋଇ ପୁଅକୁ ନେଇ ଘରେ ରଖିଲା। ଗୁଣାକର ଖାଇପିଇ ନିଶ୍ଚିନ୍ତରେ ରହିଲା।

ଦି'ଦିନ ଯିବାରୁ ମାଲୁଣୀ ନିଦରେ ଶୋଇଚି, ଏଇବେଳେ ଗୁଣାକର ସଙ୍ଗା ଭାଡ଼ିରୁ ପେଡ଼ିଟିକୁ ଆଣି ଫିଟାଇ ଦେଖିଲା ଗୋଟିଏ ଫରୁଆରେ ସେଇ ମଣିଟିକୁ ରଖିଚି। ସେଇଠୁ ମଣିଟିକୁ ଆଣି ଲୁଚେଇ ରଖିଲା ଅଣ୍ଟାରେ। ସକାଳେ ଜଳଖିଆ ଖାଇ ରଜନୀକୁ କହିଲା ମା ! ମୁଁ ଯାଉଚି ଟିକିଏ ସାଙ୍ଗମାନଙ୍କୁ ଦେଖାକରି ଆସେ। ବୁଢ଼ୀ ଆଚ୍ଛା କହିବାରୁ ଗୁଣାକର ମଣିନେଇ ଛୁ। ବୁଢ଼ୀ ଭାବି ହେଉଥାଏ, ଭଗିଆ ଅମିନକୁ କହିଯାଉ ପାଖରେ ଖଣି ଅଞ୍ଚଳ ପଡ଼ିବ ସେଇ ପାଖରୁ ମୁଁ ନେବି। ପୁଅ ମୋର ରଜା ହେବ, ମୁଁ ହେବ ରାଜମାତା।

ଗୁଣାକର ମଣିନେଇ ନିୟମଗିରି ଗୁମ୍ଫାରେ ଯାଇ ରହିଲା। ରାତି ହେବାରୁ ଲୋକ ଆସ୍ତେ ଆସ୍ତେ ଶୋଇବାକୁ ଗଲେ। ନିଶବ୍ଦ ବୁଝି ଗୁଣାକର ଅଦୃଶ୍ୟ କଳାମନ୍ତ୍ର ପଢ଼ି ଶୂନ୍ୟ ମାର୍ଗରେ ଉଡ଼ିଆସି ମଣିମାଳା ଯେଉଁ ମହଲରେ ଅଛି ସେହି ମହଲର ଛାତରେ ଉତୁରିଲା। ମଣିମାଳାର ମନ ସୁଖ ନାହିଁ। ନିରୋଳା ଛାତରେ ବସି ନାନା କଥା ଭାବୁଥାଏ। ଯେମିତି ଗୁଣାକର ପହଞ୍ଚିଛି ତା'ର କାନ୍ଦଣାର ସୀମା ରହିଲା ନାହିଁ। ଗୁଣାକର କହିଲା- କାନ୍ଦିବା ବେଳ ଇଏ ନୁହେଁ। ମୋ କାନ୍ଧରେ ବସ, ମଣିମାଳା ଲାଜ ଲାଜ କରୁଥିଲେ ବି ଗୁଣାକର ତାକୁ କାନ୍ଧରେ ବସାଇ ଅଦୃଶ୍ୟ ମନ୍ତ୍ର ବଳରେ

ଶୂନ୍ୟରେ ଉଡ଼ି ଚାଲିଗଲା। ସେଇ ପୋଖରୀ ବାଟେ ମଣି, ମଣିମାଳାକୁ ନେଇ ଯାଇ ରତ୍ନାକର ପାଖରେ ପହଞ୍ଚିଲା। ରତ୍ନାକର ମିତ୍ର ଆଉ ମଣିମାଳାକୁ ଦେଖି ହରାଧନ କୋଟିନିଧି ପାଇଲା ପରି ହେଲା। ପରେ ପାତ୍ରମିତ୍ରଙ୍କ ସହିତ ଦୁଃଖସୁଖ ହୋଇ ରହିଲେ।

ବେଳ ଲଗ୍ନ ବୁଝି ସେଇଠି ବାହାଘର କରିଦେଲେ, କାରଣ ସ୍ୱେଚ୍ଛାରେ ସିନ୍ଦୂର ନ ଘେନିବା ଯାଏ ରୂପସୀ କନ୍ୟା ବେଶୀ ବିପଦ। ବାହାଘର ସାରି ମାସକ ବାଦେ ତିନିହେଁ ଥରେ ଘରଆଡ଼େ ବୁଲିବାକୁ ବାହାରିଲେ। ଦୁଇମିତ୍ର କନ୍ୟାକୁ ପହରା ଦେଇ ଆଉଥାନ୍ତି। ଆସୁ ଆସୁ ବାଟରେ ରାତି ହେବାରୁ ଗୋଟିଏ ବଟଗଛ ମୂଳରେ ଆଶ୍ରୟ ନେଲେ। ରାତି ବେଶୀ ହେବାରୁ ରତ୍ନାକର ମଣିମାଳାକୁ ଘେନି ଶୋଇ ପଡ଼ିଲେ। ଗୁଣାକର ଜଗି ବସିଥାଏ। ସେ ଗଛ ଡାଳରେ ଗୋଟିଏ ଶୁଆକୁ ଶାରୀ କହିଲା ହେ! ଦେଖିଲଣି ଗଛ ମୂଳରେ କେମିତି ଯୋଡ଼ିଏ ବରବୋହୂ ଶୋଇଛନ୍ତି। ଏମିତି କନ୍ୟା ତ ଆମ ଦେଶରେ ନାହାନ୍ତି। ଶୁଆ କହିଲା ସୁନ୍ଦରୀ ହେଲେ କ'ଣ ହେବ, କନ୍ୟାକୁ ବିଧବା ଯୋଗ ଅଛି। ସାରୀ କହିଲା ଆହା, କିମିତିମ? ଶୁଆ କହିଲା ପୁଅ ବୋହୂଙ୍କୁ ନବା ପାଇଁ ରଜା ଯୋଉ ହାତୀ, ଘୋଡ଼ା ପଠାଇବ, ସେହି ହାତୀଟା ରତ୍ନାକରକୁ ପିଠିରୁ ଫୋପାଡ଼ି ଦେବ। ସେଇ ଆଘାତରେ ଏ ମରିଯିବ। ସାରୀ ଟିକିଏ ନାକରେ ସକେଇ ହୋଇ କହିଲା ଆମ ମାଇପି ଲୋକଙ୍କୁ କେତେ ଦଣ୍ଡ କିଏ କହିବ? ଆଚ୍ଛା ସେଥିରୁ ବିରତି ହେବ ନାହିଁ? ଶୁଆ କହିଲା ଯଦି ହାତୀରେ ନ ବସି ଘୋଡ଼ାରେ ଯିବ, କିଛି ହେବ ନାହିଁ ହେଲେ ଆର ଘାଟିରୁ ଉବୁରିଲେ ତ। ସାରୀ କହିଲା ପୁଣି କୋଉ ଘାଟିମ? ଶୁଆ କହିଲା ରାଜପୁତ୍ର ଗଡ଼ରେ ପଶିବା ବେଳରେ ପଥର ତୋରଣଟା ତା' ଉପରେ ଭାଙ୍ଗି ପଡ଼ିବ, ଇଏ ସେଥିରେ ମରିଯିବ। ସାରୀ କହିଲା ମଲାମଲା, ଯାହା କହନ୍ତି ପୁରୁଷ ଭାଗ୍ୟ ପତର ତଳେ, ନାରୀଙ୍କ ଭାଗ୍ୟ ପଥର ତଳେ ବୋଲି ସତକଥା। ହେଲେ ସେଥିରୁ କ'ଣ ଉବୁରିବାର ଯୁ ନାହିଁ? ଶୁଆ କହିଲା ଇଏ ଯିବା ଆଗରୁ କେହି ଯଦି ସେ ତୋରଣକୁ ଭାଙ୍ଗି ଦିଏ ସେ ଘାଟିରୁ ପାରେଇ ଯିବ। ପୁଣି ଆର ଘାଟିରୁ ପାରେଇଲେ ତ। ସାରୀ ରାଗରେ ମୁହଁ ଛିଞ୍ଚାଡ଼ି କହିଲା। ଧେତ୍, ପୁଣି ଗୋଟାଏ ଘାଟି କ'ଣ? ଶୁଆ କହିଲା ରାଜପୁତ୍ର ଖାଇବା ବେଳେ ଗୋଟିଏ ରୋହୀ ମାଛର କଣ୍ଟା ତା' ଗଳାରେ ରୋକିଯିବ। ସେଇ କଣ୍ଟା ଆଘାତରେ ମରିଯିବ। ସାରୀ କହିଲା କୋଉ ଅଲକ୍ଷଣୀ ସେମିତି ମାଛ ରାନ୍ଧି ଦେବ ଯେ। ଆଚ୍ଛା ହେ! ସେଥିରୁ କ'ଣ ଉବୁରି ପାରିବ ନାହିଁ? ଶୁଆ କହିଲା ମାଛ ବାଟିଟା କେହି କାଢ଼ି ଦେଲେ ବଞ୍ଚିଯିବ। ହେଲେ ରାତି ଘାଟି ଅଛି ଯେ। ସାରୀ କହିଲା କିହୋ! ଟୋକାଟାକୁ କ'ଣ ଶନିଦଶା ଅଛି ନା କ'ଣ? ରାତିକି ପୁଣି କୋଉ ଘାଟି? ଶୁଆ କହିଲା ଏ ଦୁହେଁ ଫୁଲ

ଶେଯରେ ଶୋଇଥିବା ବେଳେ ମଣିଚୂଳ ମାଆ କଳାନାଗ ହୋଇ ଆସି ମଶାରୀ ଦୌଡ଼ିଧରି ଯାଇ ରଜାପୁଅକୁ ଚୋଟ ମାରିବ। ସାରୀ ବିସ୍ମିତ ହୋଇ କହିଲା ମଲା, ପୁତଖିଆଟା ପୁନର୍ଜନ୍ମ ହୋଇ ବି ଅହନ୍ତା ଯାଇନାହିଁ। ଆଚ୍ଛା ସେଥିରୁ କ'ଣ ବର୍ତ୍ତି ପାରେନା। ଶୁଆ କହିଲା ଯଦି କେହି ନାଗଟା ଆସିବା ସଙ୍ଗେ ସଙ୍ଗେ ତାକୁ କାଟିଦିଏ ତେବେ ରଜାପୁଅ ବଞ୍ଚିବ। ସାରୀ କହିଲା, କେହି ଯଦି ଏମିତି କରେ ଆଉ କିଛି ବିପଦ ନାହିଁ? ଶୁଆ କହିଲା ଅଛି ଏତେ କଥା କିଏ କରିବ। ଯିଏ କରିବ ସେ ଯଦି ଏ କଥା ପ୍ରକାଶ କରିଦିଏ ତାହା ହେଲେ ତ ପଥର ହୋଇଯିବ ସେ। ସାରୀ କହିଲା ଉପକାର କରିବ କରିବ ବୋଲି ପଥର ହବନା କ'ଣ? ହାୟରେ ଧର୍ମ! ଆଚ୍ଛା ସେ ପଥରର ପୁଣି କ'ଣ ହବ? ଶୁଆ କହିଲା ଏଇ କନ୍ୟା ଗର୍ଭରୁ ଯୋଉ ପହିଲି ପୁଅ ହେବ, ସେଇ ପୁଅକୁ ଏଇ ରତ୍ନାକର ନେଇ ଯଦି ସେହି ପଥରରେ କଚାଡ଼ି ମାରିଦେବ ତା' ହେଲେ ସେଇ ରକ୍ତ ଲାଗି ସେଇ ପଥର ପୁଣି ପୂର୍ବ ରୂପ ଲେଉଟି ପାଇବ। ସାରୀ କହିଲା ବାପ ହୋଇ ଶିଶୁହତ୍ୟା କରିବନା? ଶୁଆ କହିଲା ସେ ପୁଅକୁ ଯଦି ଉପକାରୀଟିଏ କାଖେଇ ନବ ତାହେଲେ ଶିଶୁଟା ବଞ୍ଚି ଉଠିବ। ହେଲେ ଉପକାରୀଟି ଦେହରେ କିଛି ଦୈବୀ ମନ୍ତ୍ରତନ୍ତ୍ର ଥାଏ। ତାହା ଆଉ କାର୍ଯ୍ୟରେ ଲାଗିବ ନାହିଁ। ସାରୀ କହିଲା ଛାଡ଼ ଯେ, "ପର କଥାରେ ପ୍ରବଳ। କାହା ହରିଣୀ କି କିଏ ନେଇ ବାନ୍ଧେ। ପର ଦୁଃଖ ଦେଖି ଘରଣୀ କାନ୍ଦେ" ଶୁଆ କହିଲା ବକରବକର ନ ହୋଇ ଶୋଇ ପଡ଼ିବଟି। ସାରୀ ତୁନି ହେଲା।

ତଳେ ରହି ଗୁଣାକର ଶୁଆ ସାରୀଙ୍କ କଥା ଶୁଣି ସବୁ ବୁଝିଲା ସିଏ ତ ପିଲାଦିନେ ଶୁଆସାରୀ ପାଳି ତାଙ୍କ କଥା ବୁଝିଛି। ଏମାନଙ୍କ କଥା ବୁଝି ଚୁପ୍ ରହିଲା। ସକାଳ ହବାରୁ ତିନିଜଣ ଉଠି ଆଗେଇଲେ। ରାଜବାଟି ନିକଟ ହବାରୁ ରଜା ଖବର ପାଇ ପୁଅ ବୋହୂଙ୍କୁ ନବାପାଇଁ ଥାଟ ଧରି ଆସିଲେ। ରତ୍ନାକର ପାଇଁ ଯେଉଁ ହାତୀ ଆସିଥିଲା, ଗୁଣାକର ସେଥିରେ ଆଗ ଉଠି ବସି କହିଲା ମୋ ଘୋଡ଼ାରେ ଚଢ଼ି ଚାଲ ମଇତ୍ର। ରତ୍ନାକର ଘୋଡ଼ାରେ ଚଢ଼ି ଗଲା। ସେଠୁ ଯାଇ ଘରେ ପହଞ୍ଚିବା ଆଗରୁ ଗୁଣାକର ଆଗେ ଯାଇ ସିଂହଦ୍ୱାର ତୋରଣଟାକୁ ଭାଙ୍ଗି ଦେଲା। ମାଇପେ କହୁଥାନ୍ତି ବୋହୂଟା ଅଲକ୍ଷଣୀ। ଘରେ ଗୋଡ଼ ନ ଦେଉଣୁ ଦୁଆର ଭଙ୍ଗା।

ସେଠୁ ଯାଇ ଦୁଇମିତ୍ର ଏକ ପାଖରେ ଖାଇ ବସିଲେ। ରାଣୀ ଖାଇବାକୁ ଦେଇ ଯିବାରୁ ଗୁଣାକର ଚଟ୍‌କରି ରତ୍ନାକରର ସେହି ମାଛ ବାଟିଟାକୁ ଘୁଞ୍ଚେଇ ନେଇ ବସିଲା।

ଏମିତି କରିବା ଦେଖି ରତ୍ନାକର ରାଗ ହେଉଥାଏ। ହେଲେ ଏତେ ବଡ଼

ଉପକାରୀ ମଇତ୍ରକୁ ବା କହିବ କଅଣ ? ତା'ଛଡ଼ା ଗୁଣାକର ବିଦ୍ୱାନ, ମନ୍ତ୍ରୀପୁଅ ମଇତ୍ର, ସେ ଯଦି ଏପରି କରୁଛି ଦେଖାଯାଉ କେଯାଏ କ'ଣ କରିପାରେ। ଦାସେ କହିଛନ୍ତି।

ବଡ଼ଲୋକ ହୋଇ ନ ଥାଏ ବୁଦ୍ଧି
ବ୍ରାହ୍ମଣ ବୋଲାଇ ନଥାଏ ଶୁଦ୍ଧି
ହାତେ ଖଡୁନାହିଁ ଗୋଡ଼ରେ ମୁଦି
କହେ ଦନାଇ ଏ ନିର୍ଲ୍ଲଜ ବୁଦ୍ଧି।

ଏମିତି ଭାବି ରହିଲେ। ରାତି ହେବାରୁ ଫୁଲଶଯ୍ୟା ହେଲା। ସଞ୍ଜବେଳୁ ଗୁଣାକର ଯାଇ ସେଇଘରେ ଛୁରୀଟିଏ ଧରି ଲୁଚି ରହିଲା। ଏମାନେ ଖିଆପିଆ କରି ଶୋଇବାକୁ ଗଲେ। ମଣିମାଳା, ତ ନୂଆନାଗରୀ ରସସାଗରୀ ତୋଳିଦିଏ ପ୍ରେମରସ ସାଗରୀ, ପୁଣି ରତ୍ନାକର ହେଉଛି 'ନୂଆ ନାଗର, ରସସାଗର, ରସକେଳି କରେ କେତେ ବାଗର'। ଇମିତି କରୁକରୁ ଅନେକ ରାତି ହେଲା। ଦିହେଁ ନିଦରେ ଶୋଇ ପଡ଼ିଲେ। ଏଇବେଳେ ଗୋଟିଏ କଳାନାଗ ଝରକା ବାଟେ ଆସି ପଲଙ୍କ ମଶାରୀର ଡୋରି ଉଠିଲା ବେଳକୁ ଗୁଣାକର ଛୁରୀ ଧରି ଆସି ସାପଟାକୁ ଏକାଚୋଟକେ ଦୁଇଖଣ୍ଡ କରି ଗୋଟିଏ ମାଠିଆରେ ପୂରାଇ ଖଟତଳେ ଲୁଲେଇ ଦେଲା।

ସାପଟାକୁ କାଟିଲା ବେଳେ ତା'ର ରକ୍ତ ଛିଟିକି ଯାଇ ରତ୍ନାକର ଦିହରେ ପଡ଼ିବାରୁ ସେ ଚେଇଁ ଉଠିଲା। ଉଠି ଦେଖେ, ଗୁଣାକର ଗୋଟିଏ ଛୁରୀ ଧରି ଘରୁ ବାହାରି ଆସୁଚି। ସେଇଠୁ ସେ ଚିତ୍କାର କରି ଉଠି ଗୁଣାକରକୁ ଧରି ପକେଇଲା। ଗୁଣାକର କହିଲା ଗୋଳମାଳ ନ କରି ଛାଡ଼ିଦିଅ ମିତ। ରତ୍ନାକର କହିଲା ନାହିଁ, ଆଉ ଛାଡ଼ ନାହିଁ, ତମର ହାତୀ ବଦଳଠୁ ଦ୍ୱାରଭଙ୍ଗା ସହିଛି। ମୋ ସ୍ତ୍ରୀକୁ ସାଇମାଇପେ ଅଲକ୍ଷଣୀ ଅଲକ୍ଷଣୀ କହିଲେ। ତାକୁ ବି ସହିଲି। ଖାଇବା ଆହାର ଛଡ଼େଇ ନେଲ, ସହିଛି। କିନ୍ତୁ...

ଯେ ହୁଏ ପ୍ରାଣର ବଇରୀ
ଗୁରୁ ବ୍ରାହ୍ମଣ ହେଲେ ମାରି।

ଦାସ କଥାକୁ ତ ଟଳେଇ ହେବ ନାହିଁ। ତମର ବିଚାର ହେବ। ତମେ ମୋ ସ୍ତ୍ରୀକୁ ଲୋଭ କରି ଆସି, ମୋ ଶୋଇବା ଘରେ ପଶି, ମୋତେ ଛୁରାଭୁଶି ମାରିବାକୁ ବସିଥିଲ। ତମେ ପାପିଷ୍ଠ। ତୁମର ପଞ୍ଚାୟତ ବିଚାର ହେବ। ଗୁଣାକର ଯେତେ ବ୍ୟସ୍ତ ହେଲା ରତ୍ନାକର ଛାଡ଼ିଲା ନାହିଁ। ଅନ୍ୟ ଲୋକ ଉଠି ଆସିଲେ, ପାଇକ ଆସି ଗୁଣାକରକୁ ଧରି ନେଇଗଲେ ଗାର୍ଦ୍ଦକୁ। ବିଦୂଷକ କହିଲା, 'ବେହିପୋ ବେକୁବ୍'। ଆରେ ରଜାଘର ଖଜାରେ ହାତ ପୂରେଇବାକୁ ବସିଥିଲୁ ନା। ଯା, ଅବିକା ପଞ୍ଚାୟତି ସଜା ପାଇଲେ ମଜା ବୁଝିବାକୁ ଯେ ପାଇକ ଗୁଣାକରକୁ ଗାର୍ଦ୍ଦରେ ଭରି ରଖିଲେ।

ତହିଁ ଆରଦିନ ପଞ୍ଚାୟତର ମେମ୍ବର ଆସିଲେ। ସଭା ହେଲା। ସମସ୍ତେ କହିଲେ କାରଣ କୁହ? ଗୁଣାକର କହିଲା କାରଣ ଅଛି। ରତ୍ନାକର କହିଲା ସେ ଚାଲାଖି ଚଳିବ ନାହିଁ। ତୁ କାହିଁକି ଛୁରୀ ନେଇ ମୋତେ ମାରିବାକୁ ଯାଇଥିଲୁ କହ? ନୋହିଲେ ତୋର ଫାଶି ହେବ। ମେମ୍ବରମାନେ କହିଲେ ଦ୍ୱୀପାନ୍ତର। ଚଉକିଆଟା ବି କହୁଥାଏ ନାହିଁ ଆଜ୍ଞା, ଆନ୍ଦାମାନଙ୍କୁ ପଠାନ୍ତୁ।

ଗୁଣାକର ଦେଖିଲା ଉପାୟ ନାହିଁ। କହିଲେ ପଥର, ନ କହିଲେ ଶୂଳି। ଦୁଇ ଦିଗରେ ମରଣ। ତେଣୁ ଦରବାରରେ କହିଲା ମଇତ୍ର! ମୁଁ ସତ କଥା କହିଦେଲେ ପଥର ହୋଇଯିବି। ସେଇଥିପାଇଁ ଆଗେ କହୁଛି। ମନେ ରଖି ସେଇପରି କାର୍ଯ୍ୟ କରିବ। ମୁଁ ତ ଏ କଥା ଶୁଣେଇ ପଥର ହୋଇଯିବି। ତୁମର ଯେଉଁ ପ୍ରଥମ ପୁଅଟି ହେବ, ତାକୁ ନେଇ ସେଇ ପଥର ଉପରେ ନିଜ ହାତରେ ପିଟି ମାରିଦେବ। ତା' ରକ୍ତ ପଥରରେ ଲାଗିଲେ ମୁଁ ମଣିଷ ହୋଇ ପୁଣି ତାକୁ ବଞ୍ଚେଇ ଦେବି। ଏତିକି କହି ସେ ସତ କଥା ମୂଳରୁ ଖୋଲି କହିଲା। ଶେଷକୁ ଯେତେବେଳେ କହିଲା ଅବିଶ୍ୱାସ ହେଲେ ପଲଙ୍କ ତଳେ ଦେଖ ଯାଇ, ମାଠିଆରେ ସେ କଳା ନାଗଟାକୁ କାଟି ଥୋଇଚି। ଏତିକି କହିଲା ବେଳକୁ ଗୁଣାକର ପୂରାପୂରି ପଥର ମୂର୍ତ୍ତିଟାଏ ହୋଇଗଲା। ତାକୁ ପଥର ହେବା ଓ ମାଠିଆରୁ ସାପଟି ଦେଖି ଲୋକେ ରତ୍ନାକରକୁ ଛି, ଛାକର କଲେ। ରତ୍ନାକର ବି ବହେ କାନ୍ଦିଲା। ହେଲେ ଶାସ୍ତ୍ର କହେ-

"ଉତ୍ତମଂ ସୁଚିରଂ ନୈବ ପଦେ଼ଽଭିଭନ୍ତିହି
ରାହୁ ଗ୍ରାସନେ ସଂକ୍ଷୋଭଃ କ୍ଷଣଂ ବିବିଛାୟଦ୍ ବିଧ୍ନଂ।"

ଅର୍ଥାତ୍ ସାଧୁ ଲୋକଙ୍କର ବିପଦ ବେଶୀକ୍ଷଣ ରହେ ନାହିଁ। ରାହୁ ଚନ୍ଦ୍ରଙ୍କୁ ଗ୍ରାସ କରି ଛାଡ଼ିଦେଲା ପରି ସାଧୁଙ୍କ ବିପଦ କ୍ଷଣସ୍ଥାୟୀ ହୁଏ। ଅଳ୍ପଦିନ ମଝିରେ ମଣିମାଳା ପୁଅଟିଏ ଜନ୍ମ କଲା। ସେଇ ଶିଶୁଟିକୁ ଆଣି ସେ ପଥର ମୂର୍ତ୍ତିରେ କଚାଡ଼ିବାରୁ ଗୁଣାକର ନିଜ ରୂପ ଧରି ଉଠି ସେ ଶିଶୁଟିକୁ ଗୁଣାକର କୋଳକୁ ନବାରୁ ମଲା ଶିଶୁଟି ବଞ୍ଚି ଉଠିଲା। ବୁଝିଲୁରେ ଅବୋଲକରା! ଏ କଥାତ ଅନେକ ଲୋକ କହନ୍ତି। ତୁ ଯାହା ଦେଖିଲୁ ସେ ହେଉଛି ସେହି ଗୁଣାକର ଓ ରତ୍ନାକରଙ୍କ ମିତ୍ରତାର ଫଳ। ଏହା କହି ଗୋସେଇଁ ଶୋଇବାକୁ ଗଲେ।

ଟଙ୍କା ଖଣି କଥା

ପୁଣି କେତେ ଦିନ ପରେ କିଛି ବାଟ ଯିବାରୁ ଗୋଟିଏ ହାଟ ଚାଳିଘର ଦେଖି ଗୋସେଇଁ କହିଲେ ଅବୋଲକରା ଆଜିକ ଏଇଠି ରହିଯିବା। କେଇଖଣ୍ଡି ଜାଳ, ଅଟା କିଛି କିଣି ଆଣ। ଆଜି ରୁଟିକରି ଖାଇବା। ଅବୋଲକରା ଟଙ୍କା ନେଇ ଅଟା କିଣି, ଜାଳ କେଇଖଣ୍ଡ ଆଣି ଆସିଲା ବେଳେ ଦେଖିଆସି କହିଲା ଗୋଟିଏ ମୁର୍ଦ୍ଦାରକୁ ଶୁଆଇ ଦେଇ ହଜାରେ ଭଳି ଲୋକ କାନ୍ଦୁଛନ୍ତି। ବ୍ରାହ୍ମଣଠାରୁ ଚଣ୍ଡାଳ ଯାଏ ସମସ୍ତଙ୍କ ଆଖିରେ ଲୁହ। ଆଉ ଗୋଟିଏ ସ୍ତ୍ରୀଲୋକ ତା' ଗୋଡ଼ତଳେ ମରି ପଡ଼ିଚି। ଦୁଇଟି ବୁଢ଼ା ଓ ବୁଢ଼ୀଙ୍କ ଦି'ଟା ଖୁଣ୍ଟରେ ବାନ୍ଧି ରଖିଛନ୍ତି। କିନ୍ତୁ ସେ ଦି'ଟା ବି ମରା ପାଖରେ ଗୋଟିଏ ଟଙ୍କାର ପୁଞ୍ଜି ଥୁଆ ହୋଇଛି। ଯେତେ ଲୋକଙ୍କୁ ପଚାରିଲେ ସମସ୍ତେ କାନ୍ଦିବାରେ ବ୍ୟସ୍ତ। ମୋ କଥାରେ ଜବାବ ଦବ କିଏ ଗୋସେଇଁ। ତମେ ଯଦି ସେ କଥା କହିବତ ରହିବି, ନୋହିଲେ ତମ ଅଟା, କାଠ ରହିଲା, ବାରିକ ବାଟ ଧଇଲା। ଗୋସେଇଁ ବିରକ୍ତ ହୋଇ କହିଲେ, ପଣ୍ଡିତ ଯାହା କହନ୍ତି-

"ମର୍ଦ୍ଦଳଯେ ଚାଟ ଦାସ ଗାୟାଳ
ଅଶିକ୍ଷିତା ନାରୀ ଗୋପାଳ ବାଳ।
ନାବ ଦଣ୍ଡ କାରୁକମ ଯେ ଭୃତ୍ୟ
ପ୍ରହାର ନ ଦେଲେ ନୁହେଁ ଆୟତ୍ତ।"

ଏ ହ୍ୟାପୋ ଦାସଜାତି ବାରିକ ଟୋକା, ବିନା ମାଡ଼ରେ ସଳଖିବ କାହୁଁ। ହେଲେ ଆମର ଯୋଉ ବୟସ ସେଥିରେ ତ ଚଳିବ ନାହିଁ, ମାଡ଼ ଦବା ମନେଇ ମନେଇ କଥା ନବା। ଏହା ଭାବି କହିଲେ ହଉରେ-

"ଖୋଲ ବାସନ ଠେଏସ ଅଟା
କହିବା ଅବୋଲକରାରେ ସେ କଥା।"

ଗୋସେଇଁଙ୍କ କଥା ଶୁଣି ଅବୋଲକରା ଅଟା ଠେସିବାକୁ ବସିଲା। ଗୋସେଇଁ ଭାଜି କାଟୁକାଟୁ କହିଲେ, ଦେଶର ନାଁ ସରଗୁଜା। ଏଠାରେ ଜଣେ ସୌଦାଗର ରହୁଥିଲେ। ତାଙ୍କର ଚାରିପୁଅ, ଚାରି ବୋହୂ, ସବାସାନ ବୋହୂଟି ସୁଲକ୍ଷଣୀ। ସିଏ ଶୁଦ୍ଧାଚାର କରି ଦିନ କାଟେ। କଥାରେ ଅଛି-

"ଆଚାରେ ଲକ୍ଷ୍ମୀ, ବିଚାରେ ପଣ୍ଡିତ"

ଏ କଥାମାନି ସେ ଚଳେ।

ବୁଢ଼ାର ଚାରିପୁଅ ବଣିଜ କରି ଧନସମ୍ପଦ ବୋହି ଆଣନ୍ତି। ବୁଢ଼ା ଖୁବ୍ ହିସାବ କରି ଘର ଚଳାଏ। କିଛିଦିନ ପରେ ସାଧବାଣୀ ବୁଢ଼ୀର କାଳ ହୋଇଗଲା। କଥାରେ ଅଛି ଯାହା ଘରେ ନାହିଁ ବୁଢ଼ୀ ତା' ଘର ଗଲା ଉଡ଼ି। ବୁଢ଼ୀ ମରିଯିବାରୁ ସୌଦାଗରକୁ ସବୁ ଅନ୍ଧାର ଦିଶିଲା। ପୁଣି ଭାବିଲା ଏ ବୟସରେ ବୁଢ଼ୀ ବିନା ତ ଘଡ଼ିଏ ଚଳି ହେବ ନାହିଁ। ବୋହୂମାନେ କ'ଣ ସ୍ତ୍ରୀ ଭଳି ସେବା କରିବେ? ଏହା ଭାବି ନିଜେ ବାହା ହବାକୁ ଚାରିଆଡ଼େ ଘଟସୂତ୍ର ପଠାଇଲା।

ଅଳପ ବୟସ ହୋଇଥିଲେ ବା କନ୍ୟା ଜୁଟନ୍ତା। ଅଶୀବର୍ଷର ବୁଢ଼ା, ଝିଅ ଦେବ କିଏ? ଏମିତି ଘଟକ ବୁଲୁବୁଲୁ ଦେଖିଲା ଯେ ଗୋଟିଏ ହାଟୁଆଣୀ ବୁଢ଼ୀ ପରିବା ନେଇ ବିକି ଯାଉଚି। ତାକୁ ଦେଖି ଘଟକ, ସିଏ କାହିଁକି ପରିବା ନେଇ ବିକି ବୁଲୁଚି ପଚାରିବାରୁ ହାଟୁଆଣୀ କହିଲା, ବାପ ବଡ଼ କଷ୍ଟ। ପୁଅ ଗେରସ୍ତ ନାହାନ୍ତି, ଭାଉଜମାନେ ଘଡ଼ିଏ ବସେଇ ଦିଅନ୍ତି ନାହିଁ। ସେଇଥିପାଇଁ କିଣିବିକି ଚଳେ। ଘଟସୂତ୍ରିଆତ ନରନାରୀଙ୍କ ବୋଲି ଚଳଣିରୁ ବାରି ଦିଅନ୍ତି। କହିଲା ବୁଢ଼ୀ, ତୁ ଯଦି ଆଉ ଗୋଟିଏ ବାହା ହଉ ତୋ ଗୋଡ଼ଠାରେ ଯୋଡ଼ିଏ ଦାସୀ ଖଟିବେ। ରାଜରାଣୀ ପରି ହୋଇ ରହିବୁ। ବୁଢ଼ୀ କହିଲା, ଆଉ ଏ ବୟସରେ କ'ଣ ବାହା ହୁଅନ୍ତି? ଘଟକ କହିଲା ତା'ର ବି ବୟସ ହେଇଚି। ବୁଢ଼ୀ ତୁ ଆମ କଥା ମାନିଯା।

ବୁଢ଼ୀ ଦେଖିଲା ବାର ଜାଗାରେ ବୁଲିବାଠାରୁ ଯଦି ଏତେ ସୁବିଧା ମିଳିବ ଛାଡ଼ିବ କାହିଁକି? ସେଇଠୁ ସେ ଭାବିଚିନ୍ତି କହିଲା ତାହାହେଲେ ଯୋଗାଡ଼ କରିଦିଅ ବାପା। ତୁମର ଧର୍ମ ହେବ। ତାକୁ ରାଜି ହେବାର ଜାଣି ସଙ୍ଗରେ ଘେନିଆସି ଘଟକ

ନିଜ ଘରେ ରଖି ବୁଢ଼ାକୁ ଖବର ଦେଲା। ବୁଢ଼ା ଶୁଣି ଖୁସି ହୋଇ ଘଟକକୁ ଶହେଟଙ୍କା ଦେଲା। ଚୁପ୍‌କରି ଆସି ବାହା ହୋଇ ପଛେ ଆସି ବନ୍ଧୁବାନ୍ଧବଙ୍କୁ ଜଣେଇଲା। ଘଟକ ଦେଖିଲା ବରକୁ କନ୍ୟା ଠିକ୍ ହେଇଚି। କଥାରେ ଅଛି, "ଗୀତ ନାଶଯାଏ ବାଟରେ, ପୁତ୍ର ନାଶଯାଏ ନାଟରେ, ବୁଦ୍ଧି ନାଶଯାଏ ଖଳମେଳ ହେଲେ, ନାରୀ ନାଶଯାଏ ହାଟରେ"। କୃପଣ ବୁଢ଼ାକୁ ହାଟୁଆଣୀ ବୁଢ଼ୀ ହେଇଚି। ଯା' ହେଉ ମିଳୁ ନ ଥିବାରୁ ମିଳିଛି ଯେତେବେଳେ ବୁଢ଼ା ହାଟୁଆଣୀକି ଆଣି ମାଲିକିଆଣି କରି ଥୋଇଲା।

ଘରେ ଆସି ଚାରି ବୋହୂଙ୍କୁ ଡାକି କହିଲା ପୁରୁଣା ବଦଳି ନୂଆ ହୁଅ। ଇଏ ତୁମର ନୂଆ ଶାଶୂ ହେଲା, ଇଏ ପୁରୁଖାଲୋକ। ଯାହା ବତେଇବ ତା କଥା ମାନି ଚଳିବ। ଯିଏ ନ ମାନିବ ତାକୁ ଘରୁ ତଡ଼ିଦେବି। ବୋହୂଏ କହିଲେ ହଉ କରିବା। ସେଇଠୁ ବୁଢ଼ୀ ସାଧବ ଘରର ପୂର୍ବ ରୀତିନୀତି ବଦଳେଇ ଦେଲା। ବୋହୂଏ ତ ଫୁଲାଫାଙ୍କିଆ ଖୋଜୁଥାନ୍ତି, ଇଏ କହିଲା, ସକାଳେ ଗୋଟାଏ ଉଠିବ କ'ଣ। ବଡ଼ ଲୋକର ବୋହୂ, ପୋଇଲି ଚାକର ସକାଳେ ଉଠି କାମ କରିବେ। ବୋହୂ କହିଲେ, ହଉ ଆମେ ନ'ଟା ବେଳକୁ ଉଠିବା। ସେହିପରି ତିନି ବୋହୂ କଲେ। କିନ୍ତୁ ସାନ ବୋହୂ ଦେଖିଲା ଏପରି ଅନୀତି କରି ଚାଲିଲେ ଲକ୍ଷ୍ମୀ କ'ଣ ରହିବେ? ସେଟା ଗୋଟାଏ ଅକୁଳିଆଣୀ କୁଆଡୁ ଆସି ରହିଚି, ଜାଣେ କ'ଣ? ସେ ସକାଳେ ଉଠି ପବିତ୍ର ପାଣି ପକେଇ ବାସୀ କାମ ସାରି ଗାଧୋଇ ଲକ୍ଷ୍ମୀ ପୂଜା କରି ତା'ପରେ ଖାଏ।

ହାଟୁଆଣୀ ବୁଢ଼ୀ ସାନ ବୋହୂର ଏପରି କାର୍ଯ୍ୟ ଦେଖି ବାଢ଼ାକୁ କହିଲା, ସାନବୋହୂ ମୋତେ ଅମାନିଆ କରୁଚି, ଏଠି ମୁଁ ତ ରହିବି ନାହିଁ। ବୁଢ଼ା କହିଲା ହଉ ରୁହ, ମୁଁ ସେ ଖଚଡ଼ି ଝିଅକୁ ତଡ଼ି ଦଉଚି, ତା' ବାପଘରକୁ ଯାଉ। ଏହା କହି ତହିଁଆରଦିନ ସାନକୁ ଡାକି କହିଲା- ବୋହୂ! ତମେ ମୋ କଥା ମାନିଲ ନାହିଁ, ଶାଶୂ କଥା ମାନୁନାହଁ, ଏଠି ରହି ପାରିବ ନାହିଁ। ମୁଁ କହିଲି, ଶାଶୂ କଥାମାନି ଚଳିବ, ମୋ କଥା ଏଡ଼ିଦେଲ। ତା' କଥା ଏଡ଼ି ଚଳିଲେ, ତୁମର ଆଉ ଏ ଘରେ ଜାଗା ନାହିଁ। ତମେ ଏଠୁ ଚାଲିଯା। ତମ ଗେରସ୍ତ ଆସିବା ଯାଏ ବାପ ଘରେ ରହିଥା। ସେ ଆସିଲେ ନୂଆ ଘର କରି ତମକୁ ଆଣିବ। ଏହା କହି ବୁଢ଼ା ସାନବୋହୂକୁ ସେଇକ୍ଷଣି ଘରୁ ବିଦା କରିଦେଲା।

ସେ'ତ ବୋହୂ ଭୁଆଷୁଣୀ ଲୋକ। କୁଆଡ଼େ ବାଟଘାଟ ଦେଖିଛି ଯେ ବାପ ଘରକୁ ଯାଇ ପାରିବ। ଯାହାହେଉ କାନ୍ଦିକାନ୍ଦି ଯାଉଥାଏ। ଯାଉଯାଉ ସଞ୍ଜ ହୋଇଗଲା, ତଥାପି ବାପଘର ମିଳିଲା ନାହିଁ। ନିଛାଟିଆ ବିଲ ମଝିରେ ସଞ୍ଜ ହେବାରୁ ବୋହୂଟାର ଅତି ଭୟ ଓ କୋହ ଆସିଲା। ସେ ଗୋଟିଏ ହିଡ଼ବାହୁଡ଼ି ପଡ଼ି ସେଇଠି ବସି କଇଁକଇଁ

ହୋଇ କାନ୍ଦୁଥାଏ। ଏଇବେଳେ ଆଗରେ ଗୋଟିଏ ବଡ଼ ମାଟି ଫଟା ଦେଖାଗଲା। ପୁଣି ତା' ମଧ୍ୟରୁ ଗୋଟିଏ ପରମା ସୁନ୍ଦରୀ ସ୍ତ୍ରୀଲୋକ ବାହାରି ଆସି ବୋହୂକୁ ଧରିନେଇ କହିଲା ତୁ ମୋର ସାଙ୍ଗରେ ଆ। ବୋହୂଟା ତ ଜୀବନ ମୂର୍ଚ୍ଛା ହୋଇଛି, ତା' ସଙ୍ଗରେ ଆଗପଛ କିଛି ନ ଭାବି ଯାଇ ସେଇ ଫାଟରେ ପଶିଗଲା। ଫାଟଟା ପୁଣି ମୁଦି ହୋଇଗଲା।

ତେଣେ ସାନବୋହୂ ସିନା ଘରେ ଥିବାରୁ ଲକ୍ଷ୍ମୀ ଥିଲେ। ଝୋଟିଚିତା ଦେଇ ବିଧିକରି ପୂଜୁଥିଲା ଲକ୍ଷ୍ମୀ। ଯାକୁ ଯେମିତି ବୁଢ଼ା ତଡ଼ି ଦେଇଛି ମାଟିର ଝିଅ ଲକ୍ଷ୍ମୀ ମାଟି ଭିତରେ ଗୋପ୍ୟ ହେଲେ। ବୁଢ଼ାର ଚାରି ପୁଅଙ୍କ ବୋଇତ ଦରିଆରେ ଝଡ଼ ପାଇଁ ବୁଡ଼ିଗଲା। ଗୋରୁଗାଈ ଯୁଆଡ଼େ ଗଲେ ଆଇଲେ ନାହିଁ। ଯିଏ ଯାହା ନେଇଥିଲେ ଆଉ ଦେଲେ ନାହିଁ। ଧନଦୌଲତ ଉଭେଇ ଗଲା। ପୁଅମାନେ ଘରକୁ ଆସି ଦେଖିଲେ ବୁଢ଼ାକୁ ହାଟୁଆଣୀ ଯାହା କହୁଚି ବୁଢ଼ା ତାହା କରୁଛି। ତିନିବୋହୂ ଅଛନ୍ତି, ସାନ ବୋହୂ ନାହିଁ। ସାନ ପୁଅ ଘଟଣା ଶୁଣି ଆଉ ଘରେ ରହିବ କ'ଣ, ଶ୍ୱଶୁର ଘରକୁ ଭାର୍ଯ୍ୟାକୁ ଖୋଜିବାକୁ ଗଲା। ସେଠି ଯାଇ ଶୁଣିଲା ସିଏ ସେଠାକୁ ଯାଇନାହିଁ। କୁଳୀନ ଝିଅ କ'ଣ ବାପ ଘରକୁ ପଳାନ୍ତା।

ସାନପୁଅ ବୋହୂକୁ ନ ପାଇ ବଡ଼ ଦୁଃଖିତ ହୋଇ ଚାରିଆଡ଼େ ଖୋଜି ବୁଲିଲା। ଇମିତି ବୁଲୁବୁଲୁ ପାଗଳ ପରି ଦେଖାଯାଉଥାଏ। ଦିନେ ବୁଲୁବୁଲୁ ଆସି ଦେଖିଲା ଗୋଟିଏ ଚାଷୀ ବିଲରେ ହଳ କରୁଚି। ତାକୁ ଦେଖି ସାଧବ କହିଲା ଭାଇ ! ଲୋଟାଏ ପାଣି ମୋତେ ଆଣି ଦେବ। ମୁଁ ବରଂ ତୋ ହଳ ଜଗୁଛି, ଚାଷୀଟି ଦେଖିଲା ପାଣି ନ ଦେଲେ ଲୋକଟାର ହଂସା ଉଡ଼ିଯିବ। ସେ କହିଲା, ଆଚ୍ଛା ତମେ ମୋ ହଳ ଜଗିଥାଅ ମୁଁ ପାଣି ଘେନି ଆସେ। ଏହା କହି ସେ ତା' ଘରକୁ ପାଣି ଆଣିବାକୁ ଗଲା।

ଏଣେ ସାଧବ ପୁଅ ଭାବିଲା ଚାଷୀଟି କିପରି ହଳ କରୁଥିଲା ମୁଁ ସେପରି ପାରେ କି ନାହିଁ ଦେଖିବା। ଯା ଭାବି ସେ ଦୁଇ ଘେରା ହଳ ବୁଲାଇଚି ଦେଖିଲା ଗୋଟାଏ ପଥରରେ ତା' ଫାଳ ଲାଗି ଓଲଟି ଗଲା। ସେଇଠି ହଳ ଛିଡ଼ା କରି ପଥରଟା ଟେକି ଦେଖିଲା ବେଳକୁ ତା' ଭିତରେ ଗୋଟାଏ ବାଟ ଅଛି। ସାଧବ ପୁଅ ସେଇ ଭିତରକୁ ମୁହଁ ବଢ଼େଇ ଦେଖିଲା ଖାଲି ଟଙ୍କା ସୁନା ଭର୍ତ୍ତି ହୋଇଛି। ସେଇଠୁ ପଥରଟା ଉଗାଡ଼ି ଦେଇ ଆସି ଠିଆ ହେଲା। ଚାଷୀଟି ପାଣି ନେଇ ଆସିବାରୁ ପାଣି ପିଇ କହିଲା ଭାଇ ! ସେ କିଆରୀରେ ମହୁରୋଳ ବସା କରିଛନ୍ତି। ତୁ ଆଉ ସେ କିଆରୀରେ ହଳ କର ନା। ମହୁରୋଳ ବିରୁଡ଼ି ମାଡ଼ର ଯୋଉ ଜ୍ୱାଳା। ଚାଷୀଟି ଏ କଥା ଶୁଣି ଆଉ ହଳ କରିବ କ'ଣ, ଲଙ୍ଗଳ ବଳଦ ନେଇ ପଳେଇଲା ଅନ୍ୟ ବିଲକୁ।

ସାଧବ ପୁଅ ଏଣେ ତେଣେ ବୁଲାବୁଲି କରି ସଞ୍ଜବେଳକୁ ଆସି ସେଇ ପଥରଟି ଟେକି ଯେତେ ଭିତରକୁ ପଶିଲା ସେତେ ଦେଖିଲା ଟଙ୍କା ସୁନା ସବୁ କୁଢ଼ା ହୋଇରହିଛି। ଏପରି ଦେଖି ସେ କିଛି ବାଟ ଆଗେଇ ଦେଖିଲା ଗୋଟିଏ ଗଜଦନ୍ତ ପଲଙ୍କରେ ଶୋଇଛି ତାହାରି ସ୍ତ୍ରୀ। ସେ ସ୍ତ୍ରୀକି ଦେଖି ଡାକି ଉଠାଇଲା। ସ୍ୱାମୀ ସ୍ତ୍ରୀ ଦିହେଁ ଦୁହିଁଙ୍କୁ ଦେଖି ହସକାନ୍ଦ ଭିତରେ ସୁଖଦୁଃଖ କୁହାକୁହି ହେଲେ।

ଏମିତି କେତେଦିନ ଯିବାରୁ ଗେରସ୍ତ କହିଲା ହେ ! ମଣିଷ ହୋଇ ବିଲରେ ପଶି ରହିବା କେତେ କାଳ ? ତମେ ଲକ୍ଷ୍ମୀ ମା'ଙ୍କୁ କୁହ, ସେ ଆମକୁ ଦୟା କରନ୍ତୁ। ଆମେ ଉପରକୁ ଯିବା। ସେ ଦିନ ସାନବୋହୂ ଲକ୍ଷ୍ମୀପୂଜା କରିବାରୁ ଲକ୍ଷ୍ମୀ ପ୍ରସନ୍ନ ହୋଇ କହିଲେ ହଉ ଉପରକୁ ଯାଅ। ଯାହା ଦରକାର ଏଠାରୁ ଆସି ନେଇଯିବ। ହେଲେ ଯୋଉଦିନ ସେ ହାଟୁଆଣୀକୁ ଦେଖିବୁ ସେଇଦିନ ତୁ ମରିବୁ। ବୁଢ଼ାକୁ ଦେଖିଲେ ତୋ ସ୍ୱାମୀ ମରିବ। ଦିହେଁ ମଲେ ଏ ବିଲ ବାଟ ବୁଜି ହୋଇଯିବ। ଏହା କହି ଦେବୀ ଅନ୍ତର୍ଦ୍ଧାନ ହେଲେ। ସାନବୋହୂ ଆସି ଗେରସ୍ତକୁ କହିବାରୁ ସେ କହିଲା-

ମର୍ତ୍ତ୍ୟମଣ୍ଡଳେ ଦେହ ବହି
ଦେବତା ଜନ୍ମିଲେ ମରଇ।

ମରିବାକୁ ଡରିବା ଯଦି କରିବା କ'ଣ ? ଏହା କହି ସେ ଟଙ୍କା ସୁନା ଆଣି ବିଲବାଟେ ଆସି ବିଲବାଲାକୁ କହିଲା, ଭାଇ ! ତୁ ଏ ଜମି ଖଣ୍ଡିକ ମୋତେ ବିକିଦେ। ଯାହା ମୂଲ୍ୟ ନେବୁ ଦବାକୁ ମୁଁ ରାଜି ଅଛି। ଜମିବାଲା କହିଲା ଯେତେ ଗୁଣ୍ଠ ନବ, ଗୁଣ୍ଠକ ହଜାର ଟଙ୍କା ହିସାବରେ ନେବି। ସାଧବ ପୁଅ କହିଲା, ହଉ ନେ ବରଂ ପାଞ୍ଚଗୁଣ୍ଠ ଦେ ମୋତେ।

ଜମି ପାଞ୍ଚଗୁଣ୍ଠ କବଲା କରି ସେଇଥିରେ ଦିହେଁ କୋଠା ଖଣ୍ଡିଏ କରି ଚଳନ୍ତି। ଦିନେ ସାନବୋହୂ କହିଲା ହେ ! ଆମର ତ ପିଲାପିଲି କିଛି ନାହିଁ। ହେଲେ ପୋଖରୀଟିଏ ଖୋଳାଇ ଥାଆନ୍ତେ। ନାଁ ରହନ୍ତା। ଗୋରୁ ମହିଁଷି ପାଣି ପିଅନ୍ତେ। ଗେରସ୍ତ କହିଲା ହଉ କର। ସତ୍‌କାର୍ଯ୍ୟ କରିବାକୁ ଖଳ ପ୍ରପଞ୍ଚ ସିନା ବିଗାଡ଼ନ୍ତି। କିଏ ବା ମନା କରିବ କାହିଁକି। ସେଇଠୁ ପାଖରେ ଜମି ଖଣ୍ଡେ କିଣି ପୋଖରୀଟିଏ ଖୋଳାଇଲେ। ସାନବୋହୂ ଦେଖିଲା ଏ କାନ୍ତାର କାଳ ଯାହା ହୋଇଚି, ଏଥିରେ ଜମିଦାର ଖାଲି ଦରକାର କହି ଶୋଷି ନଉଚି, ପୋଷି ହବାକୁ ଦଉଚି କାହିଁ ? ଏଇବେଳେ ପୋଖରୀଟା ଖୋଳିଦେଲେ ଗୁଡ଼ିଏ ଲୋକ ବଞ୍ଚିଯିବେ। ଏହା ଭାବି ଶୁଭଦିନ ଦେଖି କାର୍ଯ୍ୟ ଆରମ୍ଭ କଲା। ଠିକ୍ କଲା, ଯିଏ ଶହେ ମାଟି କାଟିବ ଶହେ ପାହି ପାଇବ। ଏଇ ଲଗାଏ ତ କାମ ଯେ କରିବ ପୋଖରୀ ପ୍ରତିଷ୍ଠା ବେଳେ ଦି'ବଖତ ମନ ଇଚ୍ଛାରେ ଖାଇ ଯୋଡ଼ିଏ ଲୁଗା

ନେଇ ବିଦା ହବ। ଏପରି ଘୋଷଣା ଶୁଣି ବହୁତ ଜାଗାରୁ ଲୋକେ ଆସି ଯୁଟିଗଲେ। କି ବ୍ରାହ୍ମଣ କି ଶୂଦ୍ର ସବୁ ଯାଇ ମାଟି କାଟିଲେ।

ଏଣେ ତ ସାଧବ ଘରୁ ସବୁ ସରିଯିବାରୁ ଦରିଦ୍ର ହୋଇ ଖାଇବାକୁ ପାଇଲେ ନାହିଁ। ବୁଢ଼ା ତିନି ପୁଅଙ୍କୁ କହିଲା, ଆଉତ ଏମିତି ହୋଇ ସାହିରେ ରହି ହଉନି। ରାତାରାତି କୁଆଡ଼େ ପଳେଇ ଚାଲ। ପୋଏ ଦେଖିଲେ ସତରେ ବୁଢ଼ା ଯାହା କହୁଛି ସତ। ଶାସ୍ତ୍ର କହିଛି-

"ବରଂ ବନ, ବ୍ୟାଘ୍ର ଗଜେନ୍ଦ୍ର ସେବିତଂ
ଦ୍ରୁମାଳୟ ପକ୍ୱଫଳଂ ବିଭୋଜନଂ।
ତୃଣାନି ଶଯ୍ୟା ପରିଧାନ ବଲ୍‌କଳଂ
ନ ବନ୍ଧୁ ମଧ୍ୟେ ଧନହୀନ୍ ଜୀବନମ୍।"

ବରଂ ବଣକୁ ଯାଇ ଗଛରେ ରହି ଫଳମୂଳ ଖାଇବ ଓ ବଣ ତୃଣ ଶଯ୍ୟାରେ ଶୋଇ ବଞ୍ଚିବ; ନତୁବା ହାତୀ ବାଘ ମୁହଁରେ ପଡ଼ି ମରିବ, ତଥାପି ଦରିଦ୍ର ହୋଇ ବନ୍ଧୁଜନଙ୍କ ମଧ୍ୟରେ ରହିବ ନାହିଁ। ଏହାଭାବି ପୁଅମାନେ ନିଜର ବାସନ, ଲୁଗା ବନ୍ଧାବନ୍ଧି କରି ଭାର୍ଯ୍ୟାଘେନି ରାତାରାତି ବାହାରିଗଲେ। ବୁଢ଼ା ତା' ହାଟୁଆଣୀଭାର୍ଯ୍ୟା ବୁଢ଼ୀକୁ ନେଇ ପଛେ ପଛେ ଗଲା।

ଏମାନେ କିଛି ଦୂର ଯିବାରୁ ରାତି ପାହିଲା। ସେଇଠି ଗୋଟିଏ ଧର୍ମଶାଳା ଦେଖି ରହିଲେ। ଯାହା ନେଇଥିଲେ ଦି'ଦିନକୁ ଅଣ୍ଟିଲା ନାହିଁ। ତା'ପରେ କ'ଣ କରିବା ଭାବି ହଉଚନ୍ତି, ଏଇବେଳେ ଦଳେ ଲୋକ କୋଡ଼ି ପାଛିଆ ନେଇ ଯାଉଥିବାର ଦେଖି ବଡ଼ପୁଅ ପଚାରି ବୁଝିଲା ଜଣେ ଦୟାଶୀଳ ଧନୀର ସ୍ତ୍ରୀ ପୋଖରୀ ଖୋଳେଇ, ନାହିଁ ନଥିବା ମଜୁରୀ ଦଉଚି। କାନ୍ତାର ଯୁଗ ପାଇଁ ମାଟି ବୋଝକୁ ପାହେ କରି ଦଉଚି। ସେଇଠୁ ଆସି ସେ ଆଉ ଭାଇଙ୍କୁ କହିବାରୁ ସେଦିନ ତିନିଭାଇ ଓ ପୁତୁରାକୁ ନେଇ ମାଟି ବୋହି ଚାରିଟଙ୍କା ଆଣିଲେ। ହେଲେ ଗୁହାଳେ କୁଟୁମ୍ବଙ୍କୁ ଚାରିଟଙ୍କା ଘଣ୍ଟାକୁ ନିଅଣ୍ଟ। ତହିଁ ଆରଦିନକୁ ବିଚାର ହେଲା ତିନି ବୋହୂବି ଚାଲନ୍ତୁ, ମାଟି ବୋହିବେ, ପେଟ ପୋଷ ନାହିଁ ଦୋଷ। କ୍ଷତି କ'ଣ ? ବୋହୂଏ ବି ନିରୁପାୟ ଦେଖି ମଙ୍ଗିଗଲେ। ବୁଢ଼ାବୁଢ଼ୀଙ୍କ ଉପରେ ପିଲାଛୁଆ ସମ୍ଭାଳିବା କାର୍ଯ୍ୟ ରହିଲା।

ମଝିଆ ପୁଅର ପିଲା ଗୁଡ଼ାକ ବଡ଼ ଦୁଷ୍ଟ, ସବୁବେଳେ ଖାଇବୁ ଖାଇବୁ ହୁଅନ୍ତି। ଡେରିହେଲେ ବୁଢ଼ାବୁଢ଼ୀଙ୍କୁ ବାଡ଼େଇ ଅଣ୍ଡା କରି ଦିଅନ୍ତି। ସଞ୍ଜବେଳକୁ ପୁଅବୋହୂମାନେ ଆସି କହନ୍ତି ସେଇ ଯୋଉ ମହାଜନ ଆଉ ତା ସ୍ତ୍ରୀ ସେମାନେ ବଡ଼ ଦୟାଳୁ। ନହେଲେ ଏ ଯେଉଁ ମରୁଡ଼ି ଯୁଗ ପଡ଼ିଚି ସେଥିରେ ଲୋକେ ବିକି କିଣି

ବଡ଼ଲୋକ ହଉଚନ୍ତି। ସିଏ ଘରେ ଥିବା ସଞ୍ଚିଲା ଧନକୁ ବିଛୁରି ଦେଇ ପୋଖରୀ କାଟନ୍ତେନା। ଏମିତି କୁହାକୁହି ହଉଥିଲେ। ତହି ଆରଦିନ ଏମାନେ ଯେମିତି ଖାଇପିଇ କାମ କରିବାକୁ ଗଲେ; ମୋ ମା'କୁ କାହିଁ ପଠେଇଲୁ କହି ଗୋଟାଏ ନାତି ବୁଢ଼ୀ ପିଠିରେ ଦି'ଚାରି ବିଧା କସି ଦେଲା। ବୁଢ଼ୀ ତା କାନମୋଡ଼ି ଦେବାରୁ ସେ ଭେଁ ଭେଁ ହୋଇ କାନ୍ଦିଲା। ଆଉ ପିଲାଏ ମିଳି ତାକୁ ମା'ପାଖକୁ ନେଇଗଲେ। ମା' କାମ ଛାଡ଼ି ବୁଢ଼ା ଉପରେ ବିଗିଡ଼ି କହିଲା ଆମେ ସାରାଦିନ ଖଟିଆଣି ପୋଷିବୁ, ମୋର ତମେ ପିଲା କେତୋଟିଙ୍କୁ ସମ୍ଭାଳି ପାରିବ ନାହିଁ। ବୁଢ଼ୀ କହିଲା ଆଉ କ'ଣ ବୟସ ଆସୁଚି ଯେ ପିଲାଧରି ବୋହି ପାରିବି। ବୁଢ଼ା କହିଲା ଅକୁଳିଆ ଝିଅଙ୍କୁ ଏତେକାଳ ପୋଷିଲି, ଇଏ କେଇଟା ଦିନରେ ଏତେକଥା, ଆଚ୍ଛା ହଉ। ଏହା କହି ବୁଢ଼ା ବାଡ଼ିଟିଏ ଧରି ନଇଁ ନଇଁ ଯାଇ ମଜୁରୀଆଙ୍କୁ ପଚାରିଲା ବାପା! ଯେଉଁ ଧର୍ମୀ ଲୋକ ପୋଖରୀ ଖୋଳଉଚି ସେ କେଉଁଠି ଅଛି? ଲୋକମାନେ ବୁଢ଼ାକୁ କହିଲେ ହେଇଟି ବାବୁ ବସି ହିସାବ କରି ଟଙ୍କା ଦଉଛନ୍ତି। ତାଙ୍କ ପାଖରେ ଟଙ୍କା ଗାଦି ରହିଛି। ସେଇଠୁ ବୁଢ଼ା ଗୋଟିଏ ଗୋଟିଏ ଯାଇ ଭୂର୍ଲତାରେ ଗୋଟିଏ ହାତ ରଖି ଖଣ୍ଡେ ଦୂରରୁ ଅନେଇଲା, ବୁଢ଼ାକୁ ଚାହିଁବାର ଦେଇ ସାନ ପୁଅ ଦୂରରୁ ଚିହ୍ନି ଡାକିଲା ବାପା! ବାସ୍ ସେତିକି। ସେଇଠୁ ପୁଅ ଢଳି ପଡ଼ିଲା, ପିଣ୍ଡରେ ପ୍ରାଣ ନାହିଁ ଆଉ।

ଖବର ପାଇ ବୋହୂ ଆସି ସ୍ୱାମୀ ଗୋଡ଼ତଳେ ମୁଣ୍ଡକୋଡ଼ି ହୋଇ ବାହୁନି ବାହୁନି ଲକ୍ଷ୍ମୀଙ୍କ ବର ଦେବା କଥା କହୁଥାଏ। ଏଇବେଳେ ହାଟୁଆଣୀ ବୁଢ଼ୀ ବି ବୁଢ଼ାକୁ ଖୋଜି ଖୋଜି ଆସି ପହଞ୍ଚିଲା। ତା'ଉପରେ ଯେମିତି ସାନ ବୋହୂର ଦୃଷ୍ଟି ପଡ଼ିଚି ସିଏ ବି ସେଇଠି ଢଳି ପଡ଼ିଲା। ଏ ଦୁଇଜଣଙ୍କର ମରଣ ଦେଖି ଯୋଉ ଲୋକ କାମ କରୁଥିଲେ ସେମାନେ ରାଗି ଆସି ୟାଙ୍କରୁ ଲାଗି ଆମ ମାଲିକ ମଲେରେ କହି ବୁଢ଼ାବୁଢ଼ୀଙ୍କି ଧରିନେଇ ବାନ୍ଧି ପକେଇଲେ। କେତେକ ଆସି ବିଧା ଚାପୁଡ଼ା ଏପିରି ଚଢ଼େଇ ଦେଲେ ଯେ ସେଇ ବନ୍ଧନ ଅବସ୍ଥାରେ ବୁଢ଼ାବୁଢ଼ୀ ମରିଛନ୍ତି। ବୁଝିଲୁ ଅବୋଲକରା ତୁ ଯୋଉ ଚାରୋଟି ମୁର୍ଦ୍ଦାର ଓ ଟଙ୍କା କେତେ ଦେଖି ଆସିଲୁ ସିଏ ହଉଚି ଏଇ ଘଟଣା, ଏହାକହି ଗୋସେଇଁ ଭୋଜନ ପାଇଁ ଯୋଗାଡ଼ କଲେ। ଏ ଗପଟି କୃଷ୍ଣ ବେହେରାଙ୍କଠାରୁ ମୁଁ ଶୁଣିଥିଲି।

■■

ଶ୍ମଶାନରେ ହାଡ଼ ପାହାଡ଼ କଥା

ତହିଁଆରଦିନ ଅବୋଲକରା ଗୋସେଇଁ ଦିହେଁ କିଛି ବାଟ ଗଲାପରେ ଗୋଟିଏ ପାହାଡ଼ିଆ ଜାଗା ପଡ଼ିଲା। ସେ'ଠି କାଁ ଭାଁ କୋଉଠି ଗୋଟିଏ ଯୋଡ଼ିଏ ଘର ବି ଅଛି। ଗୋସେଇଁ କହିଲେ ଅବୋଲକରା! ଏଟା ତ ପାହାଡ଼ିଆ ଜାଗା। ବୁଝି ବିଚାରି ଯିବା ଉଚିତ୍। ଆଜି ରାତିଟା ଚାଲ କନ୍ଧ ସାହିରେ ରହିଯିବା। ତୁ ଆଖ ପାଖରେ କୋଉଠୁ ଚୂଡ଼ା ଯଦି ପାଉ କିଣି ଆଣିବୁ ଯା। ଟଙ୍କାଟିଏ ନେଇ ଯା। ଅବୋଲକରା ଗଣ୍ଠିଲି ରଖି ଟଙ୍କା ଧରି ଗଲା। କିଛି ସମୟ ପରେ ପାକଲା କଦଳୀ ଦି'ଫେଣା ଆଣି ଥୋଇ ଦେଇ କହିଲା ଗୋସେଇଁ କଦଳୀ ଖାଉଥାଅ, ମୁଁ ଯାଉଚି। ଗାସେଇଁ ପଚାରିଲେ ପୁଣି କ'ଣ ଦେଖିଲୁ କିରେ? ଅବୋଲକରା କହିଲା ମୁଁ ଚୁଡ଼ା ପାଇଁ ଯାଇ ଚୁଡ଼ା ନ ପାଇ କଦଳୀ କିଣି ଆସିଲା ବେଳେ ଦେଖିଲି ଗୋଟାଏ ମଶାଣିରେ ହାଡ଼ରେ ଗୋଟାଏ ପାହାଡ଼ ହୋଇ ରହିଚି। ଲୋକଙ୍କୁ ପଚାରିବାରୁ ସେମାନେ କହିଲେ, ଆମେ କହିପାରିବୁ ନାହିଁ। ତା'ର କାରଣ ନ କହିଲେ ମୁଁ ତ ରହିବି ନାହିଁ ଆଉ।

ଗୋସେଇଁ ଭାବିଲେ ବେହିପୋ ମୂର୍ଖଟାକୁ ଆଣି ତ ବଡ଼ ବିପଦ ହେଲା। ଦଶଟା ମାଇକିନାକୁ ବୁଝେଇ ହେବ, ଗୋଟିଏ ମୂର୍ଖକୁ ବୁଝେଇବା କଷ୍ଟ। ହଉ କ'ଣ କରିବା, ଆଣିଛି ଯେତେବେଳେ-

ଭଣ୍ଡାରୀ ହାତରେ ପଡ଼ିଛି ଚୁଟି
ଯେଣିକି ବୋଇଲେ ତେଣିକି ଉଠି।

କହିଲେ ହଉରେ-

"ପକା କମ୍ବଳ ରଅଖ ଛତା
ଶୁଣ ଅବୋଲକରା ସେ କଥା।"

ଏ ଦେଶର ନାମ ମୁକୁନ୍ଦପୁର, ଏଠାରେ ଜଣେ ରାଜାପୁଅ ପାରିଧିକି ଆସି ବନଦେବୀଙ୍କ କରୁଣାରୁ ଗୋଟିଏ କିନ୍ନରୀ ସୁନ୍ଦରୀକି ପାଇଥିଲେ। ସେଠାରୁ ସେ ରାଜପୁତ୍ର ସେ ବନଦେବୀଙ୍କ ପାଇଁ ମନ୍ଦିର କରିଦେଇ ପୂଜାବିଧିର ସୁବିଧା କରି ଦେଇଥିଲେ। ବନଦେବୀଙ୍କ ନା ମଣ୍ଡଳେଶ୍ୱରୀ। ଭକ୍ତି କରି ଦେବୀଙ୍କୁ ଡାକିଲେ କଥା କହନ୍ତି। ତାଙ୍କ ପୂଜାବିଧି ପାଇଁ ରଜା ଗୋଟିଏ ଭୂମିଜକୁ ନିଯୁକ୍ତ କରିଥିଲେ। ସେ ଭୂମିଜଟି ଦେବୀଙ୍କୁ ନୀତି ନିୟମରେ ପୂଜାକରି ବୟସ ହବାରୁ ମରିଗଲା।

ତା'ର ଗୋଟିଏ ପୁଅ। ତାକୁ ଓଲା ବୋଲି ସମସ୍ତେ ଡାକନ୍ତି। ଲୋକଟା ମାଇଚିଆ ଧରଣର। ମାଇପିଙ୍କ ପରି ଚାଲି, ବୋଲି, ରଙ୍ଗ, ଢଙ୍ଗ ସବୁ ତା'ର। ହେଲେ ଦେବୀଙ୍କ ପ୍ରତି ଅଟଳ ଭକ୍ତି। ସେଦିନ ପୂଜା କରିବାକୁ ଯାଇ ବର୍ଷା ହେବାରୁ ରାତିରେ ସେହି ଜାଗାରେ ରହିଗଲା। ପାହାଡ଼ିଆ ଜାଗା, ବାଘଭାଲୁଙ୍କ ଉପଦ୍ରବ ହେତୁ ମନ୍ଦିରରେ ଶୋଇଥାଏ। ଦେବୀଙ୍କ ପାଖକୁତ ଗନ୍ଧର୍ବ ଦେଶରୁ କିନ୍ନରୀମାନେ ଦର୍ଶନ ପାଇଁ ଆସନ୍ତି। କାହାର ମନଲାଖି ବର ପାଇଁ ଆସିବାକୁ ପଡ଼େ। ସେଦିନ ରାତି ଅଧବେଳକୁ ଦଶଟି କିନ୍ନରୀ ଗୋରୀ ଗୋଟିଏ ଧଳା ହାତୀରେ ଚଢ଼ି, ଆସି ମଣ୍ଡେଳେଶ୍ୱରୀଙ୍କ ମନ୍ଦିର ପାଖ ପାହାଡ଼ରେ ଓହ୍ଲାଇଲେ। ତା'ପରେ ହାତୀଟାକୁ ସେଇଠି ଛାଡ଼ି ମନ୍ଦିରକୁ ଯାଇ ଦେଖିଲେ ଲୋକ ଗୋଟିଏ ମୋଡ଼ି ମାଡ଼ି ହୋଇ ଶୋଇଛି। ତାକୁ ଦେଖି କିଏ କହିଲା ସେଠି ଗୋଟିଏ ମଣିଷ କିଏ ଜଗିଲାଣି। ଆଉ ଜଣେ କହିଲା ଗୋଟିଏ ଲୋକ ଆମ ଦଶଜଣଙ୍କର କ'ଣ କରିବ? ଆଉ ଜଣେ କହିଲା ସେ'ଟା ପୁଣି ମାଇକିନିଆ। ଆଉ ଜଣେ କହିଲା ନାଇଁ ମାଇଚିଆଟେ। ଏମିତି କୁହାକୁହି ହୋଇ ସେମାନେ ମଣ୍ଡଳେଶ୍ୱରୀଙ୍କୁ ପୂଜା ଆରାଧନା କଲେ।

ଏଣେ ତ ଓଲା ଭୂମିଜଟି ଆଖି ମିଟି ମିଟି କରି ପଡ଼ିଥାଏ। ଏମାନେ ଯେମିତି କାମରେ ବ୍ୟସ୍ତ ହେଲେ ସେ ଭାବିଲା ଏମିତି ସୁନ୍ଦରୀ ଯୁବତୀତ ଆମ ଦେଶରେ ନାହାନ୍ତି। ବଡ଼ ବଡ଼ିଆ ମାଇକିନା କୁଆଡ୍ରୁ କେମିତି ଆସିଲେ। ଯା ଭାବି ସେ କେମିତି ଆସିଲେ ଦେଖିବାକୁ ମନ୍ଦିରରୁ ବାହାରି ଆସି ଦେଖିଲା ବେଳକୁ ମସ୍ତବଡ଼ ଧଳା ହାତୀଟିଏ ବରଡ଼ାଳ ଖାଉଛି, ତା' ଉପରେ ପଲାଣ ହାଉଦା ପଡ଼ିଛି ସବୁ। ସେଇଠୁ ଓଲାଟା ଗୋଟାଏ ଜାଗାରେ ଲୁଚି ରହିଲା।

ମା’ ଝିଅ ଦେଉଳରେ ପଶନ୍ତି, ଯେଝା-ଶୁଭ ଯେଝା ମନାସନ୍ତି, ଝିଅଗୁଡ଼ାକ ଦେବୀଙ୍କୁ ପୂଜି ଇଚ୍ଛାବର ମାଗୁଥାନ୍ତି। ଓଲାଟା ଶୁଣି ଶୁଣି ଭାବୁଥାଏ ଏଗୁଡ଼ାକ ପ୍ରମିଳା ଦେଶରୁ ଆସିଛନ୍ତି କି ? ଏହିବେଳେ କିନ୍ନରୀଏ ପୂଜାସାରି ରାତି ଶେଷ ହେଉଚି ଦେଖି ହାତୀ ଉପରେ ବସି କହିଲେ, ଚାଲରୋ ହାତୀ ଚାଲ। ହାତୀଟାତ ଜଗି ବସିଥିଲା, ହାତୀ ଉଠିବାର ଦେଖି ତା ଲାଞ୍ଜଟାକୁ ଧରି ଟାଣି ରଖିବ ଭାବି ଧରିଲା ବେଳକୁ ହାତୀ ଉଠି ଛୁ। ଓଲାଟା ସେମିତି ଲାଙ୍ଗୁଡ଼ରେ ଝୁଲୁଚି। ହାତୀଟା ହଜାର ହଜାର ହାତ ଉଚ୍ଚକୁ ଉଠି ଯାଉଛି। କନଖଳ, ସାଲୋରୋ, ସୁବନଶ୍ରୀ, ଶତୋଦରା- ଇମିତି ହୋଇ ଯାଇ ଚିତ୍ରଳରେ ଗନ୍ଧର୍ବ କନ୍ୟାକୁ ଛାଡ଼ିଦେଲା। ଗଲାବେଳେ ଓଲାଟା ପଡ଼ିଯିବା ଭୟରେ ହାତୀ ଲାଞ୍ଜ ଯାବୁଡ଼ି ଧରିଥାଏ। ସେଠି ହାତୀ ଆଣ୍ଠେଇ ପଡ଼ିବାରୁ ଏ ମୁଠା ଛାଡ଼ିଦେଇ ଠିଆହେଲା।

କିନ୍ନର କନ୍ୟାମାନେ ହାତୀରୁ ଓହ୍ଲାଇ ଦେଖିଲେ ସେଇ ମନ୍ଦିରରୁ ଲୋକଟା ଏଠିକି ଚାଲି ଆସିଛି। ସେଇଠୁ ଇଏ କହିଲା ଆଲୋ, ସେଇ ହେଞ୍ଜୋଡ଼ାଟା ଆସିଚି ଲୋ। କିଏ କହିଲା ଆଲୋ, ମହୁଆଟାକୁ ଦେଖିବୁ ଆଏ। ଏମିତି କହି ସମସ୍ତେ ବହେ ହସିଲେ ଆଗେ। ତା’ପରେ ପାଖକୁ ଡାକି କିମିତି ଆସିଲୁ ତାକୁ ପଚାରିବାରୁ ଇଏ କହିଲା ମୁଁ ତୁମ ହାତୀ ଲାଞ୍ଜ ଧରି ଆସିଚି। ସେଇଠୁ କନ୍ୟା କହିଲେ, ହଉ ମାଇଚିଆଟା ଆଇଲାଣି ଯେବେ ତାକୁ ଆମ ଦେଶ ବୁଲେଇ ଦେଖେଇ ଦିଅ। ପୁଣି ରାତିକି ସେମିତି ହାତୀ ଲାଞ୍ଜ ଧରେଇ ନେଇଯିବା। ଏହା ବିଚାରି ଝିଅଗୁଡ଼ାକ ତାକୁ ନେଇ ସବୁ ଜାଗାରେ ବୁଲେଇ ଦେଖେଇ ଦେଲେ। ରାତିକି ଆସିଲା ବେଳକୁ ଓଲାଟା ଗୋଟାଏ ଆପେଲ ଜାତୀୟ ଫଳ ଘେନି ଆସିଲା ଗାଁ ବାଲାଙ୍କୁ ଦେଖେଇବା ଲାଗି।

ରାତିରେ କିନ୍ନରୀଏ ହାତୀ ଲାଞ୍ଜରେ ତାକୁ ଲଟକାଇ ଓହ୍ଲାଇ ଆସି ମନ୍ଦିର ପାଖରେ ଛାଡ଼ିଦେଲେ। ସକାଳ ହେବାରୁ ଓଲା ଭୂମିଜ ଗାଁକୁ ଆସିଲା। ଦି’ଦିନ ଓଲା ନ ଆସିବାରୁ ତା’ଘର ଗାଁ ଲୋକ ବାରଆଡ଼େ ଖୋଜୁଛନ୍ତି। ଓଲା ଆସିବାରୁ ପଚାରିଲେ ଆରେ ଦୁଇଦିନ ହେଲା ତୁ କୁଆଡ଼େ ଥିଲୁ ? ଓଲା କହିଲା ମୁଁ ସ୍ୱର୍ଗକୁ ଯାଇଥିଲି। ତାର ପ୍ରମାଣ ଏଇ ଦେଖ। ଯା କହି ସେ ଫଳଟିକୁ ଦେଖେଇ ସବୁ ଯିବା ଆସିବାର ପ୍ରଣାଳୀ କହିବାରୁ ଗାଁଲୋକେ ପରତେ ଗଲେ। ଓଲା ଲୋକ ସ୍ୱର୍ଗ ବୁଲି ଆସିଚି, ଚାରିଆଡ଼େ ଖବର ବିଛୁରି ଗଲା। ବହୁତ ଲୋକ ସ୍ୱର୍ଗ ଫେରନ୍ତା ଓଲାକୁ ଦେଖିବାକୁ ଆସିଲେ।

କିଏ କେତେକଥା ପଚାରିଲେ। କ’ଣ ଖାଇଲା କେହି ପଚାରିଲେ, ଓଲା ଯାହା ଖାଇଛି ଦେଖିଛି ସବୁ କହିଲା। ତା କଥା ଶୁଣି ଶୁଣି କେତେ ଜଣ ଆସି ତାକୁ ଅନୁରୋଧ କଲେ ଭାଇ ! ତୁ ଟିକିଏ ଦୟା କଲେ ମୁଁ ଯାଇ ସ୍ୱର୍ଗଟା କିମିତି ଦେଖି

ଆସନ୍ତି। ଇମିତି ପ୍ରତି ଲୋକ ଆସି ଓଲାକୁ କହିଲେ। ଓଲାଟା କାହାକୁ ମନା କରିବ। ସମସ୍ତେ ତ ସାଇପଡ଼ିଶାର ଲୋକ। କାହାକୁ ଶତ୍ରୁ ମିତ୍ର କରନ୍ତା ସିଏ। ସମସ୍ତଙ୍କୁ କହିଲା ଆଚ୍ଛା ନେଇଯିବା।

ଓଲା ତହିଁ ଆରଦିନ ସବୁ ଲୋକଙ୍କୁ ଡାକି କହିଲା, ତମର ଯାହାର ଯେମିତି ଦେଣା ପାଉଣା ଅଛି ସବୁ ମେଣ୍ଟାଇ ଦିଅ। ଆଜିଠୁ ଆଠଦିନ ବାଦେ ସମସ୍ତଙ୍କୁ ନେଇ ମୁଁ ସ୍ୱର୍ଗାରୋହଣ କରେଇ ଦେବି। ଏ କଥାଶୁଣି ପଚାଶଖଣ୍ଡ ଗାଁର ଲୋକ ସ୍ୱର୍ଗକୁ ଯିବାପାଇଁ ତୟାର ହୋଇ ରହିଲେ। ଏଣେ ଓଲାଟା ନିଜ ଘରେ ପନ୍ଦର ଦିନ ଚଳିବା ଭଳି ପ୍ରତି ଲୋକଙ୍କଠୁ ଦି'ଟଙ୍କା କରି ଆଣି ମାଆ ବୁଢ଼ୀ ପାଖରେ ଜମା କଲାବେଳକୁ ଟଙ୍କାରେ ତାର ଗୋଟିଏ ଘର ଭର୍ତ୍ତି ହୋଇଗଲା। ତା'ପରେ ଗୁରୁବାର ଦିନ ସମସ୍ତଙ୍କୁ କଣ୍ଟ କଲା। ସବୁଲୋକ ଯାଇ ଓଲା ପଛରେ ଦେବଗିରି ଆଡ଼କୁ ଆଗେଇଲେ। ଓଲା ଆଗରେ ଯାଇ ସମସ୍ତଙ୍କୁ ଜଣ ଜଣ କରି କହିଲା, ପଛକୁ ପଛ ଯିଏ ଯେମିତି ଅଛ ସେମିତି ରହି ଆଗବାଲାର କମରକୁ ଜାବୁଡ଼ି ଧରିଥିବ। କେହି ଛାଡ଼ିବନାହିଁଟି, ଛାଡ଼ିଦେଲେ ପଡ଼ି ମରିବ।

ସମସ୍ତେ ସେମିତି କରିବେ ସ୍ୱୀକାର କରିବାରୁ ଓଲା ତା ପଛ ବାଲାକୁ କହିଲା, ତୁ ମୋ କମରକୁ ଧରିଥିବୁ। ମୁଁ ହାତୀ ଲାଞ୍ଜକୁ ଧରିଥିବି, ହସ ଖୁସିରେ ଯାଇ ଘଣ୍ଟାକରେ ସ୍ୱର୍ଗରେ ପହଞ୍ଚିବା। ସେ'ଠି ପହଞ୍ଚିଲେ ମଜା। କେତେ ରକମର ଚିଜ ଖାଇବା, ଦେଖିବା ଘର ସଂସାର କଥା ଆଉ କ'ଣ ମନେ ରହିବ ? ଇମିତି କହି ସମସ୍ତଙ୍କୁ ନେଇ ମଣ୍ଡଳେଶ୍ୱରୀ ପାଖରେ ପହଞ୍ଚିଲାବେଳକୁ ଅନେକ ରାତି ହୋଇଗଲାଣି। ଏଇବେଳେ ଘଣ୍ଟା ଠଣ୍ ଠଣ୍ ବଜାଇ ଧଳାହାତୀଟା ଖପ୍ କରି ମନ୍ଦିର ପାଖରେ ଓହ୍ଲାଇଲା। ହାତୀ ଲଠେଇବାରୁ ଝିଅ ଦଶଟା ମଣ୍ଡଳେଶ୍ୱରୀ ମନ୍ଦିରରେ ପଶିଗଲେ। ହାତୀ ସେଇଠି ଝୁଲୁଥାଏ।

ଝିଅଗୁଡ଼ାକ ମଣ୍ଡଳେଶ୍ୱରୀଙ୍କୁ ବର ମାଗୁଥାନ୍ତି। ଦେବୀ କହୁଥାନ୍ତି ଦେବୀ କୁଆଡୁ ? ଅବିକାତ ବର ଗୁଡ଼ାକ ବର୍ବର ହେବାକୁ ବସିଲେଣି। ନିଜକୁ ପୋଷିବା କଷ୍ଟ, ବାହା ହେଉଛି କିଏ ?

ହାତୀ ଖସିବାରୁ ଓଲା ଉପରୁ କହିଲା ହେଇ ହୋସିଆର ତୟାର। ତା କଥା ଶୁଣି ସମସ୍ତେ ଲୁଗା ଭିଡ଼ି ଧାଡ଼ି ହୋଇ ଚାହିଁ ରହିଲେ। ଏଇବେଳେ ଝିଅ ଦଶଟା ହସ କୁରୁଳି ପକେଇ ଆସି ହାତୀକୁ କହିଲେ ଲଠ୍। ହାତୀ ବୋଲମାନି ଆଣ୍ଠେଇବାରୁ ଝିଅମାନ ତା' ଉପରେ ଚଢ଼ି କହିଲେ ଚାଲ। ହାତୀ ଉପର ମୁଖା ହବାରୁ ଓଲା ତା' ଲାଙ୍ଗୁଡ଼କୁ ଯାବୁଡ଼ି ଧରି ଓହଳିଲା। ତା'କମରକୁ ପଛକୁ ପଛ ସବୁ ଲୋକ ଅଣ୍ଟା ଧରି ଓହଳିଲେ। ହାତୀଟା ଶୂନ୍ୟ ମାର୍ଗରେ ସମସ୍ତଙ୍କୁ ନେଇ ଯାଉଥାଏ।

ଏମିତି କରି ଦଶଯୋଜନ ବାଟ ମାଟି ଛାଡ଼ିଯିବାରୁ ଓଲାକୁ ଯୋଉ ଲୋକ ଧରିଥିଲା ସେ ପଚାରିଲା ଆରେ ଭାଇ ! ତୁ ତ ସ୍ୱର୍ଗରେ ଯାହା ଖାଇଥିଲୁ ସବୁ କହିଲୁ ସେଠାକାର ଲଡ୍ଡୁ କି ରକମ ତ କହିଲୁ ନାହିଁ। ସେଇଠୁ ଓଲା ଦି' ହାତରେ ଦେଖାଇ ଦେଲା ଏ, ହେ ଟୋକେଇ ପରିକା ସରଗ ଲଡ୍ଡୁ ଖାଇଚି ବୋଲି। ସେ ଯେମିତି ଲଡ୍ଡୁର ଆକାର ଦେଖାଇଚି ହାତ ଛାଡ଼ିଗଲା ଲାଙ୍ଗୁଡ଼ରୁ ଦୁଇହାତ ସେ ଛାଡ଼ି ଦେଇଛି ଯେମିତି, ସେମିତି ହାତୀ ଗଲା। ଶୂନ୍ୟମାର୍ଗରୁ ସବୁ ଲୋକ ଖସି ଗୋଟାଏ ଉପରେ ଗୋଟାଏ ପଡ଼ି ସେଇଠି ମରିଛନ୍ତି ସବୁଯାକ। ତାଙ୍କରୁ ହାଡ଼ ସବୁ ପାହାଡ଼ ପରି ସେଇ ଜାଗାରେ ପଡ଼ି ରହିଛି। ବୁଝିଲୁରେ ଅବୋଲକରା। ତୁ ଯେଉଁ ହାଡ଼ ପାହାଡ଼ ଦେଖିଲୁ ସେଇଟା ସେହି ଲୋକମାନଙ୍କର ଗୋଡ଼ ପଡ଼ିଛି।

"ଅଜ୍ଞଃ ସୁଖମରାଧଃ ସୁଖତରମାରଧତେ ବିଶେଷଜ୍ଞଃ
ଜ୍ଞାନଲବ ଦୁବଦଗ୍ଧଂ ବ୍ରହ୍ମାପି ଚ ତଂ ନରଂ ନ ରଞ୍ଜୟତ"

"ମୂର୍ଖକୁ ଆଳାପ ସହଜ ସୁଲଭ ଦରବେ ପାରିବ ତୋଷି କଷ୍ଟ ସାଧ ଧନେ ଭକ୍ତି ପ୍ରୀତି ଦାନେ ତୋଷି ବି ପାର ମନୀଷୀ।"

ଅଳପ ଜ୍ଞାନରେ ଜ୍ଞାନୀ ବୋଲାଏ ଯେ ସେହି ଦୂରଭିମାନକୁ ତୋଷି ନ ପାରିବେ ନିଜେ ବେଦ କହି ବିଧାତା ଆସି ତା ଠାକୁ।

■■